傅雷经典

傅雷 著

当代世界出版社
THE CONTEMPORARY WORLD PRESS

图书在版编目（CIP）数据

傅雷经典/傅雷著．—北京：当代世界出版社，2018.2

ISBN 978-7-5090-1317-5

Ⅰ.①傅… Ⅱ.①傅… Ⅲ.①傅雷（1908—1966）—文集 Ⅳ.①I217.2

中国版本图书馆CIP数据核字（2018）第007368号

出版发行：	当代世界出版社
地　　址：	北京市复兴路4号（100860）
网　　址：	http：//www.worldpress.org.cn
编务电话：	（010）83907332
发行电话：	（010）83908409
	（010）83908455
	（010）83908377
	（010）83908423（邮购）
	（010）83908410（传真）
经　　销：	全国新华书店
印　　刷：	北京欣睿虹彩印刷有限公司
开　　本：	700毫米×1000毫米　1/16
印　　张：	17
字　　数：	251千字
版　　次：	2018年7月第1版
印　　次：	2018年7月第1次
书　　号：	ISBN 978-7-5090-1317-5
定　　价：	36.80元

如发现印装质量问题，请与承印厂联系调换。
版权所有，翻印必究；未经许可，不得转载！

目　　录

文 艺 篇

梦　中 …………………………………………………（3）
回忆的一幕 ……………………………………………（9）
关于乔治·萧伯讷的戏剧 ……………………………（13）
雨果的少年时代 ………………………………………（16）
论张爱玲的小说 ………………………………………（28）
读剧随感 ………………………………………………（40）
翻译经验点滴 …………………………………………（52）
吾国过去教育之检讨 …………………………………（55）
《历史的镜子》 ………………………………………（62）
所谓人道 ………………………………………………（65）
以直报怨 ………………………………………………（68）
是宽大还是放纵？ ……………………………………（69）
学术无伪，学生无伪 …………………………………（72）
他们也是人 ……………………………………………（73）
论警管区制 ……………………………………………（76）
国民的意志高于一切 …………………………………（80）
历史与现实 ……………………………………………（82）
知识分子与节约时间 …………………………………（85）
知识分子与八股 ………………………………………（87）
贝多芬的作品及其精神 ………………………………（89）
萧邦的少年时代 ………………………………………（113）
萧邦的壮年时代 ………………………………………（119）
独一无二的艺术家莫扎特 ……………………………（126）
乐曲说明（之一）……………………………………（131）

乐曲说明（之二）	(134)
乐曲说明（之三）	(137)

艺术篇

世界美术名作二十讲

第一讲 乔托与阿西西的圣方济各	(144)
第二讲 多那太罗之雕塑	(148)
第三讲 波提切利之妩媚	(153)
第四讲 莱奥纳多·达·芬奇（上）	(158)
第五讲 莱奥纳多·达·芬奇（下）	(164)
第六讲 米开朗琪罗（上）	(170)
第七讲 米开朗琪罗（中）	(178)
第八讲 米开朗琪罗（下）	(182)
第九讲 拉斐尔（上）	(186)
第十讲 拉斐尔（中）	(192)
第十一讲 拉斐尔（下）	(197)
第十二讲 贝尔尼尼	(203)
第十三讲 伦勃朗在卢浮宫	(210)
第十四讲 伦勃朗之刻版画	(218)
第十五讲 鲁本斯	(224)
第十六讲 委拉斯开兹	(233)
第十七讲 普桑	(240)
第十八讲 格勒兹与狄德罗	(249)
第十九讲 雷诺兹与庚斯博罗	(254)
第二十讲 浪漫派风景画家	(262)

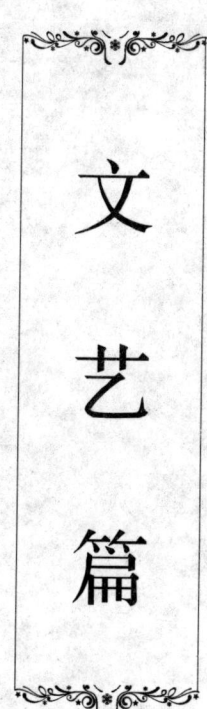

文艺篇

梦　中

一、母亲的欢喜

久不提笔了。实在心绪太繁，思想太杂，要写也无从写起。春假归家一次，到校想写一篇归家杂记，可是只也写得一半，就以课忙丢了；其实也是思绪太乱的缘故吧！

春是早已过去了，"春色恼人"，也已成了陈话；可是夏日炎炎，很有令人疏懒倦睡的景味。

每天总是躺在藤椅里，拿着蒲扇，劈劈拍拍，赶赶蚊虫。无聊地随手捡本诗来，刚读了两首，便又放下，自言自语替自己解说：天热了，用脑本不相宜的。

我的书房，总算是一个又幽静又凉快，又爽朗的好地方了。宜乎"明窗静几"，用功个半天，那么两月也可有一月的成绩了。为何事实上总是翻开书来合上，其间不过半分钟啊！

昨天望他来，他竟没有来。失望中捡起他刚才的信：

> 复书昨晚方才收到。这几天天气很热，恐怕我这星期日未必能来，即使它晴好，实怕暑气逼人，请你谅我！你这个好宝货！我早就猜着了，不过起先不说罢了。不知现在却有几分可言？……蚊子不让我多说一些，祝你！……
>
> 　　　　　　　　　　　　　　　ZF 七，十六灯下

读到"你这好宝货"一句，不禁使我想起他的诙谐的丰度，更不禁为好宝货三字，引起我一段幽藏的情绪。

我前信里提及恐怕我不久要到 N 城去的话。我还说：此行于我精神上很有些愉快，虽然长途坐船，于身体是很不相宜的。朋友，你猜猜我愉快些什么？他回信里没有猜，只盘问我，我也就在最近一信里，复了他一个字，——她，——于是他这封信竟说我好宝货了！

暑假归来，母亲就对我说起要到N城去吊丧的话，她说：K表伯死了；你既在假中，不去似乎说不过去。不过天气这般热，这般远的水路，你虽然去，我总很担心，……当时的我，心弦颤动了。N城中，K表伯的同宗，不是有个她吗？母亲正替我担忧，我正庆幸这个好机会呢！坐船是我最怕的一件事，尤其是四五十里的长路，当这赤日当空的天气！可是为了求得一些精神上的愉快，就是牺牲些肉体的健康，也是值得的！

三四天后，母亲很高兴的告诉我，说她刚才从一个亲戚那里得了一个好消息：K表伯的开丧期改了，那时你校里必已开学，不用去了。真好运气！……我也安心了！……怪不得他们的讣闻至今还没有来，……

当我听到……丧期改了，我顿时懊恼起来，满怀说不出的惆怅，可也不便十分显露出来，只茫然地顺口说了一句："唔，怪不得讣闻至今还没来。……"

母亲是欢喜极了，可是她的纯洁的爱子之心，又哪里会梦想她儿子的别有怀抱的同她相反的心！

哟母亲的欢喜……

二、她们

连日天气热极了，温度过了百度，白天里，——尤其是日中的时候，只觉得头昏脑胀，背上又给汗出的怪黏涩，怪痒的只不好过。

"一日之计在于晨"，清晨本是一天最好的时候，不料归家以来，非六点不肯起来。终夜的乱梦颠倒，把平旦清明之气都赶跑了。

只有傍晚时光，冷水浴罢，移只藤椅，拿把蒲扇，荷花缸畔，读读小诗。太阳才从东墙上隐去，晚风习习之中，把它的余威一下儿驱除尽了，仰起头，看看天空，蔚蓝中浮着一片片鱼鳞似的白云，微微的带些金色，远处还有几带红霞令人想象到斜阳古道中的庄严的庙宇，红墙上映着夕阳，愈显得伟大而灿烂。远方近处，还绵延着高低突兀的山脉，……自然的奇观，自然的伟大，自然的美丽，早已有无数的骚人墨客，吟之咏之，形容尽致了；还何用我这支笨笔，把自然玷污了呢！当然！只有低徊，只有赞叹！

"夕阳无限好，只是近黄昏。"

夜之神已姗姗地走近了，把一切一切都收藏了去。

快乐的时间本是加倍的过得快，何况夕阳同黄昏的距离又是如何的近啊。

她们去了，明月也随着不见了，繁星满天，空庭寂寂，黑漆漆的烦闷死人。因为失了光明的月，才引起沉闷的心绪；因为失了天真活泼的她们，才勾起我的怅惘。

  小朋友！我的小朋友！
  我们都是好朋友。
  哥哥弟弟一齐来，
  大家挽着，大家挽着，大家挽着手，
  一步一步向前走，向着那光明的路上走！
  小朋友！

大概是一个光明之夜吧！她们正唱着月明之夜。庭中白光满地，万籁无声，只有她们宛转曼妙的歌声：

  明月呀！明月呀！
  一个小皮球哇！
  让我丢一丢哇！
  下来吧！下来吧！

我陶然，我醉了，我对着月，对着那月中的桂树，对着那老太太们传说的树枝上的饭篮，树枝下的勇士、斧头，……我仿佛三魂渺渺，七魄悠悠，趁着微风，飘上青云，遨游月宫去了。

歌声寂然，戛然而止，幻想也忽然停止，意识也立刻回复过来，才觉得此身仍在，未曾超脱，怅也何如！恨也何如！

月光中照着她们，皎洁而又天真，活泼而又幽娴，不禁使我联想到自己的凋零身世：既无兄弟，又无姊妹，孤零零地只剩母亲和我二人。回想到她们才唱的"哥哥弟弟一齐来"，余音在耳，怎能不使我感动至于流泪！

以生性孤傲的我，朋友之少，不用说了，只有一年一度的 S 妹，来住几天，T 妹来玩几天，算解解她寄母和寄哥的寂寞。

S 妹的年纪，比我小五岁。她家本同我家有些戚谊，而当她七岁那年的夏间，她以她母亲一时高兴的缘故，便称我的母亲为寄母了；以后每个年假，或暑假，总得到我家来小住数天。

她的性情：又活泼又诚挚，又嫉妒，又多疑，又沉默，又多哭，又……总之：她是具有一切女性的性情。人家无意中一句闲话，会引起她的奇怪的猜疑。有一天，我为了一件事，斥责了仆人，不料她以为借女骂媳，躲在床上，哭了半天。我素来欢喜想什么讲什么，要骂人，要劝人，都欢喜直说，从不会打鼓骂曹。换句话说，就是人家打鼓骂曹来骂我，我也不会懂他是在骂我的。所以这天的事情，竟把我呆住了，不舒服极了。母亲知道了，也只摇摇头，没法想。可是到了晚上纳凉的时候，她倒又有说有笑，好像并没有日间那回事。……这种奇怪的态度，是女性的特征吗？是她们年龄上的生理变态吗？……可惜我没有研究过心理学或是生理学！

含羞和嫉妒，又是女子的两大特性吧！她们校里的作文簿，不是锁在箱子里，便是缴在教员那里；不是缴在教员那里，便是锁在箱子里；保存得差不多同情书——其实情书她们也未必是有，——一样珍重。假使有人设法偷看了，那可不得了！唠叨，哭，绝交，……件件都会做出来。推而至于算术簿，小楷簿，习字簿，……无不如此，不过作文簿看得最重罢了。

有一次，L妹对我说：S妹前天有一封给她同学的信，附在别个同学信里，托她转交的；在那信封口处，你猜她写了什么？……哈哈！她竟写道："拆视者我之爱妻也。"她还没有说完，我早已把一口的茶，喷了满地，还呛了半天。

她们又最欢喜私下论人，批评人，这个习惯我们也有的，不过总不及她们这样的尖刻。大概也是嫉妒之心利害的缘故吧！

她，S妹今年已于高小毕业了，程度也还不差。她家里是完全放任的，她的成绩，是全靠她天纵之资。不过因年龄的关系，差不多还谈不到用功与觉悟。

家庭的权威，是多么利害！社会的势力，又是多么可怕！小鸟似的她们快乐无忧的生活，不知还能继续几年！她们一忽儿哭，一忽儿笑的任性生活，使我见了，只代她们担心。

她现在的环境，总算很好，很如意的了；而她的生活，又是在光明灿烂的黄金时代，可是她曾屡次问我："人生究竟为的什么？"她这样又悲观，又深奥的问题，我实在回答不来，……而且她还时有厌世出世的语调，更使我奇怪，疑惑！

"人生究竟为的什么？"哟！这是一个多么神秘而艰深的问题啊！

不要羡慕小孩子,

他们的智识都在后头呢,

烦怅也已经隐隐的来了。

——繁星之五八

三、一个影像

烦噪的摇纱童子（我乡称一种夏夜的虫名）的叫嚣,夹入轻灵的织布娘子的声音（同前注）,以梭,亚梭,倒很清脆,正如雨后初霁,淋湿的小鸟,在树叶中伸出头来,舒气时的歌声,可也只是声声的织成了我烦闷和怅望的情绪。

近来每天都觉得寂寞和烦闷,做事不高兴,只是痴痴地胡思乱想,灯下呆坐,便隐约地闪过一个影像:

大概在二年前的一个新年吧!我正在 N 城。

她娇憨地依着她的父亲,微倚着,正端相着我。无意间突然叫了我一声:"哥哥!"我受宠若惊的应了一声,正见她痴痴地笑了,自然地面庞上泛起微红,自然地头也微微的垂下,身体也更靠紧她父亲一些。一双尖锐逼人的眼珠,还直射着我;怯着的我,立刻败退了,——顾左右而言他。

这真是一般少女的天真诚挚的爱情自然的流露,赤裸裸的,热烈的,圣洁的,由内心的,而正的的确确的在两年前的新年里的某一天,坦白地展现在我的面前;而又正隐隐约约地,若有若无的,时时重映在我的心板上。在脑海中屡现屡灭!

"回忆,哪堪回忆!"而这神秘的回忆,却竟是这般甜蜜!

以举目无亲的我,多愁多感,彷徨歧途,正像一叶扁舟,孤独的翻腾漂泊于惊涛险浪之中,一刹那间,电一般的闪过,正发见了彼岸,遇见了救星,一刹那,只有一刹那!可是已付与我的,是如何深切的慰安!

她,的确是一个活泼可爱的女孩子。她是我的表妹,不知道是何缘故,我一见她便觉恋恋,而她对于我,也时有依依的表现,就那天的情景看起来,而且我还发见过好几次,她在偷偷地望我,因为好多次我无意中看她,她也正无意地看我,四目相触,又是痴痴一笑。

她的性情,母亲是深知的,赞许的。她常常说:"M 真乖!什么礼性都懂得,……""娶媳妇真不容易!Z 家的几位小姐,哼!一天到晚,躲在房里,……T 家的 M 便不然，在家什么事都会做都肯做……而且又爱读书。"

春假归家，母亲提及 K 表伯母——M 的姊姊，——要替我俩人作伐的话。母亲的意思，想等疏通好了对方的表伯，让我俩通通信，试试两人的脾气合不合；我呢，虽不希望早婚，但一颗漂浪无定的心，总须有个安顿，有个归宿。

我对于她的认识，还在她幼小之时，怕只五岁吧！因为那时我也只有九、十岁。可也不过略一认识，并未注意过，直至前年重逢，才惊见她亭亭玉立的光艳的容姿，娇憨而又活泼的天真。我不会描写，我更不愿描写。我这颗热跃的心倾注的情，也让它变成烦闷和怅惘。

真不幸，K 表伯突于端午后死了。K 表伯母哀毁逾恒，当然一时不能想到那无关紧要的做月下老的事了。

尤不幸！K 表伯的丧期改了，我俩一会的机会，都会绝望。

夜深了，还是梦中去吧！悲欢的事，一总向梦中去寻觅吧！

回忆的一幕

他来了,他来了。

好容易望到他来,突然的来,使我无限欢喜;而胸中蕴蓄的千言万语,竟不知在何时跑去,讷讷如我,又不善辞令,一时间相对无语,反倒冷落起来。

忽晴忽雨的天气,留了他一宵,半夜的长谈,自以为积愫一倾了;不料他刚走,又忽然想起了许多话,自悔他在的时候,何竟昏聩健忘若此!又烦恼为何不多留他一天!

于是我便开始怅惘了。比他未来时更怅惘悒郁了!我想立刻写信吧,一转念,心乱如麻,实在无从写起。而且他才走,又要写信,他不要笑我发疯吗?过去的经验,也顿时消灭了我写信的勇气。

正在这个时候,我刚写了上面的一段,邻家的一位小客人,Miss X,正在庭中晾衣服,不时的拿杈竿,拿桠杈,从远处走到近处,又从近处走到远处。一时好奇心冲动,使我从门边偷偷地觑了她一眼,——我身子是没有离开椅子,——不料事情竟是这样巧:我立刻受着一双强烈的、尖锐的目光的射击。这一下可吓了我,赶紧低下头,摇动着笔,装做正沉思写东西的样子。勉强自己镇静自己,可是不中用!微弱的心房,早已跳动起来,拍拍的再也按捺不住。……

一口气写了下来,才觉得那扰乱治安的不安分子,攒出了脑海。

有好几次的经验了!想认识一个不相识的少女,而同时正发现反被她认识了去。……神秘!真是一件神秘到不可思议的事啊!

昨夜谈到十一点多,才倦极了睡熟。可也不时的从梦中惊醒,孤灯如豆,室中幽郁得引起我夜的恐怖。只觉得满身热烘烘的;心房剧烈的跳动,过分迅速的血流,增加了我不少的热度。梦些什么,再也想不起,只是空空洞洞的起了无谓的恐惧。

他的记性真好!数年前的往事,童年正盛时的趣剧,——这些事情,于我只有做梦时才会梦见,而他竟能一幕幕的道出。

喂!你还记得吗?……那件事,——同 T 的事。

唔——T的事？我实在想不起了，你说吧。

——课堂里的事！……两拳头！

哟，——是了！

三年前的一幕小小的惨剧，从心头的陈旧的帘幕中，渐渐地重现出来。

T，那位小朋友，真是一个天真烂漫的小孩子。微凹的面庞，稍凸的前额，笑时的眉眼，都成一丝，两个小酒涡衬托在嫩白的面颊上，K县的口音语调，……以及一切、一切的举动容止，都有使人陶醉的魔力。很多的同学，为他而颠倒，为他而兴波作浪的，着实的闹过一番。

很幸，——也可以说很不幸，我也是认识他，——十分的认识他中的一个。从那校里的某种交际习惯上，认识了他；从几次往来的绯红或碧绿的信笺上，十分的认识了他。关于他的信，我又想好好地藏起来，又想故意露些痕迹，叫人家知道。实在的，我很乐意别的同学，拿这件事情来和我开玩笑，虽然面上是假做骂他打他。当我听到人家把他的名字和我的名字联在一起的时候，真是心里舒服了许多，做出又得意又骄傲的样子，这些情形，正恰像一个已经订婚的青年，听人家拿他的未婚妻来和他取笑的时候的扭扭捏捏的样子，究会一样！

当时的我，实在以为幸福极了。因为不久之后，他和我的地位，变得更多接触的机会，而那件不幸的事情，也于不久之后便发生了。

我和他是同级，我的座位之前，便是他。左旁隔一个位子，便是Y，提及此事的Y。

上课的时候，大概总是上国文、上历史的课，我们总欢喜拿他——T——来消遣。一方面固然是教室生活太枯索，太沉闷了些；一方面实在是他生得太可爱了！

不知哪一天，我们照常偷偷的说笑着，故意拿别一个同学来和他作目标，算一个为我们情敌的暗示。现在说起来，实在也可笑，当时我们，——他们当然也不是例外，——实在以"他"为"她"了！所以一切嫉妒的心理，都尽量地在胸中燃烧着，到处都在找发泄的机会。虽然W校的校风，对于这事特别来得热烈些，可是这种情形，差不多是学校里的一种普遍的现象，任何学校都不免，不过盛衰有些不同罢了。而且彻底的说：我们此时，对于这种心理，这种情绪，今还存着，有时竟会更热切些。所以根据我们一些过去的经验，可以武断一句说：在一般未婚的青年，喜欢讲这种变态的恋爱，来解除他的枯寂，实在是很可能的，毫不足异的。我们现在既不是做讨论恋爱的文字，也就无须细细的去解剖他了。

那天同 T 究竟闹了什么把戏，也记不清楚了；不过的确戏侮得太过分了。种种的窘迫，使他善于退让的性子，也一时消灭了。他再也不能容忍而发怒了，他竟破口骂我们了。

不知怎样的一句骂我的话，引得大家注意起来，都望望他，望望我。他因难堪而骂我，我也因难堪而恼羞成怒了。兽性顿时发作起来，一变嬉皮笑脸的样子，为青筋暴胀骇人的样儿了。更不幸，他和我的地位间的交通太便了，我一时无名火冒起来，竟毫不迟疑地给了他两拳，在他的背上。

沉重的击声，使旁边人都惊骇起来，接着他便哭了，伏在书桌上深深的悲哀起来。

一霎时我的怒气已经跑掉了，而面上却更热起来，这是表示我内心已惴惴地不安了。

大家都埋怨我，尤其是 Y，说我不该打他，更不该打他这样重，他还是一个小孩子啊！

啊，是啊！他正是一个小孩子，正是一个可爱而又为我所爱的小孩子啊！一时的神经错乱，竟在一秒钟内做了这样一件蛮横无理的事，我正在悔恨的当儿，他哭得更厉害了，由呜咽而渐渐的要号啕了。我愈加恐慌了，因为方瞎先生——国文教员，——已渐渐注意起来，他终于皱着眉，瞪着一副阴阳眼而发问了。虽然大家都不响，可是做贼心虚，我赶紧做出镇静的样子，故意东张西望，像正帮助方瞎先生寻那答话的人。

幸运到底降临了，散课钟响了，大家陆续出走，我独心中盘算去补救这事的方法，也就有意无意的落在后面了。他呢，正在最后，这是当然的！眼睛都哭红了，还好意思当众人的面前走吗！

我一路走，一路想：那也容易得很，——谢罪，道歉，就得了！可是说说容易，要实行就不容易了。何况刚才这样打他，一忽儿又低首下心，拜倒他面前，不但我倔强的脾气不肯，就是他，余怒未息，也未必肯睬我。那又何必自讨没趣？……可是做了错事，除非不知，知了定得立刻改掉才好，胆大些！好了！等他不睬再说，我总得尽我的责任，……但是机会不容你踌躇，他早已进了自修室了。

虽然很好的机会，以后也还不时的碰到，可是一见面已是羞惭得说不出话来。怯弱，总是太怯弱了！连那放假那天的最后的机会，也错过了。一切都照我预料的：自从那天之后，我俩交情上，便划了一道鸿沟。角逐之场，也从此没了我的份。

那一年暑假，我离开了W校。假中不知怎样，竟放胆写了封谢罪信，他也居然能海涵，也复了我一信。两年来还时通消息，总算没有十分的隔膜。

我去年见过他，他已高了许多，面貌也改了些，扁圆的脸庞，竟变成长方形，一切举止也缺乏了醉人的能力，实在的，华年已过，不美了！

可是我还是十二分的恋他，花晨月夕，也时时记念他。Y昨夜提起此事，使我新愁旧恨，一齐涌上心头，一夜数惊，未曾安睡。

早上六点钟起来，Y正呼呼地好睡，我便写了一封五张八行的长信寄他。往事的回忆，尤其是童年初恋的回忆，实在的撕伤了我嫩弱的心。忏悔吧！忏悔吧！

信呢，应该到他的手里了。可是，他的信什么时候才能到我的手？……

发信至今，已是旬余，而鸿飞冥冥，真是怅望云天，凄楚曷极？

关于乔治·萧伯讷的戏剧*

乔治·萧伯讷（George Bernard Shaw）于一八五六年生于爱尔兰京城都柏林。他的写作生涯开始于一八七九年。自一八八〇年至一八八六年间，萧氏参加称为费边社（Fabian Society）的社会主义运动，并写他的《未成年四部曲》。一八九一年，他的批评论文《易卜生主义的精义》The Quintessence of Ibsenism 出版。一八九八年，又印行他的音乐论文 The Perfect Wagnrite。一八八五年开始，他就写剧本，但他的剧本的第一次上演，这是一八九三年间的事。从此以后，他在世界舞台上的成功，已为大家所知道了。在他数量惊人的喜剧中，最著名的《华伦夫人之职业》（一八九三）、《英雄与军人》（一八九四）、Candida（一八九七）、Caesar and Cleopatra（一九〇〇）、John Bull's Other Island（一九〇三）、《人与超人》（一九〇三）、《结婚去》Getting Married（一九〇八）、《The Blanco Posnet 的暴露》The Showing Up of Blanco Posnet（一九〇九）、Back to Mathuselah（一九二〇）、《圣耶纳》（一九二三）。一九二六年，萧伯讷获得诺贝尔文学奖金。

本世纪初叶的英国文坛，有一个很显著的特点，就是，大作家们并不努力于美的修积，而是以实际行动为文人的最高的终极。这自然不能够说英国文学的传统从此中断了或转换了方向。桂冠诗人的荣衔一直有人承受着；自丁尼生以降，有阿尔弗莱特、奥斯丁和劳白脱·勃里奇等。但在这传统以外，新时代的作家如吉卜林（Kipling）、切斯特顿（Chesterton）、韦尔斯（Wells）、萧伯讷等，各向民众宣传他们的社会思想、宗教信仰……

这个世纪是英国产生预言家的世纪。萧伯讷便是这等预言家中最大的一个。

在思想上，萧并非是一个孤独的倡导者，他是塞缪尔·勃特勒（Samuel Butler，一八三五—一九〇二）的信徒，他继续白氏的工作，对于维多利亚女王时代的文物法统重新加以估价。萧的毫无矜惜的讽刺便是他唯一的武器。青年时代的热情又使他发现了马克思与亨利·乔治（Henri Georges）（按，乔

---

* 本文初刊于一九三二年二月十七日的《时事新报·欢迎萧伯讷氏来华纪念专号》，题为《乔治·萧伯讷评传》，后经修改，又刊于一九三三年二月的《艺术旬刊》第二卷第二期，改用此题目。——编者注

治名著《进步与贫穷》出版于一八七七年)。他参加当时费边社的社会主义运动。一八八四年,他并起草该会的宣言。一八八三年写成他的名著之一《一个不合社会的社会主义者》An Unsociable Socialist。同时,他加入费边运动的笔战,攻击无政府党。他和诗人兼戏剧家戈斯(Edmond Gosse)等联合,极力介绍易卜生。他的《易卜生主义的精义》即在一八九一年问世。由此观之,萧伯讷在他初期的著作生涯中,即明白表现他所受前人的影响而急于要发展他个人的反动。因为萧生来是一个勇敢的战士,所以第一和易卜生表同情,其后又亲切介绍瓦格纳(他的关于瓦格纳的著作于一八九八年出版)。他把瓦氏的 Crèpuscal des Dieux 比诸十九世纪德国大音乐家梅耶贝尔(Meyerbeer)的最大的歌剧。他对于莎士比亚的研究尤具独到之见,他把属于法国通俗喜剧的 Comme il Vous Plaira (莎氏原著名 As You Like It)和纯粹莎士比亚风格的 Measure for Measure 加以区别。但萧在讲起德国民间传说尼伯龙根(Nibelungen)的时候,已经用簇新的眼光去批评,而称之为"混乱的工业资本主义的诗的境界"了:这自然是准确的,从某种观点上来说,他不免把这真理推之极度,以至成为千篇一律的套语。

萧伯讷自始即练成一种心灵上的试金石,随处应用它去测验各种学说和制度。萧自命为现实主义者,但把组成现实的错综性的无重量物(如电、光、热等)摒弃于现实之外。萧宣传社会主义,但他并没有获得信徒,因为他的英雄是一个半易卜生半尼采的超人,是他的思想的产物。这实在是萧的很奇特的两副面目:社会主义者和个人主义者。在近代作家中,恐怕没有一个比萧更关心公众幸福的了,可是他所关心的,只用一种抽象的热情,这是为萧自己所否认但的确是事实。

很早,萧伯讷放弃小说。但他把小说的内容上和体裁上的自由赋予戏剧。他开始编剧的时候,美国舞台上正风靡着阿瑟·波内罗(Arthur Pinero)、阿瑟·琼斯(Arthur Jones)辈的轻佻的喜剧。由此,他懂得戏剧将如何可以用做他直接针砭社会的武器。他要触及一般的民众,极力加以抨击。他把舞台变做法庭,变做讲坛,把戏剧用做教育的工具。最初,他的作品很被一般人所辩论,但他的幽默的风格毕竟征服了大众。在表面上,萧是胜利了;实际上,萧不免时常被自己的作品所欺骗:观众接受了他作品中幽默的部分而疏忽了他的教训。萧知道这情形,所以他愈斥英国民众为无可救药的愚昧。

然而,萧氏剧本的不被一般人了解,也不能单由观众方面负责。萧氏的不少思想剧所给予观众的,往往是思想的幽灵,是历史的记载,虽然把年月改变了，却并不能有何特殊动人之处。至于描写现代神秘的部分，却更使人回忆起小仲马而非易卜生。

萧氏最通常的一种方法，是对于普通认可的价值的重提。这好像是对于旧事物的新估价，但实际上又常是对于选定的某个局部的坚持，使其余部分，在比较上成为无意义。在这无聊的反照中便产生了滑稽可笑。这方法的成功与否，全视萧伯讷所取的问题是一个有关生机的问题或只是一个迅暂的现象而定。例如《人与超人》把《唐璜》Don Juan 表现成一个被女子所牺牲的人，但这种传说的改变并无多大益处。可是像在《凯撒与克莉奥佩特拉》Cesar and Cleopatre、《康蒂妲》Candida 二剧，人的气氛浓厚得多。萧的善良的观念把"力强"与"怯弱"的争执表现得多么悲壮，而其结论又是多么有力。

萧伯讷，据若干批评家的意见，并且是一个乐观的清教徒，他不信 metaphysique 的乐园，故他发愿要在地球上实现这乐园。萧氏宣传理性、逻辑，攻击一切阻止人类向上的制度和组织。他对于军队、政治、婚姻、慈善事业，甚至医药，都尽情地嬉笑怒骂，萧氏整部作品建筑在进化观念上。

然而，萧伯讷并不是创造者，他曾宣言："如果我是一个什么人物，那么我是一个解释者。"是的，他是一个解释者，他甚至觉得戏剧本身不够解释他的思想而需要附加与剧本等量的长序。

离开了文学，离开了戏剧，离开了一切技巧和枝节，那末，萧伯讷在本世纪思想上的影响之重大，已经成为不可动摇的史迹了。

这篇短文原谈不到"评"与"传"，只是乘他东来的机会，在追悼最近逝世的高尔斯华绥之余，对于这个现代剧坛的巨星表示相当的敬意而已。

在此破落危亡，大家感着世纪末的年头，这个讽刺之王的来华，当更能引起我们的感慨吧！

雨果的少年时代

一、父　亲

维克托·雨果（Victor Hugo）的曾祖，是法国东北洛林（Lorraine）州的农夫，祖父是木匠，父亲是拿破仑部下的将军。

雨果将军（Général Léopold Hugo）于一七七三年生于法国东部南锡城（Nancy）。一七八八年从朗西中学出来之后，不久便投入行伍，数十年间，身经百战，受伤数次：从莱茵河直到地中海，从科西嘉岛（Corse——即拿破仑故乡）远征西班牙。一八一二年法国军队退出西班牙后，雨果将军回到故国，度着差不多是退休的生活，一八二八年病死巴黎。

论到将军的为人，虽然是一个勇武的战士，可并非善良的丈夫。如一切大革命时代的军人一样，心地是慈悲的，慷慨的，但生性是苛求的，刚愎的，在另一方面又是肉感的，在长年远征的时候，不能保守对于妻子的忠实。

一七九三年革命军与王党战于旺代（Vendée）的时候，利奥波德·雨果还只是一个大尉，他结认了一个名叫索菲·特雷比谢（Sophie Trébuchet）的女子，两人渐渐相悦，一七九七年十一月十五日在巴黎结了婚。最初，夫妇颇相得，一七九八年在巴黎生下第一个儿子阿贝尔（Abel），一八〇〇年于南锡生下次子欧仁（Eugène）。一八〇二年于贝桑（Besançon）复生下我们的大诗人维克托（Victor）。

结缡六载，夫妇的感情，还和初婚时一样热烈，一样新鲜。丈夫出征莱茵河畔的时候，不断的给留在家里的妻子写信，这些信至今保留着，那是卢梭的《新哀洛绮思》Nouveile Hèloîse 式的多愁善感的情书。妻子的性情似乎比较冷静，但对于丈夫竭尽忠诚。一八〇二年，维克托生下不久，她们正在南方的口岸马赛预备出发到科西嘉去；她为了丈夫的前程特地折回巴黎去替他疏通。她一直逗留了九个月，回来的时光，热情的丈夫耐不住这长期的孤寂，"不能远远地空洞地爱她"（这是丈夫信中的话），已经另觅了一个情妇，从此，直到老死，就和妻妇仳离了。雨果夫人从马赛到科西嘉，从科西嘉到易北河岛（Elbe），从易北河到意大利，到西班牙，转辗跟从着丈夫，想使他回心转意，责备他忘恩负义，可是一切的努力，只是加深了夫妇间的裂痕。

父亲一向只欢喜长子阿贝尔，两个小兄弟，欧仁和维克托，从小就难得见到父亲，直到一八二一年母亲死后，父亲才渐渐注意到两个孤儿，也在这时候，维克托发现了他父亲"伟大处"，才感觉到这个硕果仅存的老军人，带有多少史诗的神秘性和英雄气息。但在母亲生存的时期，幼弱的儿童所受到父亲的影响，只有生活的悲苦，从一八一五年起，雨果将军差不多是退伍了，收入既减少，供给妻子的生活费也就断绝了：母亲和两个小儿子的衣食须得自己设法。幼年所受到的人生的磨难，数十年后便反映在《悲惨世界》*Les Misérables* 里。维克托·雨果描写玛里于斯·蓬曼西（Marius Pontmercy）从小远离着父亲的生活：父亲是拿破仑部下的一个大佐，早年丧妻，远游在外，又因迫于穷困，把儿子玛里于斯寄养在有钱的外祖家。这是一个保王党的家庭，周围的人对于拿破仑的名字都怀着敌意，因为父亲是革命军人，故孩子亦觉得到处受人歧视："终于他想起父亲时，心中满着羞惭悲痛……一年只有两次，元旦日和圣乔治节（那是父亲的命名纪念日），他写信给父亲，措辞却是他的姨母读出来教他录写的……他确信父亲不爱他，故他亦不爱父亲……"这段叙述，只要把圣乔治节换做圣莱沃博节，把姨母换做母亲，便是维克托·雨果自己的历史了。如玛里于斯一般，维克托想着不为父亲所爱而难过。见到自己的母亲活守寡般的痛苦，孤身为了一家生活而奋斗，因了母亲的受难，觉得自己亦在受难，这种思想对于幼弱的心灵是何等惨酷！雨果早岁的严肃，在少年作品中表现的悲愁，便可在此得到解释。他在一八三一年（二十九岁）刊行的《秋叶》*Feuilles d'Automne* 诗集中颇有述及他苦难的童年的句子，例如：

> Maintenant, jeune encore et souvent éprouvé,
> J'ai plus d'unl souvenir profondément gravé,
> Et l'on pout distinguer bien des choses passées,
> Dans ces plis de front que creusent mes pensés,

（大意）　　年少磨难多，回忆心头锁，
　　　　　　额上皱痕中，往事曷胜数。

父亲赐与儿童的，除了早岁便识得人生悲苦以外，还有是长途的旅行，当后来雨果逃亡异国的时候，他的夫人根据他的口述写下那部《一个伴侣口中的维克托·雨果》*Victor Hugo raconté par un témoin de sa vie*，其中便有多少童年的回忆，尤其是关于一八一一年维克托九岁时远游西班牙的纪录，无异是一首儿童的史诗。

一八一一年三月十日，他们从巴黎出发：但旅行的计划在数星期前已经决定了；三个孩子也不耐烦地等了好久了，老是翻阅那部西班牙文法，把大木箱关了又开，开了又关。终于动身了，雨果夫人租一辆大车，装满了箱笼行李，车内坐着母亲，长子亚倍尔，男仆一名，女仆一名。两个幼子虽然亦有他们的位置，却宁愿蹲在外面看野景。他们经过法国南部的各大名城，布卢瓦（Blois），图尔（Tours），博蒂埃（Poitiers）。昂古莱姆（Angoulême）的两座古塔的印象一直留在雨果的脑海里，到六十岁的时候，还能清清楚楚的凭空描绘下来。至于那西部的大商埠波尔多（Bordeaux），他只记得那些巨大无比的沙田鱼和比蛋糕还有味的面包。每天晚上，他们随便在乡村旅店中寄宿。多少日子以后，到达西南边省的首府，巴约纳（Bayonne）。从此过去，得由雨果将军调派的一队卫兵护送的了，可是卫兵来迟了，不得不在城里老等。等待，可也有它的乐趣，巴约纳有座戏院，雨果夫人去买了长期票。第一个晚上，孩子们真是快乐得无以形容："那晚上演的剧，叫做《巴比仑的遗迹》，是一出美好的小品歌剧……可喜第二晚仍是演的同样的戏！再来一遍，正好细细玩味……第三天仍旧是《巴比仑的遗迹》，这未免过分，他们已全盘看熟了；但他们依旧规规矩矩静听着……第四天戏目没有换，他们注意到青年男女在台下喁喁做情话。第五天，他们承认太长了些；第六天，第一幕没有完，他们已睡熟了；第七天，他们获得了母亲的同意不再去了。"

对于维克托，时间究竟过得很快；因为他们寄住的寡妇家里，有一个比他年纪较长的女孩，大约是十四五岁，在他眼里，已经是少女了。他离不开她：终日坐在她身旁听她讲述美妙的故事，但他并不真心的听，他呆呆地望着她，她回过头来，他脸红了。这是诗人第一次的动情……一八四三年，他写 *Lise* 一诗，有言：

> Jeunes amours si vite épanouies,
> Vous êtes l'aube et le matin du coeur,
> Charmez nos coeurs, extases inouïes,
> Et quand le soir vient avec la douleur,
> Charmez encor nos âmes éblouies,

Jeunes amours si vite épanouies!

（大意）　　转瞬即逝的童年爱恋，
　　　　　　无异心的平旦与晨曦，
　　　　　　抚慰我们的心灵吧，恍惚依稀，
　　　　　　即是痛苦与黄昏同降，
　　　　　　仍来安抚我们迷乱的魂灵，
　　　　　　啊，转瞬即逝的童年爱恋！

三月过去了，卫兵到了，全家往西班牙京城进发。

这是雨果将军一生最得意的时代，他把最爱的长子阿贝尔送入王宫，当了西班牙王何塞（Joseph）的侍卫。欧仁和维克托被送入一所贵族学校。那里的课程是幼稚得可怜，弟兄俩在一星期中从七年级直跳到修辞班。那些当地的同学都是西班牙贵族的子弟，他们都怀恨战胜的法国人。雨果兄弟时常和他们打架，欧仁的鼻子被他们用剪刀戳伤了，维克托觉得很厌烦，忧忧郁郁的病倒了。母亲来看他，抚慰他。有一天，他在膳厅里和贝那王德侯爵夫人的四个孩子在一起玩耍时，忽然看见一个穿着绣花袍子的妇人高傲地走进来，严肃地伸手给四个孩子亲吻，依着年龄长幼的次序。维克托看到这种情景，益发觉得自己的母亲是如何温柔如何真切了。日子一天一天的过去，法国人在西班牙的势力一天一天的瓦解了。雨果一家人启程回国，孩子们在归途上和出发时一样高兴。

这些经过不独在雨果老年时还能历历如绘般讲述出来，且在他的许多诗篇（如 *Orientales*）许多剧本（如 *Hernani*，*Ruy Blas*）中，留下西班牙的鲜艳明快的风光，和强悍而英武的人物。东方的憧憬，原是浪漫派感应之一，而东方色彩极浓厚的西班牙景色，却在这位巨匠的童稚的心中早已种下了根苗。

二、母　亲

凡是世间做了母亲的女子，至少可以分成二类：一是母性掩蔽不了取悦男子的本能的女子，虽然生男育女，依旧卖弄风情，要博取丈夫的欢心；一是有了孩子之后什么都不理会的女子，她们觉得自己的使命与幸福，只在于抚育儿女，爱护儿女。

维克托·雨果的母亲便是这后一类的女子，不消说，这是一个贤母，可是她为了孩子，不知不觉的把丈夫的爱情牺牲了。

关于她的出身，我们知道得很少。索菲·特雷比谢于一七七二年生于法国西部海口南特（Nantes）。她的父亲从水手出身做到船长，在她十一岁上便死了，她的母亲却更早死三年，故她自幼即由姑母罗班（Robin）教养。姑母家道寒素，由此使她学得了俭省。姑母最爱读书观剧，使她感染了文学趣味。嫁给雨果将军的最初几年，可说是她一生最幸福的岁月，我们在上文已提及。但自一八〇三年起，丈夫便和她分居了，他亦难得有钱寄给她，只有在一八〇七到一八一二年中间，因为雨果将军在意大利西班牙很有权势，故陆续供给她相当的生活费。一八〇七年，她收到全年的费用三千法郎，一八〇八年增至四千法郎，一八一二年竟二千法郎。但一八〇五年时她每月只有一百五十法郎，一八一二年十月到一八一三年九月之间也只收到二千五百法郎，从此直到一八一八年分居诉讼结束时，她的生活费几乎是分文无着。但这最艰苦的几年，亦是她一生最快乐的几年。她自己操作，自己下厨房，省下钱来充两个小儿子的教育费。但她受着他们热烈的爱戴，弟兄俩早岁已露头角，使她感到安慰，感到骄傲。对于一个可怜的弃妇，还有比这更美满的幸福么！

她的性格，也许缺少柔性，夫妇间的不睦，也许并非全是将军的过错，也许她不是一个怎样的贤妻，但她整个心身都交给孩子了。从一八〇三年为了丈夫的前程单身到巴黎勾留了九个月回来以后，她从没有离开孩子。虽然经济很拮据，她可永远不让孩子短少什么，在巴黎所找的住处，总是为了他们的健康与快乐着想。

她是一个思想自由，意志坚强的女子，尽管温柔地爱着儿子，可亦保持着严厉的纪律。在可能范围内，她避免伤害儿童的本能与天性，她让他们尽量游戏，在田野中奔跑，或对着大自然出神。但她亦限制他们的自由，教他们整饬有序，教他们勤奋努力；不但要他们尊敬她，还要他们尊敬不在目前的父亲，这是有维克托兄弟俩写给将军的信可以证明的。她老早送他入学，维克托七岁时已能讲解拉丁诗人的名作。他十一二岁时，母亲让他随便看书，亦毫不加限制，她认为对于健全的人一切都是无害的。她每天和他们长时间的谈话，在谈话中她开发他们的智慧，磨炼他们的感觉。

不久，父母间的争执影响到儿童了。雨果将军以为他们站在母亲一边和他作对；为报复起见，他于一八一四年勒令把欧仁和维克托送入 Decotte et Cordier 寄宿舍，同时到路易中学（Lycée Louis le Grand）上课。他禁止两个儿子和母亲见面，把看护之责付托给一个不相干的姑母。母子间的信札，孩子的零用都亦经过她的手。这种行为自然使小弟兄俩非常愤懑，他们觉得这不但是桎梏他们，且是侮辱他们的母亲。他们偷偷和母亲见面，写信给父亲抗议，诉说姑母从中舞弊，吞没他们的零用钱。一八一八年分居诉讼的结果，把两个儿子的教养责任判给了母亲，恰巧他们的学业也修满了，便高高兴兴离开了寄宿舍重行回到慈母的怀抱里。维克托表面上是在大学法科注册，实际已开始过着著作家生活。雨果将军原要他进理科，进国立多艺学校（Ecole Polytechnique），维克托还是仗着母亲回护之力，方能实现他自己的愿望。

知子莫若母，她的目力毕竟不错。十五岁，维克托获得法兰西学院（Académie Française）的诗词奖；十七岁，又和于也纳创办了一种杂志，叫做 *Le Conservateur Littéraire*；一八二三年，二十一岁时，又加入 *Muse Française* 杂志社。未来的文坛已在此时奠下了最初的基础，因为缪塞，维尼，拉马丁辈都和这份杂志发生关系，虽然刊物存在的时候很短，无形中却已构成了坚固的文学集团（Cénacle）。

像这样的一位慈母，雨果自幼受着她的温柔的爱护，刚柔并济的教育，相依为命的直到成年，成名，自无怪这位诗人在一生永远纪念着她，屡次在诗歌中讴歌她，颂赞她，使她不朽了。

三、弗伊朗坦斯（Feuillantines）

现在我们得讲述维克托·雨果少年时代最亲切的一个时期。

治法国文学的人，都知道在十八九世纪的法国文学史上有三座著名的古屋。第一是夏多布里昂（Chateaubriand）的孔布（Combourg）古堡：北方阴沉的天色，郁郁苍苍的丛林，荒凉寂寞的池塘环绕着两座高矗的圆塔，这是夏多布里昂童时幻想出神之处，这凄凉忧郁的情调确定了夏氏全部作品的倾向。第二是拉马丁（Lamartine）在米里（Milly）的住处，这是在法国最习见的乡间的房屋，一座四方形的二层楼，墙上满是葡萄藤，前面是一个小院落，后面是一个小园，一半种菜一半莳花，远景是两座山头。这是拉马丁梦魂萦绕的故乡，虽然他并不在那里诞生，可是他的心"永远留在那边"。

夏多布里昂和拉马丁的古屋至今还很完好，有机会旅行的人，从法国南方到北方，十余小时火车的途程，便可到前述的两处去巡礼。至于第三处的旧居，却只存在于雨果的回忆与诗歌中了。那是巴黎的一座女修道院，名字铿锵可诵，叫做 Feuillantines，建于一六二二，一六二三年间，到十八世纪的末叶大革命的时候，修道院解散了，雨果夫人领着三个儿子于一八〇九年迁入的辰光，园林已经荒芜了十七年。

一八〇九年，雨果母亲和他们从意大利回到巴黎，住在 Rue du faubourg St–Jacques 二五〇号。母亲天天在街上跑，想找一所有花园的屋子，使孩子们得以奔驰游散。一天，母亲从外面回来，高兴地喊道："我找到了！"翌日，她便领着孩子们去看新居，就在同一条街上，只有几十步路，一条小街底上，推开两扇铁门，走过一个大院落，便是正屋，屋子后面是座花园，二百米长，六十米宽。园子里长满着高高矮矮的丛树和野草，孩子们无心细看正屋里的客厅卧室，只欣喜欲狂地往园里跑，他们计算着刈除蔓草，计算着在大树的桠枝上悬挂千秋。这是他们的新天地啊。

从此他们便迁居在这座几百年古屋中。维克托和长兄们，除了每天极少时间必得用功读书之外，便可自由在园子里嬉游。他们在那里奔驰，跳跃，看书，讲故事。周围很静穆，什么喧闹都没有，只听见风在树间掠过的声音，小鸟啼唱的声音。仰首只是浮云，一片无垠的青天，虽然巴黎天色常多阴暗，可亦有晨曦的光芒，灿烂的晚霞夕照。一八一一年他们到西班牙去了，回来依旧住在这里。四年的光阴便在这乐园似的古修院中度过了，虽然四年不能算长久，对于诗人心灵的启发和感应也已可惊了。在雨果一生的作品里，随处可以见出此种痕迹。一八一五年十六岁时，他在《别了童年》 Adieux à l'enfance 一诗中已追念那弗伊朗坦斯（Feuillantines）的幸福的儿时。

四、学　业

虽然雨果是那么的自由教养的，他的母亲对于他的学业始终很关心，很严厉。在出发到意大利之前，他们住在 Rue de Clichy，那时孩子每天到 Mont Blanc 街上的一个小学校去消磨几小时。只有四五岁，他到学校去当然不是真正为了读书，而是和若干年纪同他相仿的孩子玩耍。雨果在老年时对于这时代的回忆，只是他每天在老师的女儿，罗思小姐的房里——有时竟在她的床上——消磨一个上午。有一次学校里演戏用一顶帷幕把课室分隔起来。罗思小姐扮女主角，而他因为年纪最小的缘故，扮演戏中的小孩。人家替他穿着一件羊皮短褂，手里拿着一把铁钳。他一些也不懂是怎么一回事，只觉得演剧时间冗长乏味，他把铁钳轻轻地插到罗思小姐两腿中间去，以致在剧中最悲怆的一段，台下的观众听见女主角和他的儿子说："你停止不停止，小坏蛋!"

到十二岁为止,他真正的老师一个叫做特·拉·里维埃(De la Riviére)的神甫。这是一个奇怪好玩的人物,因为大革命推翻了一切,他吓得把黑袍脱下了还不够,为证明他从此不复传道起见,他并结了婚,和他一生所熟识的唯一的女子——他以前的女佣结了婚。夫妇之间却也十分和睦,帝政时代,他俩在 St. Jacques 路设了一所小学校,学生大半是工人阶级的子弟,学校里一切都像旧式的私塾,什么事情都由夫妇合作。上课了,妻子进来,端着一杯咖啡牛奶放在丈夫的面前,从他手里接过他正在诵读的默书底稿(dictée)代他接念下去,让丈夫安心用早餐。一八〇八至一八一一年间,维克托一直在这学校里;一八一二年春从西班牙回来后,却由里维埃到弗伊朗坦斯来教他兄弟两人。

思想虽是守旧,里氏的学问倒很有根基。他熟读路易十四时代的名著,诗也做得不错,很规矩,很叶韵,自然很平凡。他懂得希腊文亦懂得拉丁文。维克托从那里窥见了异教的神话,懂得了鉴赏古罗马诗人。这于雨果将来灵智的形成,自有极大的帮助。

法国文学一向极少感受北方的影响,英德两国的文艺是法国作家不十分亲近的,拉丁思想才是他们汲取不尽的精神宝库。雨果是拉丁文学的最光辉的承继人,他幼年的诗稿,即有此种聪明的倾向。他崇拜维尔吉尔(Virgile),一八三七年时他在《内心的呼声》*Les Voix Intérieures* 中写道:"噢,维尔吉尔!噢,诗人!噢,我的神明般的老师!"他不但在古诗人那里学得运用十二缀音格(alexandrin),学习种种做诗的技巧,用声音表达情操的艺术,他尤其爱好诗中古老的传说。希腊寓言,罗马帝国时代伟大的气魄,苍茫浑朴的自然界描写;高山大海,丛林花木,晨曦夕照,星光日夜的吟咏,田园劳作,农事苦役的讴歌。一切动物,从狮虎到蜜蜂,一切植物,从大树到一花一草,无不经过这位古诗人的讽咏赞叹,而深深地印入近代文坛宗师的童年的脑海里。

一八一四年九月,雨果兄弟进了寄宿舍,一切都改变了。这是一座监狱式的阴沉的房子,如那时代的一切中学校舍一样,维克托虽比欧仁小二岁,但弟兄们俩同在一级。普通的功课在寄宿舍听讲,数学与哲学则到路易中学上课。一八一六年他写信给父亲,叙述他一天的工作状况,说:"我们从早上八时起上课,直到下午五时,八时至十时半是数学课,课后是吉亚尔教授为少数学生补习,我亦被邀在内。下午一时至二时,有每星期三次的图书课;

二时起，到路易中学上哲学，五时回到宿舍。六时至十时，我们或是听德科特先生的数学课，或是做当天的练习题。"

实际说来，六时至十时这四小时，未必是自修。维克托也很会玩，兄弟俩常和同学演戏，各有各的团体，各做各的领袖。但他毕竟很用功，四年终了，大会考中，获得了数学的第五名奖。

一八一七年他十五岁时，入选法兰西学士院的诗词竞赛，他应征的诗是三百五十句的十二缀音格，一共是三首，合一千〇五十句。一个星期四的下午，寄宿舍的学生循例出外散步，维克托请求监护的先生特地绕道学士院，当别的同学在门外广场上游散时，他一直跑进学士院，缴了应征的诗卷。数星期后，长兄阿贝尔从外面回来感动地说："你入选了！"学士院中的常任秘书雷努阿尔（Raynouard）并在大会中把他的诗朗诵了一段，说："作者在诗中自言只有十五岁，如果他真是只有十五岁……"接着又恭维了一番。以后，雷努阿尔写信给维克托，说很愿认识他。学士院院长纳沙托（Neufchâteau）回忆起他十三岁时亦曾得到学士院的奖，当时服尔德（Voltaire）曾赞美他，期许他做他的承继人，此刻他亦想做什么人的服尔德了；他答应接见维克托，请他吃饭。于是，各报都谈论起这位少年诗人，雨果立地成名了。两年以后，他又获得外省学会的 Jeux Floraux 奖。

五、罗曼斯

雨果的母族特雷比谢，在故乡有一家世交，姓福希（Foucher）。在雨果大佐结婚之前，福希先生已和雨果交往频繁，他们在巴黎军事参议会中原是同事。雨果婚后不久，福希也结了婚。在婚筵上，雨果大佐举杯祝道："愿你生一个女儿，我生一个儿子，将来我们结为亲家。"

维克托生后一年，福希果然生了一个女儿，取名阿代勒（Adèle）。一八〇九至一八一一年间，在雨果夫人住在 Feuillantines 的时候，两家来往颇密，福希夫人带着六岁的阿代勒来看他们。大人在室内谈话，小孩便在园中游戏。他们一同跳跃奔驰，荡千秋，有时也吵架，阿代勒在母亲前面哭诉，说维克托把她推跌了，或是抢了她的玩具。可是未来的热情，已在这儿童争吵中渐渐萌芽。

一八一二年雨果一家往西班牙去了一次回来，仍住在 Feuillantines。福希夫人挈着阿代勒继续来看他们，但此时的维克托已经不同了，罢伊翁的女郎，在讲述美好的故事给他听的时候，已经使他模模糊糊的懂得鉴赏女性的美，感受女性魅力。他不复和阿代勒打架了。两人之间开始蕴藉着温存的友谊和雏形的爱恋。当雨果晚年回忆起这段初恋的情形时曾经说过：

> 我们的母亲教我们一起去奔跑嬉戏；我们便到园里散步……
> "坐在这里吧，"她和我说。天还很早，"我们来念点什么吧。你有书么？"
> 我袋里正藏着一本游记，随便翻出一面，我们一起朗诵；我靠近着她，她的肩头倚着我的肩头……
> 慢慢地，我们的头挨近了，我们的头发飘在一处，我们互相听到呼吸的声音，突然，我们的口唇接合了……
> 当我们想继续念书时，天上已闪耀着星光。
> "喔！妈妈妈妈，"她进去时说，"你知道我们跑的多起劲！"
> 我，一声不响。
> "你一句话也不说，"母亲和我说，"你好像很悲哀。"
> "可是我的心在天堂中呢！"

寄宿舍的四年岁月把他们两小无猜的幸福打断了，然而他们并未相忘。雨果的学业终了时，正住在 Petits-Augustins 街十八号，福希先生一家住在 Cherche-Midi 街，两家距离不远。每天晚上，雨果夫人领了两个儿子，携了针黹袋去看她的老友福希夫人。孩子在前，母亲在后，他们进到福希的卧室，房间很大，兼作客厅之用。福希先生坐在一角，在看书或读报，福希夫人和女儿阿代勒在旁边织绒线。一双大安乐椅摆在壁炉架前，等待着每晚必到的来客。全屋子只点着一支蜡烛，在黝暗的光线下，雨果夫人静静地做着活计。福希先生办完了一天的公事，懒得开口，他的夫人生性很沉默，主客之间，除了进门时的日安，出门时的晚安以外，难得交换别的谈话。在这枯索乏味，冗长单调的黄昏，维克托却不觉得厌倦，他幽幽地坐在椅子上尽量看着阿代勒。

有一次——那是一八一九年四月二十六日，阿代勒大胆地要求维克托说出他心中的秘密，答应他亦把她的秘密告诉他。结果是两人的隐秘完全相同，读者也明白他们是相爱了。但他只有十七岁，她十六岁，要谈到结婚自然太早。他们必得隐瞒着，知道他们的父母一旦发觉了，会把他们分开。从此他们格外留神，偷偷地望几眼，交换一二句心腹话。阿代勒很忠厚，也很信宗教，觉得欺瞒父母是一件罪过，一方面又恐扮演这种喜剧会使维克托瞧她不起。一年之中，维克托只请求十二次亲吻，把一首赠诗作交换品，她在答应的十二次中只给了他四次，心中还怀着内疚。

虽然雨果夫人那么精细，毕竟被儿子骗过了；阿代勒没有维克托巧妙，终于使她的母亲起了疑窦。一经盘诘，什么都招供了。

一八二○年四月二十六日，恰巧是他们倾诉秘密后的周年纪念日，福希夫妇同到雨果家里来和雨果夫人讲明了。如一切母亲一样突然发现自己的孩子成了人，未免觉得骇异。雨果夫人更是抱有很大的野心，确信维克托的前程定是光荣灿烂的，满望要替他找一个优秀的妻子，配得上这头角峥嵘的儿子的媳妇。阿代勒，这平凡的女孩，公务员的女儿，维克托爱她，热情地爱她！不，不，这是不可能的。这是要不得的。虽然她和福希夫妇是多年老友，她亦不能隐蔽这种情操。他们决裂了，大家同意从此不复相见，把维克托叫来当场宣布了。他，当着客人前面表示很顺从，一切都忍耐着，但一待他和母亲一起时，他哭了。他爱母亲，不愿拂逆她的意志，可亦爱他的阿代勒，永远不愿分离：他不知如何是好，尽自流泪。

隔离了一年，他担心阿代勒的命运，他不知道福希夫妇曾想强把她出嫁，但他猜到会有这样的事。偶巧福希先生发表了一篇关于征兵问题的文字，机会来了，年轻的雨果运用手段，在他自办的 *Le Conservateur Littéraire* 杂志上面写了一篇评论，着实恭维了一番。他没有忘记福希曾订阅他的刊物，他发表了多少的情诗和剧本，表白他矢志不再爱别的女子，自然，这是预备给阿代勒通消息，保证他的忠诚。他又探听得阿代勒一星期数次到某处去学绘画，他候在路上，有机会遇到时便偷偷交谈几句，递一封信。

一八二一年六月，雨果夫人突然病故。在维克托与阿代勒中间，她是唯一的障碍，她坚持反对这件婚事。现在她死了，障碍去了，可是维克托依旧哀毁逾恒：母亲是他一生最敬爱的人，最可靠的保护者。葬礼完了，欧仁发疯似的出门去了，父亲住在布卢瓦，一时不来理睬他们。他们是孤儿。其间，虽然福希先生曾来看过他们，唁慰他们，但为了尊重死者生前的意志之故，他并未和维克托提起阿代勒。

同年七月，终竟和福希夫妇见了面，正式谈判他的婚事。福希先生答应他可以看阿代勒，但必须当了母亲的面。他们的订婚，也只能在维克托力能自给时方为正式成立。

这是第一步胜利，他从此埋头工作，加倍热心，加倍勤奋。这是他的英雄式的奋斗时期。他经济来源既很枯竭，卖得的稿费又用作购办订婚的信物，他只有尽力节省。他自己煮饭，一块羊肉得吃三天：第一天吃瘦的部分，第二天吃肥的部分，第三天啃骨头。

一八二二年六月，他的《颂歌集》Odes 出版了，路易十八答应赐他一千二百法郎的年俸，在当时，这个数目，刚好维持一夫一妻的生活，福希先生因此还要留难。加以部里领俸手续又很麻烦，不知怎样，数目又减到一千法郎。九月杪，福希夫人又生了第二个女儿，还要等待……小女儿的洗礼举行过了，雨果与阿代勒，经过了多年的相恋，多少的磨难周折，终于同年十月十二日在巴黎 St. Sulpice 教堂中结合了。拉马丁和当时知名的青年作家都在场参与。

雨果的罗曼斯实现为完满的婚姻以后，我们可以展望到诗人未来的荣光，将随 Cromwell 剧的序言，Hemani 的诞生而逐渐肯定，但他少年时代的历史既已告一段落，本文便以下列的参考书目作为结束。

〔研究雨果少年时代的主要参考书目〕

一 *Victor Hugo raconté par un témoin de sa vie*.

二 *Oeuvres de Victor Hugo*（édition Gustave Simon）.

三 *L'Enfance de V. Hugo*，par G. Simon.

四 *Le Général Hugo*，par G. Simon.

五 *V. Hugo et som père le Général Hugo à Blois*，*V. Hugo à la pension Decotte et Cordier*，par P. Dufay.

六 *V. Hugo à Vingt ans*，par P. Dufay.

七 *Bio—bibliographie de V. Hugo*，par l'abbé P. Dubois.

八 *La Jeunesse de Victor Hugo*，Par A. Le Breton.

论张爱玲的小说

前　言

　　在一个低气压的时代，水土特别不相宜的地方，谁也不存什么幻想，期待文艺园地里有奇花异卉探出头来。然而天下比较重要一些的事故，往往在你冷不防的时候出现。史家或社会学家，会用逻辑来证明，偶发的事故实在是酝酿已久的结果。但没有这种分析头脑的大众，总觉得世界上真有魔术棒似的东西在指挥着，每件新事故都像从天而降，教人无论悲喜都有些措手不及。张爱玲女士的作品给予读者的第一个印象，便有这情形。"这太突兀了，太像奇迹了"，除了这类不着边际的话以外，读者从没切实表示过意见。也许真是过于意外而怔住了。也许人总是胆怯的动物，在明确的舆论未成立以前，明哲的办法是含糊一下再说。但舆论还得大众去培植；而且文艺的长成，急需社会的批评，而非谨慎的或冷淡的缄默。是非好恶，不妨直说。说错了看错了，自有人指正。——无所谓尊严问题。

　　我们的作家一向对技巧抱着鄙夷的态度。五四以后，消耗了无数笔墨的是关于主义的论战。仿佛一有准确的意识就能立地成佛似的，区区艺术更是不成问题。其实，几条抽象的原则只能给大中学生应付会考。哪一种主义也好，倘没有深刻的人生观，真实的生活体验，迅速而犀利的观察，熟练的文字技能，活泼丰富的想象，决不能产生一件像样的作品。而且这一切都得经过长期艰苦的训练。《战争与和平》的原稿修改过七遍；大家可只知道托尔斯泰是个多产的作家（仿佛多产便是滥造似的）。巴尔扎克一部小说前前后后的修改稿，要装订成十余巨册，像百科辞典般排成一长队。然而大家以为巴尔扎克写作时有债主逼着，定是匆匆忙忙赶起来的。忽视这样显著的历史教训，便是使我们许多作品流产的主因。

　　譬如，斗争是我们最感兴趣的题材。对，人生一切都是斗争。但第一是斗争的范围，过去并没包括全部人生。作家的对象，多半是外界的敌人：宗法社会，旧礼教，资本主义……可是人类最大的悲剧往往是内在的。外来的苦难，至少有客观的原因可得而诅咒，反抗，攻击；且还有赚取同情的机会。

至于个人在情欲主宰之下所招致的祸害，非但失去了泄仇的目标，且更遭到"自作自受"一类的谴责。第二是斗争的表现。人的活动脱不了情欲的因素；斗争是活动的尖端，更其是情欲的舞台。去掉了情欲，斗争便失掉活力。情欲而无深刻的勾勒，一样失掉它的活力，同时把作品变成了空的躯壳。

在此我并没意思铸造什么尺度，也不想清算过去的文坛；只是把已往的主要缺陷回顾一下，瞧瞧我们的新作家把它们填补了多少。

一、《金锁记》

由于上述的观点，我先讨论《金锁记》。它是一个最圆满肯定的答复。情欲（passion）的作用，很少像在这件作品里那么重要。

从表面看，曹七巧不过是遗老家庭里一种牺牲品，没落的宗法社会里微末不足道的渣滓。但命运偏偏要教渣滓当续命汤，不但要做她儿女的母亲，还要做她媳妇的婆婆，——把旁人的命运交在她手里。以一个小家碧玉而高举簪缨望族，门户的错配已经种下了悲剧的第一个远因。原来当残废公子的姨奶奶的角色，由于老太太一念之善（或一念之差），抬高了她的身份，做了正室；于是造成了她悲剧的第二个远因。在姜家的环境里，固然当姨奶奶也未必有好收场，但黄金欲不致被刺激得那么高涨，恋爱欲也就不致被抑压得那么厉害。她的心理变态，即使有，也不致病入膏肓，扯上那么多的人替她殉葬。然而最基本的悲剧因素还不在此。她是担当不起情欲的人，情欲在她心中偏偏来得嚣张。已经把一种情欲压倒了，才死心塌地来服侍病人，偏偏那情欲死灰复燃，要求它的那份权利。爱情在一个人身上不得满足，便需要三四个人的幸福与生命来抵偿。可怕的报复！

可怕的报复把她压瘪了。"儿子女儿恨毒了她"，至亲骨肉都给"她沉重的枷角劈杀了"，连她心爱的男人也跟她"仇人似的"；她的惨史写成故事时，也还得给不相干的群众义愤填胸的咒骂几句。悲剧变成了丑史，血泪变成了罪状：还有什么更悲惨的？

当七巧回想着早年当曹大姑娘时代，和肉店里的朝禄打情骂俏时，"一阵温风直扑到她脸上，腻滞的死去的肉体的气味……她皱紧了眉毛。床上睡着她的丈夫，那没有生命的肉体……"当年的肉腥虽然教她皱眉，究竟是美妙的憧憬，充满了希望。眼前的肉腥，却是刽子手刀上气味。——这刽子手是谁？黄金。——黄金的情欲。为了黄金，她在焦灼期待，"啃不到"黄金的边的时代，嫉妒妯娌姑子，跟兄嫂闹架。为了黄金，她只能"低声"对小叔嚷着："我有什么地方不如人？我有什么地方不好？"为了黄金，她十年后甘心把最后一个满足爱情的希望吹肥皂泡似的吹破了。当季泽站在她面前，小声叫道："二嫂！……七巧！"接着诉说了（终于！）隐藏十年的爱以后：——

> 七巧低着头，沐浴在光辉里，细细的音乐，细细的喜悦……这些年了，她跟他捉迷藏似的，只是近不得身，原来还有今天！

"沐浴在光辉里"，一生仅仅这一次，主角蒙受到神的恩宠。好似伦勃朗笔下的肖像，整个的人都沉没在阴暗里，只有脸上极小的一角沾着些光亮。即是这些少的光亮直透入我们的内心。

> 季泽立在她跟前，两手合在她扇子上，面颊贴在她扇子上。他也老了十年了。然而人究竟还是那个人呵！他难道是哄她么？他想她的钱——她卖掉她的一生换来的几个钱？仅仅这一念便使她暴怒起来了……

这一转念赛如一个闷雷，一片浓重的乌云，立刻掩盖了一刹那的光辉；"细细的音乐，细细的喜悦"，被暴风雨无情地扫荡了。雷雨过后，一切都已过去，一切都已晚了。"一滴，一滴，……，一更，二更，……一年，一百年……"完了，永久的完了。剩下的只有无穷的悔恨。"她要在楼上的窗户里再看他一眼。无论如何，她从前爱过他。她的爱给了她无穷的痛苦。单只这一点，就使她值得留恋。"留恋的对象消灭了，只有留恋往日的痛苦。就在一个出身低微的轻狂女子身上，爱情也不曾减少圣洁。

> 七巧眼前仿佛挂了冰冷的珍珠帘，一阵热风来了，把那帘紧紧贴在她脸上，风去了，又把帘子吸了回去，气还没透过来，风又来了，没头没脸包住她——一阵凉，一阵热，她只是淌着眼泪。

她的痛苦到了顶点（作品的美也到了顶点），可是没完。只换了方向，从心头沉到心底，越来越无名。忿懑变成尖刻的怨毒，莫名其妙的只想发泄，不择对象。她眯缝着眼望着儿子，"这些年来她的生命里只有这一个男人，只有他，她不怕他想她的钱——横竖钱都是他的。可是，因为他是她的儿子，他这一个人还抵不了半个……"多怆痛的呼声！"……现在，就连这半个人她也保留不住——他娶了亲。"于是儿子的幸福，媳妇的幸福，女儿的幸福，在她眼里全变作恶毒的嘲笑，好比公牛面前的红旗。歇斯底里变得比疯狂还可怕，因为"她还有一个疯子的审慎与机智"。凭了这，她把他们一齐断送了。这也不足为奇。炼狱的一端紧接着地狱，殉难者不肯忘记把最亲近的人带进去的。

最初她把黄金锁住了爱情，结果却锁住了自己。爱情磨折了她一世和一家。她战败了，她是弱者。但因为是弱者，她就没有被同情的资格了么？弱者做了情欲的俘虏，代情欲做了刽子手，我们便有理由恨她么？作者不这么想。在上面所引的几段里，显然有作者深切的怜悯，唤引着读者的怜悯。还有："多少回了，为了要按捺她自己，她痛得全身的筋骨与牙根都酸楚了。""十八九岁做姑娘的时候……喜欢她的有……如果她挑中了他们之中的一个，往后日子久了，生了孩子，男人多少对她有点真心。七巧挪了挪头底下的荷叶边洋枕，凑上脸去揉擦一下，那一面的一滴眼泪，她也就懒怠去揩拭，由它挂在腮上，渐渐自己干了。"这些淡淡的朴素的句子，也许为粗忽的读者不会注意的，有如一阵温暖的微风，抚弄着七巧墓上的野草。

和主角的悲剧相比之下，几个配角的显然缓和多了。长安姊弟都不是有情欲的人。幸福的得失，对他们远没有对他们的母亲那么重要。长白尽往陷坑里沉，早已失去了知觉，也许从来就不曾有过知觉。长安有过两次快乐的日子，但都用"一个美丽而苍凉的手势"自愿舍弃了。便是这个手势使她的命运虽不像七巧的那样阴森可怕，影响深远，却令人觉得另一股惆怅与凄凉的滋味。Long, Long ago 的曲调所引起的无名的悲哀，将永远留在读者心坎。

结构，节奏，色彩，在这件作品里不用说有了最幸运的成就。特别值得一提的，还有下列几点：——

第一是作者的心理分析，并不采用冗长的独白，或枯索繁琐的解剖，她利用暗示，把动作、言语、心理三者打成一片。七巧，季泽，长安，童世舫，芝寿，都没有专写他们内心的篇幅；但他们每一个举动，每一缕思维，每一段谈话，都反映出心理的进展。两次叔嫂调情的场面，不光是那种造型美显得动人，却还综合着含蓄、细腻、朴素、强烈、抑止、大胆，这许多似乎相反的优点。每句说话都是动作,每个动作都是说话。即在没有动作没有言语的场合,情绪的波动也不曾减弱分毫。例如童世舫与长安订婚以后:——

>……两人并排在公园里走着,很少说话,眼角里带着一点对方的衣服与移动着的脚,女子的粉香,男子的淡巴菰气,这单纯而可爱的印象,便是他们的阑干,阑干把他们与大众隔开了。空旷的绿草地上,许多人跑着,笑着,谈着,可是他们走的是寂寂的绮丽的回廊,——走不完的寂寂的回廊。不说话,长安并不感到任何缺陷。

还有什么描写,能表达这一对不调和的男女的调和呢?能写出这种微妙的心理呢?和七巧的爱情比照起来,这是平淡多了,恬静多了,正如散文、牧歌之于戏剧。两代的爱,两种的情调。相同的是温暖。

至于七巧磨折长安的几幕,以及最后在童世舫前毁谤女儿来离间他们的一段,对病态心理的刻划,更是令人"毛骨悚然"的精彩文章。

第二是作者的节略法(raccourci)的运用:——

>风从窗子里进来,对面挂着的回文雕漆长镜被吹得摇摇晃晃。磕托磕托敲着墙。七巧双手按住了镜子。镜子里反映着翠竹帘子和一幅金绿山水屏条依旧在风中来回荡漾着,望久了,便有一种晕船的感觉。再定睛看时,翠竹帘子已经褪色了,金绿山水换了张丈夫的遗像,镜子里的人也老了十年。

这是电影的手法:空间与时间,模模糊糊淡下去了,又隐隐约约浮上来了。巧妙的转调技术!

第三是作者的风格。这原是首先引起读者注意和赞美的部分。外表的美永远比内在的美容易发见。何况是那么色彩鲜明,收得住,泼得出的文章!新旧文字的揉和,新旧意境的交错,在本篇里正是恰到好处。仿佛这俐落痛快的文字是天造地设的一般,老早摆在那里,预备来叙述这幕悲剧的。譬喻的巧妙,形象的入画,固是作者风格的特色,但在完成整个作品上,从没像在这篇里那样的尽其效用。例如:"三十年前的上海,一个有月亮的晚上……年轻的人想着三十年前的月亮,该是铜钱大的一个红黄的湿晕,像朵云轩信笺上落了一滴泪珠,陈旧而迷糊。老年人回忆中的三十年前的月亮是欢愉的,比眼前的月亮大，圆，白，然而隔着三十年的辛苦路望回看，再好的月色也不免带些凄凉。"这一段引子，不但月的描写是那么新颖，不但心理的观察那么深入，而且轻描淡写的呵成了一片苍凉的气氛，从开场起就罩住了全篇的故事人物。假如风格没有这综合的效果，也就失掉它的价值了。

毫无疑问，《金锁记》是张女士截至目前为止的最完满之作，颇有《猎人日记》中某些故事的风味。至少也该列为我们文坛最美的收获之一。没有《金锁记》，本文作者决不在下文把《连环套》批评得那么严厉，而且根本也不会写这篇文字。

二、《倾城之恋》

一个"破落户"家的离婚女儿，被穷酸兄嫂的冷嘲热讽撵出母家，跟一个饱经世故，狡狯精刮的老留学生谈恋爱。正要陷在泥淖里时，一件突然震动世界的变故把她救了出来，得到一个平凡的归宿。——整篇故事可以用这一两行包括。因为是传奇（正如作者所说），没有悲剧的严肃、崇高，和宿命性；光暗的对照也不强烈。因为是传奇，情欲没有惊心动魄的表现。几乎占到二分之一篇幅的调情，尽是些玩世不恭的享乐主义者的精神游戏；尽管那么机巧，文雅，风趣，终究是精练到近乎病态的社会的产物。好似六朝的骈体，虽然珠光宝气，内里却空空洞洞，既没有真正的欢畅，也没有刻骨的悲哀。《倾城之恋》给人家的印象，仿佛是一座雕刻精工的翡翠宝塔，而非哥特式大寺的一角。美丽的对话，真真假假的捉迷藏，都在心的浮面飘滑；吸引，挑逗，无伤大体的攻守战，遮饰着虚伪。男人是一片空虚的心，不想真正找着落的心，把恋爱看作高尔夫与威士忌中间的调剂。女人，整日担忧着最后一些资本——三十岁左右的青春——再吃一次倒账；物质生活的迫切需求，使她无暇顾到心灵。这样的一幕喜剧，骨子里的贫血，充满了死气，当然不能有好结果。疲乏，厌倦，苟且，浑身小智小慧的人，担当不了悲剧的角色。麻痹的神经偶而抖动一下，居然探头瞥见了一角未来的历史。病态的人有他特别敏锐的感觉：——

>……从浅水湾饭店过去一截子路，空中飞跨着一座桥梁，桥那边是山，桥这边是一块灰砖砌成的墙壁，拦住了这边的山……柳原看着她道："这堵墙，不知为什么使我想起地老天荒那一类的话……

> 有一天，我们的文明整个的毁掉了，什么都完了——烧完了，炸完了，坍完了，也许还剩下这堵墙。流苏，如果我们那时候再在这墙跟底下遇见了……流苏，也许你会对我有一点真心，也许我会对你有一点真心。"

好一个天际辽阔，胸襟浩荡的境界！在这中篇里，无异平凡的田野中忽然显现出一片无垠的流沙。但也像流沙一样，不过动荡着显现了一刹那。等到预感的毁灭真正临到了，完成了，柳原的神经却只在麻痹之上多加了一些疲倦。从前一刹那的觉醒早已忘记了。他从没再加思索。连终于实现了的"一点真心"也不见得如何可靠。只有流苏，劫后舒了一口气，淡淡的浮起一些感想：——

> 流苏拥被坐着，听着那悲凉的风。她确实知道浅水湾附近，灰砖砌的那一面墙，一定还屹然站在那里……她仿佛做梦似的，又来到墙根下，迎面来了柳原……在这动荡的世界里，钱财，地产，天长地久的一切，全不可靠了。靠得住的只有她腔子里的这口气，还有睡在她身边的这个人。她突然爬到柳原身边，隔着他的棉被拥抱着他。他从被窝里伸出手来握住她的手。他们把彼此看得透明透亮。仅仅是一刹那彻底的谅解，然而这一刹那够他们在一起和谐地活个十年八年。

两人的心理变化，就只这一些。方舟上的一对可怜虫，只有"天长地久的一切全不可靠了"这样淡漠的惆怅。倾城大祸（给予他们的痛苦实在太少，作者不曾尽量利用对比），不过替他们收拾了残局；共患难的果实，"仅仅是一刹那的彻底的谅解"，仅仅是"活个十年八年"的念头。笼统的感慨，不彻底的反省。病态文明培植了他们的轻佻，残酷的毁灭使他们感到虚无，幻灭。同样没有深刻的反应。

而且范柳原真是一个这么枯涸的（fade）人么？关于他，作者为何从头至尾只写侧面？在小说中他不是应该和流苏占着同等地位，是第二主题么？他上英国去的用意，始终暧昧不明；流苏隔被拥抱他的时候，当他说："那时候太忙着谈恋爱了，哪里还有工夫恋爱"的时候，他竟没进一步吐露真正切实的心腹。"把彼此看得透明透亮"，未免太速写式的轻轻带过了。可是这里正该是强有力的转捩点，应该由作者全副精神去对付的啊！错过了这最后一个高峰，便只有平凡的，庸碌鄙俗的下山路了。柳原宣布登报结婚的消息，使流苏快活得一忽儿哭一忽儿笑，柳原还有那种 cynical 的闲适去"羞她的脸"；到上海以后，"他把他的俏皮话省下来说给旁的女人听"；由此看来，他只是一个暂时收了心的唐·裘安，或是伊林华斯勋爵一流的人物。

"他不过是一个自私的男子，她不过是一个自私的女人。"但他们连自私也没有迹象可寻。"在这兵荒马乱的时代，个人主义者是无处容身的。可是总有地方容得下一对平凡的夫妻。"世界上有的是平凡，我不抱怨作者多写了一对平凡的人。但战争使范柳原恢复一些人性，使把婚姻当职业看的流苏有一些转变（光是觉得靠得住的只有腔子里的气和身边的这个人，是不够说明她的转变的），也不能算是怎样的不平凡。平凡并非没有深度的意思。并且人物的平凡，只应该使作品不平凡。显然，作者把她的人物过于匆促的送走了。

勾勒的不够深刻，是因为对人物思索得不够深刻，生活得不够深刻；并且作品的重心过于偏向俏皮而风雅的调情。倘再从小节上检视一下的话，那末，流苏"没念过两句书"而居然够得上和柳原针锋相对，未免是个大漏洞。离婚以前的生活经验毫无追叙，使她离家以前和以后的思想引动显得不可解。这些都减少了人物的现实性。

总之，《倾城之恋》的华彩胜过了骨干：两个主角的缺陷，也就是作品本身的缺陷。

三、短篇和长篇

恋爱与婚姻，是作者至此为止的中心题材；长长短短六七件作品，只是 variations upon a theme。遗老遗少和小资产阶级，全都为男女问题这恶梦所苦。恶梦中老是淫雨连绵的秋天，潮腻腻的，灰暗，肮脏，窒息与腐烂的气味，像是病人临终的房间。烦恼，焦急，挣扎，全无结果。恶梦没有边际，也就无从逃避。零星的磨折，生死的苦难，在此只是无名的浪费。青春，热情，幻想，希望，都没有存身的地方。川嫦的卧房，姚先生的家，封锁期的电车车厢，扩大起来便是整个的社会。一切之上，还有一只瞧不及的巨手张开着，不知从哪儿重重的压下来，要压瘪每个人的心房。这样一幅图画印在劣质的报纸上，线条和黑白的对照迷糊一些，就该和张女士的短篇气息差不多。

为什么要用这个譬喻？因为她阴沉的篇幅里，时时渗入轻松的笔调，俏皮的口吻，好比一些闪烁的磷火，教人分不清这微光是黄昏还是曙色。有时幽默的分量过了分，悲喜剧变成了趣剧。趣剧不打紧，但若沾上了轻薄味（如《琉璃瓦》），艺术就给摧残了。

明知挣扎无益，便不挣扎了。执著也是徒然，便舍弃了。这是道地的东方精神。明哲与解脱；可同时是卑怯，懦弱，懒惰，虚无。反映到艺术品上，便是没有波澜的寂寂的死气，不一定有美丽而苍凉的手势来点缀。川嫦没有和病魔奋斗，没有丝毫意志的努力。除了向世界遗憾的投射一眼之外，她连抓住世界的念头都没有。不经战斗的投降。自己的父母与爱人对她没有深切的留恋。读者更容易忘记她。而她还是许多短篇中《心经》一篇只读到上半篇，九月期《万象》遍觅不得，故本文特置不论。好在这儿写的不是评传，挂漏也不妨。——原注刻划得最深的人物！

微妙尴尬的局面，始终是作者最擅长的一手。时代，阶级，教育，利害观念完全不同的人相处在一块时所有暧昧含糊的情景，没有人比她传达得更真切。各种心理互相摸索，摩擦，进攻，闪避，显得那么自然而风趣，好似古典舞中一边摆着架式（figute）一边交换舞伴那样轻盈，潇洒，熨贴。这种境界稍有过火或稍有不及，《封锁》与《年轻的时候》中细腻娇嫩的气息就要给破坏，从而带走了作品全部的魅力。然而这巧妙的技术，本身不过是一种迷人的奢侈；倘使不把它当作完成主题的手段（如《金锁记》中这些技术的作用），那末，充其量也只能制造一些小骨董。

在作者第一个长篇只发表了一部分的时候就来批评，当然是不免唐突的。但其中暴露的缺陷的严重，使我不能保持谨慎的缄默。

《连环套》的主要弊病是内容的贫乏。已经刊布了四期，还没有中心思想显露。霓喜和两个丈夫的历史，仿佛是一串五花八门，西洋镜式的小故事杂凑而成的。没有心理的进展，因此也看不见潜在的逻辑，一切穿插都失掉了意义。雅赫雅是印度人，霓喜是广东养女：就这两点似乎应该是《第一环》的主题所在。半世纪前印度商人对中国女子的看法，即使逃不出玩物二字，难道竟没有旁的特殊心理？他是殖民地种族，但在香港和中国人的地位不同，再加是大绸缎铺子的主人。可是《连环套》中并无这二三个因素错杂的作用。养女（而且是广东的养女）该有养女的心理，对她一生都有影响。一朝移植之后，势必有一个演化蜕变的过程；决不会像作者所写的，她一进绸缎店，仿佛从小就在绸缎店里长大的样子。我们既不觉得雅赫雅买的是一个广东养女,也不觉得广东养女嫁的是一个印度富商。两个典型的人物都给中和了。

错失了最有意义的主题,丢开了作者最擅长的心理刻划,单凭着丰富的想象,逗着一支流转如踢跶舞似的笔,不知不觉走上了纯粹趣味性的路。除开最初一段,越往后越着重情节:一套又一套的戏法(我几乎要说是噱头),突兀之外还要突兀,刺激之外还要刺激,仿佛作者跟自己比赛似的,每次都要打破上一次的记录,像流行的剧本一样,也像歌舞团里的接一连二的节目一样,教读者眼花缭乱,应接不暇。描写色情的地方(多的是),简直用起旧小说和京戏——尤其是梆子戏——中最要不得而最叫座的镜头!《金锁记》的作者竟不惜用这种技术来给大众消闲和打哈哈,未免太出人意外了。

至于人物的缺少真实性,全都弥漫着恶俗的漫画气息,更是把 taste "看成了脚下的泥"。西班牙女修士的行为,简直和中国从前的三姑六婆一模一样。我不知半世纪前香港女修院的清规如何,不知作者在史实上有何根据;但她所写的,倒更近于欧洲中世纪的丑史,而非她这部小说里应有的现实。其次,她的人物不是外国人,便是广东人。即使地方色彩在用语上无法积极的标识出来,至少也不该把纯粹《金瓶梅》《红楼梦》的用语,硬嵌入西方人和广东人嘴里。这种错乱得可笑的化装,真乃不可思议。

风格也从没像在《连环套》中那样自贬得厉害。节奏,风味,品格,全不讲了。措词用语,处处显出"信笔所之"的神气,甚至往腐化的路上走。《倾城之恋》的前半篇,偶而已看到"为了宝络这头亲,却忙得鸦飞雀乱,人仰马翻"的套语;幸而那时还有节制,不过小疵而已。但到了《连环套》,这小疵竟越来越多,像流行病的细菌一样了:——"两个嘲戏做一堆","是那个贼囚根子在他跟前……","一路上凤尾森森,香尘细细","青山绿水,观之不足,看之有余","三人分花拂柳","衔恨于心,不在话下","见了这等人物,如何不喜","……暗暗点头,自去报信不提","他触动前情,放出风流债主的手段","有话即长,无话即短","那内侄如同箭穿雁嘴,钩搭鱼腮,做声不得"……这样的滥调,旧小说的渣滓,连现在的鸳鸯蝴蝶派和黑幕小说家也觉得恶俗而不用了,而居然在这里出现。岂不也太像奇迹了吗?

在扯了满帆,顺流而下的情势中,作者的笔锋"熟极而流",再也把不住舵。《连环套》逃不过刚下地就夭折的命运。

四、结 论

我们在篇首举出一般创作的缺陷,张女士究竟填补了多少呢?一大部分,也是一小部分。心理观察，文字技巧，想象力，在她都已不成问题。这些优点对作品真有贡献的，却只《金锁记》一部。我们固不能要求一个作家只产生杰作，但也不能坐视她的优点把她引入危险的歧途，更不能听让新的缺陷去填补旧的缺陷。

《金锁记》和《倾城之恋》，以题材而论似乎前者更难处理，而成功的却是那更难处理的。在此见出作者的天分和功力。并且她的态度，也显见对前者更严肃，作品留在工场里的时期也更长久。《金锁记》的材料大部分是间接得来的：人物和作者之间，时代，环境，心理，都距离甚远，使她不得不丢开自己，努力去生活在人物身上，顺着情欲发展的逻辑，尽往第三者的个性里钻。于是她触及了鲜血淋漓的现实。至于《倾城之恋》，也许因为作者身经危城劫难的印象太强烈了。自己的感觉不知不觉过量的移注在人物身上，减少了客观探索的机会。她和她的人物同一时代，更易混入主观的情操。还有那漂亮的对话，似乎把作者首先迷住了：过度的注意局部，妨害了全体的完成。只要作者不去生活在人物身上，不跟着人物走，就免不了肤浅之病。

小说家最大的秘密，在能跟着创造的人物同时演化。生活经验是无穷的。作家的生活经验怎样才算丰富是没有标准的。人寿有限，活动的环境有限；单凭外界的材料来求生活的丰富，决不够成为艺术家。唯有在众生身上去体验人生，才会使作者和人物同时进步，而且渐渐超过自己。巴尔扎克不是在第一部小说成功的时候，就把人生了解得那么深，那么广的。他也不是对贵族，平民，劳工，富商，律师，诗人，画家，荡妇，老处女，军人……那些种类万千的人的心理，分门别类的一下子都研究明白，了如指掌之后，然后动笔写作的。现实世界所有的不过是片段的材料，片段的暗示；经小说家用心理学家的眼光，科学家的耐心，宗教家的热诚，依照严密的逻辑推索下去，忘记了自我，化身为故事中的角色（还要走多少回头路，白化多少心力），陪着他们作身心的探险，陪他们笑，陪他们哭，才能获得作者实际未曾经历的经历。一切的大艺术家就是这样一面工作一面学习的。这些平凡的老话，张女士当然知道。不过作家所遇到的诱惑特别多，也许旁的更悦耳的声音，在她耳畔盖住了老生常谈的单调的声音。

技巧对张女士是最危险的诱惑。无论哪一部门的艺术家，等到技巧成熟过度，成了格式，就不免要重复他自己。在下意识中，技能像旁的本能一样时时骚动着，要求一显身手的机会，不问主人胸中有没有东西需要它表现。结果变成了文字游戏。写作的目的和趣味，仿佛就在花花絮絮的方块字的堆砌上。任何细胞过度的膨胀，都会变成癌。其实，彻底的说，技巧也没有止境。一种题材，一种内容，需要一种特殊的技巧去适应。所以真正的艺术家，他的心灵探险史，往往就是和技巧的战斗史。人生形相之多，岂有一二套衣装就够穿戴之理？把握住了这一点，技巧永久不会成癌，也就无所谓危险了。

文学遗产的记忆过于清楚，是作者另一危机。把旧小说的文体运用到创作上来，虽在适当的限度内不无情趣，究竟近于玩火，一不留神，艺术会给它烧毁的。旧文体的不能直接搬过来，正如不能把西洋的文法和修辞直接搬用一样。何况俗套滥调，在任何文字里都是毒素！希望作者从此和它们隔离起来。她自有她净化的文体。《金锁记》的作者没有理由往后退。

聪明机智成了习气，也是一块绊脚石。王尔德派的人生观，和东方式的"人生朝露"的腔调混合起来，是没有前程的。它只能使心灵从洒脱而空虚而枯涸，使作者离开艺术，离开人生，埋葬在沙龙里。

我不责备作者的题材只限于男女问题。但除了男女之外，世界究竟还辽阔得很。人类的情欲不仅仅限于一二种。假如作者的视线改换一下角度的话，也许会摆脱那种淡漠的贫血的感伤情调；或者痛快成为一个彻底的悲观主义者，把人生剥出一个血淋淋的面目来。我不是鼓励悲观。但心灵的窗子不会嫌开得太多，因为可以免除单调与闭塞。

总而言之：才华最爱出卖人！像张女士般有多方面的修养而能充分运用的作家（绘画，音乐，历史的运用，使她的文体特别富丽动人），单从《金锁记》到《封锁》，不过如一杯对过几次开水的龙井，味道淡了些。即使如此，也嫌太奢侈，太浪费了。但若取悦大众（或只是取悦自己来满足技巧欲，——因为作者能可谦抑地说：我不过写着玩儿的）到写日报连载小说（fcuilleton）的所谓 fiction 的地步，那样的倒车开下去，老实说，有些不堪设想。

宝石镶嵌的图画被人欣赏，并非为了宝石的彩色。少一些光芒，多一些深度，少了一些词藻，多一些实质：作品只会有更完满的收获。多写，少发表，尤其是服侍艺术最忠实的态度。（我知道作者发表的决非她的处女作，但有些大作家早年废弃的习作，有三四十部小说从未问世的记录。）文艺女神的贞洁是最宝贵的，也是最容易被污辱的。爱护她就是爱护自己。

一位旅华数十年的外侨和我闲谈时说起："奇迹在中国不算稀奇，可是都没有好收场。"但愿这两句话永远扯不到张爱玲女士身上！

读剧随感

决心给《万象》写些关于戏剧的稿件，是好久以前的事了。因为笔涩，疏懒，一直迁延到现在。朋友问起来呢，老是回答他：写不出。写不出是事实，但一部分，也是推诿。文章有时候是需要逼一下的，倘使不逼，恐怕就永远写不成了。

这回提起笔来，却又是一番踌躇：写什么好呢？题目的范围是戏剧，自己对于戏剧又知道些什么呢？自然，我对"专家"这个头衔并不怎样敬畏，有些"专家"，并无专家之实，专家的架子却十足，动不动就引经据典，表示他对戏剧所知甚多，同时也就是封住有些不知高下者的口。意思是说：你们知道些什么呢？也配批评我么？这样，专家的权威就保了险了。前些年就有这样的"专家"：在报纸上发表文章，号召建立所谓"全面的"剧评：剧评不但应该是剧本之评，而且灯光，装置，道具，服装，化妆……举凡有关于演出的一切，都应该无所不包地加以评骘。可惜那篇文章发表之后，"全面的"剧评似乎至今还是影踪全无。我倒抱着比较偷懒的想法，以为"全面"云云不妨从缓，首先是对于作为文艺一部门之戏剧须有深切的认识，这认识，是决定一切的。

我所考虑的，也就是这个认识的问题。

平时读一篇剧本，或者看一个戏剧的演出，断片地也曾有过许多印象和意见。后来，看到报上的评论，从自己一点出发——也曾有过对于这些评论的意见。但是，提起笔来，又有点茫茫然了。从苏联稗贩来的似是而非的理论，我觉得失之幼稚；装腔作势的西欧派的理论，我又嫌它抓不着痒处。自己对于戏剧的见解究竟如何呢？一时又的确回答不上来。

然而，文章不得不写。没有法子，只好写下去再说。

这里，要申明的，第一，是所论只限于剧本，题目冠以"读剧"二字，以示不致掠"专家"之美；第二，所说皆不成片段，故谓之"随感"，意云想到哪里，写到哪里也。

释题即竟，请入正文。

一、不是止于反对噱头

战后，话剧运动专注意"生意眼"，脱离了文艺的立场很远（虽然营业蒸蒸日上，竟可以和京戏绍兴戏媲美），这是众所周知的事实。特别是"秋海棠"演出以后，这种情形更为触目，以致使一部分有心人慨叹起来，纷纷对于情节戏和清唱噱头加以指摘。综其大成者为某君一篇题为"杞忧"的文章，里面除了对明星制的抨击外，主要提出了目前话剧倾向上二点病象：一曰闹剧第一主义，一曰演出杂耍化。

刚好手头有这份报纸，免得我重新解释，就择要剪贴在下面：

闹剧第一主义

其实，这是一句老生常谈的话，不过现在死灰复燃，益发白热化罢了。主要，我想这是基于商业上的要求；什么类型的观众最欢迎？这当然是剧团企业化后的先决问题。于是适应这要求，剧作家大都屈尊就辱。放弃了他们的"人生派"或"艺术派"的固守的主见，群趋"闹剧"（melodrama）的一条路上走去，因为只有这玩意儿：情节曲折，剧情热闹，苦——苦个痛快，死——死个精光，不求合理，莫问个性。观众看了够刺激，好在他们跑来求享受或发泄；自己写起来也方便，只要竭尽"出奇"和"噱头"的能事！

……岂知这种荒谬的无原则的"闹剧第一主义"，不仅断送了剧艺的光荣的史迹，阻碍了演出和演技的进步，使中国戏剧团堕入万劫不复的深渊，嗣后只有等而下之，不会再向上发展一步，同时可能得到"争取观众"的反面——赶走真正热心拥护它的群众，因之，作为一个欣赏剧艺的观众，今后要想看一出有意义的真正的悲剧或喜剧，恐怕也将不可能了！

演出"杂耍化"

年来，剧人们确是进步了，懂得观众心理，能投其所好。导演们也不甘示弱，建立了他们的特殊的功绩，这就是，演出"杂耍化"。安得列夫的名著里，居然出现了一段河南杂耍，来无踪去无影，博得观众一些愚蠢的哄笑！其间，穿串些什么象舞，牛舞，马舞——纯好莱坞电影的无聊的噱头。最近，话剧里插京剧，似乎成了最时髦的玩意儿，于是清唱，插科打诨，锣鼓场面，彩排串戏……甚至连夫子庙里的群芳会唱都搬上了舞台，兴之所至，再加上这么一段昆曲或大鼓，如果他们想到申曲或绍兴戏，又何尝安插不上？我相信不久的将来，连科天影的魔术邓某某的绝技，何什么的扯铃……独角戏，口技，或草裙舞等，都有搬上舞台的可能，这样，观众花了一次代价，看了许多有兴味的杂耍，岂不比上游戏场还更便宜，经济！……

上面所引，大部分我是非常同感的。但我以为：光是这样指出，还是不够。固然，闹剧第一和杂耍化等都是非常要不得的，但我想反问一句：不讲情节，不加噱头，难道剧本一定就"要得"了么？那又不尽然。

在上文作者没有别的文章可以被我征引之前，我不敢说他的文章一定有毛病，但至少是不充分的。

一个非常明显的破绽，他引《大马戏团》里象舞牛舞马舞为演出杂耍化作佐证，似乎就不大妥当。事实如此，《大马戏团》是我一二年来看到的少数满意戏中的一个，这样的戏而被列为抨击的对象，未免不大公允。也许说的不是剧本，但导演又有什么引起公愤的地方呢？加了象舞、牛舞、马舞，不见得就破坏了戏剧的统一的情调。演员所表达的"惜别"的气氛不大够，这或许是事实，但这决不是导演手法的全盘的失败。同一导演在《阿Q正传》中所用的许多样式化（可以这样说吗？）手法，说实话，我是不大喜欢的。我对《大马戏团》的导演并无袒护之处，该文作者将《大马戏团》和《秋海棠》等戏并列，加以攻击，我总觉得不能心服。

然而，抱有这样理论的人，却非常之多。手头没有材料，就记忆所及，就有某周刊上"一年来"的文章，其中列为一年来好戏者有四五个，固然，《称心如意》是我所爱好的，其余几个，我却不但不以为好戏，而且对之反感非常之深。我奇怪，"一年来"的作者为什么欣赏《称心如意》呢？外国人的虚构而被认为"表现大地气息"，外国三四流的作品而被视做"社会教化名剧"……抱有这样莫名其妙的文艺观的人，他对《称心如意》是否真的欣赏呢？其理解是否真的理解呢？在这些地方，我不免深于世故而有了坏的猜测。我想一定是为了《称心如意》中没有曲折情节或京剧清唱之故。这样，就成了为"反对"而反对。对恶劣倾向的反对的意义也就减弱了。

我并不拥护噱头。相反，我对噱头有同样深的厌恶。但是，我想提起大家注意，这样一窝风的去反对噱头是不好的。我们不应该止于反对噱头，我们得更进一步，加深对戏剧的文学的认识，加深对人物性格的把握。一篇乌七八糟的充文艺的作品，并不一定比噱头戏强多少。反之，如果把噱头归纳成几点，挂在城门口，画影图形起来，说：凡这样的，就是坏作品，那倒是滑天下之大稽的。

二、内容与技巧孰重？

新文艺运动上一个永远争论，但是永远争论不出结果来的问题——需要不需要"意识"？或者换一种说法：内容与技巧孰重？

对这问题，一向是有三种非常单纯的答案。

一、主张意识（亦即内容——他们以为）超于一切的极左派；

二、主张技巧胜于一切的极右派；

三、主张内容与技巧并重的折衷派。

其中，第二种技巧论是最落伍的一种。目前，它的公开的拥护者差不多已经绝迹，但"成名作家"躲在它的羽翼下的，还是非常之多。第一种最时髦，也最简便，他像前清的官吏，不问青红皂白，把犯人拉上堂来打屁股三十了事，口中念念有词，只要背熟一套"意识"呀"社会"呀的江湖诀就行。第三种更是四平八稳，"意识要，技巧也要"，而实际只是从第一派支衍出来的调和论而已。

说得刻薄点，这三派其实都是"瞎子看匾"，争论了半天，匾根本还没有挂出来哩。

第一第三派的理论普遍，刊物上，报纸上到处可以看到不少。这一点，如《海国英雄》上演时有人要求添写第五幕以示光明之到来，近则有某君评某剧"……主人公之恋爱只写到了如'罗亭'一样而缺乏'前夜'的写实"云云的妙语。尤其有趣的，是两个人对《北京人》的两种看法，一个说他表达出了返璞归真的"意识"——好！一个又说他表达出了茹毛饮血的"意识"——不好！这哪里是在谈文艺？简直是小学生把了笔在写描红格，写大了不好，写小了不好，写正了不好，写歪了也不好，总之，不能跳出批评老爷们所"钦定"的范围才谓之"好"。可惜批评老爷们的意见又是这样地歧异，两个人往往就有两种不同的批示！

写到这里，我不禁又要问一句了：譬如《海国英雄》吧，左右是那么一出戏，加了第五幕怎样？不加第五幕又怎样呢？难道一个"尾巴"的去留就能决定一篇作品价值之高下吗？《北京人》是一部好作品，有优点，也有缺点，但是，优点就在返璞归真，缺点就在茹毛饮血吗？

光明尾巴早已是被申斥了的，但这种理论是残余，却还一直深印在人们的脑海，久久不易拔去。人们总是要求教训——直接的单纯的教训（此前些年"历史剧"之所以煊赫一时也）。《秋海棠》的观众们（大概是些小姐太太之流）要求的是善恶分明的伦理观念，戏子可怜，姨太太多情，军阀及其走狗可恶……等等。前进派的先生们看法又不同了，但是所要求的伦理观念还是一样，戏子姨太太不过换了"到远远的地方去……"的革命青年罢了。

我这样说，也许有人觉得过分。前进派的批评家到底不能和姨太太小姐并提呀！自然，前者在政治认识上的进步，是不容否认的。但是，政治认识尽管"正确"，假使没有把握住文艺的本质，也还是徒然。这样的批评家是应该淘汰的。这样的批评家孵育下所产生的文艺作家，更应该被淘汰。

现在要说到第二派了。前面说过，他们的理论是非常落伍的。目下凡是一些不自甘于落伍的青年，大都一听见他们的理论就要头痛。但是，我又要说一句不合时流的话：这也不能一概而论。唯技巧论是应该反对的，但也得看你拿什么来反对。如果为了反技巧而走入标语口号或比标语口号略胜一筹的革命伦理剧，那正是单刀换双鞭，半斤对八两，我以为殊无从判别轩轾。

总括地说，第一第三派的毛病是根本不知文艺为何物，第二派的毛病则在日亲王尔德、莫利哀等人作品，而同样没有认清楚这些作家的真面目——至多只记熟一些警句，以自炫其博学而已。

那么，文艺到底是什么东西呢？

第一，它的构成条件决不是一般人所说的政治"意识"。历史上许多伟大的文艺作家，他们的意识未必都"正确"，甚至还有好些非常成问题的。

第二，也决不是为了他们技巧好，场面安排得紧凑，或者对白写得"帅"。事实上，有许多伟大作家是不讲词藻的，而中国许多斤斤于修辞锻句的作家，其在文学上的成就，却非常可怜（这里得补充一点技巧倘指均衡，谐和，节奏……等所构成的那整个的艺术效果而言，自然我也不反对，文体冗长如杜思妥益夫斯基，他的作品还是保持着一定的基调的。但这，与其说杜氏的技巧如何如何好，倒不如说他作品里另外有感人的东西在）。

第三，当然更不是因为什么意识与技巧之"辩证法的统一"。这些人大言不惭地谈辩证法，其实却是在辩证法的旗帜下偷贩着机械论的私货。

曹禺的成功处，是在他意识的正确么？技术的圆熟么？或者此二者的机械的揉合么？都不是的。拿《北京人》来说，愫芳一个人在哭，陈奶妈进来，安慰她……这样富有感情的场面，我们可以说一句：是好场面。前进作家写得出来么？艺术大师写得出来么？曹禺写出来了，那就是因为曹禺蘸着同情的泪深入了曾文清，曾思懿，愫芳……等人的生活了之故。意识需要么？需要的。但决不是一般人所说的那种单纯的政治"意识"。决定一件艺术品优胜劣败的，说了归齐，乃是通过文艺这个角度反映出来的——作家对现实之认识。

这里，就存在着一切大作家成功的秘诀。

作品不是匠人的东西。在任何场合，它都展示给我们看作家内在的灵魂。当我们读一篇好作品时，眼泪不能抑制地流了下来，但是还不得不继续读下去，我们完全被作品里人物的命运抓住了。这样，一直到结束，为哭泣所疲倦，所征服，我们禁不住从心窝里感谢作者——是他，使我们的胸襟扩大，澄清，想抛弃了生命去爱所有的人！……

在这种对比之下，字句雕琢者，文字游戏者……以及"打肿脸成胖子"的口头革命家之流，岂不要像浪花一样显得生命之渺小么？

三、关于"表现上海"

大约三四年前吧，正是大家喊着"到远远的地方去……"（或者"大明朝万岁"之类）沉醉于一些空洞的革命辞句的时候。"表现上海"的口号提出来了。

但是，结果如何呢？还是老毛病：大家只顾得"表现上海"，却忘记从人物性格，人与人的关系上去表现上海了。比"到远远的地方去……"或者"大明朝万岁"自然实际多了，这回的题材尽是些囤米啦，投机啦……之类，但人物同样地是架空的，虚构的。这样的作家，我们只能说他是观念论者，不管他口头上"唯物论，唯物论……"喊得多起劲。

发展到极致，更造成了"繁琐主义"的倾向（名词是我杜造的）。这在戏剧方面，表现得最显明。黄包车夫伸手要钱啦，分头不用，用分头票啦，铁丝网啦，娘姨买小菜啦……等等。上海气味诚然十足，但我不承认这是作家对现实的透视。相反，这只是小市民对现实的追随。

"吴友如画宝"现在是很难买到了。里面就有这样的图文:《拔管灵方》;意谓将臭虫捣烂,和以面粉,插入肛门,即能治痔疮。图上并画出一张大而圆的屁股来,另一人自后将药剂插入。另有二幅,一题《医生受毒》,一题《粪淋娇客》,连呕吐的腥腥东西以及尿粪都一并画在图上。我人看后,知道清末有这样的风俗,传说,对民俗学的研究上不能说绝无俾助,然而艺术云乎哉!

我不想拿"吴友如画宝"和某些表现上海的作品比拟,从而来糟蹋那些作品的作者。我只是指出文学上"冷感症"所引起的许多坏结果,希望大家予以反省而已。

这许多病象,现在还存在不存在呢?还存在的。谓余不信,不妨随手举几个例子:

一、"关灯,关灯,空袭警报来啦",戏中颇多这样的噱头。这不显明地是繁琐主义的重复么?这和整个的戏有什么关系呢?由此可以帮助观众了解上海的什么呢?

二、关于几天内雪茄烟价格的变动,作者调查得非常仔细,并有人在特刊上捧之为新写实主义的典范。作者的心血,我们当然不可漠视,但也得看看心血化在了一些什么地方。如果新写实主义者只能为烟草公司制造一张统计表,那么,我宁取旧写实主义。

三、对话里面硬加许多上海白,如"自说自话","搅搅没关系"……等,居然又有"唯一的诗情批评家"之某君为之吹嘘;"活的语言在作家笔下开了花了……"云云。这实在让人听了不舒服。比之作者,我是更对这些不负责任的批评家们不满的。捧场就捧场得了,何苦糟蹋"新写实主义""活的语言"呢?

这类例子,实在是举不胜举。而这意见的出入,就在对"现实"两个字的诠释。

我对企图表现上海的作家的努力,敬致无上的仰慕。但有一点要请求他们注意:勿卖弄才情,或硬套公式,或像《子夜》一样,先有了一番中国农村崩溃的理论再来"制造"作品。而是得颠倒过来:热烈地先去生活,在生活里,把到现在为止只是书斋的理论加以深化,揉和著作者的血泪,再拿来再现在作品。

且慢谈表现什么,或者给观众带回去什么教训。只要作者真有要说的话,作者能自身也参加在里面,和作品里的人物一同哭,一同受难,有许多话自然而然地奔赴笔尖，一个字一个字，像活的东西一样蹦跳到纸上，那便是好作品的保证。也只有那样，才能真到"表现"出一些什么东西来。

什么都是假的。决定一件艺术品的品格的，就是作者自身的品格。

四、论鸳鸯蝴蝶派小说之改编

鉴于《秋海棠》卖座之盛，张恨水的小说也相继改编上演了。姑无论改编者有怎样的口实，至少动机是为了"生意眼"，那是不可否认的。其实"生意眼"也不是什么可耻的事，只要是对得起良心的生意就成。

张恨水的小说改编得如何，不在本文讨论之列。本文只想对鸳鸯蝴蝶派作一简单的评价。既有评价，鸳鸯蝴蝶派之是否值得改编以及应该怎样改编，就可任凭读者去想像了。

对于《秋海棠》，说实话，我是没有好感的——虽然秦瘦鸥自己不承认《秋海棠》是鸳鸯蝴蝶。张恨水就不同了。我始终认为他是鸳鸯蝴蝶派中较有才能的一个。在体裁上，也许比秦瘦鸥距离新文艺更远（如章回体，用语之陈腐……等），但这都没有关系，主要的在处理人物的态度上，他是更为深刻，更为复杂的。因此一点，也就值得我们向他学习。

张恨水的小说我看得并不多。有许多也许是非常无聊的。但读了《金粉世家》之后，使我对他一直保持着相当的崇敬，甚至觉得还不是有些新文艺作家所能企及于万一的。在这部刻画大家庭崩溃没落的小说中，他已经跳出了鸳鸯蝴蝶派传统的圈子，进而深入到对人物性格的刻画。

然而张恨水的成功只是到此为止。我不想给予他过高的估价。

最近，刊物上开始有人丑诋所谓"新文艺腔"了。新文艺腔也许真有，亦未可知，但那种一笔抹煞的态度，窃未敢引为同调。一位先生引了萧军小说中一段描写，然后批道：全篇废话！其实用八个字就可以说完（大概是"日落西山""大雪纷飞"之类非常笼统的话，详细已忘）。这是历史的倒退，在他们看来，新文艺真不如"水浒""三国志"了。

萧军行文非常疙瘩，且有故意学罗宋句法之嫌。但这不能掩盖他其余的优点。

同样，张恨水对生活的确熟悉之至，但这许多优点，却不能掩盖他主要的弱点——他对生活的看法，到底，不免鸳鸯蝴蝶气啊！

鸳鸯蝴蝶的特点到底是什么呢？

我以为那就是"小市民性"。

张恨水是完全小市民的作家。他写金家的许多人物，父母、子女、兄弟、妯娌、姑嫂……以及金家周围的许多亲戚朋友，都是站在和那些人同等的地位去摄取的。他所发的感慨正是金家人的感慨。他所主张的小家庭主义正是金家人所共抱的理想。实际上他就是那些人中间的一个。他不能站在更高的角度去理解他们，批判他们。

我并不要求张恨水有什么"正确的世界观"，或者把主人公写得怎么"觉悟"，怎么"革命"，而是说，作者得跳出他所描写的人物圈子，站在作为作家的立场上去看一看人。

曹雪芹在文学上的成就，就大多了。那就是因为他有了自己的哲学——不管这哲学是多么无力，多么消极——他能从自己的哲学观点去分析笔下的那些人。

写作的诀窍就在这里：得深入生活，同时又得跳出生活！

五、驳斥几种谬论

上面几节已经把我的粗浅的意见说了个大概。就是，我认为，决定一篇作品好坏的，乃是作家对现实之深刻的观察和分析（当然得通过文艺这个特殊的角度）。

遗憾的是，合乎标准的作品，却少得可怜。不但少而已，还有人巧立名目和这原则背逆，那就更其令人痛心了。

这种巧立名目的理论，我无以名之，名之为"谬论"。

第一种谬论说：这年头儿根本用不着谈文艺。尤其是戏剧，演出了完事，就是赚钱要紧。因此，公开地主张多加噱头。

这种议论，乍看也未尝不头头是道。君不见，天天挤塞在话剧院里的人何止千万，比起从前"剧艺社"时代来，真是不可同日而语。不加噱头行吗？

然而，这是离开了文艺的立场来说话的。和他多辩也无益。

也有人说：这是话剧的通俗化，那就不得不费纸墨来和他讨论一下。

首先，我对通俗化三字根本就表示怀疑。假使都通俗到《秋海棠》那样，那何不索性上演话剧的《山东到上海》，把大世界的观众也争取了来呢？事实上，《称心如意》那样的文艺剧，据我所知，爱看的人也不少（当然不及《秋海棠》或《小山东》）。那些大都是比较在生活里打过滚的人，他们的口味幸还不曾被海派戏所败倒，他们感觉兴趣的是戏中人的口吻，神情，所以看到阔亲戚的叽叽喳喳，就忍不住笑了。当然，抱了看噱头的眼光来看这出戏是要失望的。

"通俗化"的正确的诠释，应该就是人物的深刻化。从人物性格的刻画上去打动观众，使观众感到亲切。脱离了人物而抽象地谈什么"通俗不通俗"，无异是向低级观众缴械，结果，只有取消了话剧运动完事。

事实上，现在已经倾向到这方面来了。不说普通的观众，连一部分指导家们也大都有这样的意见，似乎不大跳大叫，白刀子进红刀子出就不成其为戏剧似的。喜剧呢，那就一律配上音乐，打一下头，鼓咚的一声；脱衣服时，钢琴键子卜龙龙龙的滑过去。兴趣都被放在这些无聊的东西上面，话剧的前途真是非常可怕的。说起来呢，指导家们会这样答覆你：不这样，观众不"吃"呀！似乎观众都是天生的屠种，不配和文艺接近的。这真是对观众的侮辱，同时也是对文学机能的蔑视。我不否认有许多观众是为了看热闹来的，给他们看冷静点的戏，也许会掉头不顾而去，但这样的观众即使失去，我以为也并不值得惋惜。

第二种谬论，比前者进了一步。他们不否认话剧运动有上述的危机，他们也知道这样发展下去是不好的，但是"……没有法子呀！一切为了生活！"淡淡"生活"两个字，就把一切的责任推卸了！

对说这话的人，我表示同情。事实如此，现在有许多剧本，拿了去，被导演们左改右改，你也改，我也改，弄得五牛崩尸，再不像原来的面目。生活程度又如此之昂贵。怎么办呢？当然只有敷衍了事的一法。

然而，还是那句话：尽可能地不要脱离人物性格。

文艺究竟不是"生意经"，粗制滥造些，是可被原谅的，但若根本脱离了性格，那就让步太大了。

我不劝那些作家字斟句酌地去写作。那样做，别的不说，肚子先就不答应。不过，话又说回来。这并不能作玩弄噱头的藉口。生活的担子无论怎么压上来，我们的基本态度是不能改变的。

第三种谬论，可以说是谬论之尤。他们干脆撕破了脸，说道：我这个是……剧，根本不能拿你那个标准来衡量的！前二种谬论，虽然也在种种藉口下躲躲闪闪，但文艺的基本原则，到底还没有被否认。到这最后一种，连基本的原则都被推翻了，他们的大胆，不能不令人吃惊。

什么作品可以脱离现实呢？无论你的才思多么"新奇"，那才思到底还是现实的产物。既是现实的产物，我们就可以拿现实这个标准来批评它。

一个人对现实的看法，是无在而无不在的。文以见人，从他的文章里，也一定可以看出为人的态度来——无论那篇文章写得多么渺茫不可捉摸。不是吗？在许多耀眼的革命字眼之下，结果还是发现了在妓院里打抱不平的章秋谷（见《九尾龟》）式的英雄……

六、并非"要求过高"

回过头来一看，觉得自己似乎是在旷野里呐喊。喊完之后，回答你的，只是自己的回声的嘲笑。

有几个人会同意我的话呢？说不定还会冷冷地说一句，这是要求过高。

前些年就有这样冷眼旁观的英雄。当"历史剧"评价问题正引起人们激辩的时候，他出来说话了：历史剧固然未必好，但是应该满意的了——要求不可过高呀！

后来又有各种类似的说法：

一、批评应该宽恕；

二、须讲"统一战线"；

三、坏的，得评，好的，也应该指出……等等。

这样，一场论战就被化为面子问题，宽恕问题了。

不错，东西有好的，也有坏的，梅毒患到第三期的人，说不定还有几颗好牙齿哩！但是，这样的批评有什么意思呢？我顶恨的就是这种评头品足的批评。因为它们只有使问题愈弄愈不明白。

我的意见正相反，我以为斤斤于一件作品哪一点好，哪一点坏，是毫无意义的。主要的，我们须看它的基本倾向如何，基本倾向倘是走的文艺的正路，其余枝节尽可以不管，否则，饶你有更大的优点，我也要说它是件坏作品。

这何尝是"要求过高"！这明明是各人对文艺的认识的不同。

譬如不甚被人注意的《称心如意》，我就认为是一二年来难得的一部佳作。也许有人要奇怪：我为什么在这短文里要一再提到它？难道就没有比它更好的作品了？这样想的人，说不定正是从前骂人要求过高的人亦未可知。

《大马戏团》因为取材较为热闹之故，比较地容易使观众接受。顶倒楣的是《称心如意》这类作品。左派说它"温开水"，不如《结婚进行曲》有意义。右派比较赞成它,但内心也许还在鄙薄它,说它不如自己的有些"肉麻当有趣"的作品那样结构完密,用词富丽。《称心如意》得到这样的评论,这也就是我特别喜爱它的原因。

别瞧《称心如意》这样味道很淡的作品,上述二派人恐怕就未必写得出来。这是勉强不来的事。《称心如意》的成功,是杨绛先生日积月累观察人生深入人生后的结果。这和空洞的政治意识不同,是可望而不可求的。同时,也和技巧至上论者的技巧不同,不是看几本书就可"雕琢"出来的。

《称心如意》不可否认地有它许多写作上的缺点和漏洞。但我完全原谅它。

这何尝是"要求过高"!

七、尾 声

写到此处,拉拉杂杂,字数已经近万了。还有许多话,只好打住。

最后,我要申明一句:因为是抽空出来说的原故,凡所指摘的病征,也许甲里面有一些,乙里面也有一些,然而,这不是"人身攻击"。请许多人不必多疑,以为这篇文章是专对他而发的,那我就感激不尽了。

倘仍有人老羞成怒,以为失了他作家的尊严者,那我就没有办法——无奈,只好罚他到《大马戏团》里去饰那个慕容天锡的角色罢。

翻译经验点滴

《文艺报》编辑部要我谈谈翻译问题，把我难住了，多少年来多少人要我谈，我都婉词谢绝，因为有顾虑。谈翻译界现状吧，怕估计形势不足，倒反犯了自高自大的嫌疑；五四年翻译会议前，向领导提过一份意见书，也是奉领导之命写的，曾经引起不少人的情绪，一之为甚，岂可再乎？谈理论吧，浅的大家都知道，不必浪费笔墨；谈得深入一些吧，个个人敝帚自珍，即使展开论战，最后也很容易抬出见仁见智的话，不了了之。而且翻译重在实践，我就一向以眼高手低为苦。文艺理论家不大能兼作诗人或小说家，翻译工作也不例外；曾经见过一些人写翻译理论，头头是道，非常中肯，译的东西却不高明得很，我常引以为戒。不得已，谈一些点点滴滴的经验吧。

我有个缺点：把什么事看得千难万难，保守思想很重，不必说出版社指定的书，我不敢担承，便是自己喜爱的作品也要踌躇再三。一九三八年译《嘉尔曼》，事先畏缩了很久，一九五四年译《老实人》，足足考虑了一年不敢动笔，直到试译了万把字，才通知出版社。至于巴尔扎克，更是远在一九三八年就开始打主意的。

我这样的踌躇当然有思想根源。第一，由于我热爱文艺，视文艺工作为崇高神圣的事业，不但把损害艺术品看做像歪曲真理一样严重，并且介绍一件艺术品不能还它一件艺术品，就觉得不能容忍，所以态度不知不觉的变得特别郑重，思想变得很保守。译者不深刻的理解、体会与感受原作，决不可能叫读者理解、体会与感受。而每个人的理解、体会与感受，又受着性格的限制。选择原作好比交朋友：有的人始终与我格格不入，那就不必勉强；有的人与我一见如故，甚至相见恨晚。但即使对一见如故的朋友，也非一朝一夕所能真切了解。想译一部喜欢的作品要读到四遍五遍，才能把情节、故事，记得烂熟，分析彻底，人物历历如在目前，隐藏在字里行间的微言大义也能慢慢咂摸出来。但做了这些功夫是不是翻译的条件就具备了呢？不。因为翻译作品不仅仅在于了解与体会，还需要进一步把我所了解的，体会的，又忠实又动人的表达出来。两个性格相反的人成为知己的例子并不少，古语所谓刚柔相济，相反相成；喜爱一部与自己的气质迥不相侔的作品也很可能，但要表达这样的作品等于要脱胎换骨，变做与我性情脾气差别很大，或竟相反的另一个人。倘若明知原作者的气质与我的各走极端，那倒好办，不译就是了。无奈大多数的情形是双方的精神距离并不很明确，我的风格能否适应原作的风格，一时也摸不清。了解对方固然难，了解自己也不容易。比如我有幽默感而没写过幽默文章，有正义感而没写过匕首一般的杂文；面对着服尔德那种句句辛辣，字字尖刻，而又笔致清淡，干净素雅的寓言体小说，叫我怎能不逡巡畏缩，试过方知呢？《老实人》的译文前后改过八道，原作的精神究竟传出多少还是没有把握。

因此，我深深的感到：（一）从文学的类别来说，译书要认清自己的所短所长，不善于说理的人不必勉强译理论书，不会做诗的人千万不要译诗，弄得不仅诗意全无，连散文都不像，用哈哈镜介绍作品，无异自甘作文艺的罪人。（二）从文学的派别来说，我们得弄清楚自己最适宜于哪一派：浪漫派还是古典派？写实派还是现代派？每一派中又是哪几个作家？同一作家又是哪几部作品？我们的界限与适应力（幅度）只能在实践中见分晓。勉强不来的，即是试译了几万字，也得"报废"，毫不可惜；能适应的还须格外加工。测验"适应"与否的第一个尺度，是对原作是否热爱，因为感情与了解是互为因果的；第二个尺度是我们的艺术眼光，没有相当的识见，很可能自以为适应，而实际只是一厢情愿。

使我郑重将事的第二个原因，是学识不足，修养不够。虽然我趣味比较广，治学比较杂，但杂而不精，什么都是一知半解，不派正用。文学既以整个社会整个人为对象，自然牵涉到政治、经济、哲学、科学、历史、绘画、雕塑、建筑、音乐，以至天文地理，医卜星相，无所不包。有些疑难，便是驰书国外找到了专家说明，因为国情不同，习俗不同，日常生活的用具不同，自己懂了仍不能使读者懂。（像巴尔扎克那种工笔画，主人翁住的屋子，不是先画一张草图，情节就不容易理解清楚。）

琢磨文字的那部分工作尤其使我长年感到苦闷。中国人的思想方式和西方人的距离多么远。他们喜欢抽象，长于分析；我们喜欢具体，长于综合。要不在精神上彻底融化，光是硬生生的照字面搬过来，不但原文完全丧失了美感，连意义都晦涩难解，叫读者莫名其妙。这不过是求其达意，还没有谈到风格呢。原文的风格不论怎么样，总是统一的，完整的；译文当然不能支离破碎。可是我们的语言还在成长的阶段，没有定形，没有准则；另一方面，规范化是文艺的大敌。我们有时需要用文言,但文言在译文中是否水乳交融便是问题;我重译《克利斯朵夫》的动机,除了改正错误,主要是因为初译本运用文言的方式,使译文的风格驳杂不纯。方言有时也得用,但太浓厚的中国地方色彩会妨碍原作的地方色彩。纯粹用普通话吧,淡而无味,生趣索然,不能作为艺术工具。多读中国的古典作品,熟悉各地的方言,急切之间也未必能收效,而且只能对译文的语汇与句法有所帮助;至于形成和谐完整的风格,更有赖于长期的艺术熏陶。像上面说过的一样,文字问题基本也是个艺术眼光的问题;要提高译文,先得有个客观标准,分得出文章的好坏。

文学的对象既然以人为主,人生经验不丰富,就不能充分体会一部作品的妙处。而人情世故是没有具体知识可学的。所以我们除了专业修养,广泛涉猎以外,还得训练我们观察、感受、想象的能力;平时要深入生活,了解人,关心人,关心一切,才能亦步亦趋的跟在伟大的作家后面,把他的心曲诉说给读者听。因为文学家是解剖社会的医生,挖掘灵魂的探险家,悲天悯人的宗教家,热情如沸的革命家;所以要做他的代言人,也得像宗教家一般的虔诚,像科学家一般的精密,像革命志士一般的刻苦顽强。

以上说的翻译条件,是不是我都做到了?不,差得远呢!可是我不能因为能力薄弱而降低对自己的要求。艺术的高峰是客观的存在,决不会原谅我的渺小而来迁就我的。取法乎上,得乎其中,一切学问都是如此。

另外一点儿经验,也可以附带说说。我最初从事翻译是在国外求学的时期,目的单单为学习外文,译过梅里美和都德的几部小说,非但没想到投稿,译文后来怎么丢的都记不起来:这也不足为奇,谁珍惜青年时代的课卷呢?一九二九年至三一年间,因为爱好音乐,受到罗曼·罗兰作品的启示,便译了《贝多芬传》,寄给商务印书馆,被退回了;一九三三年译了莫洛阿的《恋爱与牺牲》寄给开明,被退回了(上述二种以后都是重新译过的)。那时被退的译稿当然不止这两部;但我从来没有什么不满的情绪,因为总认为自己程度不够。事后证明,我的看法果然不错;因为过了几年,再看一遍旧稿,觉得当年的编辑没有把我幼稚的译文出版,真是万幸。和我同辈的作家大半都有类似的经历。甘心情愿的多做几年学徒,原是当时普遍的风气。假如从旧社会中来的人还不是一无足取的话,这个风气似乎值得现代的青年再来提倡一下。

吾国过去教育之检讨

时至今日，任何人都感到吾国的教育已面临严重的关头。辛丑以来，学制教材屡次更改，全国教育会议亦召开多次，而学生成绩反每况愈下，服务效率更日趋低降。长期抗战的结果，整个国家的机构为之动摇，过去筚路蓝缕、惨澹经营的一些薄弱的教育根基，亦破坏殆尽。在此复兴建设、实现民主的口号高唱入云之际，关键所在的教育问题似尚未受到应有的注意。作者不揣谫陋，愿在这方面先作一番粗疏的检讨。但篇幅有限，材料缺如，许多细节未能彻底探讨，观察错误亦属难免，阅者谅之。

一、征　象

社会的诟病　公私机关的抱怨人才荒落，久已习闻；不是说技能不足，学识浅薄；便是说学校出身的青年不合实际需要。比较现代化的企业，纵使用大规模的招考方法，仍不易觅得适当的职员。对于主管事务的观察，判断，应付，固谈不到；甚至寻常文件及计算工作亦多不能胜任。反之，凡大中学生的不良习气，如虚荣、傲慢、希望奢而能力低等等，倒应有尽有，使雇主望而生畏，不敢领教。乏于社会人士对学生智识程度与道德水准的慨叹，尤其普遍，毋容赘述。

教育家与教师的苦闷　办学的和当教师的首当其冲，苦闷之深可想而知。他们的观点是：（一）新生考的程度一届不如一届。倘取舍严格，则学校经济无法维持；倘从宽取录，则程度参差，影响教学，损及校誉。（二）青年求知欲衰退；即用功学生，亦仅知埋首课本，于真知实学甚少兴味。此点使优良教师大为失望，而以身经五四运动巨潮之教师为尤甚。（三）社会恶习深入学校；流连于歌场舞榭者固不待言，投机取巧，嚣张横暴之事，皆所习见。师道尊严，破坏无遗。

政府当局的失望　上述种种，胥为十五年来政府痛心疾首之事。民国二十二年下半年起，各校实施军训，后又举办暑期集训。民国廿一年教育部下令各大学停收文法科学生，旋复裁减若干学校之文法科。这两项重要的措施，一是整饬风纪,并为国民军训的准备;一是针对社会上人浮于事的现象,同时提倡实科,为建设事业做初步准备。此外,如整顿学风的文告,三令五申,虽不无其他政治作用,亦足见政府改善教育之决心。

学生的痛苦 然而青年本身的痛苦,比之政府社会,实有过无不及。即使平日耽于嬉游的学生,到毕业时也不免为职业的恶梦所扰。至于勤奋的学生,头脑较为清醒,苦闷亦愈甚;举其大者而言:(一)学科不合社会需要;眼见前辈同学一出校门即成问题的先例,早已不寒而栗。学非所用,用非所学,似乎是现代中国青年命定的悲剧。(二)平时功课繁重,连预习复习都无暇应付,遑论融会贯通。至于锻炼身体的运动,更无时间可以支配。此种情形,使埋头苦攻的学生疲于奔命,不知自爱的学生更趋荒废。(三)一部分学科不合青年需要(按青年需要与社会需要未必尽同),一部分教员不能尽职,或竟滥竽充数。

总之,社会各方面都对教育现状深致不满,而且交相指摘,例如:(一)社会怨人才寥落,青年恨怀才不遇。(二)教师叹学生的不可教,学生愤教师的敷衍塞责。(三)青年怨政府不代谋出路,政府指学生不堪任用。更显著的矛盾是:当局一面认为文法科学生太多;一面又感行政人才缺乏,远在民国二十年之前,即遍设财政、税务、地方自治等各种人员的训练班或养成所,甚至由行政院特设行政效率研究会,足见公务人员的供求不相应。据世界各国通例,大学文法科毕业生,除了从事专门研究和自由职业之外,大多数投身于各级政府机关服务。今吾国一面停收文法科学生,一面另办训练班,养成所,非独矛盾,抑且浪费。

吾国教育界之畸形状态,民国二十年以后逐渐显著,经此战乱,变本加厉,自不足怪。近八年中的教育法令,调查报告,统计数字,泰半阙如,故实际情形,一时甚难明了。但有数点可得而言:(一)二十八年教育部曾有通令,凡修业期未满之大中学生,在流亡中服务军政机关而有证明文件者,回至原校或转入他校时,均得以服务年期抵充修学年期。此项通令有效期限何时为止,不得而知;当时情势特殊,当局自有苦衷;但于战争初期学生成绩不无重大影响,亦难否认。服务经验确甚宝贵,究不能与学术智识混为一谈,更不能彼此替代。(二)战前成绩较优之学府,转辗迁徙,元气大伤;非特规模不复当年,图书仪器泰半损失,抑且师资星散,环境大异,不得不降低水准,迁就现实。至战前本属平庸或办理欠佳之学校,八年中与世浮沉,内容更不堪问。(三)抗战期间,国民道德渐灭殆尽,人格操守,堕落已极;青年血气未定，耳濡目染，尤难把握。投机侥幸，以实学为无用，视学校为过渡之心理，非独遍及学生，即家长亦复如此。沦陷地区之中学生，三年前已在教室内讨论洋烛市价，股票行情；即此一端，可概其余。（四）社会经济到处枯竭，失学青年与岁俱增；衣食不周，何来余钱购买图书？失学之余，并自修亦不可能。

由此观之，人才恐慌之象，短期内决难消灭，且有益趋严重之势。复兴建设所需要的人才，以量言，较前激增（仅以实行实业计划最初十年内所需各级干部之人才而论，即达二百四十六万人之多，见《中国之命运》页七一）；以质言，较前提高。而近八年的教育造就，以之应付承平时代尚感困难，遑论建国大业与善后工作了。烽火虽熄，来日大难，决非危言耸听也。

二、剖　视

大家知道，教育的落后与腐败，不外政治未上轨道，国民经济贫乏，道德破产，一言以蔽之，客观环境太恶劣。这种说法虽属实情，但容易使人以这些一时无法解决的大题目为藉口，而不再进一步探求症结所在。环境固然大不利于教育的发展，但教育的使命就是使人有改造环境的能力。而且教育是与政治、经济、道德等等社会活动互为因果的。衣食足而后知荣辱，这句话在乱世愈显得真切；物质生活不安定，谈不到精神生活，更谈不到文化的高下。但物质生活的改善，就需要教育的助力。同是受教育的，谋生技能的高低，逃避天灾人祸的可能性，都随教育程度而转移。若希望政治清明，实现民主，更须以良好而普遍的教育为大前提。教育尽管因政治、经济、道德的崩溃而大受阻碍，但那些阻碍正是教育所要努力排除的目标。唯如此，教育方能贯彻它改造社会的使命。

在探索病源的时候，作者先要声明：教育牵涉的方面太多，列举原因总不免有挂一漏万之弊。以下我们想从解释表面的病象（例如失业问题，人才寥落问题）开始，进而检视教育本身的问题（如学制，课程等）。

外表的原因　（一）欲望与能力的不相称。智识是欲望的酵母。失学儿童与在学儿童相比，已可看出欲望的差别；大中学生和失学青年的欲望更为悬殊。物质享受的要求已经很高，青春期的野心特别强烈，毕业之时，便以为一登龙门，身价十倍，理当平步青云，立致富贵。然而实际的学识修养，先天的秉赋，以及社会的现状，都无法配合这远大的理想。于是在就业之时，高不攀，低不就，终而至于无业。失望之余，不免怨天尤人，以为壮志未酬都是社会压迫所致。而这种郁抑不伸的愤懑，更招致社会的非难，认为大学生非但无能，并且自大。

（二）错认学校教育部分的功能为全部的功能。学校原来只是人生教育的一阶段，离校以后，还需要受终身的社会教育。学校教育应该授予谋生技能，但这种功能仅是它许多功能中间的一种。技能固可谋生，谋生未必尽恃技能。而青年大抵认为学校对于他们将来的生计，应负完全责任。这种错误的希望，与从前士子对科举的希望毫无二致。流弊所及，多数学生抱定实用主义（或趣味主义）：惟自己选定的学科方有价值，因为将来可藉以糊口；凡是与此无关的学科皆属无用。理工科学生之厌恶文史等科，文法科学生之诅咒数理学科，虽然还有教材和教学方面的原因，更以误认教育目标为主因。似此情形，所谓陶养身心，研究学识云云，都是徒托空言而已。

（三）社会与当局的误解。然而抱有这些谬误观念的并不限于青年。社会与政府亦误认学校教育为万能；且常苛于责人，宽于责己。社会既未对教育从旁协助，主管当局亦未探求治本之道。若以学非所用而言，往往由于社会的经济状况，工商业的发展阶段，土地政策及一般行政现状，不能和学校培养出来的人才配合。倘政治经济的改革未能立时实现，则应视实际需要重行厘定课程。若以就业困难而言，社会与政府亦当分担一部分责任。便如理工科学生就业初期的工厂实习，文法科学生在服务机关内所需要的指导和训练，大都无从获致。社会既不予便利，教育当局亦未联络其他公私机关妥筹办法。

内在的（即教育本身的）原因　（1）学制及课程纲要：自辛丑、壬寅（一九〇一、一九〇二）两学制以来，学制更易已达五次；这些学制之长短优绌，因施行之时甚暂，且吾国近百年来情势变更极速，无法批评。所可断言的，历届更改学制之时，事先未必细究各国学制及其社会情形，更未必充分考虑吾国的特殊情形与固有文化。吾国幅员辽阔，几等全欧；风俗文物之歧异，文化水准之差别，即东南数省之间亦有相当距离，足为编制课程、厘定学制时郑重思考之依据。民初之时，学制仿效日本，民国八年以后，复以美国为蓝本；迄今为止，能免于东移西植，而确与本国传统密切联系，与吾国国情完全适合之学制，尚付缺如，明乎此，今日教育之病根不难洞见。再若改革学制之时，聚专家于一堂，几经研究，几经辩难，但结果常有出人意料者。例如民国二十八年在重庆召开的全国教育会议中，教育部提案，专科学校修业期限改为三年（原为五年），入学资格改为初中毕业（原为高中毕业）。

在此特别提倡技术教育之时，忽然减缩专科学校修业期限，殊为费解。尤可异者，全教会议未经辩论，即予通过。

历观各届学制与课程纲要的变迁，大致有下列几种趋势：（一）学校教育的全部学年逐渐缩短（光绪二十九年的奏定学堂章程，小学至大学共定二十年；民国十七年国府颁布的新学制定为十六年）。（二）科目逐渐加多。（三）课程及作业标准逐渐提高。（四）教育目标渐趋狭隘。除第四点有关教育哲学，留待后文讨论外，第一、二、三各点在理论上已觉不合逻辑。复按实际，从小学三年级起，教师即无法使学生做到部定的作业标准，因为课程标准与作业标准都大大的超过了学生的智力和精力。如此大量的智识（参看教育法规内中小学各级各科课程及作业标准）在短时期内即使加速灌输，犹恐不及；更无启发辅导等等的余暇。以二十一年部颁"高初中各学期每周各科教学及自修时数表"，与"高中各科各级课程标准及作业要项表"对照，即知时数与工作绝对无法配合。

再若细按各科课程标准内容，最显著的缺点是：太高深，太繁琐，太专门，而各学科间又太无联络。以理化课程标准观之，似乎中学生非成为理化专家不可；以造型艺术及音乐课程标准观之，似乎中学生非成为艺术家或音乐家不可。以此类推，中学毕业必为百科全书派之全材。实则各科非但失却联系，且互争指导地位，致理当无所不知的学生反而一无所知。按课程标准过高过繁之弊，当缘（一）起草的人多为各科专家而非有经验有研究之教师；（二）课程标准大都抄袭欧美成例，忽视吾国国情；而于学生之健康、智能与心理的发展阶段，尤未顾及；（三）同一学科在纵的方面毫不连贯；例如小学毕业时未读一字文言，而于初中一年级即须"养成了解平易文言文之能力"；又如初中教师均觉小学生之毕业成绩与初中入学标准相差太远，无法补救。

（2）教材编制：（甲）凡数、理、化、自然，以及世界史地等科，大抵采用欧美教材，或翻译，或编译；选择取舍，漫无标准，且闭门造车，不合实际。外国语文之教科书，迄无善本。小学算术，大体以英国小学教本为模型；不知英国中小学期限不一，与吾国情形更不相宜。（乙）凡自编课本，非陈腐，即浅薄，或艰深；盖亦东抄西摘，而非长期研究之结果。中学国文教本所选近人语体文，语病及文法错误触目皆是。小学五年级之本国史，述及"诗歌发源于骚赋"，可谓荒谬绝伦。同书又有"南北朝时，印度音韵学传人，中国便有切韵与四声的发明"之语，此种专门史实，生吞活剥，徒苦儿童。类此笑柄，各科教材皆不能免，兹仅略举一二而已。

要之，教材编制不出于书店编辑之手，即出于专门学者。书店编辑学识经验，本难胜任；出版者复急功近利，唯知与同业争先，更不容编者认真从事。送部审查，亦仅虚文。故现有教材，大抵不合实用。

（3）设备：各级学校限于经费，图书仪器每多因陋就简。僻远省份，或竟绝无仅有。以聊备一格的设备，应付规模宏大之课程纲要与作业标准，纵有热心认真、学识渊博的教师，亦将徒唤奈何，逢理化生物各科，更有纸上谈兵之苦。

（4）师资：（甲）师范学校自民国二十年以后逐渐裁减，或与中学合并（民国十六年前，各省师范学校甚为发达，尤以江浙两省为成绩卓著）。故师资之来源骤减，而品质亦骤降。盖师范教育性质特昧，绝不能在普通中学内分科兼办。（乙）公私学校经费，皆极拮据；教师待遇菲薄，生计为难，不得不敷衍塞责，以便兼课或兼营副业。素有学养之辈，学而优则仕，又多中途改业。（丙）反之，凡学校出身而无业可就的青年，皆以教书为唯一出路。是以真正的师资日缺，而候补的教员日增：滥竽充数，堂堂学府几与慈善救济机关无异。（丁）政治党派的斗争弥漫教育界，师生或交相结纳，或彼此排挤。学生一旦离校入世，又挟此风气而广为传播；循环影响，国家前途实难想象。

三、结 论

以上的分析还没触及问题的核心，我们当进一步探求更深刻的原因。

一、思想方面：**缺乏教育哲学** 教育的中心思想，一方面固须顾及目前的实际需要，另一方面更须考虑如何承受固有文化，进而创造新文化。前者仅为一时的便利，后者方为真正的建设。十年树木，百年树人，教育家的目光应当如何远大！在固有文化未曾整理就绪，对西方文化未知取舍之时，要求确定一种教育哲学，当然过早。民国以来，世界思潮千变万化，动荡不已，诚令人有手足无措之感。反顾旧有传统，或遭唾弃，或被破坏，立身处世，尽失准绳。但道德之重建，传统之估价，外来学说之研究，原为教育分内之事。故教育哲学即须由教育本身促成。纵今日思想界青黄不接，混乱扰攘，亦当有一保存民族特性、多留发展余地、培养自由思想的教育原则，以资过渡。民国十八年国府公布的教育宗旨，于东西文化之融合，个人与社会国家之关系，虽已兼筹并顾，究嫌政治色彩过浓，以青年身心发展之阶段而论，仍恐害多利少。三民主义作为政治的原则，或已尽善尽美；但以之为国民教育的中心思想，是否有当，不无疑问。大中学公民训练之侧重党政学识与社会科学，是否较纯粹的人格训练为优胜，正恐不易遽下结论。以事实而论，今日大中学生对于党政之认识与热忱，反远不及北伐前后，教育未革新时代之青年。尤甚者，多数学生视党义课程如教会学校之圣经课，教师学生俱抱敷衍了事之心：是岂提倡党化教育者始料所及？

二、**实践方面：教育机构与物质条件的悬殊** 学校教育，在吾国实在是外来制度，试看下列一些年代的计算，即可明了：

一八六二（同治元年）设立同文馆——一九〇〇（光绪二十六年）开办京师大学堂，相距三十八年；

一八七七（光绪三年）派遣留学生于英法——开办京师大学堂，相距二十三年。

从首倡新学到成立最高学府（当时的京师大学堂其实只是好几个学术机关的总汇），历时之久，发展之缓，固然大部分因为清廷闭塞，但人才不足，亦为重大原因。民国以后，三十年（因战后学校停顿，故以三十年为言）中增设的公私立大学，不下五十余所；虽云此三十年之进步，远过前清末叶；但膨胀之速，究亦远过实际能力。当人才物力仅能办一二所完全大学时，即已扩为五所十所；仅能就原校加以充实时，即已另创新校。于是小学教员被召为中学教师，中学教师被召为大学教授。甚至初中尚未卒业的青年，即已充任小学教员。似此情形，欲求提高文化，昌明学术，不啻南辕而北辙。然而事势推移，客观之要求日益迫切：学校教育而外，平教义教亦刻不容缓。师资日绌，而学龄儿童与升学青年之数激增。这种教育方面的供求不相应，正如财政收支的不平衡同为吾国今日最大的难题。

本文所述，不过就作者见闻所及，将过去吾国教育之缺陷列一纲目，略加检视而已。至于如何改善，既非作者鄙陋所敢置喙，恐亦非少数专家所能奏效。挽回颓风，革新教育，愿社会贤达共起图之。

《历史的镜子》

　　近人用史料写一般性的论文而汇成专集的,在上海还只看见吴晗先生的《历史的镜子》一种。它不是一部论史的专著,而是以古证今,富于现实性、教育性、警告性的文集。全书十七篇短文,除二三篇外,大都以吾国黑暗的史料做骨干;论列的范围,从政治经济到思想风尚,可说包罗了人类所有的活动。不过这些被检讨的活动全是反面的,例如"政出多门,机构庞冗,横征暴敛,法令滋彰,宠佞用事,民困无告,货币紊乱,盗贼横行,水旱为灾等等",外加一个"最普遍最传统的现象——贪污"。因为作者是治史的学者,材料搜集相当丰富:上至帝皇卿相,下至门丁衙役,催征胥吏,那副丑态百出的嘴脸,都给描下了一个简单而鲜明的轮廓,在读者心头唤引起无数熟悉的影子:仿佛千百年前的贪官污吏,暴君厂卫,到现在都还活在那里,而且活得更有生气,更凶恶残忍,因而搜刮得更肥更富了。本来,生在今日的人们,什么稀奇古怪的丑事听得多,看得多,身受其苦的也不可胜数,所以对汉灵帝明神宗辈的贪赃枉法,也觉得稀松平常,情理得很。但在一个深思之士,偶而揽镜,发觉眼前种种可悲可痛的事原是由来已久,"与史实同寿"时,便不由不憭然于统治阶级根性的为祸于国家人民之深远惨烈,而觉悟到非群策群力,由民众自己起来纠正制止,便不足以挽救危急的国运。

　　在这一点上,本书的作用决不止于暴露,也不止于以过去的黑暗反映现在的黑暗;作者不但在字里行间随时予人以积极的暗示,且还另有专篇论列人治与法治的问题。历史上君权的限制一文,尤其有意义:它除了纠正近人厚诬古人的通病,还历史以真面目外,并且为努力民主运动的人士供给了很好的资料,同时也给现时国内的法西斯主义者一个当头棒喝。自汉至明,尤其是三唐两宋,君主政体纵说不上近代立宪的意义,至少还胜于十三世纪时英国大宪章的精神。君主的意志、命令、权力,广泛的受着审查、合议、台谏和信天敬祖的传统限制,和今日号称民国的政府相比之下,不论在名义上或事实上,法治精神皆有天壤之别。历史上政治最黑暗的时代,都不乏大小臣工死谏的实例;近人很多以"忠于主子""愚忠"一类的话相讥;其实他们的"忠君"都有"爱国"的意识相伴;而且以言事得罪甚至致死的人,维护法律维护真理的热忱与执著,也未必有逊于革命的志士烈士或科学界的巨人如迦里莱之流。反观八年抗战,版图丧失大半,降贼的高官前后踵接,殉职死事的将吏绝无仅有;试问谁还能有心肠去责备前代的"愚忠"? 另一方面,汉文帝、魏太武帝、唐太宗、宋太祖一流的守法精神,又何尝是现代的独裁者所能梦见于万一!而这些还都是五十年来举国共弃的君主政体之下的事情。

当然,本书以文字的体裁关系,多半是大题小做,像作者所说的"简笔画"的手法;对各个专题的处理,较偏于启示性质;在阐发探讨方面的功夫是不够的,结论也有过于匆促简略的地方,甚至理论上很显著的漏洞亦所不免。例如"论社会风气",作者篇首即肯定移风易俗之责在于中层阶级;后来又把中层阶级的消灭列为目前几种社会变化的第一项;结论却说:"在被淘汰中的中层集团,除开现实的生活问题以外,似乎也应该继承历史所赋予的使命。对于社会风气的转移尽一点力量。"这种逻辑,未免令人想起"何不食肉糜"的故事。这等弊病,原因是作者单纯的依赖史实,在社会科学——尤其是经济方面的推敲不够透澈不够深入。"治人与治法","历史上政治的向心力与离心力"诸篇,一部分也犯了这个毛病;而视野的狭隘,更使论据残阙,分析难期周密。

本书的前身显然是刊登杂志的文字;每篇文字写的时候都受时间与篇幅的牵掣,不容作者尽量发挥,这是可以原谅的;但为何他在汇成专集时不另花一番整理、补充、修正的功夫呢?"生活与思想","文字与形式","报纸与舆论",虽在某程度内可做历史与现实的参照;但内容更嫌简略,多少重要的关节都轻轻丢掉了,与本书其他各篇很不调和;即编次的地位也欠考虑。这最后一点且是全书各篇的通病。

至于以史料的研究,用为针对现实的论据,在从前是极通行的,从习作文章起到策论名人传世的大作,半数以上都用这类题材。自从废止文言以来,史论就冷落了。但在目前倒利多弊少,颇有提倡的需要。第一,学术和大众可因此打成一片,尤其是久被忽视的史学,更需要跟大众接近:"鉴往知来",做他们应付现实摸索前路的南针。第二,在风起云从,大家都在讨论政局时事的情况之下,空洞的呐喊,愤激的呼号,究不及比较冷静,论据周全的讨论更有建设性。第三,吾国史学还很幼稚,对于专题的研究仅仅开端,即使丢开现实价值不谈,这一类的整理讨论也极有意义。关于明末的异族侵略史,清代的文字狱,到辛亥革命之前才引起大众的注意;当时倡导的人不过为了政治作用,结果却不由自主地帮助了近代史的发掘。第四,即使牛鬼蛇神之辈不会读到这类书，读了也决不会幡然憬悟，痛改前非，至少这种揭破痛疮的文字的流传，也可促成他们的毁灭。否则，何至于连"外国的法西斯不许谈，历史上几百年前的专制黑暗也不许谈，……甚至连履春冰，蹈虎尾一类警惕的话也不许发表"？魑魅魍魉是素来怕照镜子的，怕看见从前虎狼的下场预示他们的命运，同时更怕民众在镜子里见到他们的原形和命运。

所以，即使瑕瑜互见，也是瑕不掩瑜：《历史的镜子》仍不失为胜利以来一本极有意义的书，应当为大众所爱读。我们并希望作者继续公布他的研究成绩，即是像附录内所列的十八则史话和十二则旧史新话，也是值得大规模的搜集、分析而陆续印行的。

所谓人道

美军在广岛上投下第一颗原子炸弹后，梵蒂冈教廷首先表示"极沉痛的"印象，英美人士也纷纷响应，为人道呼吁，认为残酷之极，应速制止。真难得世界上还有这些仗义执言的人！博爱怜悯的精神尚未绝迹，总算是人类的福音。对战争中的敌人都不忘慈悲，伟大更可想而知。黑暗已成过去，光明即将来到，岂不懿欤！

不幸我们的理解力和记忆力还没消失，欣幸之余，不免想到一些史实，引起许多疑问。第一，惨酷之事不胜枚举，为何单单检举这颗原子炸弹？第二，为何我们受到敌人难以形容的虐害时不则一声，而我们还击敌人时倒引起偌大的同情？说人类真有这种以德报怨的宽大胸襟，真有爱敌人爱到这种地步的基督精神，恐怕最乐观的人也不敢相信。第三，为何同是残杀，施之于异时异地异民族，就不成其为残杀而不复予人"极沉痛的"印象？

例如济南惨案，堂堂外交官蔡公时被割耳黥首，凌迟处死（最近又有杨光泩和朱少屏在马尼拉被惨杀之事）；又如五卅惨案，手无寸铁的青年学生，横死南京路；那时节，倘不是世界正义人士尚未降生，就该是我们的狗命不足挂齿。因为义和团杀害了外交使节和传教士，整个国家就得签城下之盟，从帝国到庶民都得代凶手赎罪。可见惨案有大小之别，被难者有种族之分：人类的同情心本来有限，只能节约，不可浪费。问题就是不知道大小与种族的标准如何。否则，定是人的同情心像歇斯底里一般也有它的周期性，若有若无，忽隐忽现，弄得人一下子义愤填胸，一下子熟视无睹。

假使杀人行为的应否谴责，当以被害者人数多寡而定，那末多寡的标准如何？伤五命十命的凶手，和只伤一命的凶手，该处以怎样不同的死刑？

假使杀伤非战斗员才是战时人道主义的起点，那末，从古以来，有哪一次或大或小的战争不曾伤害过平民？这一次的战争先后已历八年，血流成河，尸横遍野，还不足以形容它的惨酷，正义之士为何缄口不言？

假使残酷的程度方为决定同情心的主因，那末今日人们所谴责的是否便是最残酷的？高等动物的杀戮虐害，大致可分三类——第一类是直截痛快地处死：毒酒，腰斩，枭首，枪决，电刑，以及旧小说里的板刀面，馄饨，外国的断头台，吊架，方式虽多，目的则一，连杀人器具最完备的战争，也无非希望对方速死罢了。第二类是慢条斯理地处死：好比猫儿玩耗子，放一下，咬一口，要对方死得慢，死得惨。钉耶稣的十字架，焚烧异教徒的火刑，都属此类。第三类是既不许死，也不许活，晕厥了得救活，救活了得叫他晕厥；目的是要对方受难，越酷烈越长久越好。落伍的夹棍，老虎凳，新式的灌水，上电，用狼犬毒蛇咬，用长长的竹刺插进指甲，用各种毒液注射静脉等等，皆在此列。凭我们简单的脑筋想，叫人不死不活的毒刑该是残暴之尤，其次才轮到钉十字架和火烧，因为犹太人并没把基督钉第二次，异教裁判所的法官，也无法把烧死的人救活过来再烧一次。直截痛快的死刑，在残酷的名单上应该列在最后，而教人死得最快的更当列在最后的最后，因为痛苦最少最短，甚至来不及有痛苦的知觉。然而仁人君子感到"极沉痛"的，并非拉锯式的炮烙之刑，倒是说时迟那时快的"电击式"的处决。

推其原因，大概人类为了生存斗争，几千年来慈悲心已经全部冻结。不是尸积如山，长年恶斗，他就不会疾首蹙额。"特工"的拷掠，集中营的酷刑，尽管比地狱还可怕，尽管在世界上天天发生，炮火的声音尽管年复一年的继续，大家可以不闻不问，直要到毒气和原子炸弹出现，才悚然而惊，矍然而起，大声疾呼地宣告末日临头。火不到燃眉不会着急：这是人类永久的悲剧。只见其大，不见其小，只见其骤，不见其渐，人类活到现在不曾进步多少。在"九一八"的时候，东北人民所受的苦难若被阻止，也许八年的战祸可以幸免。希特勒党徒虐害民主主义者和犹太人的酷刑倘被及时注意，纳粹主义恐怕不会如此根深蒂固，使欧洲民族遭受如此重大的牺牲。零星琐碎的残暴，几千年来都被放过了，才促成今日大规模的最新式屠杀，使百万生灵代前人偿还血债。星星之火，可以燎原，涓滴之水，可成江河，忘记了这两句名言，终有一天把地球翻身。

当然，抗议残酷是应该的，但仅仅抗议这一种而不抗议那一种是不应该的，到了无可挽救的时候再来抗议，尤其愚蠢。波兰（特雷布林卡和奥斯威辛二地）集中营的惨剧，公布于世已有两月，不曾听到苏联和受难国同胞以外的人哼过一声；原子炸弹一颗，却把数万里外的教皇从深宫里惊醒！人类真是既聋且瞽，一至于此吗？

真正的人道，应该是彻底消除战争。一有战争，什么国际公法，人道主义，都是自欺欺人之谈。杀人者死，伤人者刑，杀千万人者为民族英雄！这样算得人类有理性吗？枉杀不究，虐害不问，新兵器的出现方才惊心动魄；

这样算得慈悲么？

消弭战争的大问题，自非单讲人道所能解决。但若人道主义的精神能渗透政治和教育，弭战也就增加了一分希望。随时随地遏止残暴的兽性，纵谈不上建立永久和平的基础，至少比在全人类发了疯的时候再来痛哭流涕，有效得多！

所以，慈悲虽是人类最圣洁的感情，但单纯的感情决不能产生实效：即是怆天呼地，也要赶上适当的时间，而这一点就需要理性来决定。理性存在一天，人道也跟着存在一天，仁人君子所要注意的，所要努力的，还是在此而不在彼。

以直报怨

日本降伏以后，吾国政府屡次告诫国人，对日本俘虏及侨民须以宽大为怀，不念旧恶，与人为善。这种数千年的传统德性，在战胜之余，当然需要阐扬。且八年抗战，我们被俘虏的将士，以及徒手的平民，惨遭敌人屠杀之数，不可胜计；此时难保国人不积愤填膺，乘机报复。所以政府的谆谆告诫，更显得是贤明的措置。

可是德性也不能越出中庸之道。我们一面怀柔，一面还得警戒，否则狼子野心，祸贻后世，为患有不堪设想者。例如日本在八月十四日正式宣布投降后，驻华日军即暗中毁弃军需物资，为数甚巨。这种违反停战条件的行为，足证日本军人的怙恶不悛。我们主张不但其主犯及其负责长官应当严加惩处，而且毁弃的物资也当责令日政府赔偿，列为吾国将来要求赔偿项目之一。

其次，日本解除武装后之拘留及侨民之处理，报端虽有披露，但略而不详；甚望我国各地受降长官克日详细公布，以祛群疑。至拘禁条例之实施，与乎随时随地之监视戒备，尤须严格，勿稍宽纵。

上述种种，决非我们的过虑。美国舆论及军方领袖即对日本国民性之欺诈、伪善各点，大声疾呼，警告世人，五旬以来，不绝于耳。如太平洋美海军司令尼米资上将，远东问题专家拉铁摩，名记者密勒等等之言论，尤足发人深省，足供吾国今后对日政策之参考。

以德报怨，固是美德，但连提倡仁恕不遗余力的孔子都要问："何以报德？"他主张"以直报怨，以德报德"。

"以直报怨！"一语点破了大国民风度也有限度的这个原则。

是宽大还是放纵？

且不说一八九四以来日本侮华的历史，单是近二十年的血债，也就打破了世界上任何两个敌对民族间的惨酷记录。新加坡一带华侨被杀十五万，时间仅仅三年半。沦陷了十四年的东北诸省，八年的华北华东，五年以上的华中华南，我们被屠杀的同胞还有数目可计吗？

物资，占领时期被攫走的，和平以后公然销毁的，沉于海洋的，偷卖的，移转于无耻奸商叫他们顶名的（据纽约《前锋论坛报》驻平记者报告，半个月前在华北还干着这种勾当），恐怕永远无法知道数字。只要听听伪币和日军用券神话般的流通额，就可知道被劫被毁物资的总值如何巨大。

说这种滔天大祸因为降服而可一笔勾销，等于否定了人类的法律和正义。嘴里说应该膺惩而实际上事事放纵，等于养虎贻患，慢性自杀。把日本的侵略、破坏、残杀，认为只是军阀的而非日本人民的罪过，简直是故意替凶犯开脱，或者是短视之尤，近乎尼采所谓的"超人以下的"一流。退一步讲，即使承认只有军阀是主犯，死心塌地做军阀帮凶的便可免予追究了吗？法律上从犯二字又怎么讲？日本朝野为了避重就轻，躲避严厉的处罚，保存天皇体制，保全国家元气以图东山再起，当然要假撇清，故意叫军阀做负罪的羔羊。可是我们怎能轻易被他们瞒过，从而附和？谁都知道一·二八事件以前，一八九〇年以后，日本久已实行民主立宪。那四十年间的政府是对议会负责的，即是由人民选举的。而侵略中国，虐待华侨的政策，早于九一八，早于五四，早于甲午战争就开始，由所谓自由主义派的元老一辈决定了的。他们不是日本人民的代表吗？不是被民众拥护的吗？军阀的丰功伟绩不都是日本人讴歌的吗？前者所犯的血淋淋的罪行，后者决计脱不了干系，操纵五十年来日本教育的，并不是军阀，而是日本国民爱戴信仰的思想领袖。最近盟军占领日本土，战争犯相继被捕之后，日本小学生还在学校里穿着护身甲，用竹刀角斗，继续训练武士道精神（见本月二日美联社电）。试问：这也是日本军阀的责任吗？没有这种教育，今日的军阀决不会凭空跳出来。

故凡与国民性不可分割的，有历史背景的残暴行为，必须由整个民族来补赎，方才公道。日本人民的盲目服从，自大，迷信神权，崇拜军国主义，残忍野蛮，比普鲁士人有过之无不及。明治维新后他们事事模仿日耳曼，便是气味相投的明证。所以联合国怎样对付德国，就得怎样对付日本。而联合国怎样对付日本，我们也不该有所例外，拿子孙的命运当儿戏。

然而按诸事实，我们不但始终抱定大国民风度，更有不痴不聋，不做阿家翁的倾向。虹口的日本商店到双十节前两天才贴上封条。日侨在"集中区"里满街逍遥，有的还在犹太人地摊上挑选东西。这种闲情逸致的生活比起集中营来差得多远，比起他们本国的同胞来尤有天堂地狱之分！手挽手的青年男女，衣冠端整，面色红润，连臂上缠一方布这种委屈都不会受到：他们真是何幸而流浪而被俘在中国！就说进了集中营的战俘吧，军官随便可和英美记者谈天（一个美国记者却气愤愤的对人说：他们胆敢！他们胆敢！），存着大量的威士忌酒，上等的罐头食物，还被允许保持少数的枪支以便自卫！呎！但愿外国的史学家不要信笔所之，把这些空前绝后的奇闻写上了历史！不幸，精彩的节目有的是：浦东集中营里忽然飞出一颗子弹打伤了美国水兵。结果，该管的日本海军陆战队司令以失职与藏匿凶手二罪被判徒刑二月。审判犯罪的战俘而不用军法，不知军法订来何用？用了普通刑法而复拣条文中最轻的罪刑判决（刑法第一六四条规定判两年以下的有期徒刑），更令人有莫测高深之感。这仿佛告诉日俘：一枪的代价，仅是长官拘囚两月，罪犯本身仍太平无事。可是九年前，藏本不过在紫金山背后躲了几天，下关日军舰立刻卸下炮衣，炮口对准了我们的首都，差一点把中日战争提早开场。两相辉映之下，可见以感情言，国耻被忘记得太快。以理智言，司法的尊严被看得太轻。而在盟军云集的都市里，尤未顾到国际间的威信。有什么理由，战胜国要为一个敌俘付偌大的代价呢？我们要问。

话说回来，这些还不过是枝节。主要在于我们的对日政策有问题。说和平来得太快，来不及准备吗？美国也坦然承认这点。但麦克沃塞在一个半月的时期内，解除日本土的武装军队已达四百万名，同时封闭了同盟社，释放了成千的思想犯，促成东久迩内阁的解体。以这样的成绩，美国以及全世界的舆论尚且不断的在四下里督促，唯恐他不够严厉。

假如有一个中立国人，把我们对敌俘的态度和措置，同麦克沃塞的来一个比较，从而把我们今后的对日政策诠注一下，我们忝为战胜国的人民又当做何感想？

二千四百〇七年前，正当勾践降吴，把吴王奉承得心满意足，一心想对越人表示宽大的时候，伍员向吴王夫差谏道：

"越在我，心复之疾也；壤地同，而有欲于我。夫其柔服，求济其欲也。不如早从事焉。"

吴王不听。而伍员"挟吾眼，悬吴东门上，以观越寇之人灭吴也"的愤激语，竟成了奇中的预言。

这段古老的历史，愿政府诸公重新读一读，想一想。

学术无伪，学生无伪

伪不伪是政治问题，学校当局与伪府有关，自然脱不了附逆之罪——而这还只能以伪国立市立的学校为限。学生念的书，学的国文，英文，几何，微积分，还是货真价实的知识。伪校所授的，二加二还是等于四，法律还是八年前国府所颁布的刑法，民法，史地中涉及"满洲国"的地方，教师是含含糊糊翻过去的，学生更嗤之以鼻，只有轻蔑厌恶的份儿。不论教师学生真正的思想如何，敢冒大不韪在学校里宣传什么大东亚秩序的，简直绝无仅有。

收复区的一切，过去两个月内几乎全免不了戴上一顶"伪"帽，差一点连泥土和黄浦江长江的水，八年中照过华北华南华中的太阳都沾了伪气，有了附逆的嫌疑。我们成人，财力腿力不济，没法扶老携幼的撤退，受了"伪"号，只要问心无愧，什么都可以逆来顺受，像过去的八年一样。但那批可怜的青年，想走，第一要家里筹得川资，还须冒着危险，一不巧被敌伪宪兵抓住，当做地下工作的人员干掉。留在沦陷区里吧，随时也有被捕的可能，尤其在华北。天保佑，河山光复了，而无数青年居然荣膺"伪"号，连恭聆长官训话也须特别分类，站在门外，这对他们含悲茹苦的精神是怎样的侮辱，对他们活泼泼的生命力是怎样的打击！因为敌伪工厂所留存下来的敌货伪货，倒并未受到"永不录用"的处分啊！

补救的办法，据报载是（一）受甄别试验，（二）进临时大学补习。细按这二点，跟伪不伪全无关系，而是充实吾国复兴建设人才的德政。好极了！足见政府特别爱护收复区的青年，优先给他们一个补习的机会（照我们想来，这种甄别与补习班应该慢慢地遍及全国，因为战时大中学生的成绩，内地的并没胜过旧沦陷区的）。但愿第一，从此把"伪学生"的名号取消：以免青年把政府特别栽培的好意，误认为反省训练一类的惩戒；第二，在补习的功课里，近乎党义之类的课程，应代以切实的学科。爱国的情绪，已经由敌人代做了八年的工作，刺激得很高涨了。至于党化教育，现在到处都在呼吁停止，不必再强迫学生像上圣经课一般的浪费时间。党国伟人的言论，学生自己要读的时候，禁止也无用；不要读的时候，面命耳提也是白费。三民主义建国大纲，我们这一辈是在孙传芳禁令之下读的，这一点大可供教育当局做参考。

他们也是人

本月二十日学生代表为呈递致马歇尔公函，在中央路一带被殴，因各报只字不提，经过详情无从获悉。但据目击者言，殴打之前，学生所持国旗先遭撕毁，旗杆折断，掷诸街心。关于这出在上海热闹中心搬演的全武行，我们不禁要问：

第一，这些打手来自何方？倘使是官方的，不应不穿制服，不佩符号。倘说是便衣探捕，那末又是奉的什么长官命令？命令内容是否包括大打出手？倘使是捣乱的暴徒，那末维持秩序的警察有没有当场加以拘捕？拘捕了有没有审讯？审讯了有何结果？

第二，中央路不但位居全沪中心，且与马帅驻节的华懋饭店相距不过百码；万一当时乱子闹大了，再来一个惨案，叫不远千里而来的使节亲眼看一看我们勇于私斗的丑剧，闻一闻青年学生的血腥味，那末政府的颜面放到哪儿去？中华民族的颜面又放到哪儿去？

第三，从二十年前五卅惨案以来，南京路一带没有洒过血。有的只在敌人控制之下，为了封锁戒严或是恐怖案件，老百姓尝过皮鞭枪柄的味道。胜利了，收复了，过去推在帝国主义者及其走狗头上的，推在敌伪凶手头上的罪行，居然由四强之一的我们自己跃跃欲试的来一个初步表演：是不是怕旧租界当局以及印捕之流没有窃笑的资料？是不是叫民众知道除了帝国主义与敌伪以外，自己的打手也有这一套？

第四，撕毁国旗应与侮辱元首同罪，只有压境的敌军才敢这样做，中外历史上只有革命党起事时才敢这么做。在平时，谁敢在街头撕毁国旗，在世界任何国家，都准会激起群众的义愤，当场被打个半死。现在这样一件侮辱国体的行为，流了八年血，好容易，好运气救过来的一面完整的国旗反被自己国内的暴徒撕个粉碎，不知有没有引起当局的注意和追究的决心？

第五，上海大小日报共有十余种，何以对这件新闻全无报道？难道所有的外勤记者全在家里睡觉？难道殴打学生，撕毁国旗的罪行还不够占据宝贵的篇幅？再不然，是发了新闻而被编辑先生删掉的呢，还是被新闻检查处扣掉的（按理，此事无关军事，决不在检扣条例之内），否则，舆论在哪里？我们又要报纸何用?

马歇尔来华,就他所负的使命而论,本不是中国人民的光荣。马歇尔来了,大家还要递意见书(我不忍说请愿书),更是脸上无光。尽管赤诚为国,用心良苦,但在起草、签名、送达的过程中总免不了羞愧交迸的感觉。也罢,为了解救国家的危机,为了远东的大局以及世界和平的前途,再也顾不得什么自尊心。"小不忍则乱大谋",我们还记得这句古训,即有悲痛的辛酸泪,也只能让它往肚里流。

可是在这种含垢忍辱,委曲求全的情怀下,递意见书的学生还得挨打,当局对真正扰乱治安的打手还不予深究,对撕毁国旗侮辱国体的主犯还任令逍遥,再加全上海的报纸鸦雀无声:把这一切归纳起来,似乎大家惟恐中国还存留一分正义,一分体面,还嫌纯洁的青年在敌伪治下牺牲得不够,还怕在盟军云集的都市里我们的丑出得太少,更怕披露或追究这件事情会得罪那些雄赳赳的打手!

说到打手,其实他们决非生来卑鄙无耻,灭绝人性的妖魔;他们也是血肉之身,也有灵性,也有一颗赤诚的心,也有向上为善的意念;在某些场合或许还温文尔雅,孝悌友爱,甚至柔情缱绻,只是一朝误入歧途,不禁把嫉恶如仇的心理,一变而为残忍可怖的杀性。推本穷源,一部分是由于利令智昏,甘受豢养;一部分是由于头脑简单,缺乏教育,误信了一些错误褊狭的煽动言论,凭着血气,可怜做了伤天害理、辱国辱身的勾当,还自以为替国家民族立下汗马功劳。我相信他们既不知道有辛亥、五四、五卅、三·一八那一连串可歌可泣的斗争,也不知今日的中华民国和十七年来的国民政府是多少青年的头颅换来的,更未梦想到,现在多少党国元勋,当年就是清政府与北洋军阀的暗杀党手下逃出来的青年,其纯洁与热诚就和今日挨打的青年一模一样!更可怜的是,那般打手连世界上还有法律、正义、人道等等,都不曾想到。可是谁敢说:为了正义、为了国家民族而牺牲的那些无名英雄,或是为了没有法律而无辜惨死的那些冤魂,决没有今日这批打手的直接间接前辈同辈的亲友在内?只是他们不知道罢了。所以中央路上的打手也罢,昆明惨案的凶手也罢,他们的确和被害的学生同是牺牲者。倘使他们翻一翻近代的革命史和学生运动史,他们决不会再有心肠下此毒手!因为他们究竟是人,和被害者同样的人!

惩前毖后,第一要唤醒这些为虎作伥的可怜虫,使他们觉悟:八年中不叫敌人流血而叫同胞鼻青眼肿以至伏尸地下是最可耻的行为;并须提醒他们:

替任何党派火中取栗是损人而又害己的蠢事;"狡兔死,走狗烹;飞鸟尽,良弓藏;敌国破,谋臣亡",是走狗们永远难逃的悲剧,警告他们纵不为正道人义着想,至少得为他自己的命运想想。同时我们更须发动全社会的舆论,督促政府制裁那些幕后教唆的主犯,根绝这类借刀杀人的罪案,驱使无知青年做打手刽子手的纳粹作风,倘再加容忍的话,大则动摇国本,颠覆政府,小则纵火自焚,必有自食恶果之日。

论警管区制

扑朔迷离

旬日以来，警管区问题闹得全市人心惶惶。当局说是"血口喷来"，仿佛真有谁在造谣中伤，其实倘不是施政手段过于离奇，决不致"淆惑听闻"到这步田地。查《大公报》于五月五日即有揭载（他报是否有更早的披露，待考），内有"该员主要职责，系经常前往所辖各户访问一切"之语。一天两天过去了，警局未有更正的信送登。五月七日英文《大美晚报》有了评论，一天两天过去了，警局依旧毫无声息。直到五月十一日宣局长在新闻报发表宏文，才说"挨户访问，实为无稽之谈"。平时关涉官方的消息，报纸记载偶有出入，即属芝麻大的事，有关机关也必立刻有煌煌的公函去更正。这一次的事情刺激了全市中外居民，却迟迟又迟迟地方才来解释，这是给市民的第一个疑团。

更离奇的是：和登出宣局长大文的同日，督察处张处长发表公开谈话，却又"向记者保证访问是要访问的"，恰恰和宣局长的说法来一个不留余地的对比！

次日，宣局长在记者招待会中，俞局长对外发表谈话中，又都说"挨户访问"是无稽之谈了。但同时对上一天张处长的谈话并未有何更正。在短短一二天内，上下属公务人员的态度一变再变，又是矛盾又是暗晦，又是承认又是否认，恐怕世界上教育最进步国家的人民都难免要"误会"，何怪上海的市民要群情惶惑哩！

一个附带的疑问，是宣局长所说"深恐淆惑听闻，影响治安"，"若欲人不知，除非己莫为"，"我们是良民为什么不给警察知道"，等等的话，弦外之音，大有用人帽子吓退反对警管区制市民之意。不知这种办法是不是"警察与人民打成一片"的好榜样？

来历是有的——对付亡国奴的法宝

所谓警管区，宣局长说各国皆有实例。查法国警察并无此种组织，惟宣局长所提出的 rayon 一词，却略有端倪可寻。法国"行政法"警察编"流动警察"（police mobile）一节内有如下的规定："法国全国分十六区，每区各有行动范围（rayon d'action），有流动警察队（brigade mobile），专司预防重罪案（指严重刑事案件）之发生。该队归监督主任（contrôleur général）管辖，如遇检察署要求时，得协助该署办理侦查事宜。"在这种规定之下，所谓流动警察是否赋有以访问为名擅入人家之权，读者自能判辨。

纳粹德国和法西斯日本的警察制，作者不得其详。即有"警民打成一片"的情形，也决非推翻专制政体三十五年、抗日苦战八年的中华民国所当仿效。英美各国的情形如何，只要看英文《大美晚报》《字林西报》《密勒士评论报》等的抗议文章，就是旁证。倘使那些外国记者难免也是无识无知，"把警管区与居住自由闹在一起"，致"有牛头不对马嘴之憾"，那末，我们提议就近请教东京战争罪犯审判委员会派来上海调查日本罪行的美国司法专家，英美的所谓 post 是否就是我们的警管区制，立刻可以水落石出。

其实，我们明知这制度是真正有它的来历的，不过当局还不好意思明白宣布罢了。中国历史上蒙古人入主中华奴化汉人，便是用的这套法宝。日本人对付亡国的台湾人和"满洲人"，也是这一套。这些来历可惜皆非"先王之法"，而是夷狄之邦对付亡国奴的枷锁，所以当局只好迂回一番，借用英美法苏等幌子唬一唬我们这个"教育落后"国家的民众！

"依照法律"！

警管区的详细办法，因为警局今日一个说法，明日一个说法，给你一个莫名其妙，我们无从得知。但十一日张处长的谈话内有云："凡属民主国家，正当政治活动，若不妨害治安，不扰乱人民，不私藏弹药，不致受访问之限制。至于访问的时间，应以居民便利为原则，不拟深夜扰民，然而如遇'必要'亦视情形而定。"由此我们至少知道（一）访问一定要来的，（二）什么时候来，全看一些初中程度而"经过训练"的警察认为"必要"的时候就会来。这大概就是宣局长一再申说的"依照法律"了！

第一，我们要回答：凡属真正的民主国家，根本没有这种访问——除非执有搜查状或逮捕状。第二，我们的约法和刑法内，也找不到一条警察认为"必要"时可以擅入人家的条文！"依照法律"！对啊，上海市民所争的就是这一点！我们这个教育落后国家的人民，正因为不甘于长此"教育落后"，而要力争这一点。

至于"正当的政治活动"一语，更是大有文章了。什么才是正当的政治活动呢？四项诺言的宣布，释放政治犯的命令，颁布都已有数月之久，似乎表面上开放了党禁，即使宣传中共的言论，也该如宣传国民党的言论一样可以"无罪"了。然而从沧白堂、较场口、昆明惨案、南通惨案，以及最近本市还有查抄书报的情形看来，非但"异党奸匪"，罪在不赦，即提倡民主也当归入"匪徒宵小"之列。而且所谓"活动"，范围大得无边，演讲、集会、游行甚而至于阅读或贩卖非国民党的书报，都可成为"不正当活动"的罪名（这一点我想此刻正在受训练的每个警员，良心上都会承认是对的）。庙堂上雍容揖攘，举杯互祝；大街上真刀真枪，一阵厮打。（连国民党内的元老如邵力子都不免被人公开喝打，非国民党的人还有何话说！）这是举世皆知，名闻全球的事实。所以"正当的政治活动……不致受访问之限制"一类的玩艺儿，我们教育落后的国民也是早已识破了的。何况即使是正当的政治活动，还仅仅乎是"不致受……"，保留的语气何等明显！

此外，我们教育落后的国民，也知道在任何民主国家，行政命令不能改变法律。最高法院宣布行政法令无效的例子倒并不希罕。所以抬出行政院或内政部的条文，也不能使不合法的施政成为合法。何况所引用的条文，实际并未授权地方警察当局以赋予警察相当于明代锦衣卫厂卫般的权力。

"依照法律"，警察所享的自由远不如人民，不信去问问世界上那些老办警察的人。

再看事实的教训

丢开法理，再看事实的教训。

路易十五十六两朝，可以说欧洲近世专制政治的极峰了吧，他们欢喜不经法院而径自下诏逮捕人民，那种诏书叫做 lettre de cachet，虽然违法，还是由国王亲自颁发盖玺，以昭郑重。然而结果怎样？——法兰西大革命，路易十六上了断头台。

纳粹德国的秘密警察，管制方法之严密残酷，无异人间地狱。结果又怎样？

日寇控制我国的沦陷区，控制台湾，用尽非人道的方法，结果又怎样？

要上海市民相信警管区制只为了防止盗匪，除暴安良，上海市民决不会这样天真,说是防"奸匪异党"吧,那不但破坏和平统一,断送中国的前途,而且除了殃害大批无辜的良民(如某种书报的读者等等)以外,另一个结果是助长"奸匪异党"的声势——从清党起到十年剿共,到最近的内战,把中国的地图翻一翻就可证明。

天下只有政党与政党为敌,决无政党与人民为敌。而我们中国竟有驱人民于敌党而自掘坟墓的事。真是何苦何苦!

国民的意志高于一切

正统观念在民众的心目中早已消灭了,否则辛亥革命不会成功,袁氏称帝不会失败,而北伐也不会胜利,国民党也不会有今日。老百姓分辨顺逆邪正的眼光非常简单,非常准确,极容易改换,也极不容易改换,只看政府的措施对他们有利还是有害,从不理会堂皇的文告说得怎样的天花乱坠。

所以当前的内政问题,国民只认为政府党与在野党的争执,决不承认主奴的成见可以成为相持不下的理由。尽管大多数的民众谈不到政治意识,"家天下"的念头究竟和他们离得很远了。国民党"还政于民"的口号,说明它也并无永久当家的意思。在这种情形之下而事态仍会像今日这样的恶化,推本穷源,还在于正统观念在党员心中作祟,也由于双方竭力造成既成事实作为党争的手段。

冲突的近因可以简单地归纳为三点:(一)军队的国家化,这是没有一个人不赞成的,但也没有一个人能否认眼前的中国还是一党专政的局面。故若两党老抓着这一点来争,而且作为解决其他问题的先决条件,那末只有加增彼此的猜忌和疑虑,决没有好结果。(二)解放区行政长官的分配,国民党在原则上已经接受;但对"统一","割据","分裂"这些名词在现代政治上的定义,双方的了解并不一致,于是不但意见越离越远,而且淆乱了全国的听闻。(三)受降和复员是现局中最微妙、最重要、最迫切的两件大事,也是最近两党冲突的导火线。一方面要单独负责,一方面要和旁的军队同等参预。一方面怕对方割据,一方面指对方藉端扩张地域。背后还各有更微妙的国际背景,使事情格外难于解决,同时也因投鼠忌器而阻止了事态进一步的恶化。

然而这些症结真的不可解决吗?并不。在原则上只要双方把党的利益和国家民族的利益分清,必要时肯把前者为后者牺牲。在实践上,只要双方愿意听从国家主人翁的意见,举行一次公民投票,一切的纠纷都可从根解决,中欧各国最近就不乏这样的例子。倘说现在情势紧急,公民投票远水救不得近火,那末先来一个包罗各党各派、无党无派的全国性的政治协商,仿最高国防委员会的成例,组织一个最高复员委员会,实地监督一切受降与复员事宜。这该是防止内战最彻底、最公平而有效的办法。因为不论国内或国际的争议，没有第三者出面仲裁，和平友好的谅解决不可能，尤其这里的第三者是国家真正的主人翁。以常理言，当主人出来表示意见，监督执行的时候，公众的仆人纵有天大的争执也当完全消释。难道全国人民的保证还不能祛除两方的猜忌心理么？

八年的抗战，证明我们的民族是不可征服的，不问是外来的强敌，是国内的任何党派。谁蔑视了这一点，谁就失败。所以组织调查团一类的提议是文不对题的，因为我们并不需要追究启衅的责任，而要根本消弭内战。只有街头的打架才以谁先动手来互相推诿。天天嚷"人不犯我，我不犯人"，便是非打不可的最明显的表示。以近百年的时间，千辛万苦好容易缔造起来的中华民国，遭逢了千载一时的复兴机会，也临到了万劫不复的危机：在此生死关头，一切的党派都该服从国民的最高裁判。历史上兴亡起复的是朝代和党派，不死的是民族；而全民族的意志只有一个：不许打！

历史与现实

古人说"冬日读经，夏日读史"；小时候完全不懂这两句话的道理。长大了，生活体验所得，才知夏日头脑昏沉，不易对付抽象而艰深的理论，非离开现实较远，带些故事性的读物就难于接受。而历史，究其实也是一部伟大的冒险小说。别说史前史所讲的是货真价实的神话，即近古近代史都有野人记与《封神榜》的风味，一方面是荒诞怪异，令人意荡神摇；一方面又惊心动魄，富有启发警戒之功。在临危遇难的时节，历史尤有抚慰鼓励的作用。

整整八年，全国人民仿佛过了一个冗长酷热的夏季。在悲愤郁勃、苦闷难宣的时期，的确是历史支持着我们，是历史激发了我们的民族意识，加强了忍辱负重抗战到底的决心：置生死祸福于度外之后，反而增添了挣扎的勇气。翻翻古今中外几千年的陈账，真正干净的能有几页几行！而这几页几行还是以杀人盈野，流血成河的代价换来的。那末，我们的流亡迁徙，妻啼儿号，或许也能换得来日的和平安乐。至于日常琐碎的烦恼，悲欢离合的刺激，一比之下更显得微末不足道了。

现实使人苦闷，焦躁，愤激，绝望；历史教人忍耐，明哲，期待，燃起我们对明天的信心和希望——这是我们八年之中真切体验了的。

人，先天的受着历史决定，后天又从它学得对时空的观念。随着近代史学的发展，小我，大我，物我的界限，都逐渐泯灭了。单是地球年龄和生物进化年代的数字，就够警破我们营营纷扰的迷梦，唤醒我们被利欲薰糊涂了的心：陶朱公三聚三散而不知所终，郑通钱布天下而寄死人家，岂不显得聚敛无厌，藏金异国之徒的可笑可怜！一朝视野扩大了，从名利中解放出来，自大狂消失了，连人为万物之灵的虚骄气焰也灭杀了：个人固然万虑俱清，脱然无碍；社会也多一片干净土，少一批野心家，不至于谁都自命为亚历山大与拿破仑，谁都想做煤油大王汽车大王。再如人种起源史，宗教发展史，以及多多少少的战争史，更可破除迷信，摆脱偏见，袪除猜忌仇恨，揭穿投机分子与爱国宣传家的面具，消弭一切愚妄而残酷的斗争。第一次大战后，威尔斯便想藉公共的历史观念来促进公共的和平与全体的福利。——可见在二次大战结束，人类刚恢复平时生活而要确保未来的安宁时，现实的改善，幸福的追求，人类的进步，都需要历史的启示。

现实与历史原是互为因果，彼此衔接，不可分割的一个整体。历史是前人生活过的现实，现实是我们生活着的历史。而当前的事态，在吾国比过去任何一个时期为紧急危险，民情惶惑，民怨沸腾，分不出是非黑白，分不出人兽鬼神；在此外患方去内忧未已的时节，我们更需要照照历史这面镜子。它将指出孰是生路，孰是死路，何者当生，何者当死。

首先历史告诉我们：五胡乱华亡不了中华民族，辽金元亡不了中华民族，满洲人长久的统治亡不了中华民族。所以日寇纵横于十三省者八年，我们的信心未尝有一日的动摇。同时，历史告诉我们：暴君的专制，官吏的贪污，诏狱的残酷，党祸的惨烈，只能断送一姓一家的朝代，只能影响一个民族进步的迟速，却不能毁灭它的生机。过去的现实够艰苦了，我们不曾灰心；将来即是再艰苦些，我们也不能灰心。因为我们的历史特别长，黑暗时期特别多，应该早把我们训练得如野蛮人一样，能在黑夜里见到光明。

历史告诉我们：世界在变，人类在变；不许变就要乱。过去一切大乱的罪魁祸首，都是妄想不变的人。路易十六倘不是那么昏庸，让群小包围，在三级会议中倘不是固执什么王朝法统，阶级成见，对人民的提案朝三暮四，反覆无信，也许法国大革命的怒潮不致那么猛烈，路易自己也许不致上断头台。这是一个最显著的例子。而且真正促成中华民国诞生的，还不就是清朝政府？真正奠定北伐胜利的还不就是北洋军阀？——为了不许变而采取最彻底的高压手段的，古莫如秦始皇：焚书坑儒，偶语弃市；然而经不起搏浪一击，十年之后，"不二世而亡"；今莫如纳粹组织：举国皆特务，特务皆科学；可怜它的政权还维持不到短短的十二年！所以事实证明：最不许变的人便是促进变的完成最努力的人。

历史也告诉我们：为政之道千头万绪，归纳起来只有简单的两句老话："顺天者昌，逆天者亡"，"天视自我民视，天听自我民听"。凡不愿被时代淘汰的，只有安安分分切切实实做人民的公仆。那时，不用武力，不用权术，不用正统之类的法宝，自会"天下定于一"，形成和平统一之局。反之，倘有什么"亡国之臣"当日暮途穷之时，妄想牺牲民意民命做最后挣扎，或扯着人民的幌子而为一党一派一己图私利的话，其结果必不会是"上帝祝福他"，而是"魔鬼把他带走"。

最后，历史更告诉我们：人民的权利是人民争回来的，不是特权阶级甘心情愿归还的。民主和自由，有待于我们的努力和牺牲。同时还须人人做一番洗心革面的功夫，检束自己，策励自己，训练自己；立己达人，才谈得到转变风气，澄清政治，踏上建国的大道。我们要牢记：政治的腐败，不是一个局部的病象，而是社会上每个细胞都不健全的后果。

总之，历史仿佛一个几千百岁的长老，他有的是智慧的劝告和严重的警告。历史也有如一条长流不尽的河——它自身也是无穷尽的时间中一个小片段——一经它的反映，眼前的现实不过是浪花水沫，个人的生命还不如蜉蝣、不如微尘，你要不被现实的波涛吞没，不被历史的洪流冲刷，只有竭尽你些微的力量，顺着后浪推前浪，跟着它前进。

知识分子与节约时间

为了帮助知识分子发挥潜力,向学术进军,党和政府已做了具体规划,对知识分子的生活、工作、思想改造各方面都提供了优越的客观条件。问题的另外一半需要我们自己来解决了。知识分子要不长期的做主观的努力,政府的计划再好也难以完成。我所讲主观努力不是指学术研究本身,而是指一些先决条件,也就是自我改造的内容。其中包括的项目很多。我不揣谫陋,想以知识分子的身份,根据自我检查和观察所得,就几个关键性的问题和大家商讨一下。

先谈时间问题。马克思说:"任何节约归根结底都是时间的节约。"但时间一方面是最具体、最现实的东西,一方面也是最抽象的东西;浪费物资的罪过,谁都看得见;浪费时间所造成的损失却不一定有目共睹。所以法国的服尔德提到时间,也说:"当时谁都不加重视,过后谁都表示惋惜。"知识分子的时间观念是比较强的;但在实际行动中,大自事物的处理,工作的安排,小至起居饮食,访亲会友,仍不免多多少少浪费时间。倘使日常生活不科学化,不纪律化,不一点一滴的去挤出时间来,那末便是有了"整片的"时间,也未必能充分利用。何况时间是公共财产,不好好掌握,不但会妨碍我们本身的业务,还要连累别人的业务。

惟其时间是公共财产,是一切活动的总因素,与集体生活关系重大,所以大家除了要求精简会议以外,还主张必要的会议应当缩短时间,增加效果。为了这个双重的目的,现在参加的人和召集的人都已在事先做充分准备,并且到会也相当准时;但若能再进一步把开会当做搭火车飞机一样,过一分钟就会脱班的心理,还可以节约更多的时间。而尤其重要的是精简发言:不论小组或大会,一律不用套头,不用八股,不说人尽皆知的话,不重复自己和别人的话,尽量求其简洁,扼要。因为说话最容易在我们不知不觉中消磨时间,比如有些人在会议中往往不尊重主席的规定,发言任意"超时";事先既不把讲稿念一遍,当然不会发觉超时而压缩内容;结果是不必要的拉长了会议,侵占了别人发言的时间。我觉得即使不为时间着想,单为知识分子正当的自尊心着想,似乎也应当避免给人以不顾公德,不守纪律的印象吧?

以知识分子的文化水平与思考能力，毫无问题能把学术研究上的科学方法贯彻到生活的各方面去，从而尽量的节约时间。症结恐怕和别的思想问题一样，还是由于决心不够，警惕性不高，责己不严，不能在实践中坚持。不错，浪费的习惯在社会上相当普遍，积重难返，不容易一下子改掉；但正因为此，更需要及早开始纠正，更需要知识分子以身作则的带头。否则"百年三万六千朝，夜里分将强半日"，短短十二年怎经得起七折八扣！我想只要大家不忘记自己所提供的赶上先进科学水平的保证，一定会痛下决心，在实际行动中节约时间的。

知识分子与八股

精简会议和精简发言的问题，使我联想到反对八股的问题。

鲁迅反对过洋八股；一九四二年毛主席为反对党八股做过报告，印成专册；事隔十余年，他还在《中国农村的社会主义高潮》某一篇的按语中，慨乎言之的说："哪一年能使我们少看一点令人头痛的党八股呢？"可见八股是顽疾，既不易根治，又常常要复发，还会传染、蔓延。近年来连进步的知识分子也有一小部分害上了这个病：不但写文章多少带点八股气，平时说话也有所不免。这不是随便扣帽子。只要听听学习小组里的政治讨论，教研小组以及大大小小会议中的报告或发言，恐怕谁都不能否认，毛主席声讨党八股的某些罪状，到今天还跟我们的言论分不开。有的人把当场听到的报告或传达，颠来倒去重复一番，加上几句歌颂的话，算是发表意见了。记忆力强一些的人再把政府的文告，学习文件中的纲领，鼓动性的口号，搜集一大堆，结合自己的业务凑些"保证"、"决心"、"拥护"一类的字眼；好像说得有声有色，精彩非凡，其实只是一套不痛不痒，不着边际，说与不说都无关系的空话，好比大杂拌式的留声片，很难找出一言半语的真心话和个人的见解。为了加强论证，有关政策的文告与原则并非不可征引；为了表示感动，鼓动性的词藻有时也是必需的；但总不能单靠这些来充数吧？旧小说里有两句套头，叫做"有话即长，无话即短"，现在有些人却是无话亦长，有话更长；赔了时间，又费精神。以这种态度去参加会议，除了叫听的人受罪之外，决不能发挥集思广益的作用；去做群众运动也只能造成反宣传的效果。

不仅语言文字有八股，做人做事的作风也有八股，正如鲁迅所说的"只抄一通公式，往一切事实上乱凑"。这也是官僚主义的一种表现。

由此可以找到八股的病根，首先是思想懒惰：不对事实做科学的观察分析，就不会有自己的见解，就只能撷拾别人的现成思想，来掩饰自己的空虚与贫弱。其次是由于感觉麻痹，对新事物缺乏好奇心，对事业缺少进取心，自然就没有兴致开动脑筋。最后也许还有点虚荣的成分：因为自己思想空虚，格外想装做充实，便有意无意的拿别人嘴里的漂亮字儿，当做华丽的外衣披在自己身上。固然，我们不能要求每个人讲话都精要警辟，但朴素一些，老实一些，总不难办到吧？

　　一个知识分子而不善于思考，不勇于思考，感觉不灵敏，好奇心不强，就不成其为知识分子，更谈不到钻研学问。何况思想懒惰与感觉麻痹还牵涉到遇事认真负责的问题，从而牵涉到人生观与世界观。大家不是一致要求自我改造吗？这就是一个重要的项目。所以我们不但要扑灭八股这个慢性的传染病，不能因为患病的知识分子为数不多，中毒不深而轻易放过，并且还得挖挖这个病毒的思想根源。挖根和预防的办法最好是提高警惕，加强自我批评，再多读读毛主席反对党八股的文章。

贝多芬的作品及其精神

一、贝多芬与力

十八世纪是一个兵连祸结的时代,也是歌舞升平的时代,是古典主义没落的时代,也是新生运动萌芽的时代——新陈代谢的作用在历史上从未停止:最混乱最秽浊的地方就有鲜艳的花朵在探出头来。法兰西大革命,展开了人类史上最惊心动魄的一页:十九世纪! 多悲壮,多灿烂! 仿佛所有的天才都降生在同一时期……从拿破仑到俾斯麦,从康德到尼采,从歌德到左拉,从达维德到塞尚,从贝多芬到俄国五大家;北欧多了一个德意志,南欧多了一个意大利;民主和专制的搏斗方终,社会主义的殉难生活已经开始;人类几曾在一百年中走过这么长的路! 而在此波澜壮阔、峰峦重叠的旅程的起点,照耀着一颗巨星:贝多芬。在音响的世界中,他预言了一个民族的复兴——德意志联邦——他象征着一世纪中人类活动的基调——力!

一个古老的社会崩溃了,一个新的社会在酝酿中。在青黄不接的过程内,第一先得解放个人这是文艺复兴发轫而未完成的基业——原注。反抗一切约束,争取一切自由的个人主义,是未来世界的先驱。各有各的时代。第一是:我! 然后是:社会。

要肯定这个"我",在帝王与贵族之前解放个人,使他们承认个个人都是帝王贵族,或个个帝王贵族都是平民,就须先肯定"力",把它栽培,扶养,提出,具体表现,使人不得不接受。每个自由的"我"要指挥。倘他不能在行动上,至少能在艺术上指挥。倘他不能征服王国,像拿破仑,至少他要征服心灵、感觉和情操,像贝多芬。是的,贝多芬与力,这是一个天生就的题目。我们不在这个题目上做一番探讨,就难能了解他的作品及其久远的影响。

从罗曼·罗兰所作的传记里,我们已熟知他运动家般的体格。平时的生活除了过度艰苦以外,没有旁的过度足以摧毁他的健康。健康是他最珍视的财富,因为它是一切"力"的资源。当时见过他的人说"他是力的化身",当然这是含有肉体与精神双重的意义的。他的几件无关紧要的性的冒险这一点,我们毋须为他隐讳。传记里说他终身童贞的话是靠不住的,罗曼·罗兰自己就修正过。贝多芬一八一六年的日记内就有过性关系的记载——原注,既未减损他对于爱情的崇高的理想,也未减损他对于肉欲的控制力。他说："要是我牺牲了我的生命力，还有什么可以留给高贵与优越？"力，是的，体格的力，道德的力，是贝多芬的口头禅。"力是那般与寻常人不同的人的道德，也便是我的道德—一八〇〇年语——原注。"这种论调分明已是"超人"的口吻。而且在他三十岁前后，过于充溢的力未免有不公平的滥用。不必说他暴烈的性格对身份高贵的人要不时爆发，即对他平辈或下级的人也有枉用的时候。他胸中满是轻蔑：轻蔑弱者，轻蔑愚昧的人，轻蔑大众，然而他又是热爱人类的人！甚至轻蔑他所爱好而崇拜他的人。在他致阿门达牧师信内，有两句说话便是诬蔑一个对他永远忠诚的朋友的。参看《书信集》。——原注在他青年时代帮他不少忙的李希诺夫斯基公主的母亲，曾有一次因为求他弹琴而下跪，他非但拒绝，甚至在沙发上立也不立起来。后来他和李希诺夫斯基亲王反目，临走时留下的条子是这样写的："亲王，您之为您，是靠了偶然的出身；我之为我，是靠了我自己。亲王们现在有的是，将来也有的是。至于贝多芬，却只有一个。"这种骄傲的反抗，不独用来对另一阶级和同一阶级的人，且也用来对音乐上的规律：

——"照规则是不许把这些和弦连用在一块的……"人家和他说。

——"可是我允许。"他回答。

然而读者切勿误会，切勿把常人的狂妄和天才的自信混为一谈，也切勿把力的过剩的表现和无理的傲慢视同一律。以上所述，不过是贝多芬内心蕴蓄的精力，因过于丰满之故而在行动上流露出来的一方面；而这一方面——让我们说老实话——也并非最好的一方面。缺陷与过失，在伟人身上也仍然是缺陷与过失。而且贝多芬对世俗对旁人尽管傲岸不逊，对自己却竭尽谦卑。当他对车尔尼谈着自己的缺点和教育的不够时，叹道："可是我并非没有音乐的才具！"二十岁时摒弃的大师，他四十岁上把一个一个的作品重新披读。晚年他更说："我才开始学得一些东西……"青年时，朋友们向他提起他的声名，他回答说："无聊！我从未想到声名和荣誉而写作。我心坎里的东西要出来，所以我才写作！"这是车尔尼的记载——这一段希望读者，尤其是音乐青年，作为座右铭。——原注

可是他精神的力，还得我们进一步去探索。

大家说贝多芬是最后一个古典主义者，又是最先一个浪漫主义者。浪漫主义者，不错，在表现为先，形式其次上面，在不避剧烈的情绪流露上面，在极度的个人主义上面，他是的。但浪漫主义的感伤气氛与他完全无缘，他是生平最厌恶女性的男子。和他性格最不相容的是没有逻辑和过分夸张的幻想。他是音乐家中最男性的。罗曼·罗兰甚至不大受得了女子弹奏贝多芬的

作品，除了极少的例外。他的钢琴即兴，素来被认为具有神奇的魔力。当时极优秀的钢琴家里斯和车尔尼辈都说："除了思想的特异与优美之外，表情中间另有一种异乎寻常的成分。"他赛似狂风暴雨中的魔术师，会从"深渊里"把精灵呼召到"高峰上"。听众嚎啕大哭，他的朋友雷夏尔特流了不少热泪，没有一双眼睛不湿……当他弹完以后看见这些泪人儿时，他耸耸肩，放声大笑道："啊，疯子！你们真不是艺术家。艺术家是火，他是不哭的。"以上都见车尔尼记载。——原注又有一次，他送一个朋友远行时，说："别动感情。在一切事情上，坚毅和勇敢才是男儿本色。"这种控制感情的力，是大家很少认识的！"人家想把他这株橡树当做萧飒的白杨，不知萧飒的白杨是听众。他是力能控制感情的。"罗曼·罗兰语——原注

　　音乐家，光是做一个音乐家，就需要有对一个意念集中注意的力，需要西方人特有的那种控制与行动的铁腕：因为音乐是动的构造，所有的部分都得同时抓握。他的心灵必须在静止（immobilité）中做疾如闪电的动作，清明的目光，紧张的意志，全部的精神都该超临在整个梦境之上。那么，在这一点上，把思想抓握得如是紧密，如是恒久，如是超人式的，恐怕没有一个音乐家可和贝多芬相比。因为没有一个音乐家有他那样坚强的力。他一朝握住一个意念时，不到把它占有决不放手。他自称那是"对魔鬼的追逐"——这种控制思想，左右精神的力，我们还可从一个较为浮表的方面获得引证。早年和他在维也纳同住过的赛弗里德曾说："当他听人家一支乐曲时，要在他脸上去猜测赞成或反对是不可能的；他永远是冷冷的，一无动静。精神活动是内在的，而且是无时或息的；但躯壳只像一块没有灵魂的大理石。"

　　要是在此灵魂的探险上更往前去，我们还可发现更深邃更神化的面目。如罗曼·罗兰所说的：提起贝多芬，不能不提起上帝。注意：此处所谓上帝系指十八世纪泛神论中的上帝。——原注贝多芬的力不但要控制肉欲，控制感情，控制思想，控制作品，且竟与命运挑战，与上帝搏斗。"他可把神明视为平等，视为他生命中的伴侣，被他虐待的；视为磨难他的暴君，被他诅咒的；再不然把它认为他的自我之一部，或是一个冷酷的朋友，一个严厉的父亲……而且不论什么，只要敢和贝多芬对面，他就永不和它分离。一切都会消逝，他却永远在它面前。贝多芬向他哀诉，向它怨艾，向它威逼，向它追问。内心的独白永远是两个声音的。从他初期的作品起作品第九号之三的三重奏的allegro，作品第十八号之四的四重奏的第一章，及《悲怆奏鸣曲》等。——原注，我们就听见这些两重灵魂的对白，时而协和，时而争执，时而扭殴，时而拥抱……但其中之一总是主子的声音，

决不会令你误会。"以上引罗曼·罗兰语——原注倘没有这等持久不屈的"追逐魔鬼"、挝住上帝的毅力,他哪还能在"海林根施塔特遗嘱"之后再写《英雄交响曲》和《命运交响曲》?哪还能战胜一切疾病中最致命的——耳聋?

耳聋,对平常人是一部分世界的死灭,对音乐家是整个世界的死灭。整个的世界死灭而贝多芬不曾死!并且他还重造那已经死灭的世界,重造音响的王国,不但为自己,而且为着人类,为着"可怜的人类"!这样一种超生和创造的力,只有自然界里那种无名的、原始的力可以相比。在死亡包裹着一切的大沙漠中间,唯有自然的力才能给你一片水草!

一八〇〇年,十九世纪第一页。那时的艺术界,正如行动界一样,是属于强者而非属于奥妙的机智的。谁敢保存他本来面目,谁敢威严地主张和命令,社会就跟着他走。个人的强项,直有吞噬一切之势;并且有甚于此的是:个人还需要把自己溶化在大众里,溶化在宇宙里。所以罗曼·罗兰把贝多芬和上帝的关系写得如是壮烈,决不是故弄玄妙的文章,而是窥透了个人主义的深邃的意识。艺术家站在"无意识界"的最高峰上,他说出自己的胸怀,结果是唱出了大众的情绪。贝多芬不曾下功夫去认识的时代意识,时代意识就在他自己的思想里。拿破仑把自由、平等、博爱当做幌子踏遍了欧洲,实在还是替整个时代的"无意识界"做了代言人。感觉早已普遍散布在人们心坎间,虽有传统、盲目的偶像崇拜,竭力高压也是徒然,艺术家迟早会来揭幕!《英雄交响曲》!即在一八〇〇年以前,少年贝多芬的作品,对于当时的青年音乐界,也已不下于《少年维特之烦恼》那样的诱人莫舍勒斯说他少年时在音乐院里私下问同学借抄贝多芬的《悲怆奏鸣曲》,因为教师是绝对禁止"这种狂妄的作品"的。——原注,然而《第三交响曲》是第一声洪亮的信号。力解放了个人,个人解放了大众——自然,这途程还长得很,有待于我们,或以后几代的努力;但力的化身已经出现过,悲壮的例子写定在历史上,目前的问题不是否定或争辩,而是如何继续与完成……

当然,我不否认力是巨大无比的,巨大到可怕的东西。普罗米修斯的神话存在了已有二十余世纪。使大地上五谷丰登、果实累累的,是力;移山倒海,甚至使星球击撞的,也是力!在人间如在自然界一样,力足以推动生命,也能促进死亡。两个极端摆在前面:一端是和平、幸福、进步、文明、美;一端是残杀、战争、混乱、野蛮、丑恶。具有"力"的人宛如执握着一个转折乾坤的钟摆,在这两极之间摆动。往哪儿去?……瞧瞧先贤的足迹罢。贝多芬的力所推动的是什么?锻炼这股力的洪炉又是什么?——受苦,奋斗,为善。没有一个艺术家对道德的修积,像他那样的兢兢业业,也没有一个音乐家的生涯,像贝多芬这样的酷似一个圣徒的行述。天赋给他犷野的力,他早替它定下了方向。它是应当奉献于同情、怜悯、自由的;它是应当教人隐忍、舍弃、欢乐的。对苦难,命运,应当用"力"去反抗和征服;对人类,应当用"力"去鼓励,去热烈地爱——所以《弥撒曲》里的泛神气息,代卑微的人类呼吁,为受难者歌唱……《第九交响曲》里的欢乐颂歌,又从痛苦与斗争中解放了人,扩大了人。解放与扩大的结果是人与神明迫近,与神明合一。那时候,力就是神,神就是力,无所谓善恶,无所谓冲突,力的两极性消灭了。人已起临了世界,跳出了万劫,生命已经告终,同时已经不朽!这才是欢乐,才是贝多芬式的欢乐!

二、贝多芬的音乐建树

现在,我们不妨从高远的世界中下来,看看这位大师在音乐艺术内的实际成就。

在这件工作内,最先仍须从回顾以往开始。一切的进步只能从比较上看出。十八世纪是讲究说话的时代,在无论何种艺术里,这是一致的色彩。上一代的古典精神至此变成纤巧与雕琢的形式主义,内容由微妙而流于空虚,由富丽而陷于贫弱。不论你表现什么,第一要"说得好",要巧妙,雅致。艺术品的要件是明白、对称、和谐、中庸;最忌狂热、真诚、固执,那是"趣味恶劣"的表现。海顿的宗教音乐也不容许有何种神秘的气氛,它是空洞的,世俗气极浓的作品。因为时尚所需求的弥撒曲,实际只是一个变相的音乐会;由歌剧曲调与悦耳的技巧表现混合起来的东西,才能引起听众的趣味。流行的观念把人生看做肥皂泡,只顾享受和鉴赏它的五光十色,而不愿参透生与死的神秘。所以海顿的旋律是天真的、结实地构成的,所有的乐句都很美妙和谐;它特别魅惑你的耳朵,满足你的智的要求,却从无深切动人的言语诉说。即使海顿是一个善良的、虔诚的"好爸爸",也逃不出时代感觉的束缚:缺乏热情。幸而音乐在当时还是后起的艺术,连当时那么浓厚的颓废色彩都阻遏不了它的生机。十八世纪最精神的面目和最可爱的情调,还找到一个旷世的天才做代言人:莫扎特。他除了歌剧以外,在交响乐方面的贡献也不下于海顿,且在精神方面还更走前了一步。音乐之作为心理描写是从他开始的。他的《g小调交响曲》在当时批评界的心目中已是艰涩难解(!)之作。但他的温柔与妩媚,细腻入微的感觉,匀称有度的体裁,我们仍觉是旧时代的产物。

而这是不足为奇的。时代精神既还有最后几朵鲜花需要开放，音乐曲体大半也还在摸索着路子。所谓古典奏鸣曲的形式，确定了不过半个世纪。最初，奏鸣曲的第一章只有一个主题（thème），后来才改用两个基调（tonalité）不同而互有关连的两个主题。当古典奏鸣曲的形式确定以后，就成为三鼎足式的对称乐曲，主要以三章构成，即：快——慢——快。第一章allegro本身又含有三个步骤：（一）破题（exposition），即披露两个不同的主题；（二）发展（développement），把两个主题做种种复音的配合，做种种的分析或综合——这一节是全曲的重心；（三）复题（récapitulation），重行披露两个主题而第二主题亦称副句，第一主题亦称主句——原注以和第一主题相同的基调出现，因为结论总以第一主题的基调为本。这第一章部分称为奏鸣曲典型：forme-sonate。——原注第二章andante或adagio，或larghetto，以歌（Lied）体或变奏曲（Variation）写成。第三章allegro或presto，和第一章同样用两句三段组成；再不然是rondo，由许多复奏（répétition）组成，而用对比的次要乐句做穿插。这就是三鼎足式的对称。但第二与第三章间，时或插入menuet舞曲。

这个格式可说完全适应着时代的趣味。当时的艺术家首先要使听众对一个乐曲的每一部分都感兴味，而不为单独的任何部分着迷所以特别重视均衡——原注。第一章allegro的美的价值，特别在于明白、均衡和有规律：不同的乐旨总是对比的，每个乐旨总在规定的地方出现，它们的发展全在典雅的形式中进行。第二章andante，则来抚慰一下听众微妙精炼的感觉，使全曲有些优美柔和的点缀；然而一切剧烈的表情是给庄严稳重的menuet挡住去路的——最后再来一个天真的rondo，用机械式的复奏和轻盈的爱娇，使听的人不致把艺术当真，而明白那不过是一场游戏。渊博而不迂腐，敏感而不着魔，在各种情绪的表皮上轻轻拂触，却从不停留在某一固定的感情上：这美妙的艺术组成时，所模仿的是沙龙里那些翩翩蛱蝶，组成以后所供奉的也仍是这般翩翩蛱蝶。

我所以冗长地叙述这段奏鸣曲史，因为奏鸣曲尤其是其中奏鸣曲典型那部分——原注是一切交响曲、四重奏等纯粹音乐的核心。贝多芬在音乐上的创新也是由此开始。而且我们了解了他的奏鸣曲组织，对他一切旁的曲体也就有了纲领。古典奏鸣曲虽有明白与构造结实之长，但有呆滞单调之弊。乐旨（motif）与破题之间，乐节（période）与复题之间，凡是专司联络之职的过板（conduit）总是无美感与表情可言的。当乐曲之始，两个主题一经披露之后，未来的结论可以推想而知：起承转合的方式，宛如学院派的辩论一般有固定的线索，一言以蔽之，这是西洋音乐上的八股。

贝多芬对奏鸣曲的第一件改革，便是推翻它刻板的规条，给以范围广大的自由与伸缩，使它施展雄辩的机能。他的三十二阕钢琴奏鸣曲中，十三阕有四章，十三阕只有三章，六阕只有两章，每阕各章的次序也不依"快——慢——快"的成法。两个主题在基调方面的关系，同一章内各个不同的乐旨间的关系，都变得自由了。即是奏鸣曲的骨干——奏鸣曲典型——也被修改。连接各个乐旨或各个小段落的过板，到贝多芬手里大为扩充，且有了生气，有了更大的和更独立的音乐价值，甚至有时把第二主题的出现大为延缓，而使它以不重要的插曲的形式出现。前人作品中纯粹分立而仅有乐理关系即副句与主句互有关系，例如以主句基调的第五度音作为副句的主调音等等——原注的两个主题，贝多芬使它们在风格上统一，或者出之以对照，或者出之以类似。所以我们在他作品中常常一开始便听到两个原则的争执，结果是其中之一获得了胜利；有时我们却听到两个类似的乐旨互相融和这就是上文所谓的两重灵魂的对白——编者注，例如作品第七十一号之一的《告别奏鸣曲》，第一章内所有旋律的原素，都是从最初三音符上衍变出来的。奏鸣曲典型部分原由三个步骤组成详见前文——编者注，贝多芬又于最后加上一节结局（coda），把全章乐旨做一有力的总结。

贝多芬在即兴（improvisation）方面的胜长，一直影响到他奏鸣曲的曲体。据约翰·桑太伏阿纳近代法国音乐史家——编者注的分析，贝多芬在主句披露完后，常有无数的延音（point d'orgue），无数的休止，仿佛他在即兴时继续寻思，犹疑不决的神气。甚至他在一个主题的发展中间，会插入一大段自由的诉说，缥缈的梦境，宛似替声乐写的旋律一般。这种作风不但加浓了诗歌的成分，抑且加强了戏剧性。特别是他的 Adagio，往往受着德国歌谣的感应——莫扎特的长句令人想起意大利风格的歌曲（Aria）；海顿的旋律令人想起节奏空灵的法国的歌（Romance）；贝多芬的 Adagio 却充满着德国歌谣（Lied）所特有的情操：简单纯朴，亲切动人。

在贝多芬心目中，奏鸣曲典型并非不可动摇的格式，而是可以用做音乐上的辩证法的：他提出一个主句，一个副句，然后获得一个结论，结论的性质或是一方面胜利，或是两方面调和。在此我们可以获得一个理由，来说明为何贝多芬晚年特别运用赋格曲 Fugue，这是巴赫以后在奏鸣曲中一向遭受摈弃的曲体。贝多芬中年时亦未采用。——原注。由于同一乐旨以音阶上不同的等级三四次地连续出现，由于参差不一的答句，由于这个曲体所特有的迅速而急促的演绎法，这赋格曲的风格能完满地适应作者的情绪；或者，原来孤立的一缕思想慢慢地渗透了心灵，终而至于占据全意识界；或者，凭着意志之力，精神必然而然地获得最后胜利。

总之，由于基调和主题的自由的选择，由于发展形式的改变，贝多芬把硬性的奏鸣曲典型化为表白情绪的灵活的工具。他依旧保存着乐曲的统一性，但他所重视的不在于结构或基调之统一，而在于情调和口吻（accent）之统一；换言之，这统一是内在的而非外在的。他是用内容来确定形式的；所以当他觉得典雅庄重的 menuet 束缚难忍时，他根本换上了更快捷、更欢欣、更富于诙谑性、更宜于表现放肆姿态的 scherzo 此字在意大利语中意为 joke，贝多芬原有粗犷的滑稽气氛，故在此体中的表现尤为酣畅淋漓。——原注。当他感到原有的奏鸣曲体与他情绪的奔放相去太远时，他在题目下另加一个小标题：*Quasi una Fantasia* 意为："近于幻想曲"。——原注（作品第二十七号之一、之二——后者即俗称《月光曲》）。

此外，贝多芬还把另一个古老的曲体改换了一副新的面目。变奏曲在古典音乐内，不过是一个主题周围加上无数的装饰而已。但在五彩缤纷的衣饰之下，本体即主题——编者注的真相始终是清清楚楚的。贝多芬却把它加以更自由的运用后人称贝多芬的变奏曲为大变奏曲，以别于纯属装饰味的古典变奏曲。——原注，甚至使主体改头换面，不复可辨。有时旋律的线条依旧存在，可是节奏完全异样。有时旋律之一部被作为另一个新的乐思的起点。有时，在不断地更新的探险中，单单主题的一部分节奏或是主题的和声部分，仍和主题保持着渺茫的关系。贝多芬似乎想以一个题目为中心，把所有的音乐联想搜罗净尽。

至于贝多芬在配器法（orchestration）方面的创新，可以粗疏地归纳为三点：（一）乐队更庞大，乐器种类也更多但庞大的程度最多不过六十八人；弦乐器五十四人，管乐、铜乐、敲击乐器十四人。这是从贝多芬手稿上——现存柏林国家图书馆——录下的数目。现代乐队演奏他的作品时，人数往往远过于此，致为批评家诟病。桑太伏阿纳有言："扩大乐队并不使作品增加伟大。"——原注；（二）全部乐器的更自由的运用——必要时每种乐器可有独立的效能以《第五交响曲》为例，andante 里有一段，basson 占着领导地位。在 allegro 内有一段，大提琴与 doublebasse 又当着主要角色。素不被重视的鼓，在此交响曲内的作用，尤为人所共知。——原注；（三）因为乐队的作用更富于戏剧性，更直接表现感情，故乐队的音色不独变化迅速，且臻于前所未有的富丽之境。

在归纳他的作风时，我们不妨从两方面来说：素材包括旋律与和声——原注与形式即曲体，详见本文段分析——原注。前者极端简单，后者极端复杂，而且有不断的演变。

以一般而论，贝多芬的旋律是非常单纯的；倘若用线来表现，那是没有多少波浪，也没有多大曲折的。往往他的旋律只是音阶中的一个片段（a fragment of scale），而他最美最知名的主题即属于这一类；如果旋律上行或下行，也是用自然音音程（diatonic interval）。所以音阶组成了旋律的骨干。他也常用完全和弦的主题和转位法（inverting）。但音阶、完全和弦、基调的基础，都是一个音乐家所能运用的最简单的原素。在旋律的主题（melodic theme）之外，他亦有交响的主题（symphonic theme）作为一个"发展"的材料，但仍是绝对的单纯：随便可举的例子，有《第五交响曲》最初的四音符 sol—sol—sol—mi^b，或《第九交响曲》开端的简单的下行五度音。因为这种简单，贝多芬才能在"发展"中间保存想象的自由，尽量利用想象的富藏。而听众因无需费力就能把握且记忆基本主题，所以也能追随作者最特殊最繁多的变化。

贝多芬的和声，虽然很单纯很古典，但较诸前代又有很大的进步。不和协音的运用是更常见更自由了：在《第三交响曲》《第八交响曲》《告别奏鸣曲》等某些大胆的地方，曾引起当时人的毁谤（！）。他的和声最显著的特征，大抵在于转调（modulation）之自由。上面已经述及他在奏鸣曲中对基调间的关系，同一乐章内各个乐旨间的关系，并不遵守前人规律。这种情形不独见于大处，亦且见于小节。某些转调是由若干距离弯远的音符组成的，而且出之以突兀的方式，令人想起大画家所常用的"节略"手法，色彩掩盖了素描，旋律的继续被遮蔽了。

至于他的形式，因繁多与演变的迅速，往往使分析的工作难于措手。十九世纪中叶，若干史家把贝多芬的作风分成三个时期大概是把《第三交响曲》以前的作品列为第一期，钢琴奏鸣曲至作品第二十二号为止，两部奏鸣曲至作品第三十号为止。第三至第八交响曲被列入第二期，又称为贝多芬盛年期，钢琴奏鸣曲至作品第九十号为止。作品第一百号以后至贝多芬死的作品为末期。——原注，这个观点至今非常流行，但时下的批评家均嫌其武断笼统。一八五二年十二月二日，李斯特答复主张三期说的史家兰兹时，曾有极精辟的议论，足资我们参考，他说：

"对于我们音乐家，贝多芬的作品仿佛云柱与火柱，领导着以色列人在沙漠中前行——在白天领导我们的是云柱，——在黑夜中照耀我们的是火柱，使我们夜以继日地趱奔。他的阴暗与光明同样替我们划出应走的路；他们俩都是我们永久的领导，不断的启示。倘使我要把大师在作品里表现的题旨不同的思想，加以分类的话，我决不采用现下流行按系指当时——编者注而为您采用的三期论法。我只直截了当地提出一个问题，那是音乐批评的轴心，即传统的、公认的形式,对于思想的机构的决定性,究竟到什么程度?

"用这个问题去考察贝多芬的作品,使我自然而然地把它们分做两类:第一类是传统的公认的形式包括而且控制作者的思想的;第二类是作者的思想扩张到传统形式之外,依着他的需要与灵感而把形式与风格或是破坏,或是重造,或是修改。无疑的,这种观点将使我们涉及'权威'与'自由'这两个大题目。但我们毋须害怕。在美的国土内,只有天才才能建立权威,所以权威与自由的冲突,无形中消灭了,又回复了它们原始的一致,即权威与自由原是一件东西。"

这封美妙的信可以列入音乐批评史上最精彩的文章里。由于这个原则,我们可说贝多芬的一生是从事于以自由战胜传统而创造新的权威的。他所有的作品都依着这条路线进展。

贝多芬对整个十九世纪所发生的巨大的影响,也许至今还未告终。上一百年中面目各异的大师,门德尔松,舒曼,勃拉姆斯,李斯特,柏辽兹,瓦格纳,布鲁克纳,弗兰克,全都沾着他的雨露。谁曾想到一个父亲能有如许精神如是分歧的儿子?其缘故就因为有些作家在贝多芬身上特别关切权威这个原则,例如门德尔松与勃拉姆斯;有些则特别注意自由这个原则,例如李斯特与瓦格纳。前者努力维持古典的结构,那是贝多芬在未曾完全摒弃古典形式以前留下最美的标本的。后者,尤其是李斯特,却继承着贝多芬在交响曲方面未完成的基业,而用着大胆和深刻的精神发现交响诗的新形体。自由诗人如舒曼,从贝多芬那里学会了可以表达一切情绪的弹性的音乐语言。最后,瓦格纳不但受着《菲岱里奥》的感应,且从他的奏鸣曲、四重奏、交响曲里提炼出"连续的旋律"(mélodie continue)和"领导乐旨"(leitmotiv),把纯粹音乐搬进了乐剧的领域。

由此可见,一个世纪的事业,都是由一个人撒下种子的。固然,我们并未遗忘十八世纪的大家所给予他的粮食,例如海顿老人的主题发展,莫扎特的旋律的广大与丰满。但在时代转折之际,同时开下这许多道路,为后人树立这许多路标的,的确除贝多芬外无第二人。所以说贝多芬是古典时代与浪漫时代的过渡人物,实在是估低了他的价值,估低了他的艺术的独立性与特殊性。他的行为的光轮,照耀着整个世纪,孵育着多少不同的天才!音乐,由贝多芬从刻板严格的枷锁之下解放了出来,如今可自由地歌唱每个人的痛苦与欢乐。由于他,音乐从死的学术一变而为活的意识。所有的来者,即使绝对不曾模仿他,即使精神与气质与他相反,实际上也无异是他的门徒,因为他们享受着他用痛苦换来的自由！

三、重要作品浅释

为完成我这篇粗疏的研究起计，我将选择贝多芬最知名的作品加一些浅显的注解。当然，以作者的外行与浅学，既谈不到精密的技术分析，也谈不到奥妙的心理解剖。我不过撷拾几个权威批评家的论见，加上我十余年来对贝多芬作品亲炙所得的观念，做一个概括的叙述而已。我的希望是：爱好音乐的人能在欣赏时有一些启蒙式的指南，在探宝山时稍有凭借；专学音乐的青年能从这些简单的引子里，悟到一件作品的内容是如何精深庞博，如何在手与眼的训练之外，需要加以深刻的体会，方能仰攀创造者的崇高的意境——我国的音乐研究，十余年来尚未走出幼稚园；向升堂入室的路出发，现在该是时候了罢！

（一）钢琴奏鸣曲

作品第十三号：《悲怆奏鸣曲》Sonate "Pathétique" in c min.——这是贝多芬早年奏鸣曲中最重要的一阕，包括 allegro—adagio—rondo 三章。第一章之前冠有一节悲壮严肃的引子，这一小节，以后又出现了两次：一在破题之后，发展之前，一在复题之末，结论之前。更特殊的是，副句与主句同样以小调为基础。而在小调的 adagio 之后，rondo 仍以小调演出。——第一章表现青年的火焰，热烈的冲动；到第二章，情潮似乎安定下来，沐浴在宁静的气氛中，但在第三章泼辣的 rondo 内，激情重又抬头。光与暗的对照，似乎象征着悲欢的交替。

作品第二十七号之二：《月光奏鸣曲》Sonate "quasi una fantasia" 〔"Moonlight"〕in c♯ min.——奏鸣曲体制在此不适用。原应位于第二章的 adagio，占了最重要的第一章。开首便是单调的、冗长的、缠绵无尽的独白，赤裸裸地吐露出凄凉幽怨之情。紧接的是 allegretto，把前章痛苦的悲吟挤逼成紧张的热情。然后是激昂迫促的 presto，以奏鸣曲典型的体裁，如古悲剧般做一强有力的结论：心灵的力终于镇服了痛苦。情操控制着全局，充满着诗情与戏剧式的波涛，一步紧似一步。十几年前国内就流行着一种浅薄的传说，说这曲奏鸣曲是即兴之作，而且在小说式的故事中组成的。这完全是荒诞不经之说。贝多芬作此曲时绝非出于即兴，而是经过苦心的经营而成。这有他遗下的稿本为证。——原注

作品第三十一号之二：《"暴风雨"奏鸣曲》Sonate "Tempest" in d

min.——一八〇二——一八〇三年间,贝多芬给友人的信中说:"从此我要走上一条新的路。"这支乐曲便可说是证据。音节,形式,风格,全有了新面目,全用着表情更直接的语言。第一章末戏剧式的吟诵体(récitatif),宛如庄重而激昂的歌唱。adagio 尤其美妙,兰兹说:"它令人想起韵文体的神话:受了魅惑的蔷薇,不,不是蔷薇,而是被女巫的魅力催眠的公主……"那是一片天国的平和,柔和黝暗的光明。最后的 allegretto 则是泼辣奔放的场面,一个"仲夏夜之梦",如罗曼·罗兰所说。

作品第五十三号:《黎明奏鸣曲》Sonate l'Aurore in C——黎明这个俗称,和月光曲一样,实在并无确切的根据。也许开始一章里的 crescendo,也许 rondo 之前短短的 adagio——那种曙色初现的气氛,莱茵河上舟子的歌声,约略可以唤起"黎明"的境界。然而可以肯定的是:在此毫无贝多芬悲壮的气质,他仿佛在田野里闲步,悠然欣赏着云影,鸟语,水色,怅惘地出神着。到了 rondo,慵懒的幻梦又转入清明高远之境。罗曼·罗兰说这支奏鸣曲是《第六交响曲》之先声,也是田园曲_{通常称为田园曲的奏鸣曲,是作品第十四号;但那是除了一段乡妇的舞蹈以外,实在并无旁的田园气息。——原注}。

作品第五十七号:《热情奏鸣曲》Sonate "Appassionnate" in f min.——壮烈的内心的悲剧,石破天惊的火山爆裂,莎士比亚的《暴风雨》式的气息,伟大的征服……在此我们看到了贝多芬最光荣的一次战争。——从一个乐旨上演化出来的两个主题:犷野而强有力的"我",命令着,威镇着;战栗而怯弱的"我",哀号着,乞求着。可是它不敢抗争,追随着前者,似乎坚忍地接受了运命_{一段大调的旋律——编者注},然而精力不继,又倾倒了,在苦痛的小调上忽然停住……再起……再仆……一大段雄壮的"发展",力的主题重又出现,滔滔滚滚地席卷着弱者,——它也不复中途蹉跌了。随后是英勇的结局(coda)。末了,主题如雷雨一般在辽远的天际消失,神秘的 pianissimo。第二章,单纯的 andante,心灵获得须臾的休息,两片巨大的阴影_{第一与第三章——编者注}中间透露一道美丽的光。然而休战的时间很短,在变奏曲之末,一切重又骚乱,吹起终局(finale-rondo)的旋风……在此,怯弱的"我"虽仍不时发出悲怆的呼号,但终于被狂风暴雨_{犷野的我——编者注}淹没了。最后的结论,无殊一片的沸腾的海洋……人变了一颗原子,在吞噬一切的大自然里不复可辨。因为犷野而有力的"我"就代表着原始的自然。在第一章里犹图挣扎的弱小的"我",此刻被贝多芬交给了原始的"力"。

作品第八十一号之 A:《告别奏鸣曲》Sonate "Les Adieux" in E^b _{本曲印行}

时就刊有告别、留守、重叙这三个标题。所谓告别系指奥太子鲁道夫一八○九年五月之远游。——原注——第一乐章全部建筑在sol—fa—mi三个音符之上，所有的旋律都从这简单的乐旨出发这一点加强了全曲情绪之统一。——原注；复题之末的结论中，告别即前述的三音符——原注更以最初的形式反复出现。——同一主题的演变，代表着同一情操的各种区别：在引子内，"告别"是凄凉的，但是镇静的，不无甘美的意味；在allegro之初第一章开始时为一段迟缓的引子，然后继以allegro。——原注，它又以击撞抵触的节奏与不和协弦重现：这是匆促的分手。末了，以对白方式再三重复的"告别"几乎合为一体地以diminuento告终。两个朋友最后的扬巾示意，愈离愈远，消失了。——"留守"是短短的一章adagio，彷徨，问询，焦灼，朋友在期待中。然后是vivacissimamente，热烈轻快的篇章，两个朋友互相投在怀抱里。——自始至终，诗情画意笼罩着乐曲。

作品第九十号：《e小调奏鸣曲》 *Sonate in e min.* ——这是题赠李希诺夫斯基伯爵的，他不顾家庭的反对，娶了一个女伶。贝多芬自言在这支乐曲内叙述这桩故事。第一章题作"头脑与心的交战"，第二章题作"与爱人的谈话"。故事至此告终，音乐也至此完了。而因为故事以吉庆终场，故音乐亦从小调开始，以大调结束。再以乐旨而论，在第一章内的戏剧情调和第二章内恬静的倾诉，也正好与标题相符。诗意左右着乐曲的成分，比《告别奏鸣曲》更浓厚。

作品第一○六号：《降B大调奏鸣曲》 *Sonate in B^b* ——贝多芬写这支乐曲时是为了生活所迫；所以一开始便用三个粗野的和弦，展开这首惨痛绝望的诗歌。"发展"部分是头绪万端的复音配合，象征着境遇与心绪的艰窘。作曲年代是一八一八，贝多芬正为了侄儿的事弄得焦头烂额。——原注"发展"中间两次运用赋格曲体式（fugato）的作风，好似要寻觅一个有力的方案来解决这堆乱麻。一会儿是光明，一会儿是阴影。——随后是又古怪又粗犷的scherzo，恶梦中的幽灵。——意志的超人的努力，引起了痛苦的反省：这是adagio appassionnato，慷慨的陈辞，凄凉的哀吟。三个主题以大变奏曲的形式铺叙。当受难者悲痛欲绝之际，一段largo引进了赋格曲，展开一个场面伟大、经纬错综的"发展"，运用一切对位与轮唱曲（canon）的巧妙，来陈诉心灵的苦恼。接着是一段比较宁静的插曲，预先唱出了《D调弥撒曲》内谢神的歌。——最后的结论，宣告患难已经克服，命运又被征服了一次。在贝多芬全部奏鸣曲中，悲哀的抒情成分，痛苦的反抗的吼声，从没有像在这件作品里表现得惊心动魄。

（二）提琴与钢琴奏鸣曲

在"两部奏鸣曲"中即提琴与钢琴，或大提琴与钢琴奏鸣曲。——原注，贝多芬显然没有像钢琴奏鸣曲般的成功。软性与硬性的两种乐器，他很难觅得完善的驾驭方法。而且十阕提琴与钢琴奏鸣曲内，九阕是《第三交响曲》以前所作；九阕之内五阕又是《月光奏鸣曲》以前的作品。一八一二年后，他不再从事于此种乐曲。在此我只介绍最特出的两曲。

作品第三十号之二：《c 小调奏鸣曲》Sonate in c min. 题赠俄皇亚历山大二世——编者注——在本曲内，贝多芬的面目较为显著。暴烈而阴沉的主题，在提琴上演出时，钢琴在下面怒吼。副句取着威武而兴奋的姿态，兼具柔媚与遒劲的气概。终局的激昂奔放，尤其标明了贝多芬的特色。赫里欧法国现代政治家兼音乐批评家——原注有言："如果在这件作品里去寻找胜利者按系指俄皇——编者注的雄姿与战败者的哀号，未免穿凿的话，我们至少可认为它也是英雄式的乐曲，充满着力与欢畅，堪与《第五交响曲》相比。"

作品第四十七号：《克勒策奏鸣曲》Sonate à Kreutzer in a min. 克勒策为法国人，为王家教堂提琴手。曾随军至维也纳与贝多芬相遇。贝多芬遇之甚善，以此曲题赠。但克氏始终不愿演奏，因他的音乐观念迂腐守旧，根本不了解贝多芬。——原注——贝多芬一向无法安排的两种乐器，在此被他找到了一个解决的途径：他们俩既不能调和，就让它们冲突；既不能携手，就让它们斗。全曲的第一与第三乐章，不啻钢琴与提琴的肉搏。在旁的"两部奏鸣曲"中，答句往往轻易的、典雅的美；这里对白却一步紧似一步，宛如两个仇敌的短兵相接。在 andante 的恬静的变奏曲后，争斗重新开始，愈加紧张了，钢琴与提琴一大段急流奔泻的对位，由钢琴的洪亮的呼声结束。"发展"奔腾飞纵，忽然凝神屏息了一会，经过几节 adagio，然后消没在目眩神迷的结论中间——这是一场决斗，两种乐器的决斗，两种思想的决斗。

（三）四重奏

弦乐四重奏是以奏鸣曲典型为基础的曲体，所以在贝多芬的四重奏里，可以看到和他在奏鸣曲与交响曲内相同的演变。他的趋向是旋律的强化，发展与形式的自由；且在弦乐器上所能表现的复音配合，更为富丽更为独立。他一共制作十六阕四重奏，但在第十一与第十二阕之间，相隔有十四年之久一八一〇—一八二四——编者注，故最后五阕形成了贝多芬作品中一个特殊面目，显示他最后的艺术成就。当第十二阕四重奏问世之时，《D 调弥撒曲》与《第九交响曲》都已诞生。他最后几年的生命是孤独尤其是艺术上的孤独，连亲近的友人都不了解他了。——原注、疾病、困穷、烦恼侄子的不长进——编者注煎熬他最甚的时代。他慢慢地隐忍下去，一切悲苦深深地沉潜到心灵深处。他在乐艺上表现的，是更为肯定的个性。他更求深入，更爱分析，尽量汲取悲欢的灵泉，打破形式的桎梏。音乐几乎变成歌辞与语言一般，透明地传达着作者内在的情绪，以及起伏微妙的心理状态。一般人往往只知鉴赏贝多芬的交响曲与奏鸣曲；四重奏的价值，至近数十年方始被人常识。因为这类纯粹表现内心的乐曲，必须内心生活丰富而深刻的人才能体验；而一般的音乐修养也须到相当的程度方不致在森林中迷路。

作品第一二七号：《降 E 大调四重奏》*Quatuor in E^b*（第十二阕）——第一章里的"发展"，着重于两个原则：一是纯粹节奏的一个强毅的节奏与另一个柔和的节奏对比——原注，一是纯粹音阶的两重节奏从 E^b 转到明快的 G，再转到更加明快的 C——原注。以静穆的徐缓的调子出现的 adagio 包括六支连续的变奏曲，但即在节奏复杂的部分内，也仍保持默想的气息。奇谲的 scherzo 以后的"终局"，含有多少大胆的和声，用节略手法的转调。——最美妙的是那些 adagio 包括着 adagio ma non troppo; andante con motto; adagio molto espressivo.——原注，好似一株树上开满着不同的花，各有各的姿态。在那些吟诵体内，时而清明，时而绝望——清明时不失激昂的情调，痛苦时并无疲倦的气色。作者在此的表情，比在钢琴上更自由：一方面传统的形式似乎依然存在，一方面给人的感应又极富于启迪性。

作品第一三〇号：《降 B 大调四重奏》*Quatuor in B^b*（第十三阕）——第一乐章开始时，两个主题重复演奏了四次，——两个在乐旨与节奏上都相反的主题：主句表现悲哀，副句由第二小提琴演出的——编者注表现决心。两者的对白引入奏鸣曲典型的体制。在诙谑的 presto 之后，接着一段插曲式的 andante：凄凉的幻梦与温婉的惆怅，轮流控制着局面。此后是一段古老的 menuet，予人以古风与现代风交错的韵味。然后是著名的 *cavatinte — adagio molto espressivo*，为贝多芬流着泪写的：第二小提琴似乎模仿着起伏不已的胸脯，因为它满贮着叹息，继以凄厉的悲歌，不时杂以断续的呼号……受着重创的心灵还想挣扎起来飞向光明。——这一段倘和终局做对比，就愈显得惨恻。——以全体而论，这支四重奏和以前的同样含有繁多的场面 allegro 里某些句子充满着欢乐与生机，presto 富有滑稽意味，andante 笼罩在柔和的微光中，menuet 借用着古德国的民歌的调子，终局则是波希米亚人放肆的欢乐。——原注，但对照更强列，更突兀，而且全部的光线也更神秘。

作品第一三一号：《升 c 小调四重奏》*Quatuor in c# min.*（第十四阕）——开始是凄凉的 adagio，用赋格曲写成的，浓烈的哀伤气氛，似乎预告着一篇痛苦的诗歌。瓦格纳认为这段 adagio 是音乐上从来未有的最忧郁的篇章。然而此后的 allegro molto vivace 却又是典雅又是奔放，尽是出人不意的快乐情调。andante 及变奏曲，则是特别富于抒情的段落，中心感动的，微微有些不安的情绪。此后是 presto, adagio, allegro，章节繁多，曲折特甚的终局。——这是一支千绪万端的大曲，轮廓分明的插曲即已有十三四支之多，仿佛作者把手头所有的材料都集合在这里了。

作品第一三二号：《a 小调四重奏》*Quatuor in a min.*（第十五阕）——这是有名的"病愈者的感谢曲"。贝多芬在 Allegro 中先表现痛楚与骚乱第一小提琴的兴奋，和对位部分的严肃。——原注，然后阴沉的天边渐渐透露光明，一段乡村舞曲代替了沉闷的冥想，一个牧童送来柔和的笛声。接着是 allegro，四种乐器合唱着感谢神恩的颂歌。贝多芬自以为病愈了。他似乎跪在地下，合着双手。在赤裸的旋律之上（andante），我们听见从徐缓到急促的言语，赛如大病初愈的人试着软弱的步子，逐渐回复了精力。多兴奋！多快慰！合唱的歌声再起，一次热烈一次。虔诚的情意，预示瓦格纳的《帕西发尔》歌剧。接着是 allegro alla marcia，激发着青春的冲动。之后是终局。动作活泼，节奏明朗而均衡，但小调的旋律依旧很凄凉。病是痊愈了，创痕未曾忘记。直到旋律转入大调，低音部乐器繁杂的节奏慢慢隐灭之时，贝多芬的精力才重新获得了胜利。

作品第一三五号：《F 大调四重奏》*Quatuor in F*（第十六阕）——这是贝多芬一生最后的作品（未完成的稿本不计在内）——原注。第一章 allegretto 天真，巧妙，充满着幻想与爱娇，年代久远的海顿似乎复活了一刹那：最后一朵蔷薇，在萎谢之前又开放了一次。vivace 是一篇音响的游戏，一幅纵横无碍的素描。而后是著名的 lento，原稿上注明着"甘美的休息之歌，或和平之歌"，这是贝多芬最后的祈祷，最后的颂歌，照赫里欧的说法，是他精神的遗嘱。他那种特有的清明的心境，实在只是平复了的哀痛。单纯而肃穆，虔敬而和平的歌，可是其中仍有些急促的悲叹，最后更高远的和平之歌把它抚慰下去——而这缕恬静的声音，不久也朦胧入梦了。终局是两个乐句剧烈争执以后的单方面结论，乐思的奔放，和声的大胆，是这一部分的特色。

（四）协奏曲

贝多芬的钢琴与乐队合奏曲共有五支，重要的是第四与第五。提琴与乐队合奏曲共只一阕，在全部作品内不占何等地位，因为国人熟知，故亦选入。

作品第五十八号：《G大调钢琴协奏曲》Concerto pour Piano et Orchestre in G 第四协奏曲，一八〇六年作。——原注——单纯的主题先由钢琴提出，然后继以乐队的合奏，不独诗意浓郁，抑且气势雄伟，有交响曲之格局。"发展"部分由钢琴表现出一组轻盈而大胆的面目，再以飞舞的线条（arabesque）作为结束。——但全曲最精神的当推短短的andante con molto，全无技术的炫耀，只有钢琴与乐队剧烈对垒的场面。乐队奏出威严的主题，肯定是强暴的意志；胆怯的琴声，柔弱地，孤独地，用着哀求的口吻对答。对话久久继续，钢琴的呼吁越来越迫切，终于获得了胜利。全场只有它的声音，乐队好似战败的敌人般，只在远方发出隐约叫吼的回声。不久琴声也在悠然神往的和弦中缄默。——此后是终局，热闹的音响中杂有大胆的碎和声（arpeggio）。

作品第七十三号：《"帝皇"钢琴协奏曲》Concerto "Empereur" in E^b 第五协奏曲，一八〇九年作。"帝皇"二字为后人所加的俗称。——原注——滚滚长流的乐句，像瀑布一般，几乎与全乐队的和弦同时揭露了这件庄严的大作。一连串的碎和音，奔腾而下，停留在$A^\sharp$的转调上。浩荡的气势，雷霆万钧的力量，富丽的抒情成分，灿烂的荣光，把作者当时的勇敢、胸襟、怀抱、骚动—八〇九为拿破仑攻入维也纳之年——原注，全部宣泄了出来。谁听了这雄壮瑰丽的第一章不联想到《第三交响曲》里的crescendo？——由弦乐低低唱起的adagio，庄严静穆，是一股宗教的情绪。而adagiogn与finale之间的过渡，尤令人惊叹。在终局的rondo内，豪华与温情，英武与风流，又奇妙地融冶于一炉，完成了这部大曲。

作品第六十一号：《D大调提琴协奏曲》Concerto pour Violon et Orchestre in D 第一章adagio，开首一段柔媚的乐队合奏，令人想起《第四钢琴协奏曲》的开端。两个主题的对比内，一个$C^\sharp$音的出现，在当时曾引起非难。larghetto的中段一个纯朴的主题唱着一支天真的歌，但奔放的热情不久替它展开了广大的场面，增加了表情的丰满。最后一章rondo则是欢欣的驰骋，不时杂有柔情的倾诉。

（五）交响曲

作品第二十一号：《第一交响曲》（in C）—八〇〇年四月二日初次演奏——原注——年轻的贝多芬在引子里就用了F的不和协弦，与成法背驰 照例这引子是应该肯定本曲的基调的——编者注。虽在今日看来，全曲很简单，只有第三章的menuet

及其三重奏部分较为特别：以 allegro molto vivace 奏出来的 menuet 实际已等于 scherzo。但当时批评界觉得刺耳的，尤其是管乐器的运用大为推广。timbale 在莫扎特与海顿，只用来产生节奏，贝多芬却用以加强戏剧情调。利用乐器各别的音色而强调它们的对比，可说是从此奠定的基业。

作品第三十六号：《第二交响曲》（in D）—一八〇一——一八〇二年作，一八〇三年四月五日演奏。——原注——制作本曲时，正是贝多芬初次的爱情失败，耳聋的痛苦开始严重地打击他的时候。然而作品的精力充溢饱满，全无颓丧之气。——引子比《第一交响曲》更有气魄：先由低音乐器演出的主题，逐渐上升，过渡到高音乐器，终于由整个乐队合奏。这种一步紧一步的手法，以后在《第九交响曲》的开端里简直达到超人的伟大。——larghetto 显示清明恬静、胸境宽广的意境。scherzo 描写兴奋的对话，一方面是弦乐器，一方面是管乐和敲击乐器。终局与 rondo 相仿，但主题之骚乱，情调之激昂，是与通常流畅的 rondo 大相径庭的。

作品第五十五号：《第三交响曲》（《英雄交响曲》in E♭）—一八〇三年作，一八〇五年四月七日初次演奏。——原注——巨大的迷宫，深密的丛林。剧烈的对照，不但是音乐史上划时代的建筑回想一下海顿和莫扎特罢——原注，亦且是空前绝后的史诗。可是当心啊，初步的听众多容易在无垠的原野中迷路！——控制全局的乐句，实在只是：

不问次要的乐句有多少，它的巍峨的影子始终矗立在天空。罗曼·罗兰把它当做一个生灵，一缕思想，一个意思，一种本能。因为我们不能把英雄的故事过于看得现实，这并非叙事或描写的音乐。拿破仑也罢，无名英雄也罢，实际只是一个因子，一个象征。真正的英雄还是贝多芬自己。第一章通篇是他双重灵魂的决斗，经过三大回合（第一章内的三大段）方始获得一个综合的结论：钟鼓齐鸣，号角长啸，狂热的群众拥着英雄欢呼。然而其间的经过是何等曲折：多少次的颠扑与多少次的奋起多少次的 crescendo——原注。这是浪与浪的冲击，巨人式的战斗！发展部分的庞大，是本曲最显著的特征，而这庞大与繁杂是适应作者当时的内心富藏的。——第二章，英雄死了！然而英雄的气息仍留在送葬者的行列间。谁不记得这幽怨而凄惶的主句：

当它在大调上时,凄凉之中还有清明之气,酷似古希腊的薤露歌。但回到小调上时,变得阴沉,凄厉,激昂,竟是莎士比亚式的悲怆与郁闷了。挽歌又发展成史诗的格局。最后,在 pianissimo 的结局中,鸣咽的葬曲在痛苦的深渊内静默。——scherzo 开始时是远方隐约的波涛似的声音,继而渐渐宏大,继而又由朦胧的号角通常的三重奏部分——原注吹出无限神秘的调子。——终局是以富有舞曲风味的主题作成的变奏曲,仿佛是献给欢乐与自由的。但第一章的主句,英雄重又露面,而死亡也重现了一次:可是胜利之局已定。剩下的只有光荣的结束了。

作品第六十号:《第四交响曲》(in B^b)一八〇六年作——原注——是贝多芬和特雷泽·布伦瑞克订婚的一年,诞生了这件可爱的、满是笑意的作品。引子从 b^b 小调转到大调,遥远的哀伤淡忘了。活泼而有飞纵跳跃之态的主句,由大管(basson)、双簧管(hautbois)与长笛(flûte)高雅的对白构成的副句,流利自在的"发展",所传达的尽是快乐之情。一阵模糊的鼓声,把开朗的心情微微搅动了一下,但不久又回到主题上来,以强烈的欢乐结束。——至于 adagio 的旋律,则是徐缓的,和悦的,好似一叶扁舟在平静的水上滑过。而后是 menuet,保存着古称而加速了节拍。号角与双簧管传达着缥缈的诗意。最后是 allegro ma non troppo,愉快的情调重复控制全局,好似突然露脸的阳光;强烈的生机与意志,在乐队中间做了最后一次爆发。——在这首热烈的歌曲里,贝多芬泄露了他爱情的欢欣。

作品第六十七号:《第五交响曲》(in c min.)俗称《命运交响曲》。一八〇七——八〇八年间作,一八〇八年十二月二十日初次演奏。——原注——开首的 sol—sol—sol—mi^b 是贝多芬特别爱好的乐旨,在《第五奏鸣曲》作品第九号之一——原注,《第三四重奏》作品第十八号之三——原注,《热情奏鸣曲》中,我们都曾见过它的轮廓。他曾对申德勒说:"命运便是这样地来叩门的。"命运二字的俗称即渊源于此——原注。它统率着全部乐曲。渺小的人得凭着意志之力和它肉搏,——在命运连续呼召之下,回答的永远是幽咽的问号。人挣扎着,抱着一腔的希望和毅力。但命运的口吻愈来愈威严,可怜的造物似乎战败了,只有悲叹之声。——之后,残酷的现实暂时隐灭了一下,andante 从深远的梦境内传来一支和平的旋律。胜利的主题出现了三次,接着是行军的节奏,清楚而又坚定,扫荡了一切矛盾。希望抬头了,屈服的人恢复了自信。然而 scherzo 使我们重新下地去面对阴影。命运再现,可是被粗野的舞曲与诙谐的 staccati 和 pizziccati 挡住。突然,一片黑暗,唯有隐约的鼓声,乐队延续奏着七度音程的和弦,然后迅速的 crescendo 唱起凯旋的调子这时已经到了终局——编者注。运命虽再呼喊 Scherzo 的主题又出现了一下——原注，不过如恶梦的回忆，片刻即逝。胜利之歌再接再厉地响亮。意志之歌切实宣告了终篇。——在全部交响曲中，这是结构最谨严，部分最均衡，内容最凝炼的一阕。批评家说："从未有人以这么少的材料表达过这么多的意思。"

作品第六十八号：《第六交响曲》（《田园交响曲》in F）一八〇七—一八〇八年间作——原注——这阕交响曲是献给自然的。原稿上写着："纪念乡居生活的田园交响曲，注重情操的表现而非绘画式的描写。"由此可见作者在本曲内并不想模仿外界，而是表现一组印象。——第一章 allegro，题为"下乡时快乐的印象"。在提琴上奏出的主句，轻快而天真，似乎从斯拉夫民歌上采来的。这个主题的冗长的"发展"，始终保持着深邃的平和，恬静的节奏，平衡的转调；全无次要乐曲的羼入。同样的乐旨和面目来回不已。这是一个人面对着一幅固定的图画悠然神往的印象。——第二章 andante，"溪畔小景"，中音弦乐第二小提琴，次高音提琴，两架大提琴——原注，象征着潺湲的流水，是"逝者如斯，往者如彼，而盈虚者未尝往也"的意境。林间传出夜莺长笛表现——原注、鹌鹑双簧管表现——原注、杜鹃单簧管表现——原注的啼声，合成一组三重奏。——第三章 scherzo，"乡人快乐的宴会"。先是三拍子的华尔兹——乡村舞曲，继以二拍子的粗野的蒲雷舞法国一种地方舞——编者注。突然远处一种隐雷低音弦乐——原注，一阵静默……几道闪电小提琴上短短的碎和音——原注。俄而是暴雨和霹雳一齐发作。然后雨散云收，青天随着 C 大调的上行音阶还有笛音点缀——编者注重新显现——而后是第四章 allegretto，"牧歌，雷雨之后的快慰与感激"。——一切重归宁谧：潮湿的草原上发出清香，牧人们歌唱，互相应答，整个乐曲在平和与喜悦的空气中告终——贝多芬在此忘记了忧患，心上反映着自然界的甘美与闲适，抱着泛神的观念，颂赞着田野和农夫牧子。

作品第九十二号：《第七交响曲》（in A）一八一二年作——原注——开首一大段引子，平静的，壮严的，气势是向上的，但是有节度的。多少的和弦似乎推动着作品前进。用长笛奏出的主题，展开了第一乐章的中心，vivace。活跃的节奏控制着全曲，所有的音域，所有的乐器，都由它来支配。这儿分不出主句或副句；参加着奔腾飞舞的运动的，可说有上百的乐旨，也可说只有一个。——allegretto 却把我们突然带到另一个世界。基本主题和另一个忧郁的主题轮流出现，传出苦痛和失望之情。——然后是第三章，在戏剧化的 scherzo 以后，紧接着美妙的三重奏，似乎均衡又恢复了一刹那。终局则是快乐的醉意，急促的节奏，再加一个粗犷的旋律，最后达于 crescendo 这紧张狂乱的高潮。——这支乐曲的特点是：一些单纯而显著的节奏产生出无数的乐旨；而其兴奋动乱的气氛，恰如瓦格纳所说的，有如"祭献舞神"的乐曲。

作品第九十三号：《第八交响曲》（in F）—一八一二年作——原注——在贝多芬的交响曲内，这是一支小型的作品，宣泄着兴高采烈的心情。短短的 allegro，纯是明快的喜悦、和谐而自在的游戏。——在 scherzo 部分第三章内——原注，作者故意采用过时的 menuet，来表现端庄娴雅的古典美。——到了终局的 allegro vivace 则通篇充满着笑声与平民的幽默。有人说，是"笑"产生这部作品的。我们在此可发现贝多芬的另一副面目，像儿童一般，他做着音响的游戏。

作品第一二五号：《第九交响曲》《合唱交响曲》Choral Symphony in d min.", 一八二二—一八二四年间作——原注——《第八》之后十一年的作品，贝多芬把他过去在音乐方面的成就做了一个综合，同时走上了一条新路。——乐曲开始时（allegro ma non troppo），la—mi 的和音，好似从远方传来的呻吟，也好似从深渊中浮起来的神秘的形象，直到第十七节，才响亮地停留在 d 小调的基调上。而后是许多次要的乐旨，而后是本章的副句（B♭ 大调）……《第二》、《第五》、《第六》、《第七》、《第八》各交响曲里的原子，迅速地露了一下脸，回溯着他一生的经历，把贝多芬完全笼盖住的阴影，在作品中间移过。现实的命运重新出现在他脑海里。巨大而阴郁的画面上，只有若干简短的插曲映入些微光明。——第二章 molto vivace，实在便是 scherzo。句读分明的节奏，在《弥撒曲》和《菲岱里奥序曲》内都曾应用过，表示欢畅的喜悦。在中段，单簧管与双簧管引进一支细腻的牧歌，慢慢地传递给整个的乐队，使全章都蒙上明亮的色彩。——第三章 adagio 似乎使心灵远离了一下现实。短短的引子只是一个梦。接着便是庄严的旋律，虔诚的祷告逐渐感染了热诚与平和的情调。另一旋律又出现了，凄凉的，惆怅的。然后远处吹起号角，令你想起人生的战斗。可是热诚与平和未曾消灭，最后几节的 pianissimo 把我们留在甘美的凝想中。——但幻梦终于像水泡似的隐灭了，终局最初七节的 presto 又卷起激情与冲突与漩涡。全曲的原素一个一个再现，全溶解在此最后一章内先是第一章的神秘的影子，继而是 scherzo 的主题，adagio 的乐旨，但都被 doublebasse 上吟诵体的问句阻住去路。——原注。从此起，贝多芬在调整你的情绪，准备接受随后的合唱了。大提琴为首，渐渐领着全乐队唱起美妙的精纯的乐句，铺陈了很久；于是犷野的引子又领出那句吟诵体，但如今非复最低音提琴，而是男中音的歌唱了："噢，朋友，毋须这些声音，且来听更美更愉快的歌声。"这是贝多芬自作的歌词，不在席勒原作之内。——原注——接着，乐队与合唱同时唱起《欢乐颂》的"欢乐，神明的美丽的火花，天国的女儿……"——每节诗在合唱之前，先由乐队传出诗的意境。合唱是由四个独唱员和四部男女合唱组成的。欢乐的节奏由远而近，然后大众唱着："拥抱啊，千千万万的生灵……"当乐曲终了之时，乐器的演奏者和歌唱员赛似两条巨大的河流，汇合成一片音响的海。——在贝多芬的意念中，欢乐是神明在人间的化身，它的使命是把习俗和刀剑分隔的人群重行结合。它的口号是友谊与博爱。它的象征是酒，是予人精力的旨酒。由于欢乐，我们方始成为不朽。所以要对天上的神明致敬，对使我们入于更苦之域的痛苦致敬。在分裂的世界之上——一个以爱为本的神。在分裂的人群之中，欢乐是唯一的现实。爱与欢乐合为一体。这是柏拉图式的又是基督教式的爱。——除此以外，席勒的《欢乐颂》，在十九世纪初期对青年界有着特殊的影响贝多芬属意于此诗篇，前后共有二十年之久。——编者注。第一是诗中的民主与共和色彩在德国自由思想者的心目中，无殊《马赛曲》之于法国人。无疑的，这也是贝多芬的感应之一。其次，席勒诗中颂扬着欢乐，友爱，夫妇之爱，都是贝多芬一生渴望而未能实现的，所以尤有共鸣作用。——最后，我们更当注意，贝多芬在此把字句放在次要地位；他的用意是要使器乐和人声打成一片——而这人声既是他的，又是我们大众的——使音乐从此和我们的心融和为一，好似血肉一般不可分离。

（六）宗教音乐

作品第一二三号：《D调弥撒曲》Missa Solemnis in D——这件作品始于一八一七，成于一八二三。当初是为奥皇太子鲁道夫兼任大主教的典礼写的，结果非但失去了时效，作品的重要也远远地超过了酬应的性质。贝多芬自己说这是他一生最完满的作品。——以他的宗教观而论，虽然生长在基督旧教的家庭里，他的信念可不完全合于基督教义。他心目之中的上帝是富有人间气息的。他相信精神不死须要凭着战斗、受苦与创造，和纯以皈依、服从、忏悔为主的基督教哲学相去甚远。在这一点上他与米开朗琪罗有些相似。他把人间与教会的篱垣撤去了，他要证明"音乐是比一切智慧与哲学更高的启示"。在写作这件作品时，他又说："从我的心里流出来，流到大众的心里。"

全曲依照弥撒祭曲礼的程序按弥撒祭歌唱的词句，皆有经文——拉丁文——规定，任何人不能更易一字，各段文字大同小异，而节目繁多，谱为音乐时部门尤为庞杂。凡不解经典及不知典礼的人较难领会。——原注，分成五大颂曲：（一）吾主怜我 Kyrie；（二）荣耀归主 Gloria；（三）我信我主 Credo；（四）圣哉圣哉 Sanctus；（五）神之羔羊

Agnus Dei 全曲以四部独唱与管弦乐队及大风琴演出。乐队的构成如下：2 flûtes；2 hautbois；2 clarinettes；2 bassons；1 contrebasse；4 cors（horns）；2 trompettes；2 trombones；timbale 外加弦乐五重奏，人数之少非今人想象所及。——原注——第一部以热诚的祈祷开始，继以 andante 奏出"怜我怜我"的悲叹之声，对基督的呼吁，在各部合唱上轮流唱出五大部每部皆如奏鸣曲式分成数章，兹不详解——编者注。——第二部表示人类俯伏卑恭，颂赞上帝，歌颂主荣，感谢恩赐。——第三部，贝多芬流露出独有的口吻了。开始时的庄严巨大的主题，表现他坚决的信心。结实的节奏，特殊的色彩，trompette 的运用，作者把全部乐器的机能用来证实他的意念。他的神是胜利的英雄，是半世纪后尼采所宣扬的"力"的神。贝多芬在耶稣的苦难上发现了他自身的苦难。在受难、下葬等壮烈悲哀的曲调以后，接着是复活的呼声，英雄的神明胜利了！——第四部，贝多芬参见了神明，从天国回到人间，散布一片温柔的情绪。然后如《第九交响曲》一般，是欢乐与轻快的爆发。紧接着祈祷，苍茫的，神秘的。虔诚的信徒匍匐着，已经蒙到主的眷顾。——第五部，他又代表着遭劫的人类祈求着"神之羔羊"，祈求"内的和平与外的和平"，像他自己所说。

（七）其 他

作品第一三八号之三：《雷奥诺序曲第三》*Ouverture de Leonore No. 3* 贝多芬完全的歌剧只此一出。但从一八〇三起到他死为止，二十四年间他一直断断续续地为这件作品花费着心血。一八〇五年十一月初次在维也纳上演时，剧名叫做《菲岱里奥》，演出的结果很坏。一八〇六年三月，经过修改后，换了《雷奥诺》的名字再度出演，仍未获得成功。一八一四年五月，又经一次大修改，仍用《菲岱里奥》之名上演。从此，本剧才算正式被列入剧院的戏目里。但一八二七年，贝多芬去世前数星期，还对朋友说他有一部《菲岱里奥》的手稿压在纸堆下。可知他在一八一四以后仍在修改。现存的《菲岱里奥》，共只二幕，为一八一四年稿本，目前戏院已不常贴演。在音乐会中不时可以听到的，只是片段的歌唱。至今仍为世上熟知的，乃是它的序曲——因为名字屡次更易，故序曲与歌剧之名今日已不统一。普通于序曲多称《雷奥诺》，于歌剧多称《菲岱里奥》；但亦不一定如此。再本剧序曲共有四支，以后贝多芬每改一次，即另作一次序曲。至今最著名的为第三序曲。——原注。脚本出于一极平庸的作家，贝多芬所根据的乃是原作的德译本。事述西班牙人弗洛雷斯当向法官唐•法尔南控告毕萨尔之罪，而反被诬陷，蒙冤下狱。弗妻雷奥诺化名菲岱里奥西班牙文，意为忠贞——原注入狱救援，终获释放。故此剧初演时，戏名下另加小标题："一名夫妇之爱"。——序曲开始时（adagio），为弗洛雷斯当忧伤的怨叹。继而引入 allegro。在 trompette 宣告释放的信号（法官登场一场）之后，雷奥诺与弗洛雷斯当先后表示希望、感激、快慰等各阶段的情绪。结束一节，尤暗示全剧明快的空气。

在贝多芬之前，格鲁克与莫扎特，固已在序曲与歌剧之间建立密切的关系；但把戏剧的性格，发展的路线归纳起来，而把序曲构成交响曲式的作品，确从《雷奥诺》开始。以后韦伯、舒曼、瓦格纳等在歌剧方面，李斯特在交响诗方面，皆受到极大影响，称《雷奥诺》为"近世抒情剧之父"。它在乐剧史上的重要，正不下于《第五交响曲》之于交响乐史。

〔附录〕

（一）贝多芬另有两支迄今知名的序曲：一是《科里奥兰序曲》*Ouverture de Coriolan* 作品第六十二号。根据莎士比亚的故事，述一罗马英雄名科里奥兰者，因不得民众欢心，愤而率领异族攻略罗马，及抵城下，母妻遮道泣谏，卒以罢兵。——原注，把两个主题做成强有力的对比：一方面是母亲的哀求，一方面是儿子的固执。同时描写这顽强的英雄在内心里的争斗。——另一支是《哀格蒙特序曲》*Ouverture d'Egmont* 作品第八十五号。根据歌德的悲剧，述十六世纪荷兰贵族哀格蒙特伯爵，领导民众反抗西班牙统治之史实。——原注，描写一个英雄与一个民族为自由而争战，而高歌胜利。

（二）在贝多芬所作的声乐内，当以歌（Lied）为最著名。如《悲哀的快感》，传达亲切深刻的诗意；如《吻》充满着幽默；如《鹌鹑之歌》，纯是写景之作。——至于《弥侬》歌德原作——原注的热烈的情调，尤与诗人原作吻合。此外尚有《致久别的爱人》作品第九十八号——原注，四部合唱的《挽歌》作品第一一八号——原注，与以歌德的诗谱成的《平静的海》与《快乐的旅行》等，均为知名之作。

文艺篇

萧邦的少年时代*

　　从十八世纪末期起,到二十世纪第一次大战为止,差不多一个半世纪,波兰民族都是在亡国的惨痛中过日子。一七七二年,波兰被俄罗斯、普鲁士、奥地利三大强国第一次瓜分;一七九三年,又受到第二次瓜分。一八〇七年,拿破仑把波兰改做一个"华沙公国"。一八一五年,拿破仑失败,波兰又被分做四个部分,最大的一部分受俄国沙皇的统治,这是弗雷德里克·萧邦出生前后的祖国的处境。

　　一八一〇年,贝多芬正在写他的《第十弦乐四重奏》和《告别奏鸣曲》,他已经发表了《第六交响曲》《热情奏鸣曲》《"克勒策"小提琴奏鸣曲》。一八一〇年,舒柏特十三岁;舒曼还差十个月没有出世;李斯特、瓦格纳都快要到世界上来了。一八一〇年,歌德还活着,拜伦才发表了他早期的诗歌;雪莱刚刚在动笔;巴尔扎克、雨果、柏辽兹,正坐在小学校里的凳子上念书。而就在这一八一〇年二月二十二日的下午六时,在华沙附近的乡下,一个叫着热拉佐瓦·沃拉——为方便起见,我们以下简称为沃拉——的村子里,弗雷德里克·萧邦诞生了。

　　一八八六年出版的一部萧邦传记,有一段描写沃拉的文字,说道:"波兰的乡村大致都差不多。小小的树林,环抱着一座贵族的宫堡。谷仓和马房,围成一个四方的大院子;院子中央有几口井,姑娘们头上绕着红布,提着水桶到这儿来打水。大路两旁种着白杨,沿着白杨是一排草屋;然后是一片麦田,在太阳底下给微风吹起一阵阵金黄色的波浪。再远一点,田里一望无际的都是油菜、金花菜、紫云英,开着黄的、紫的小花。天边是黑压压的森林,远看只是一长条似蓝非蓝的影子——这便是沃拉的风光。"作者又说:"离开宫堡不远,有一所小屋子,顶上盖着石板做的瓦片,门前有几级木头的阶梯。进门是一条黝黑的过道;左手是佣人们纺纱的屋子;右手三间是正房;屋顶很矮,伸手出去可以碰到天花板——这便是萧邦诞生的老家。"也就是现在的萧邦纪念馆,当然是修得更美丽了;它离开华沙五十四公里,每年都有从波

---

　　* 本文及后文《萧邦的壮年时代》系作者为纪念萧邦诞辰,为上海市广播电台写的广播稿,均未以文字发表。

兰各地来的以及从世界各国来的游客和艺术家，到这儿来凭吊瞻仰。

弗雷德里克·萧邦的父亲叫做米科瓦伊·萧邦，是法国东北部的苏兰省人，一七八七年到华沙，先在一个法国人办的烟草工厂里当出纳员，后来改当教员，在波兰住下了；一八〇六年娶了一个波兰败落贵族的女儿，生了一个女孩子卢德维卡，第二个便是我们的音乐家，以后还生了两个女儿，伊扎贝拉和爱弥莉亚。萧邦一家人都很聪明，很有文艺修养。十一岁的爱弥莉亚和十四岁的弗雷德里克合作，写了一出喜剧，替父亲祝寿。长姐卢德维卡和妹妹伊扎贝拉，也写过儿童读物。弟兄姐妹还常在家里演戏。

一八一〇年十月，米科瓦伊·萧邦搬到华沙城里，除了在学校里教法文，还在家里办了一个学生寄宿舍。萧邦小时候性情温和，活泼，同时又像女孩子一般敏感。他只有两股热情：热爱母亲和热爱音乐。到了六岁，正式跟一个捷克籍的音乐家齐夫尼学琴。八岁，第一次出台演奏。十四岁，进了华沙中学，同时也换了一个音乐教师，叫着埃斯纳；他不但教钢琴，还教和声跟作曲。这个老师有个很大的功劳，就是绝对尊重萧邦的个性。他说："假如萧邦越出规矩，不走从前人的老路，尽管由他去好了；因为他有他自己的路。终有一天，他的作品会证明他的特点是前无古人的。他有的是与众不同的天赋，所以他自己就走着与众不同的路。"

一八二五年，萧邦十五岁，在华沙音乐院参加了两次演奏会，印出了一支《回旋曲》，这是他的作品第一号。十七岁中学毕业。到十八岁为止，他陆续完成的作品有：一支两架钢琴合奏的《回旋曲》，一支《波洛奈兹》，一支《奏鸣曲》，还有根据莫扎特的歌剧的曲调写的《变奏曲》。十九岁写了《e小调钢琴协奏曲》。二十岁写了《f小调钢琴协奏曲》，一支《圆舞曲》，几支《夜曲》和一部分《练习曲》。

少年时代的萧邦，是非常快乐、开朗、讨人喜欢的；天生的爱打趣、说笑话、做打油诗、模仿别人的态度动作。这个脾气他一直保持到最后，只要病魔不把他折磨得太厉害。但是快乐和欢谑，在萧邦身上是跟忧郁的心情轮流交替着。那是斯拉夫民族所独有的，一种莫名其妙的悲哀。他在乡下过假期的时候，一忽儿嘻嘻哈哈，拿现成的诗歌改头换面，作为游戏，一忽儿沉思默想的出神。他也跟乡下人混在一起，看民间的舞蹈，听民间的歌谣。这里头就包含着波兰民族独特的诗意，而萧邦就是这样一点一滴、无形之中积聚这个诗意的宝库，成为他全部创作的主要材料。

一位叫伏秦斯基的波兰作家曾经说过："我们对诗歌的感觉完全是特殊

的,和别的民族不同。我们的土地有一股安闲恬静的气息。我们的心灵可不受任何约束,只管逗着自己的意思,在广大的平原上飞奔跳跃;阴森可怖的岩石,明亮耀眼的天空,灼热的阳光,都不会引起我们心灵的变化。面对着大自然,我们不会感到太强烈的情绪,甚至也不完全注意大自然;所以我们的精神常常会转向别的方面,追问生命的神秘。因为这缘故,我们的诗歌才这样率直,这样不断地追求美,追求理想。我们的诗的力量,是在于单纯朴素,在于感情真实,在于它的永远崇高的目标,同时也在于奔放不羁的想像力。"这一段关于波兰诗歌的说明,正好拿来印证萧邦的作品。

萧邦与自然界的关系,他自己说过一句话:"我不是一个适合过乡间生活的人。"的确,他不像贝多芬和舒曼那样,在痛苦的时候会整天在山林之中散步、默想,寻求安慰。萧邦以后写的《玛祖卡》或《波洛奈兹》中间所描写的自然界,只限于童年的回忆和对波兰乡土的回忆,而且仿佛是一幅画的背景,作用是在于衬托主题,创造气氛。例如他的《升F调夜曲》(作品第十五号第二首),并不描写什么明确的境界,只是用流动的、灿烂的音响,给你一个黄昏的印象,充满着神秘气息。

伏秦斯基还有一段讲到风格的朴素的话,也可以帮助我们了解萧邦的艺术特色。他说:"我们的风格是那样的朴素,好比清澈无比的水里的珍珠……这首先需要你有一颗朴素和纯洁的心,一种富于诗意的想像力和细腻微妙的感觉。"

正如波兰的风景和波兰民族的灵魂一样,波兰的舞蹈也是一个重要的因素,促成萧邦的音乐风格。他不但接受了民间的玛祖卡舞、克拉可维克舞、波洛奈兹舞的节奏,并且他的旋律的线条也带着舞蹈的姿态,迂回曲折的形式,均衡对称的动作,使我们隐隐约约有舞蹈的感觉。但是步伐的缓慢,乐句的漫长,节奏跟和声方面的修饰,教人不觉得萧邦的音乐是真的舞蹈,而是带有一种理想的、神秘的哑剧意味。

可是波兰的民间舞蹈在萧邦的音乐中成为那么重要的因素,我们不能不加几句说明。玛祖卡原是一种集体与个人交错的舞蹈,伴奏的音乐还由跳舞的人用合唱表演,萧邦不但拿这个舞曲的节奏来尽量变化,还利用原来的合唱的观念,在《玛祖卡》中插入抒情的段落。十八世纪的波兰舞的音乐,是庄重的、温和的,有些又像送葬的挽歌。后来的作者加入一种凄凉的柔情。到了萧邦,又充实了它的和声,使内容更动人,更适合于诉说亲切的感情;他大大的减少了集体舞蹈音乐的性质,只描写其中几个人物突出的面貌。另外一种古代波兰舞蹈叫做克拉可维克,是四分之二的拍子,重拍在第二拍上。萧邦的作品第十四号《回旋舞》和作品第十一号《e小调钢琴协奏曲》的第三乐章,都是利用这个节奏写的。

一八二八年,萧邦十八岁,到柏林旅行了一次。一九二九年到维也纳住了一个多月,开了两次音乐会,受到热烈的欢迎。报上谈论说:"他的触键微妙到极点,手法巧妙,层次的细腻反映出他感觉的敏锐,加上表情的明确,无疑是个天才的标记。"

十八岁去柏林以前,便写了以莫扎特的歌剧《唐璜》中的歌词为根据的《变奏曲》。关于这个少年时代的作品,舒曼有一段很动人的叙述,他说:"前天,我们的朋友于赛勃轻轻地溜进屋子,脸上浮着那副故弄玄虚的笑容。我正坐在钢琴前面,于赛勃把一份乐谱放在我们面前,说道:'把帽子脱下来,诸位先生,一个天才来了!'他不让我们看到题目。我漫不经心的翻着乐谱,体会没有声音的音乐,是另有一种迷人的乐趣。而且我觉得,每个作曲家所写的音乐,都有一个特殊的面目:在乐谱上,贝多芬的外貌就跟莫扎特不同……但是那天我觉得从谱上瞧着我的那双眼睛完全是新的:一双像花一般的、蜥蜴一般的、少女一般的眼睛,表情很神妙地瞅着我。在场的人一看到题目:《萧邦:作品第二号》,都大大的觉得惊奇。萧邦?萧邦?我从来没听见过这个名字。"

近代的批评家,认为那个时期萧邦的作品已经融合了强烈的个性和鲜明的民族性。舒曼还说他受到了几个最好的大师的影响:贝多芬、舒柏特和斐尔德。"贝多芬培养了他大胆的精神;舒柏特培养了他温柔的心,斐尔德培养了他灵巧的手。"大家知道,斐尔德是十八世纪的爱尔兰作曲家,"夜曲"这个体裁,就是经他提倡而风行到现在的。

萧邦十九岁那一年,爱上了华沙音乐院的一个学生,女高音公斯当斯·葛拉各夫斯加。爱情给了他很多痛苦,也给了他很多灵感。一八二九年九月,他在写给好朋友蒂图斯的信中说:"我找到了我的理想,而这也许就是我的不幸。但是我的确很忠实地崇拜她。这件事已经有八个月了,我每夜梦见她有六个月了,可是我连一个字都没出口。我的《协奏曲》中间的《慢板》,还有我这次寄给你的《圆舞曲》,都是我心里想着那个美丽的人而写的。你该注意《圆舞曲》上面画着十字记号的那一段。除了我自己,谁也不知道那一段的意义。好朋友,要是我能把我的新作品弹给你听,我会多么高兴啊!在《三重奏》里头,低音部分的曲调,一直过渡到高音部分的降 E。其实我用不着和你说明，你自己会发觉的。"这里说的《协奏曲》，就是《f小调钢琴协奏曲》；《圆舞曲》是遗作第七十号第三首；《三重奏》是作品第八号的《钢琴三重奏》。

就在一八二九年的九月里，有一天中午，他连衣服也没穿好，连那天是什么日子都不知道，给蒂图斯写了一封极痛苦的信，说道："我的念头越来越疯狂了。我恨自己，始终留在这儿，下不了决心离开。我老是有个预感：一朝离开华沙，就一辈子也不能回来的了。我深深的相信，我要走的话，便是和我的祖国永远告别。噢！死在出生以外的地方，真是多伤心啊！在临终的床边，看不见亲人的脸，只有一个漠不关心的医生，一个出钱雇用的仆人，岂不惨痛？好朋友，我常常想跑到你的身边，让我这悲痛的心得到一点儿安息。既然办不到，我就莫名其妙的，急急忙忙地冲到街上去。胸中的热情始终压不下去，也不能把它转向别的方面；从街上回来，我仍旧浸在这个无名的、深不可测的欲望中间煎熬。"

法国有一位研究萧邦的专家说道："我们不妨用音乐的思考，把这封信念几遍。那是由好几个互相联系，反复来回的主题组织成功的：有彷徨无主的主题，有孤独与死亡的主题，有友谊的主题，有爱情的主题，忧郁、柔情、梦想，一个接着一个在其中出现。这封信已经是活生生的一支萧邦的乐曲了。"

一八二九年十月，萧邦给蒂图斯的信中又说："一个人的心受着压迫，而不能向另一颗心倾吐，那真是惨呢！不知道有多少回，我把我要告诉你的话，都告诉了我的琴。"

华沙对于萧邦已经太狭小了，他需要见识广大的世界，需要为他的艺术另外找一个发展的天地。第一次的爱情没有结果，只有在他浪漫底克的青年时代，挑起他更多的苦闷，更多的骚动。终于他鼓足勇气，在一八三〇年十一月一日，从华沙出发，往维也纳去了。送行的人一直陪他到华沙郊外的一个小镇上，大家都在那儿替他饯行。他的老师埃斯纳，特意写了一支歌，由一般音乐院的学生唱着。他们又送他一只银杯，里面装着祖国的泥土。萧邦哭了。他预感到这一次的确是一去不回的了。多少年以后，他听到他的学生弹他的作品第十号第三首《练习曲》的时候，叫了一声："噢！我的祖国！"

当时的维也纳是欧洲的音乐中心，也是一个浮华轻薄的都会。一年前招待萧邦的热情已冷下去了。萧邦虽然受到上流社会的邀请，到处参加晚会；可是没有一个出版商肯印他的作品，也没有人替他发起音乐会。在茫茫的人海中，远离乡井的萧邦又尝到另外一些辛酸的滋味。在本国，他急于往广阔的天空飞翔，因为下不了决心高飞远走而苦闷；一朝到了国外，斯拉夫人特别浓厚的思乡病，把一个敏感的艺术家的心刺伤得更厉害了。一八三〇年十一月二十九日，华沙民众反抗俄国专制统治的革命爆发了。萧邦一听到消息，马上想回去参加这个英勇的斗争。可是雇了车出了维也纳，绕了一圈又回来了；父亲也写信来要他留在国外，说他们为他所做的牺牲，至少要得到一点收获。但是萧邦整天整月的想念亲友，为他们的生命操心，常常以为他们是在革命中牺牲了。

　　一八三一年七月二十日，他离开维也纳往南去，护照上写的是：经过巴黎，前往伦敦。出发前几天，他收到了一个老世交的信，那是波兰的一个作家，叫着维脱维基，他信上的话正好说中了萧邦的心事。他说：“最要紧的是民族性，民族性，最后还是民族性！这个词儿对一个普通的艺术家差不多是空空洞洞的，没有什么意义的，但对一个像你这样的人才，可并不是。正如祖国有祖国的水土与气候，祖国也有祖国的曲调。山岗、森林、水流、草原，自有它们本土的声音，内在的声音；虽然那不是每个心灵都能抓住的。我每次想到这问题，总抱着一个希望，亲爱的弗雷德里克，你，你一定是第一个会在斯拉夫曲调的无穷无尽的财富中间，汲取材料的人。你得寻找斯拉夫的民间曲调，像矿物学家在山顶上，在山谷中，采集宝石和金属一样……听说你在外边很烦恼，精神萎靡得很。我设身处地为你想过：没有一个波兰人，永别了祖国能够心中平静的。可是你该记住，你离开乡土，不是到外边去萎靡不振的，而是为培养你的艺术，来安慰你的家属，你的祖国，同时为他们增光的。”

　　一八三一年九月八日，正当萧邦走在维也纳到巴黎去的半路上，听到俄国军队进攻华沙的消息。于是全城流血，亲友被杀戮，同胞被屠杀的一幅惨不忍睹的画面，立刻摆在他眼前。他在日记上写道：“噢！上帝，你在哪里呢？难道你眼看着这种事，不出来报复吗？莫斯科人这样的残杀，你还觉得不满足吗？也许，也许，你自己就是一个莫斯科人吧？"那支有名的《革命练习曲》，作品第十号第十二首的初稿，就是那个时候写的。

　　就在这种悲愤、焦急，无可奈何的心情中，结束了萧邦的少年时代，也就在这种国破家亡的惨痛中，像巴特洛夫斯基说的，"这个贩私货的天才"，在暴虐的敌人铁蹄之下，做了漏网之鱼，挟着他的音乐手稿，把在波兰被禁止的爱国主义，带到国外去发扬光大了。

萧邦的壮年时代

一八三一年，法国的政局和社会还是动荡不定的。经过一八三〇年的七月革命，新兴的布尔乔亚夺取了政权，可是极右派的保皇党，失势的贵族，始终受着压迫的平民，都在那里挣扎，反抗政府。各党各派经常在巴黎的街上游行示威。偶尔还听得见"波兰万岁"的口号。因为有个拿破仑的旧部，意大利籍的将军拉慕里奴，正在参加华沙革命。在这种人心骚动的情况之下，萧邦在一八三一年的秋天到了巴黎。

那个时期，凯鲁比尼、贝里尼、罗西尼、梅耶贝尔都集中在巴黎。号称钢琴之王的卡克勃兰纳，号称钢琴之狮的李斯特，还有许多当年红极一时、而现在被时间淘汰了的演奏家，也都在巴黎。萧邦写信给朋友，说："我不知道世界上还有什么地方，会比巴黎的钢琴家更多。"

法国的文学家勒哥回，跟着柏辽兹去访问萧邦以后，写道："我们走上一家小旅馆的三楼，看见一个青年脸色苍白，忧郁，举动文雅，说话带一点外国的口音；棕色的眼睛又明净又柔和，栗色的头发几乎跟柏辽兹的一样长，也是一绺一绺地挂在脑门上。这便是才到巴黎不久的萧邦。他的相貌，跟他的作品和演奏非常调和，好比一张脸上的五官一样分不开。他从琴上弹出来的音，就像从他眼睛里放射出来的眼神。有点儿病态的、细腻娇嫩的天性，跟他《夜曲》中间的富于诗意的悲哀，是融合一致的；身上的装束那么讲究，使我们了解到，为什么他有些作品在风雅之中带着点浮华的气息。"

同是那个时代，李斯特也替萧邦留下一幅写照，他说："萧邦的眼神，灵秀之气多于沉思默想的成分。笑容很温和，很俏皮，可没有挖苦的意味。皮肤细腻，好像是透明的。略微弯曲的鼻子，高雅的姿态，处处带着贵族气味的举动，使人不由自主的会把他当做王孙公子一流的人物。他说话的音调很低，声音很轻；身量不高，手脚都长得很单薄。"

凭了以上两段记载，我们对于二十多岁的萧邦，大概可以有个比较鲜明的印象了。

到了巴黎四个月以后，一八三二年一月，他举行了第一次音乐会，听众不多，收入还抵不了开支。可是批评界已经承认，他把大家追求了好久而没有追求到的理想，实现了一部分。李斯特尤其表示钦佩，他说："最热烈的掌声，也不足以表示我心中的兴奋。萧邦不但在艺术的形式方面，很成功地开辟了新的境界，同时还在诗意的体会方面，把我带进了一个新的天地。"

萧邦在巴黎遇到很多祖国的同胞。从华沙革命失败以后，亡命到法国来的波兰人更多了。在政治上对于波兰的同情，连带引起了巴黎人对波兰艺术的好感。波兰的作家开始把本国的诗歌译成法文。萧邦由于流亡贵族的介绍，很快踏进了法国的上流社会，受到他们的尊重，被邀请在他们的晚会上演奏。请他教钢琴的学生也很多，一天甚至要上四五课。一八三三年，他和李斯特和另一个钢琴家希勒分别开了两次演奏会。一八三四年他上德国，遇到了门德尔松；门德尔松在家信中称他为当代第一个钢琴家。一九三五年，柏辽兹在报纸上写的评论，说："不论作为一个演奏家还是作曲家，萧邦都是一个绝无仅有的艺术家。不幸的很，他的音乐只有他自己所表达出的那种特殊的、意想不到的妙处。他的演奏，自有一种变化无穷的波动，而这是他独有的秘诀，没法指明的。他的《玛祖卡》中间，又有多多少少难以置信的细节。"

虽则萧邦享了这样的大名，他自己可并不喜欢在大庭广众之间露面。他对李斯特说："我是天生不宜于登台的，群众使我胆小。他们急促的呼吸，教我透不过气来。好奇的眼睛教我浑身发抖，陌生的脸教我开不得口。"的确，从一八三五年四月以后，好几年他没有登台。

一八三二年至一八三四年间，萧邦把华沙时期写的，维也纳时期写的和到法国以后写的作品，陆续印出来了，包括作品第六号到第十九号。种类有《圆舞曲》《回旋曲》《钢琴三重奏》、十三支《玛祖卡》、六支《夜曲》、十二支《练习曲》。

在不熟悉音乐的人，《练习曲》毫无疑问只是练习曲，但熟悉音乐的人都知道，萧邦采用这个题目实在是非常谦虚的。在音乐史上，有教育作用而同时成为不朽的艺术品的，只有巴赫的四十八首《平均律钢琴曲集》，可以和萧邦的《练习曲》媲美。因为巴赫也只说，他写那些乐曲的目的，不过是为训练学生正确的演奏，使他们懂得弹琴像唱歌一样。在巴赫过世以后七十年，萧邦为钢琴技术开创了一个新的学派，建立了一套新的方法，来适应钢琴在表情方面的新天地。所以我们不妨反过来说，一切艰难的钢琴技巧，只是萧邦《练习曲》的外貌，只是学者所能学到的一个方面；《练习曲》的精神和初学者应当吸收的另一个方面，却是各式各种的新的音乐内容：有的是像磷火一般的闪光，有的是图画一般幽美的形象，有的是凄凉哀怨的抒情，有的是慷慨激昂的呼号。

另外一种为萧邦喜爱的形式是《夜曲》。那个体裁是十八世纪爱尔兰作曲家斐尔德第一个用来写钢琴曲的。萧邦一生写了不少《夜曲》，一般群众对萧邦的认识与爱好，也多半是凭了这些比较浅显的作品。近代的批评家们都认为，《夜曲》的名气之大，未免损害了萧邦的艺术价值；因为那些音乐只代表作者一小部分的精神，而且那种近于女性的、感伤的情调，是很容易把萧邦的真面目混淆的。

一八三五年夏天，萧邦到德国的一个温泉浴场去，跟他的父母相会；秋天到德累斯顿，在一个童年的朋友伏秦斯基家里住了几天。伏秦斯基伯爵和萧邦两家，是多年的至交。他们的小女儿玛丽，还跟萧邦玩过捉迷藏呢。一八三五年的时候，玛丽对于绘画、弹琴、唱歌、作曲都能来一点。在德累斯顿的几天相会，她居然把萧邦的心俘虏了。临别的前夜，玛丽把一朵玫瑰递在萧邦的手里；萧邦立刻坐在钢琴前面，当场作了一支《f小调圆舞曲》。某个批评家认为，其中有絮絮叨叨的情话，有一下又一下的钟声，有车轮在石子路上碾过的声音，把两人竭力压着的抽噎声盖住了。

萧邦回到法国，继续和伏秦斯基一家通信。玛丽对他表示非常怀念。第二年，一八三六年七月，萧邦又到奥国的一个避暑胜地和玛丽相会，八月里陪着她回德累斯顿。九月七日，告别的前夜，萧邦正式向玛丽求婚，并且征求伯爵夫人的同意。伯爵夫人答应了，但是要他严守秘密；因为她说，要父亲让步，必须有极大的耐性和相当的时间。萧邦回去的路上，在莱比锡和舒曼相见，给他看一支从爱情中产生的作品——《g小调叙事曲》，作品第二十三号。

叙事曲原来是替歌唱作伴奏的一种曲子，到萧邦手里才变作纯粹的钢琴乐曲，可是原有的叙事性质和重唱的形式，都给保存了。作者借着古代的传说或故事的气氛，表达胸中的欢乐和痛苦。萧邦的传记家尼克斯认为，《g小调叙事曲》含有最强烈的感情的波动，充满着叹息、哭泣、抽噎和热情的冲动。舒曼也肯定这是一个大天才的最好的作品。

一八三五年二月，萧邦发表了第一支《诙谐曲》，作品第二十号。诙谐曲的体裁，当然不是萧邦首创的，但在贝多芬的笔下，表现的是健康的幽默，快乐的兴致，嬉笑的游戏；在门德尔松的笔底下，是一种轻松愉快的心情，灵动活泼，秀美无比的节奏；到了萧邦手里，却变成了内心的戏剧，表现的多半是情绪骚动，痛苦狂乱的境界。关于他的第一支《诙谐曲》，两个传记家有两种不同的了解：尼克斯认为开头的两个不协和弦，大概是绝望的叫喊；后面的骚动的一段，是一颗被束缚的灵魂拼命要求解放。相反，克莱秦斯基觉得这支《谐谑曲》应当表现萧邦在维也纳的苦闷与华沙隐落的悲痛以后，一个比较平静时期的心境。因为第一个狂风暴雨般的主题，忽然之间停下来，过渡到一段富于诗意的、温柔的歌唱，描写他童年时代所爱好的草原风景。但是萧邦所要表现的，究竟是什么心情，恐怕永远是一个谜了。

一八三六年，爱情的梦做得最甜蜜的一年，萧邦还发表了两支《夜曲》，两支《波洛奈兹》。从一八三七年春天起，伏秦斯基伯爵夫人信中的态度，越来越暧昧了，玛丽本人的口气也越来越冷淡。快到夏天的时候，隔年订的婚约，终于以心照不宣、不了了之的方式，给毁掉了。为什么呢？为了门第的关系吗？为了当时的贵族和布尔乔亚对一般艺术家的偏见吗？这两点当然是毁约的原因。但主要还在于玛丽本人，她一开头就没有像萧邦一样真正的动情。跟萧邦整个做人的作风一样，失恋的痛苦在他面上是看不出的，可是心里永远留下了一个深刻的伤痕。他死了以后，人家发现一叠玛丽写给他的信，扎着粉红色的丝带，上面有萧邦亲手写的字："我的苦难"。

一八三七年七月，他上伦敦去了一次，一八三八年二月，又在伦敦出现。不久回到法国，在里昂城由一个波兰教授募捐，开了一个音乐会。勒哥回写道："萧邦！萧邦！别再那么自私了，这一回的成功应该使你打定主意，把你美妙的天才献给大众了吧？所有的人都在争论，谁是欧洲第一个钢琴家？是李斯特还是塔尔堡？只要让大家像我们一样的听到你，他们就会毫不迟疑的回答：是萧邦！"同时，德国的大诗人海涅在德国的杂志上写道："波兰给了他骑士的心胸和年深月久的痛苦；法国给了他潇洒出尘、温柔蕴藉的风度；德国给了他幻想的深度；但是大自然给了他天才和一颗最高尚的心。他不但是个大演奏家，同时是个诗人，他能把他灵魂深处的诗意，传达给我们。他的即兴演奏给我们的享受是无可比拟的。那时他已不是波兰人，也不是法国人，也不是德国人，他的出身比这一切都要高贵得多：他是从莫扎特、从拉斐尔、从歌德的国土中来的；他的真正的家乡是诗的家乡。"

就在那个时代，一八三八年的夏天，失恋的萧邦和另外一个失恋的艺术家乔治·桑交了朋友。奇怪的是，一八三六年年底，萧邦第一次见到她以后和朋友说："乔治·桑真是一个讨厌的女人。她能不能算一个真正的女人，我简直有点怀疑。"可是，友谊也罢，爱情也罢，最初的印象，往往并不能决定以后的发展。隔了一年的时间，萧邦居然和乔治·桑来往了，不久又从朋友进到了爱人的阶段。萧邦第三次,也是最后一次的恋爱,维持了九年。

乔治·桑是个非常男性的女子,心胸宽大豪爽,热情真诚,纯粹是艺术家本色;又是酷爱自由平等,醉心民主,赞成革命的共和党人。巴尔扎克说过:"她的优点都是男人的优点,她不是一个女人,而且她有意要做男子。"关于她和萧邦的恋爱,萧邦的传记家和乔治·桑的传记家,都写过不少文章讨论,可以说议论纷纷,莫衷一是。我们现在不需要,也没有能力来追究这桩文艺史上的公案。但有一点是肯定的:这九年的罗曼史并没给萧邦什么坏影响,不论在身心的健康方面,还是在写作方面;相反,在萧邦身上开始爆发的肺病,可能还因为受到看护而延缓了若干时候呢。

一八三九年冬天,萧邦跟着乔治·桑和她的两个孩子,到地中海里的一个西班牙属的玛略卡岛上去养病。不幸,他们的地理知识太差了:岛上的冬天正是气候恶劣的雨季。不但病人的身体受到严重的损害,神经也变得十分紧张,往往看到一些可怕的幻象。有一天,乔治·桑带着孩子们在几十里以外的镇上买东西,到晚上还不回来;外边是大风大雨,山洪暴发。萧邦一个人在家,伏在钢琴上,一忽儿担心朋友一家的生命,一忽儿被种种可怖的幽灵包围。久而久之,他仿佛觉得自己已经死了,沉在一口井里,一滴一滴的凉水掉在他身上。等到乔治·桑回来,萧邦面无人色站起来说:"啊!我知道你们已经死了!"原来他以为这是死人的幽灵出现呢!那天晚上作的乐曲,有的音乐学者说是第六首《前奏曲》,有的说是第十五首,李斯特说是第八首。今天我们所能肯定的,只是作品第二十八号的二十四首《前奏曲》中的一大部分,的确是在玛略卡岛上作的。这部作品,被公认为萧邦艺术的精华,因为音乐史上没有一个人能够用这么少的篇幅,包括这么丰富的内容。固然,《前奏曲》是萧邦个人最复杂、最戏剧化的情绪的自由,但也是大众的感情的写照,因为他在表白自己的时候,也说出了我们心中的苦闷、怅惘、悔恨、快乐和兴奋。

一八三九年春天,他们离开了玛略卡岛,回到法国。萧邦病得很重,几次吐血,不得不先在马赛休养。到夏天,大家才回到乔治·桑的乡间别庄,就在法国中部偏西的诺昂。从那时起,七年工夫,萧邦的生活过得相当平静。冬天住巴黎,夏天住诺昂。乔治·桑给朋友的信中提到他说:"他身体一忽儿好,一忽儿坏;可是从来不完全好,或者完全坏。我看这个可怜的孩子要一辈子这样憔悴的了。幸而精神并没受到影响,只要略微有点力气,他就很快活了。不快活的时候,他坐在钢琴前面,作出一些神妙的乐曲。"的确,那时医生也没有把萧邦的病看得严重，而萧邦的工作也没有间断：七年之中发表的，有二十四支《前奏曲》，三首《即兴曲》，不少的《圆舞曲》《玛祖卡》《波洛奈兹》《夜曲》，两首《奏鸣曲》，三支《诙谐曲》，三支《叙事曲》，一支《幻想曲》。

可是，七年平静的生活慢慢的有了风浪。早在一八四四年，父亲米科瓦伊死了，这个七十五岁的老人的死讯，给了萧邦一个很大的打击。他的健康始终没有恢复，心情始终脱不了斯拉夫族的那种矛盾：跟自己从来不能一致，快乐与悲哀会同时在心中存在，也能够从忧郁突然变而为兴奋。一八四六年下半年，他和乔治·桑的感情不知不觉的有了裂痕。比他大七岁的乔治·桑，多少年来已经只把他当做孩子看待，当做小病人一般的爱护和照顾，那在乔治·桑也是一个沉重的负担。何况她的儿女都已长大，到了婚嫁的年龄；家庭变得复杂了，日常琐碎的纠纷和不可避免的摩擦，势必牵涉到萧邦。萧邦的病一天一天在暗中发展，脾气的越变越坏，也在意料之中。一八四七年五月，为了乔治·桑跟新出嫁的女儿和女婿冲突，萧邦终于离开了诺昂。多少年的关系斩断了，根深蒂固的习惯不得不跟着改变，而萧邦的脆弱的生命线也从此斩断了。

一八四七年，萧邦发表了最后几部作品，从作品第六十三号的《玛祖卡》起，到六十五号的《钢琴与大提琴奏鸣曲》为止。从此以后，他搁笔了。凡是第六十六号起的作品，都是他死后由他的朋友冯塔那整理出来的。他的病一天天的加重，上下楼梯连气都喘不过来。李斯特说，那时候的萧邦只剩下个影子了。可是，一八四八年二月十六日，他还在巴黎举行了最后一次音乐会。一八四八年四月，他上英国去，在伦敦、爱丁堡、曼彻斯特各地的私人家里演奏。这次旅行把他最后一些精力消耗完了。一八四九年一月回到巴黎。六月底，他写信给姊姊卢德维卡，要她来法国相会。姊姊来了，陪了他一个夏天。可是一个夏天，病状只有恶化。他很少说话，只用手势来表示意思。十月中旬，他进入弥留状态。十月十五日，他要波托茨卡伯爵夫人为他唱歌，他是一向喜欢伯爵夫人的声音的。大家把钢琴从客厅推到卧房门口，波托茨卡夫人迸着抽搐的喉咙唱到一半，病人的痰涌上来了，钢琴立刻推开，在场的朋友都跪在地下祷告。十六日整天他都很痛苦，晕过去几次。在一次清醒的时候，他要朋友们把他未完成的乐稿全部焚毁。他说："因为我尊重大众。我过去写完的作品，都是尽了我的能力的。我不愿意有辜负群众的作品散播在人间。"然后他向每个朋友告别。十七日清早两点，他的学生兼好友古特曼喂他喝水,他轻轻地叫了声:"好朋友!"过了一会儿,就停止了呼吸。

在玛格达兰纳教堂举行的丧礼弥撒,由巴黎最著名的四个男女歌唱家领唱,唱了莫扎特的《安魂曲》,大风琴上奏着萧邦自己作的《葬礼进行曲》,第四和第六两首《前奏曲》。

正当灵柩在拉希士公墓上给放下墓穴的时候,一个朋友捧着十九年前的那只银杯,把里头的波兰土倾倒在灵柩上。这个祖国的象征,追随了萧邦十九年,终于跟着萧邦找到了最后的归宿,完成了它的使命。另一方面,葬在巴黎地下的,只是萧邦的身体,他的心脏被送到了华沙,保存在圣·十字教堂。这个美妙的举动当然是符合这位大诗人的愿望的,因为十九年如一日,他永远是身在异国,心在祖国。

第二次大战期间,波兰国土被希特勒匪徒占领了,波兰人民把萧邦的心从教堂里拿出来,藏在别处。直到一九四九年十月十七日,萧邦逝世一百周年纪念日,才由波兰人民共和国当时的部长会议主席贝鲁特,把珍藏萧邦心脏的匣子,交给华沙市长,由华沙市长送回到圣·十字教堂。可见波兰人民的心,在最危急的关头,也没有忘了这颗爱国志士的心!

独一无二的艺术家莫扎特

在整部艺术史上,不仅仅在音乐史上,莫扎特是独一无二的人物。

他的早慧是独一无二的。

四岁学钢琴,不久就开始作曲;就是说他写音乐比写字还早。五岁那年,一天下午,父亲利奥波德带了一个小提琴和一个吹小号的朋友回来,预备练习六支三重奏。孩子挟着他儿童用的小提琴要求加入。父亲呵斥道:"学都没学过,怎么来胡闹!"孩子哭了。吹小号的朋友过意不去,替他求情,说让他在自己身边拉吧,好在他音响不大,听不见的。父亲还咕噜着说:"要是听见你的琴声,就得赶出去。"孩子坐下来拉了,吹小号的乐师慢慢地停止了吹奏,流着惊讶和赞叹的眼泪;孩子把六支三重奏从头至尾都很完整地拉完了。

八岁,他写了第一支交响乐;十岁写了第一出歌剧。十四至十六岁之间,在歌剧的发源地意大利(别忘了他是奥地利人),写了三出意大利歌剧在米兰上演,按照当时的习惯,由他指挥乐队。十岁以前,他在日耳曼十几个小邦的首府和维也纳、巴黎、伦敦各大都市做巡回演出,轰动全欧。有些听众还以为他神妙的演奏有魔术帮忙,要他脱下手上的戒指。

正如他没有学过小提琴而就能参加三重奏一样,他写意大利歌剧也差不多是无师自通的。童年时代常在中欧西欧各地旅行,孩子的观摩与听的机会多于正规学习的机会,所以莫扎特的领悟与感受的能力,吸收与消化的迅速,是近乎不可思议的。我们古人有句话,说:"小时了了,大未必佳";欧洲人也认为早慧的儿童长大了很少有真正伟大的成就。的确,古今中外,有的是神童;但神童而卓然成家的并不多,而像莫扎特这样出类拔萃、这样早熟的天才而终于成为不朽的大师,为艺术界放出万丈光芒的,至此为止还没有第二个例子。

他的创作数量的巨大,品种的繁多,质地的卓越,是独一无二的。

巴赫、韩德尔、海顿,都是多产的作家;但韩德尔与海顿都活到七十以上的高年,巴赫也有六十五岁的寿命;莫扎特却在三十五年的生涯中完成了大小六二二件作品,还有一三二件未完成的遗作,总数是七五四件。举其大者而言,歌剧有二十二出,单独的歌曲、咏叹调与合唱曲六十七支,交响乐四十九支,钢琴协奏曲二十九支,小提琴协奏曲十三支,其他乐器的协奏曲十二支,钢琴奏鸣曲及幻想曲二十二支,小提琴奏鸣曲及变奏曲四十五支,大风琴曲十七支,三重奏四重奏五重奏四十七支。没有一种体裁没有他登峰造极的作品,没有一种乐器没有他的经典文献,在一百七十年后的今天,还像灿烂的明星一般照耀着乐坛。在音乐方面这样全能,乐剧与其他器乐的制作都有这样高的成就,毫无疑问是绝无仅有的。莫扎特的音乐灵感简直是一个取之不竭、用之不尽的水源,随时随地都有甘泉飞涌,飞涌的方式又那么自然,安详,轻快,妩媚。没有一个作曲家的音乐比莫扎特的更近于"天籁"了。

融合拉丁精神与日耳曼精神,吸收最优秀的外国传统而加以丰富与提高,为民族艺术形式开创新路而树立几座光辉的纪念碑,在这些方面,莫扎特又是独一无二的。

文艺复兴以后的两个世纪中,欧洲除了格鲁克为法国歌剧辟出一个途径以外,只有意大利歌剧是正宗的歌剧。莫扎特却做了双重的贡献:他既凭着客观的精神,细腻的写实手腕,刻划性格的高度技巧,创造了《费加罗的婚礼》与《唐·璜》,使意大利歌剧达到空前绝后的高峰瓦格纳提到莫扎特时就说过:"意大利歌剧倒是由一个德国人提高到理想的完满之境的。"——编者注,又以《后宫诱逃》与《魔笛》两件杰作为德国歌剧奠定了基础,预告了贝多芬的《菲岱里奥》、韦伯的《自由射手》和瓦格纳的《歌唱大师》。

他在一七八三年的书信中说:"我更倾向于德国歌剧:虽然写德国歌剧需要我费更多气力,我还是更喜欢它。每个民族有它的歌剧;为什么我们德国人就没有呢?难道德文不像法文英文那么容易唱吗?"一七八五年他又写道:"我们德国人应当有德国式的思想,德国式的说话,德国式的演奏,德国式的歌唱。"所谓德国式的歌唱,特别是在音乐方面的德国式的思想,究竟是指什么呢?据法国音乐学者加米叶·裴拉格的解释:"在《后宫诱逃》中《后宫诱逃》的译名与内容不符,兹为从俗起见,袭用此名。——编者注,男主角倍尔蒙唱的某些咏叹调,就是第一次充分运用了德国人谈情说爱的语言。同一歌剧中奥斯门的唱词,轻快的节奏与小调(mode mineure)的混合运用,富于幻梦情调而甚至带点凄凉的柔情,和笑盈盈的天真的诙谐的交错,不是纯粹德国式的音乐思

想吗?"(见裴拉格著:《莫扎特》,巴黎一九二七年版)

和意大利人的思想相比,德国人的思想也许没有那么多光彩,可是更有深度,还有一些更亲切更通俗的意味。在纯粹音响的领域内,德国式的旋律不及意大利的流畅,但更复杂更丰富,更需要和声(以歌唱而言是乐队)的衬托。以乐思本身而论,德国艺术不求意大利艺术的整齐的美,而是逐渐以思想的自由发展,代替形式的对称与周期性的重复。这些特征在莫扎特的《魔笛》中都已经有端倪可寻。

交响乐在音乐艺术里是典型的日耳曼品种。虽然一般人称海顿为交响乐之父,但海顿晚年的作品深受莫扎特的影响;而莫扎特的降 E 大调、g 小调、C 大调(朱庇特)交响曲,至今还比海顿的那组《伦敦交响曲》更接近我们。而在交响乐中,莫扎特也同样完满地冶拉丁精神(明朗、轻快、典雅)与日耳曼精神(复杂、谨严、深思、幻想)于一炉。正因为民族精神的觉醒和对于世界性艺术的领会,在莫扎特心中同时并存,互相攻错,互相丰富,他才成为音乐史上承前启后的巨匠。以现代词藻来说,在音乐领域之内,莫扎特早就结合了国际主义与爱国主义,虽是不自觉的结合,但确是最和谐最美妙的结合。当然,在这一点上,尤其在追求清明恬静的境界上,我们没有忘记伟大的歌德;但歌德是经过了六十年的苦思冥索(以《浮士德》的著作年代计算),经过了狂飙运动和骚动的青年时期而后获得的;莫扎特却是自然而然的,不需要做任何主观的努力,就达到了拉斐尔的境界,以及古希腊的雕塑家菲狄阿斯的境界。

莫扎特所以成为独一无二的人物,还由于这种清明高远、乐天愉快的心情,是在残酷的命运不断摧残之下保留下来的。

大家都熟知贝多芬的悲剧而寄以极大的同情;关心莫扎特的苦难的,便是音乐界中也为数不多。因为贝多芬的音乐几乎每页都是与命运肉搏的历史,他的英勇与顽强对每个人都是直接的鼓励;莫扎特却是不声不响的忍受鞭挞,只凭着坚定的信仰,像殉道的使徒一般唱着温馨甘美的乐句安慰自己,安慰别人。虽然他的书信中常有怨叹,也不比普通人对生活的怨叹有什么更尖锐更沉痛的口吻。可是他的一生,除了童年时期饱受宠爱,像个美丽的花炮以外,比贝多芬的只有更艰苦。《费加罗的婚礼》与《唐璜》在布拉格所博得的荣名,并没给他任何物质的保障。两次受雇于萨尔茨堡的两任大主教,结果受了一顿辱骂,被人连推带踢地逐出宫廷。从二十五到三十一岁,六年中间没有固定的收入。他热爱维也纳，维也纳只报以冷淡、轻视、嫉妒；音乐界还用种种卑鄙的手段打击他几出最优秀的歌剧的演出。一七八七年，奥皇约瑟夫终于任命他为宫廷作曲家，年俸还不够他付房租和仆役的工资。

为了婚姻，他和最敬爱的父亲几乎决裂，至死没有完全恢复感情。而婚后的生活又是无穷无尽的烦恼：九年之中搬了十二次家；生了六个孩子，夭殇了四个。公斯当斯·韦柏产前产后老是闹病，需要名贵的药品，需要到巴登温泉去疗养。分娩以前要准备迎接婴儿，接着又往往要准备埋葬。当铺是莫扎特常去的地方，放高利贷的债主成为他唯一的救星。

在这样悲惨的生活中，莫扎特还是终身不断的创作。贫穷、疾病、妒忌、倾轧，日常生活中一切琐琐碎碎的困扰都不能使他消沉；乐天的心情一丝一毫都没受到损害。所以他的作品从来不透露他的痛苦的消息，非但没有愤怒与反抗的呼号，连挣扎的气息都找不到。后世的人单听他的音乐，万万想象不出他的遭遇而只能认识他的心灵——多么明智、多么高贵、多么纯洁的心灵！音乐史家都说莫扎特的作品所反映的不是他的生活，而是他的灵魂。是的，他从来不把艺术作为反抗的工具，作为受难的证人，而只借来表现他的忍耐与天使般的温柔。他自己得不到抚慰，却永远在抚慰别人。但最可欣幸的是他在现实生活中得不到的幸福，他能在精神上创造出来，甚至可以说他先天就获得了这幸福，所以他反复不已地传达给我们。精神的健康，理智与感情的平衡，不是幸福的先决条件吗？不是每个时代的人都渴望的吗？以不断的创造征服不断的苦难，以永远乐观的心情应付残酷的现实，不就是以光明消灭黑暗的具体实践吗？有了视患难如无物，超临于一切考验之上的积极的人生观，就有希望把艺术中美好的天地变为美好的现实。假如贝多芬给我们的是战斗的勇气，那末莫扎特给我们的是无限的信心。把他清明宁静的艺术和侘傺一世的生涯对比之下，我们更确信只有热爱生命才能克服忧患。莫扎特几次说过："人生多美啊！"这句话就是了解他艺术的钥匙，也是他所以成为这样伟大的主要因素。

虽然根据史实，莫扎特在言行与作品中并没表现出法国大革命以前的民主精神（他的反抗萨尔茨堡大主教只能证明他艺术家的傲骨），也谈不到人类大团结的理想，像贝多芬的《合唱交响曲》所表现的那样；但一切大艺术家都受时代的限制，同时也有不受时代限制的普遍性——人间性。莫扎特以他朴素天真的语调和温婉蕴藉的风格，所歌颂的和平、友爱、幸福的境界，正是全人类自始至终向往的最高目标,尤其是生在今日的我们所热烈争取,努力奋斗的目标。

因此,我们纪念莫扎特二百周年诞辰的意义决不止一个:不但他的绝世的才华与崇高的成就使我们景仰不止,他对德国歌剧的贡献值得我们创造民族音乐的人揣摩学习,他的朴实而又典雅的艺术值得我们深深的体会;而且他的永远乐观,始终积极的精神,对我们是个极大的鼓励;而他追求人类最高理想的人间性,更使我们和以后无数代的人民把他当做一个忠实的、亲爱的、永远给人安慰的朋友。

乐曲说明（之一）*

为了使爱好音乐的听众对于萧邦的《玛祖卡》有个比较清楚的观念，我们今天在播送傅聪弹的七支《玛祖卡》以前，先把作品的来源和内容介绍一下。

玛祖卡是波兰民间最风行的一种舞蹈，也是一种很复杂的舞蹈。跳这个舞的时候，开头由一对一对的男女舞伴，手拉着手绕着大圈儿打转。接着，大家散开来，由一对舞伴带头，其余的跟在后面，在观众前面排着队走。然后，每一对舞伴分开来轮流跳舞。女的做着各式各样花腔的舞蹈姿势；男的顿着脚，加强步伐，好像在那里鼓动女的；一会儿，男的又放开女的手，站在一边去欣赏他的舞伴，接着那男的也拼命打转，表示他快乐得像发狂一般；转了一会，男的又非常热烈的向女的扑过去，两个人一块儿跳舞。这样跳了一两个钟点以后，大家又围成一个大圈儿打转，作为结束。伴奏的乐队所奏的曲调，往往由全体舞伴合唱出来，因为民间的玛祖卡音乐，是有歌词的。歌词中间充满了爱情的倾诉，也充满了国家的遭难，民族被压迫的呼号。匈牙利的大作曲家兼大钢琴家李斯特，和萧邦是好朋友；他说："玛祖卡的音乐与歌词，就是有这两种相反的情绪：一方面是爱情的欢乐，一方面是民族的悲伤，仿佛要把心中的痛苦，细细体味一番，从发泄痛苦上面得到一些快感。那种效果又是悲壮，又是动人。"正当一对舞伴在场子里单独表演的时候，其余的舞伴都在旁边谈情说爱，可以说，同时有许多小小的戏剧在那里扮演。萧邦一生所写的五十六支《玛祖卡》，就是把这种小小的戏剧作为内容的。

在形式方面，《玛祖卡》是三拍子的舞曲，动作并不很快；重拍往往在第二拍上，但第一拍也常常很突出，或是分做长短不同的两个音。这是《玛祖卡》的基本节奏；萧邦用自然而巧妙的手法，把这个节奏尽量变化，使古老的舞曲恢复了它的梦境与诗意。萧邦年轻的时代，在华沙附近的农民中间，收集了很多玛祖卡的音乐主题，以后他就拿这些主题作为他写作的骨干。可是正如李斯特说过的："萧邦尽管保存了民间玛祖卡的节奏，却把曲调的境界和格调都变得高贵了，精炼了，把原来的比例扩大了，还加入忽明忽暗的和

---

* 这是傅雷于一九五六年春为上海电台播送傅聪演奏唱片撰写的说明。

声,跟题材一样新鲜的和声。"李斯特又说:"萧邦把这个舞蹈作成一幅图画,写出跳舞的时候,在人们心里波动的、无数不同的情绪。"

可是所有这种舞曲的色调、情感、精神,基本上都是斯拉夫民族所独有的;所以萧邦的《玛祖卡》的特色,可以说是民族的诗歌,不但表现作曲家具备了诗人的灵魂,而且具备了纯粹波兰民族的灵魂。同时,要没有萧邦那样细微到极点的感觉,那样精纯的艺术修养和那种高度的艺术手腕,也不可能使那些单纯的民间音乐的素材,一变而为登峰造极的艺术品。因为萧邦在《玛祖卡》中所表现的情感是多种多样的,有讥讽,有忧郁,有温柔,有快乐,有病态的郁闷,有懊恼,有意气消沉的哀叹,也有愤怒,也有精神奋发的表现。总而言之,波兰人复杂的性格,和几百年来受着外来民族的统治,受封建地主、贵族阶级压迫的悲愤的心情,都被萧邦借了这些短短的诗篇表白出来了。萧邦所以是个伟大的、爱国的音乐家,这就是一个最有力的证明。

以上我们说明了《玛祖卡》的来源,和萧邦的《玛祖卡》的特色。以下我们谈谈傅聪对《玛祖卡》的体会,和外国音乐界对傅聪演奏的评论。

表达《玛祖卡》,首先要掌握它复杂的节奏,复杂的色调,要体会到它丰富多彩的诗意和感情。傅聪到了波兰两个月以后,在一九五四年的十月,就说:"《玛祖卡》里头那种微妙的节奏,只可以心领神会,而无法用任何规律来把它肯定的。既要弹得完全像一首诗一般,又要处处显出节奏来,真是难。而这个难是难在不是靠苦练练得出的,只有心中有了那境界才行。这不但是音乐的问题,而是跟波兰的气候、风土、人情,整个波兰的气息有关。"傅聪又说:"萧邦的《玛祖卡》,一部分后期作品特别有种哲学意味,有种沉思默想的意味。演奏《玛祖卡》就得把节奏、诗意、幽默、典雅、哲学气息,全部融合在一起,而且要融合得恰到好处。"

今天播送的《玛祖卡》,头上几支,傅聪特别有些体会。他说:"作品第五十六号第三首,哲学气息极重,作品大,变化多,不容易领会,因此也是最难弹的一首《玛祖卡》。作品五十九号第一首,好比一个微笑,但是带一点忧郁的微笑。作品第六十八号第四首,是萧邦临终前的作品,整个曲子极其凄怨,充满了一种绝望而无力的情感。只有中间一句,音响是强的,好像透出了一点生命的亮光,闪过一些美丽的回忆,但马上又消失了,最后仍是一片黯淡的境界。作品六十三号第二首和这一首很像,而且同是F小调。作品四十一号第二首,开头好几次,感情要冒上来了,又压下去了,最后却是极其悲怆的放声恸哭。但这首《玛祖卡》主要的境界也是回忆,有时也有光明的影子，那都是萧邦年轻时代，还没有离开祖国的时代的那些日子。"以上是傅聪对他弹的七首《玛祖卡》中的五首的说明，就是今天播的前面的五首。最初三首也就是他去年比赛时弹的。五首以外的两首，是《我们的时代》第二首，作品第三十三号第一首。

在第五届萧邦国际钢琴比赛的时候，苏联评判员、著名钢琴家奥勃林，很赞成傅聪的萧邦风格。巴西评判、年龄很大的女钢琴家塔里番洛夫人说："傅聪的音乐感，异乎寻常的敏感，同时他具备一种热情的、戏剧式的气质，对于悲壮的境界，体会得非常深刻，还有一种微妙的对于音色的感受能力；而最可贵的是那种细腻的、高雅的趣味，在傅聪演奏《玛祖卡》的时候，表现得特别明显。我从一九三二年起，参加了第二、第三、第四、第五前后四届比赛会的评判，从来没有听到这样纯粹的、货真价实的《玛祖卡》。一个中国人创造了真正《玛祖卡》的演奏水平，不能不说是有历史意义的。"

英国的评判、钢琴家路易士·坎特讷对他自己的学生说："傅聪弹的《玛祖卡》，对我简直是一个梦，不大能相信那是真的。我想象不出，他怎么能弹得这样奇妙，有那么浓厚的哲学气息，有那么多细腻的层次，那么典雅的风格，那么完满的节奏，典型的波兰《玛祖卡》的节奏。"

匈牙利的评判、钢琴家思格说："在所有的选手中，没有一个有傅聪的那股吸引力，那种突出的个性。最难得的是他的创造性。傅聪的演奏处处教人觉得是新的。但仍然是合于逻辑的。"

意大利的评判、老教授阿高斯蒂说："只有一个古老的文化，才能给傅聪这么多难得的天赋。萧邦的艺术的格调，是和中国艺术的格调相近的。"

现在我们再介绍一支萧邦的《摇篮曲》。这个曲子大家是比较熟悉的，很多学音乐的人都弹过。傅聪对这个曲子也有一些体会，他说："我弹《摇篮曲》和我在国内弹的完全变了；应该说我以前的风格是错误的。这个乐曲应该从头至尾，维持同样的速度，右手的伸缩性（就是音乐术语说的 rubato，读如'罗巴多'）要极其微妙、细微，决不可过分。开头的旋律尤其要简单朴素。这曲子的难就难在这里：要极单纯朴素，又要极有诗意。"

乐曲说明（之二）*

现在音乐学者一致认为，莫扎特艺术的最高成就是在歌剧与钢琴协奏曲方面。他写的二十七支钢琴协奏曲大半都是杰作。

内容复杂的协奏曲是奏鸣曲、大协奏曲（concerto grosso）和间奏曲（ritornello）的混合品。莫扎特把这个形式尽量发展，使乐队与钢琴各司其职，各尽其妙。在他以后，有多少美妙的作品称为钢琴协奏曲；但除了勃拉姆斯的以外，大多建筑在两个主题的奏鸣曲形式上，结构也就比较简单。莫扎特从成熟时期起，在钢琴协奏曲中至少用到四个重要的主题，多则六个八个不等；有些主题仅仅由钢琴奏出，有些仅仅由乐队奏出；各个主题的衔接与相互关系都用巧妙的手腕处理。所以莫扎特的协奏曲，与贝多芬、舒曼等等的协奏曲，在组织上可以说属于两种不同的类型。

音乐学者哈钦斯（A. Hutchings）认为莫扎特兼擅歌剧与协奏曲的创作，不是一件偶然的事：歌剧里有众多的人物，既需要从头至尾保持各人的个性，又需要共同合作，帮助整个剧情的发展；协奏曲中的许多主题也需要用同样的手法处理。

二十余支钢琴协奏曲所表达的意境与情绪各各不同：有的温婉熨贴，有的典雅华瞻（如降 E 大调），有的天真活泼（如降 B 大调），有的聪明机智（如 G 大调），有的诙谐幽默（如 F 大调），有的极热情（如 d 小调），有的极悲壮（如 c 小调），总之，处处显出歌剧家莫扎特的心灵。一个长于戏剧音乐的作曲家必然是感觉敏锐，观察深刻，懂得用音乐来描写人物的心理的；所以莫扎特的协奏曲决不限于主观情绪的流露，而往往以广大的群众作为刻划的对象。这也是他的协奏曲内容丰富、面目众多的原因之一。

但十九世纪的演奏家是不大能欣赏机智、幽默、细腻、含蓄等等的妙处

---

* 一九五六年九月傅聪与上海乐团合作演出莫扎特的三首钢琴协奏曲，这是为该音乐会写的乐曲说明；这几首钢琴协奏曲当时在国内均为首次演出。

的；风气所趋，除了d小调、D大调、A大调、c小调等三五支以外，莫扎特其余的协奏曲都不为世人所熟知，直到最近才有人重视那些湮没的宝藏。著名的音乐学者阿尔弗雷德·爱因斯坦 Alfred Einstein，一八八〇—一九五二，德国音乐家——编者注说："就因为莫扎特是古典的，又是现代的，才更显出他的不朽与伟大。"在举世纪念莫扎特诞生二百周年的时节，介绍这三支在国内都是首次演出的协奏曲（F大调、G大调、降B大调），也是我们对莫扎特表示一些敬意。

一七八四年年终（莫扎特二十八岁）写成的《F大调协奏曲》（KV459），是一件轻松愉快的作品。三个乐章都很精致完美：快乐而不流于甜俗，抒情而没有多余的眼泪。充沛的元气与妩媚的风度交错之下，使全曲都有一股健康的气息。

第一乐章快板：前奏部分即包括六个主题，以后又陆续加入四个主题，而以第一主题的强烈的节奏控制全章。这种节奏虽是进行曲式的，但作者表现的音乐却是婀娜多姿，流畅自如的。

第二乐章小快板：用单纯的 A·B 主题构成。第一主题像一个温柔的微笑，第二主题则颇有沉思与惆怅的意味。

第三乐章加快板：是莫扎特所写的最活泼的回旋曲。借用莫扎特自己的话，其中"有些段落只有识者能欣赏；但写作的方式使一般的听众也能莫名其妙的感到满足"。结尾部分在欢乐中常常露出嘲弄的口吻与俏皮的姿态。

《G大调协奏曲》（KV453）作于一七八四年春，受喜剧的影响特别显著。第一和第三乐章中许多主题的出现，就像不同角色的登场；短促的休止仿佛是展开新的局势的前兆。情调各别的旋律，构成温柔与华彩的对比，诙谐与矜持的对比，柔媚与活泼的对比；色彩忽明忽暗；女性的妩媚与小丑式的俏皮杂然并呈，管乐器与钢琴或是呼应，或是问答，给我们描画出形形色色的人物。作者的技巧主要是在于应付变化频繁的情绪与场面，而不是像贝多芬那样以一个主题一种情绪来控制全局。

第二乐章行板：是歌咏调的体裁，表达的感情极其深刻：先是沉思默想，然后是惆怅、凄惶、缠绵、幽怨、激昂、热烈的曲调相继沓来。

第三章小快板：是以加伏特舞曲的节奏写成的回旋曲。轻灵而富于机智的主题，好似小鸟的歌声。从这个主题发展而成的五个变奏曲，不但各有特色，而且内容变幻不定，最后一个变奏曲的情调更为特殊。终局的急板，除了兴高采烈以外，兼有放荡不羁与滑稽突梯的风趣。

莫扎特的最后一支《降B大调钢琴协奏曲》（KV595），是他去世那一年——一七九一年写的。同一年上他还完成了两件不朽的作品：歌剧《魔笛》与《安魂曲》。但据阿尔弗雷德·爱因斯坦的意见，莫扎特真正的精神遗嘱应当是这支协奏曲。在三十五年短促的生涯中，他已经进入秋季，自有一种慈悲的智慧，心灵也已达到无挂无碍的化境。他虽然超临生死之外，但不能说是出世精神，因为在他和平恬静的心中，对人间始终怀着温情。他用艺术来把他的理想世界昭示后世，而且又是何等的艺术！既看不见形式与格律的规范，也找不出斧凿的痕迹：乐思的出现像行云流水一般自然。

第一乐章快板：一开始便是许多清丽与轻灵的线条。中段（b小调）流露出迷惘的情绪，然后来一些意想不到的转调，好像作者的思想走得很远很远了；不料峰回路转，又回到原来那个明朗的天地。全章到处显出飘逸的丰采与高度的智慧。

第二乐章小广板：用一个明净如水的、深邃沉着的主题，借回旋曲的形式一再出现，写出清明高远的意境：胸怀旷达而仍不失亲切温厚的情致，作者一方面以善意的目光观照人生，一方面歌咏他的理想世界是多么和谐、纯洁、宁静、高尚，只有智慧而没有机心，只是恬淡而不是隐忍。莫扎特在这里的确表达了古希腊艺术的精神。

第三乐章快板：节奏生动活泼，通篇是快乐的气氛和青春的活力，绝不沾染一点庸俗的富贵气。在我们的想象中，只有奥林匹克山上神明的舞蹈，才能表现这种净化的喜悦。

乐曲说明（之三）*

1. 意大利十七世纪最重要的歌剧作家亚历山大·斯卡拉蒂（一六五九——一七二五），也是一个古钢琴曲的作家。这一首《托卡塔》的主题非常有力；处理的方式，运用的技巧，对每个变奏曲的掌握，都别出心裁，有许多节奏与情绪的变化。

2. 亚历山大的儿子，多梅尼科·斯卡拉蒂（一六八五——一七五七）的古钢琴曲，一反当时法国乐派偏于华丽纤巧的风气，而重视对称；不但结构谨严，旋律也更活泼生动。他在键盘乐方面的写作技术完全是创新的，首先发挥键盘乐器独特的个性，发明许多新的演奏技巧，从而丰富了表现的内容。这里的六首《奏鸣曲》各有不同的面目：或是轻盈活泼，或者妩媚多姿，或是光华灿烂，便是在同一乐曲之内，也常常从天真佻达的游戏一变而为富于戏剧意味的口吻，证明他受到歌剧的影响。

3. 《降B大调随想曲》是巴赫（一六八五——一七五〇）的古钢琴曲中唯一的"标题音乐"。

第一段以恳挚婉转，絮絮叨叨的口吻，描写朋友的劝阻；第二段以比较严重的语气猜测旅中可能遭遇的不幸，做进一步的劝谏；劝谏无效，便进入第三段双方的哀泣——时而号恸，时而呜咽，有泣不成声的痛苦，有断断续续的对白与倾诉。最后在两人一致觉得无可奈何的，沉痛的叹息声中结束了第三段。当然，这些感情都是经过深自抑制而后流露的。

第四段是全曲情绪的转折点：先用一组碎和弦暗示双方的决别，然后是上车与互道珍重的情境。接着听见马车夫的喇叭声（第五段）。他一边赶车一边拿乐器玩儿，有时好像吹走了音，有时好像吹不出音，调子始终轻快而诙谐；行人的悲欢离合，对他终日在旅途上过生活的人是完全不相干的。第六段是以模仿喇叭的曲调作成的"赋格曲"，仿佛描写登程以后路上的景色，羼杂着车子的颠簸和马蹄的声音。

送行惜别的情绪与马夫的快乐的情绪的对比，其实也是从两个角度看待

---

* 这是为傅聪钢琴独奏会（一九五六年九月二十一日）撰写的说明。

人生的对比。愉快的终局还暗示作者希望征人归来，而且抱着必然会归来的信心。

4.《夏空》原是从墨西哥流入西班牙的一狂野的舞曲，到了欧洲以后，却变成器乐乐曲的体裁，变奏曲的一种特殊形式：往往在低音部以一组连续的和弦为主题，作为全曲的骨干；高音则绣出种种花色，形成一幅线条交错的画面。韩德尔（一六八五——一七五九）的这支《夏空》，兼有豪放、细腻、温婉、堂皇、轻灵等等的不同的意境。全曲气魄雄伟，一气呵成。

5. 德彪西（一八六二——一九一八）的序曲，写的是瞬息即逝的境界与富有诗意的灵动的画面；主要是用暗示的手法，给听众的想像力以一个自由舒展的天地。

《雾》——由音响构成的一片烟云，回旋缭绕，忽而在空中逗留了一会；几个不同的"调性"交融在一起，把旋律和幽灵式的幻境化为迷迷蒙蒙的景色。旋律还是想竭力挣扎出来。几道短促的闪光从雾中透出，好似灯塔的照射，闪光消逝了，整个气氛更显得飘忽不定。

《灌木林》——密林中间，地下发出浓烈的香味，赤红的泥土光彩夺目，蛱蝶在林中飞舞……这是一首亲切的田园诗。

《帆》——一条条的小船，泊在阳光照耀的港湾里。帆轻轻地在飘动——微风过处，小舟望天际浮去。夕阳西下，片片白帆在水波不惊的海面上翱翔。

《水中仙子》——要是你能看到她，她会像出水芙蓉般露出腰来，滴着水珠，那么迷人……要是你能在记忆中回想到她，她是那么温柔，那么娇媚，她会用喁语般的声音，说出水晶宫中的宝藏和她甜蜜的爱情。

6. 这五首乐曲指中国作曲家桑桐的钢琴曲《音诗五首》——《悼歌》《思乡》《草原情歌》《哀思》《舞曲》。——编者注都以东蒙民歌为主题，但有些主题是经过作者加以变化处理的。其中有几首是以一个民歌构成的，有些是以两个民歌构成的。

《悼歌》——采用东蒙民歌《丁克尔扎布》的音调及体裁，运用独白与合唱相呼应的方式写成。

《思乡》——是一首对位化处理的抒情小曲。

《草原情歌》——描写草原上一对恋人的絮语。

《哀思》——对于遥远的爱人的怀念。

《舞曲》——有愉快的气氛，由慢而快；中段描写单独的舞蹈，与主要的集体舞蹈形象形成显明的对照。

7.《B大调夜曲》是萧邦（一八一〇——一八四九）最后写的两首夜曲之

一，与早期同类作品的感伤情调完全不同：富于沉思默想的意味，亲切而温柔，但中间也有悲壮的段落；结尾是一声声的长叹。

8.《玛祖卡》所以成为萧邦最独特的创造，是因为他把民间的舞曲提炼为极精致的艺术品，以短小的体裁作为一种抒情写景、变化无穷的曲体。我们不妨说《玛祖卡》是"诗中有舞，舞中有诗"：萧邦把诗的意境寄托于舞蹈，把舞蹈的节奏化成了诗的节奏。作品五十之三，是萧邦少数大型《玛祖卡》中的一首，主要表现对祖国的怀念；通篇都散放着玛祖卡舞曲所特有的波兰的泥土味。濒于绝望的心境和悲愤的呼号，成为全曲的最高潮。

萧邦十五岁时制作的《降B大调玛祖卡》，乡村舞蹈的气息特别浓厚，写出波兰农民的欢乐与奔放的热情。

9. 在萧邦所作的三大《波洛奈兹》中，这一首是变化最多，情绪起伏最大的一首。虽然从头至尾都有《波洛奈兹》那种雄壮的节奏，但还是幻想曲的成分居多。他用近乎"主导主题"的手法和"半音阶进行"，以时而悲欢，时而温柔，时而激昂慷慨的口吻，说出波兰民族数百年来多难的命运，顽强的斗争，善良的天性，对祖国的热爱；同时也有波兰风光的写照。整个作品是一首伟大的史诗。悲壮的胜利的结局，说明了萧邦坚信波兰民族是不朽的，必然有一天会获得解放的。因此，某些批评家认为这首乐曲表现出萧邦的双重面目：他一方面是个忧郁、痛苦、悲愤的人，一方面是波兰民族的先知。

世界美术名作二十讲

第一讲　乔托与阿西西的圣方济各

乔托（Ambrogio ou Angiolotto di Bondone Giotto，一二六六？——一三三六）可说是基督教圣者阿西西的方济各（Saint Francois d'Assise，一一八二——一二二六）的历史画家。他一生重要的壁画分布在三所教堂中，其中二所都是方济各派的寺院。在阿西西教堂中，就有乔托描绘圣方济各的行述的壁画二十八幅。翡冷翠圣十字架大寺的内部装饰，大半是乔托以圣方济各为题材的作品。帕多瓦城阿雷纳教堂中，乔托描绘圣母与耶稣的传略的三十八幅壁画，也还是充满了方济各教派的精神。

所谓方济各教派者，乃是一二一五年时，基督教圣徒阿西西的圣方济各创立的一个宗派。教义以刻苦自卑，同情弱者为主。十三世纪原是中古的黑暗时代告终，人类发现一线曙光的时代，是诞生但丁、培根、圣多马的时代。圣方济各在当时苦修布道，说宗教并非只是一种应该崇奉的主义，而其神圣的传说、庄严的仪式、圣徒的行述、《圣经》的记载，都是对于人类心灵最亲昵的情感的表现。以前人们所认识的宗教是可怕的，圣方济各却使宗教成为大众的亲切的安慰者。他颂赞自然，颂赞生物。相传他向鸟兽说教时，称燕子为"我的燕姊"，称树木为"我的树兄"。他说圣母是一个慈母，耶稣是一个娇儿，正和世间一切的慈母爱子一样。他要人们认识充满着无边的爱的宗教而皈依信服，奉为精神上的主宰。

圣方济各这般仁慈博爱的教义，在艺术上纯粹是簇新的材料。显然，过去的绘画是不够表现这种含着温柔与眼泪的情绪了。乔托的壁画，即是适应此种新的情绪而产生的新艺术。

乔托个人的历史，很少确切的资料足资依据。相传他是一个富有思想的聪慧之士，和但丁相契，在当时被认为非常博学的人。翡冷翠人委托乔托主持建造当地的钟楼时，曾有下列一条决议案：

"在这桩如在其他的许多事业中一样，世界上再不能找到比他更胜任的人。"

艺术革命有一个永远不变的公式：当一种艺术渐趋呆滞死板，不能再行表现时代趋向的时候，必得要回返自然，向其汲取新艺术的灵感。

据说乔托是近世绘画始祖契马布埃（Cimabuë）的学生；但他在童年时，已在荒僻的山野描画过大自然。因此，他一出老师的工作室，便能摆脱传统的成法而回到他从大自然所得的教训——单纯与素朴上去。

他的艺术，上面已经说过，是表现方济各教义的艺术。他的简洁的手法，无猜的心情，最足表彰圣方济各的纯真朴素的爱的宗教。

从今以后，那些悬在空中的圣徒与圣母，背后戴着一道沉重的金光，用贵重的彩石镶嵌起来的图像，再不能激动人们的心魂了。这时候，乔托在教堂的墙壁上，把方济各的动人的故事，可爱的圣母与耶稣、先知者与使徒，一组一组地描绘下来。

《圣方济各出家》表现圣方济各卸下衣服，奉还他的父亲的情景。还有《圣方济各向小鸟说教》、《圣方济各在苏丹廷上》、《圣方济各驱逐阿莱查城之魔鬼》、《圣方济各之死》、《圣母之诞生》、《施洗者圣约翰之诞生》、《访问》、《基督在十字架下》、《下葬》等等，都像当时记载这些宗教故事的传略一样，使十三、十四世纪的民众感到为富丽的拜占庭绘画所没有的热情与信仰。

这些史迹，乔托并不当它像英雄的行为或神奇的灵迹那样表现，他只是替当时的人们找到一个发泄真情的机会。因为那时的人们，一想起圣方济各的遗言轶事，就感动到要下泪。所以乔托的画就成了天真的动人的诗。在《圣母之诞生》中，许多女仆在床前浴着婴儿，把他包裹起来。这情景，圣约翰、圣母、耶稣，已不复是《圣经》上的"圣家庭"，而是像英国批评家罗斯金（John Ruskin）所谓的"爸爸、妈妈与乖乖"了。

这种亲切的诗意最丰富的，要算是《圣方济各向小鸟说教》的那张壁画了。这个十分通俗的题材，曾被不少画家采用过；但从没有一个艺人，能像乔托那样把圣方济各的这桩天真的故事，描写得真切动人。十六世纪时委罗内塞（Vemnèse）画过《圣安东尼向鱼类说教》。那是：一个圣者在暴风雨将临的天色下面，做着大演说家的手势，站在岩石上面对着大海。乔托的作品却全然不同：圣方济各离开了他的同伴，走到路旁，头微俯着，举着手，他正在劝告小鸟们"要颂赞造物，因为造物赐予它们这般暖和的衣服，使它们可以借此抵御隆冬的寒冷，并给予它们枝叶茂盛的大树，使它们得以避雨，得以筑巢栖宿"。小鸟们从树上飞下来，一行一行地蹲在他面前，仿佛一群小孩在静听"基督教义"功课。有的,格外信从地,紧靠着他;有的,较为大意,远远地蹲着。一切都是经过缜密的观察而描绘的。笨拙的素描中藏着客观的写实与清新的幻想。

圣者的手,描得很坏,小鸟也画得太大,飞鸟也飞得不行。十八世纪以来的动物画家可以画得比他高明十倍。他的树,像纸板做的一样。但是我们看了圣者向小鸟说教,小鸟谛听圣者布道的情景,我们感动到忘了它一切形式上的笨拙。原来那些技巧,只要下一番功夫就可做到的。

此外,这种新艺术形式所需要的特殊的长处,是前此的画家们所从未想到的:在构图方面,它更需要严肃与聪明;在观察方面,更需要真实性。

在描写历史或传说的绘画中,第一要选择能够归纳全部故事的时间。一幅历史画应该由我们去细心组织。画家应当把衬托事实使其愈益显明的小部分搜罗完备;更当把一幅画的题材,含蓄在表明一件事实的一举手一投足的那一分钟内。

可是,对于乔托,一件史实的明白的表现,还是不够;他更要传达故事中的热情来感动观众,因此,他不独要选择可以概括全部事实的顶点,并且还要使画中的人物所表现的顶点的时间,同时是观众们感动得要下泪的时间。在《圣方济各出家》一画中,这一个时间便是方济各脱下衣服投在他父亲脚下、阿西西城主教把一件大氅替他遮蔽裸体的一幕。他父亲的震怒,使旁人不得不按住了他阻止他去鞭挞他的儿子。路上的小儿,亦为了这幕紧张的戏剧而叫喊着,在两旁投掷石子。在《基督在十字架下》(今译《哀悼基督》)一画中,乔托选择了圣母俯在耶稣的脸上、想在他紧闭的眼皮下面寻找她孺子的最后一瞥的时间。

如果要一幅画能够感动我们,那么还得要有准确而特殊的动作,因为动作是显示画中人物的内心境界的。在这一点上,乔托亦有极大的成功。

《圣方济各在苏丹廷上》那幅壁画,据当时的记载,有下列这样的一桩典故:

圣者一直旅行到信仰回教的国中,大家都佩服他的德行,他们的苏丹(即回教国君主之称)想把他留下。圣方济各受了神的启示,就说:"如果你答应崇拜基督,那么,我为了爱基督之故就留在你们这里。你如果不愿意,我可给你一个证据,使你明白你的宗教与我的宗教孰真孰伪。生起火来,我答应和我的弟兄们走到火里去;你那里,也同你的僧徒一起蹈火。"苏丹声明他相信他的僧徒中，没有一个敢接受这种真理的试验。圣方济各又说："你答应放弃对于穆罕默德宗教的信仰罢，我们可以立刻踏到火焰中去。"这时候，他已撩起衣裙，做着预备向前的姿势。然而苏丹没有接受他的条件。

乔托的壁画，即是描绘那"撩起衣裙，预备向前"的一刹那。画中一共有六个人，都感着极强烈的而又互相不同的情绪。六个人个个都在准确明白的姿势中，表出他们的心境。苏丹的僧徒们，正在惊惶逃避，他们大张着衣裙以避炉火的热度，并可借此看不见圣徒蹈火的可怕的情景。圣者的弟兄们做着惊骇的姿势。苏丹，在王座上，命令他的僧徒不许离去。在这纷乱的场合中间，圣方济各的动作即有两种意义：第一，表明他是跣足着，第二，表明撩起衣裙，乃是准备举步。

这般生动的描写，当然非金碧辉煌的拜占庭艺术所可同日语了。

那幅画上的人物，且是对称地排列着如浮雕一般。苏丹的王座在正中，炉火与圣者就在他的身旁。全部的人物只在一个行列上。

他的素描与构图同样是单纯，简洁。这是乔托的特点。

乔托全部作品，都具有单纯而严肃的美。这种美与其他的美一样，是一种和谐：是艺术的内容与外形的和谐；是传说的天真可爱，与画家的无猜及朴素的和谐；是情操与姿势及动作的和谐；是艺术品与真理的和谐；是构图、素描与合乎壁画的宽大的手法及取材的严肃的和谐。

现代美术史家贝伦森（B. Berenson）曾谓："绘画之有热情的流露，生命的自白，与神明之皈依者，自乔托始。"

实在，这热情的流露，生命的自白，与神明之皈依，就是文艺复兴绘画所共有的精神。那么，乔托之被视为文艺复兴之先驱与翡冷翠画派之始祖，无论从精神言或形式言，都是精当不过的评语了。

第二讲　多那太罗之雕塑

多那太罗（Donatello di Betto Bordi，一三八六——一四六六）一生丰富的制作，值得我们先加一番全体的研究，它们的发展程序，的确和外界的环境与艺术家个人的情操协调一致。

对于多那太罗全部雕塑的研究，第一使我们感到兴趣的是，一个伟大的天才，承受了他前辈的以及同时代的作家的影响之后，驯服于学派及传统的教训之后，更与当时一般艺人同样仔细观察过了时代以后，渐渐显出他个人的气禀（tempérament），肯定他的个性，甚至到暮年时不惜趋于极端而沦入于"丑的美"的写实主义中去。这种曲线的发展，在诗人与艺术家中间，颇有许多相同的例子。法国十七世纪悲剧作家高乃依（Corneille），在早年时所表现的英勇高亢的精神，成就了他在近世悲剧史上崇高的地位；但这种思想到他暮年时不免成为极端的、故意造作的公式。雨果（Hugo）晚年也充满了任性、荒诞的、幻想的诗。米开朗琪罗早年享盛名的作品中的精神，到了六十余岁画西斯廷礼拜堂的《最后之审判》时，也成了固定呆板的理论。

同样，多那太罗老年，当他已经征服群众、万人景仰、仇敌披靡、再也不用顾虑什么舆论之时，他完全任他坚强的气禀所主宰了。就在这种情形中，多氏完成了他最后的四部曲——《施洗者圣约翰》Saint John the Baptist、《抹大拉的马利亚》St. Magdelaine，及两座圣洛伦佐（San Lorenzo）教堂的宝座。在对付题材与素材上，他从没如此自由，如此放纵。黄土一到他的手里，就和他个人的最复杂的情操融合了。他使群众高呼，使天神欢唱，白石、黄金、古铜——尤其是古铜，已不复是矿质的材料，而是线条、光暗的游戏了。一切都和他的格外丰富格外强烈的生命合奏。可是，在他这般热烈地制作的时候，他似乎忘记了艺术，忘记了即使是最高的艺术亦需要节制。在这一点上，两种"美"——表情美与造型美可以联合一致，使作品达到格外完满的"美"。但多那太罗有时因为要表现纯粹的精神生活，竟遗弃外形的美。法国拉伯雷（Rabelais）曾经说过："要创造天使并不是毫无危险的事"，这句话简直可以拿来批评多氏的艺术。

十五世纪初年，多那太罗二十五岁。翡冷翠，多氏的故乡，正是雕刻家们的一个大厂房。每个教堂中装点满了艺术品，稍稍有些势力的人，全要学做艺术的爱好者与保护人。艺术家是那么多，把时代与环境作一个比拟，正好似二十世纪的巴黎。在全部厂房中，翡冷翠大寺和钟楼的厂房，与金圣米迦勒厂房算是最重要的两个。一天，金圣米迦勒厂房也委托多那太罗塑像，这表示他已被认为第一流艺人了。

一四一二年，他的作品《圣马可》完成了。那是依据了传统思想与传统技巧所作的雕像，是十三世纪以来一切雕塑家所表现的圣者的模样。圣马可手里拿着一册书，就是所谓《福音》。庄严的脸上，垂着长须，一直悬到胸前。衣褶是很讲究地塑成的。雕刻家们已经从希腊作品中学得了秘诀：衣褶必须随着身体的动作而转折。因此，多氏对于圣马可的身体，先给了它一个很显明的倾侧的姿势，然后可使衣褶更繁复、更多变化。外氅的褶痕，都是垂直地向支持整个体重的大腿方面下垂。这一切都与传统符合。米开朗琪罗曾经说过：这样一个好人，真教人看了不得不相信他所宣传的《福音》！

圣马可的手，可是依了自然的模型而雕塑的了。这是又粗又大的石工的手。右手放在大腿旁边，好似不得安放。多那太罗全部作品中都有这个特点。一个惯于劳作的工人，当他放下工具的时候，往往会有双手无措的那种情景。多氏就是这样一个工人。他雕像上的手，永远显得没有着落，这"没有着落"，是他不知怎样使用的"力"在期待着施展的机会。

《使徒圣约翰》是同时代之作。他的眼睛、粗大的腰，以及全部形象，令人一见要疑惑是米开朗琪罗的《摩西》的先驱。但在仔细研究之后，即发见圣约翰的脸庞是根据了活人的模型而细致地描绘下来的。手中拿着《福音》，衣褶显然紧随着身体的动作。一切都没有违背工作室里的规律。是多那太罗二十五至三十岁间的作品。

三十岁左右时，金圣米迦勒教堂托他塑《圣乔治》。

这是一个通俗的圣者。今日法文中还有一句俗语："美如圣乔治。"

圣乔治，据传说所云，是罗马的一个法官。他旅行到小亚细亚的迦巴杜斯。那里正有一条从邻近地方来的恶龙为患：当地人士为满足恶龙的淫欲起见，每逢一定的日期，要送一个活人给它享用。那次抽签的结果，正轮着国王的女儿去做牺牲品。圣乔治激于义愤，就去和恶龙斗了一场，把它重重地创伤了，还叫国王的女儿用带子拖拽回来。因为圣乔治是基督徒，所以全城都改信了基督教，以示感激。

这个传说中的圣乔治,在艺术家幻想中,成为一个勇武的骑士的典型。因为他对于少女表显忠勇,故他的相貌特别显得年轻而美丽。

多那太罗的白石雕像,表现圣乔治威武地站着,左手执着盾,右手垂在身旁,那种无可安放的情景,在上面已特别申说过了。紧握的拳头,更加增了强有力的感觉。

肩上挂着一件小小的外衣,使整个雕像不致有单调之感。这件外衣更形成了左臂上的不少衣褶,使手腕形成许多阴暗的部分。这样穿插之下,作品全部便显得丰富而充实了。

然而它的美还不在此。圣乔治固然是一个美少年,但他也是一个勇武的兵士。故多那太罗更要表现他的勇。表现勇并不在于一个确切的动作,而尤在乎雕像的各小部分。肉体应得传达灵魂。罗丹(H. Rodin)有言:"一个躯干与四肢真是多么无穷!我们可以借此叙述多少事情!"这里,圣乔治满身都是勇气,他全体的紧张,僵直的两腿,紧执盾柄的手,以至他的目光,他的脸部的线条,无一不表现他严重沉着的力。但整个雕像的精神,多那太罗还没有排脱古雕塑的宁静的风格。

多那太罗不独要表现圣乔治的像希腊神道那样的美,而且要在强健优美的体格中,传达出圣乔治坚定的心神的美,与紧张的肉体的美。这当然是比外表的美蕴藏着更强烈的生命。

渐渐地,多那太罗的个性表露出来了。

他的《圣马可》与《使徒圣约翰》,已经显得是少年时代的产物。多氏在《圣乔治》中的面目既已不同,而当他为翡冷翠钟楼造像时,他更显露、而且肯定了他的气禀。这是在一四二三至一四二六年中间,多那太罗将近四十岁的时光。

他这时代最著名的雕塑,要算是俗称为《祖孔》Zuccone 的那座先知像。它不独离《圣马可》的作风甚远,即和《圣乔治》亦迥不相侔了。

在《祖孔》中,再没有庄严的面貌,垂到胸前的长须,安排得很巧妙的衣褶,一切传统的法则都不见了。这是一个秃顶的尖形的头颅,配着一副瘦削的脸相,一张巨大的口:绝非美男子的容仪,而是特别丑陋的形相。的确,他已不是以前作品中所表现的先知者,而是一座忠实的肖像了。那个模特儿名叫吉里吉尼(Barduccis Chirichini)。为圣徒造像而用真人作模型,才是雕塑史上的新纪元啊!多那太罗已和传统决绝而标着革命旗帜了。

《祖孔》与《圣乔治》一样,是像要向前走的模样。这是动作的暗示,多氏许多重要作品,都有这类情景。雕像上并没有随着肉体的动作而布置的衣褶，整个身躯只是包裹在沉重的布帛之下。左手插在衣带里，右臂垂着。我们可说多氏把一切艺术的辞藻都废弃了，他只要表现那副傻相，使作品的丑更形明显。翡冷翠艺术一向是研究造型美的，至此却被多氏放弃了。艺术家尽情地摹写自然，似乎他认为细致准确的素描，即是成全一件作品的"美"。然而他的个性，并不就在这狭隘的观念中找到满足。他另外在寻求"美"，这"美"，他在表白"内心"的线条中找到了。相传这像完成之后，多那太罗对着它喊道："可是，你说，你说，开口好了！"这个传说不知真伪，但确有至理。《祖孔》是一个在思索、痛苦、感动的人。

他的面貌虽然丑，但毕竟是美的，——只是另外一种美罢了。他的美是线条所传达出来的精神生活之美。那张大口，旁边的皱痕，是宿愁旧恨的标记；身体似乎支持不了沉重的衣服：低侧的肩头，表示他的困顿。双目并非是闭了，而是给一层悲哀的薄雾蒙住了。

可是这悲哀，又是从哪里来的？是模特儿刻画在脸上的一生痛苦的标记，由多那太罗传模下来的呢，还是许多伟大的天才时常遗留在他们作品中间的"思想家的苦闷"？不用疑惑，当然是后者的表白。这是印在心魂上的人类的苦恼：莎士比亚、但丁、莫里哀、雨果，都曾唱过这种悲愁的诗句。在一切大诗人中，多那太罗是站在米开朗琪罗这一行列上的。

由此我们可以懂得多那太罗之被称为革命家的理由。他知道摆脱成法的束缚，摆脱古艺术的影响，到自然中去追索灵感。后来，他并且把艺术目标放到比艺术本身还要高远的地位，他要艺术成为人类内心生活的表白。多那太罗的伟大就在这点，而其普遍地受一般人爱戴，亦在这点。他不特要刺激你的视觉，且更要呼唤你的灵魂。

多那太罗作品中尤其值得我们注意的，是《施洗者圣约翰》。他一生好几个时代都采用这个题材，故他留下这个圣者的不少的造像。对于这一组塑像的研究，可以明了他自从《祖孔》一像肯定了他的个性以后，怎样地因了年龄的增长而一直往独特的个人的路上发展，甚至在暮年时变成不顾一切的偏执。

施洗者圣约翰是先知者撒迦利亚（Zachaire）的儿子、为基督行洗礼的人，故他可称为基督的先驱者。年轻的时候，他就隐居苦修，以兽皮蔽体，在山野中以蜂蜜野果充饥。

翡冷翠博物馆中的《施洗者圣约翰》的浮雕（一四三〇年），和一般意大利画家及雕刻家们所表现的圣者全然不同，它是代表童年时代的圣者，在儿童的脸上已有着宣传基督降世的使者的气概。惘然的眼色，微俯的头，是内省的表示；大张的口，是惊讶的情态；一切都指出这小儿的灵魂中，已预感到他将来的使命。

同时代，多那太罗又做了一个圣者的塑像，也放在翡冷翠美术馆。那是施洗者圣约翰由童年而进至少年，在荒漠中隐居的时代。他的肉体因为营养不足——上面说过，他是靠蜂蜜野果度日的——已经瘦瘠得不成人形了，只有精神还存在。他披着兽皮，手中的十字杖也有拿不稳的样子，但他还是往前走，往哪个目的走呢？只有圣者的心里明白。

一四五七年，多那太罗七十一岁。他的权威与荣名都确定了。他重又回到这个圣者的题材上去（此像现存锡耶纳大寺）。施洗者圣约翰周游各地，宣传基督降世的福音。他老了，简直不像人了，只剩一副枯骨。腿上的肌肉消削殆尽，手腕似一副紧张的绳索，手指只有一掬快要变成化石的骨节。老人的头，在这样一个躯干上显得太大。然而他张着嘴，还在布道。

这座像，雕刻家是否只依了他的幻想塑造的？我们不禁要这样发问。因为人世之间，无论如何也找不出木乃伊式的模特儿，除非是死在路旁的乞丐。而且，不少艺术家，往往在晚年时废弃模特儿不用。显然的，多那太罗此时对于趣味风韵这些规律，一概不讲究了。内心生活与强烈的性格的表白是他整个的理想。

《抹大拉的马利亚》一像，也是这时代的雕塑。

这是代表一个青年时代放浪形骸、终于忏悔而皈依宗教、隐居苦修的女圣徒。整个的肉体，——不，——不是肉体，而是枯老的骨干——包裹在散乱的头发之中。她要以老年时代的苦行，奉献于上帝，以补赎她一生的罪愆。因此，她合着手在祈祷。她不再需要任何粮食，她只依赖"祈求"来维持她的生命。身体么？已经毁灭了，只有对于神明的热情，还在燃烧。

多那太罗少年的时候，和传统决绝而往自然中探求"美"，这是他革命的开始。

其次，他在作品中表现内心生活和性格，与当时侧重造型美的风气异趣：这是他艺术革命成功的顶点。

最后他在《施洗者圣约翰》及《抹大拉的马利亚》诸作中，完全弃绝造型美，而以表现内心生活为惟一的目标时，他就流入极端与褊枉之途。这是他的错误。如果最高的情操没有完美的形式来做他的外表，那么，这情操就没有激动人类心灵的力量。

第三讲　波提切利之妩媚

洛伦佐·梅迪契（Lorenzo Medici，一四四八——一四九二）治下的翡冷翠，正是意大利文艺复兴的黄金时代。这位君主承继了他祖父科西莫·梅迪契（Cosimo Medici，一三八九——一四六四）的遗业，抱着祈求和平的志愿，与威尼斯、米兰诸邦交睦，极力奖励美术，保护艺人。我们试把当时大艺术家的生卒年月和科西莫与洛伦佐两人的作一对比，便可见当时人才济济的盛况了。

科西莫·梅迪契生于一三八九年，卒于一四六四年
洛伦佐·梅迪契生于一四四八年，卒于一四九二年

在一三八九至一四九二年间产生的大家，有：
弗拉·安吉利科（Fra Angelico）生于一三八七年，卒于一四五五年
马萨乔（Masaccio）生于一四〇一年，卒于一四二八年
菲利波·利比（Filippo Lippi）生于一四〇六年，卒于一四六九年
波提切利（Botticelli）生于一四四五年，卒于一五一〇年
吉兰达约（Ghirlandaio）生于一四四九年，卒于一四九四年
达·芬奇生于一四五二年，卒于一五一九年
拉斐尔生于一四八三年，卒于一五二〇年
米开朗琪罗生于一四七五年，卒于一五六四年

以上所举的八个画家，自安吉利科起直至米开朗琪罗，可说都是生在科西莫与洛伦佐的时代，他们艺术上的成功，直接或间接地受到当地君主的提倡赞助，也就可想而知了。至于其他第二三流的作家受过梅迪契一家的保护与优遇者当不知凡几。

而且，不独政治背景给予艺术家这个千载一时的机会，即其他的各种学术空气、思想酝酿，也都到了百花怒放的时期：三世纪以来暗滋潜长的各种思想，至此已完全瓜熟蒂落。

《伊利亚特》*Illiade* 史诗的第一种译本出现了,荷马著作的全集也印行了,儿童们都讲着纯正的希腊语,仿佛在雅典本土一般。

到处,人们在发掘、收藏、研究古代的纪念建筑,临摹古艺术的遗作。

怀古与复古的精神既如是充分地表现了,而追求真理、提倡理智的科学也毫不落后:这原来是文艺复兴期的两大干流,即崇拜古代与探索真理。哥白尼(Copernicus,一四七三——一五四三)的太阳系中心说把天文学的面目全改变了,炼金术也渐渐变为纯正的化学,甚至绘画与雕刻也受了科学的影响,要以准确的远近法为根据。(达·芬奇即是一个画家兼天文学家、数学家、制造家。)

梅迪契祖孙并创办大学,兴立图书馆,搜罗古代著作的手写本。大学里除了翡冷翠当地的博学鸿儒之外,并罗致欧洲各国的学者。他们讨论一切政治、哲学、宗教等等问题。

这时候,人们的心扉正大开着,受着各种情感的刺激,呼吸着新鲜的学术空气:听完了柏拉图学会的渊博精湛的演讲,就去听安东尼的热烈的说教。他们并不觉得思想上有何冲突,只是要满足他们的好奇心与求知欲。

此外,整个社会正度着最幸福的岁月。宴会、节庆、跳舞、狂欢,到处是美妙的音乐与歌曲。

这种生活丰富的社会,自然给予艺术以一种新材料,特殊的而又多方面的材料。人文主义者用古代的目光去观察自然,这已经是颇为复杂的思想了,而画家们更用人文主义者的目光去观照一切。

艺术家一方面追求理想的美,一方面又要忠于现实;理想的美,因为他们用人文主义的目光观照自然,他们的心目中从未忘掉古代;忠于现实,因为自乔托以来,一直努力于形式之完美。

这错综变化、气象万千的艺术,给予我们以最复杂最细致最轻灵的心底颤动,与十八世纪的格鲁克(Gluck)及莫扎特(Mozart)的音乐感觉相仿佛。

波提切利即是这种艺术的最高的代表。

一切伟大的艺术家,往往会予我们以一组形象的联想。例如米开朗琪罗的痛苦悲壮的人物,伦勃朗(Rembrandt)的深沉幽怨的脸容,华托的绮丽风流的景色,等等,都和作者的名字同时在我们脑海中浮现的。波提切利亦是属于这一类的画家。他有独特的作风与面貌,他的维纳斯,他的圣母与耶稣,在一切维纳斯、圣母、耶稣像中占着一个特殊的地位。他的人物特具一副妩与神秘的面貌,即世称为"波提切利的妩媚",至于这妩媚的秘密,且待以后再行论及。

> 媚 grace 可译为妩媚、温雅、风流、娇丽、婀娜等义。在神话上亦可译为"散花天女"。——编者注

波氏最著名的作品,首推《春》与《维纳斯之诞生》二画。

《春》这名字,据说是瓦萨里(Vasari,一五一一——一五七四)_{意大利画家、建筑家兼博学家,为米开朗琪罗之信徒,著有《名画家、名雕家、名建筑家传略》。——编者注}起的,原作是否标着此题,实一疑问:德国史家对于此点,尤表异议,但此非本文所欲涉及,姑置勿论,兹且就原作精神略加研究:

据希腊人的传说与信仰,自然界中住着无数的神明:农牧之神(Faun,法乌恩)、半人半马神(Satyrus,萨堤罗斯)、山林女神(Dryads,德律阿得斯)、水泽女神(Naiads,那伊阿得斯)等。拉丁诗人贺拉斯(Horace)曾谓:春天来了,女神们在月光下回旋着跳舞。卢克莱修(Lucretius)亦说:维纳斯慢步走着,如皇后般庄严,她往过的路上,万物都萌芽滋长起来。

波提切利的《春》,正是描绘这样轻灵幽美的一幕。春的女神抱着鲜花前行,轻盈的衣褶中散满着花朵。她后面,跟着花神(Flora,佛罗拉)与微风之神(Zephyrus,仄费洛斯)。更远处,三女神手牵手在跳舞。正中,是一个高贵的女神维纳斯。原来维纳斯所代表的意义就有两种:一是美丽和享乐的象征,是拉丁诗人贺拉斯、卡图卢斯(Catullus)、提布卢斯(Tibullus)等所描写的维纳斯;一是世界上一切生命之源的代表,是卢克莱修诗中的维纳斯。波提切利的这个翡冷翠型的女子,当然是代表后一种女神了。至于三女神后面的那人物,即是雄辩之神(Mercury,墨丘利)在采撷果实。天空还有一个爱神在散放几支爱箭。

草地上、树枝上、春神衣裾上、花神口唇上,到处是美丽的鲜花,整个世界布满着春的气象。

然而这幅《春》的构图,并没像古典作品那般谨严,它并无主要人物为全画之主脑,也没有巧妙地安排了的次要人物作为衬托。在图中的许多女神之中,很难指出哪一个是主角;是维纳斯?是春之女神?还是三女神?雄辩之神那种旋转着背的神情,又与其余女神有何关系?

这也许是波氏的弱点;但在拉丁诗人贺拉斯的作品中,也有很著名的一首歌曲,由许多小曲连缀而成的:但这许多小曲中间毫无相互连带的关系,只是好几首歌咏自然的独立的诗。由此观之,波提切利也许运用着同样的方法。我们可以说他只把若干轻灵美妙的故事并列在一起,他并不费心去整理

一束花，他只着眼于每朵花。

画题与内容之受古代思想影响既甚明显，而其表现的方法，也与拉丁诗人的手段相似；那么，在当时，这确是一件大胆而新颖的创作。迄波氏止，绘画素有为宗教作宣传之嫌，并有宗教专利品之目，然而时代的转移，已是异教思想和享乐主义渐渐复活的时候了。

现在试将《春》的各组人物加以分别的研究：第一是三女神，这是一组包围在烟雾似的氛围中的仙女，她们的清新飘逸的丰姿，在林木的绿翳中显露出来。我们只要把她们和拉斐尔、鲁本斯（Rubens）以至十八世纪法国画家们所描绘的"三女神"作一比较，即可见波氏之作，更近于古代的、幻忽超越的、非物质的精神。她们的婀娜多姿的妩媚，在高举的手臂，伸张的手指，微倾的头颅中格外明显地表露出来。

可是在大体上，"三女神"并无拉斐尔的富丽与柔和，线条也许太生硬了些，左方的两女神的姿势太相像。然这些稚拙反给予画面以清新的、天真的情趣，为在更成熟的作品中所找不到的。

春神，抱着鲜花，婀娜的姿态与轻盈的步履，很可以把"步步莲花"的古典去形容她。脸上的微笑表示欢乐，但欢乐中含着悯然的哀情，这已是达·芬奇的微笑了。笑容中藏着庄重、严肃、悲愁的情调，这正是希腊哲人伊壁鸠鲁（Epicurus）的精神。

在春之女神中，应当注意的还有二点：

一、女神的脸庞是不规则的椭圆形的，额角很高，睫毛稀少，下巴微突；这是翡冷翠美女的典型，更由波氏赋予细腻的、严肃的、灵的神采。

二、波氏在这副优美的面貌上的成功，并不是特殊的施色，而是纯熟的素描与巧妙的线条。女神的眼睛、微笑，以至她的姿态、步履、鲜花，都是由线条表现的。

维纳斯微俯的头，举着的右手，衣服的褶痕，都构成一片严肃、温婉、母性的和谐。母性的，因为波提切利所代表的维纳斯，是司长万物之生命的女神。

至于雄辩之神面部的表情，那是更严重更悲哀了，有人说他像朱利安·梅迪契（Julian Medici 洛伦佐的兄弟，一四七八年被刺殒命。——编者注，但这个悲哀的情调还是波提切利一切人像中所共有的，是他个人的心灵的反映，也许是一种哲学思想之征象，如上面所说的伊壁鸠鲁派的精神。他的时代原来有伊壁鸠鲁哲学复兴的潮流，故对于享乐的鄙弃与对于虚荣的厌恶，自然会趋向于悲哀了。

波提切利所绘的一切圣母尤富悲愁的表情。

圣母是耶稣的母亲,也是神的母亲。她的儿子注定须受人间最惨酷的极刑。耶稣是儿子,也是神,他知道自己未来的运命。因此,这个圣母与耶稣的题目,永远给予艺术家以最崇高最悲苦的情操:慈爱、痛苦、尊严、牺牲、忍受,交错地混和在一起。

在《圣母像》Madone du Magnificat 一画中,圣母抱着小耶稣,天使们围绕着,其中两个捧着皇后的冠冕。一道金光从上面洒射在全部人物头上。另外两个天使拿着墨水瓶与笔。背景是平静的田野。

全画的线条汇成一片和谐。全部的脸容也充满着波氏特有的"妩媚",可是小耶稣的手势、脸色,都很严肃,天使们没有微笑,圣母更显得怨哀:她心底明白她的儿子将来要受世间最残酷的磨折与苦刑。

圣母的忧戚到了《格林纳达圣母像》Madone de la Grenade 一画中,尤显得悲怆。构图愈趋单纯:圣母在正中抱着耶稣,给一群天使围着;她的大氅从身体两旁垂下,衣褶很简单;自上而下的金光,在人物的脸容上也没有引起丝毫反光。全部作品既没有特别刺激的处所,我们的注意力自然要集中在人物的表情方面去了。这里,还是和其他的圣母像一样,是表现哀痛欲绝的情绪。

现在,我得解释"波提切利之妩媚"的意义和来源。

第一,所谓妩媚并非是心灵的表象,而是形式的感觉。波提切利的春神、花神、维纳斯、圣母、天使,在形体上是妩媚的,但精神上却蒙着一层惘然的哀愁。

第二,妩媚是由线条构成的和谐所产生的美感。这种美感是属于触觉的,它靠了圆味(即立体感)与动作来刺激我们的视官,宛如音乐靠了旋律来刺激我们的听觉一样。因此,妩媚本身就成为一种艺术,可与题材不相关联;亦犹音乐对于言语固是独立的一般。

波氏构图中的人物缺乏谨严的关联,就因为他在注意每个形象之线条的和谐,而并未用心去表现主题。在《维纳斯之诞生》中,女神的长发在微风中飘拂,天使的衣裙在空中飞舞,而涟波荡漾;更完成了全画的和谐,这已是全靠音的建筑来构成的交响乐情调,是触觉的、动的艺术,在我们的心灵上引起陶醉的快感。

第四讲　莱奥纳多·达·芬奇（上）
——《瑶公特》与《最后之晚餐》

《瑶公特》这幅画的声名、荣誉及其普遍性，几乎把达·芬奇的其他的杰作都掩蔽了。画中的主人公原是翡冷翠人焦孔多（Francesco del Giocondo）的妻子蒙娜·丽莎（Mona Lisa）。"瑶公特"则是意大利文艺复兴期诗人阿里奥斯托（Ariosto，一四七四——一五三三）所作的短篇故事中的主人翁的名字，不知由于怎样的因缘，这名字会变成达·芬奇名画的俗称。

提及达·芬奇的名字，一般人便会联想到他的人物的"妩媚"，有如波提切利一样。然而达·芬奇的作品所给予观众的印象，尤其是一种"销魂"的魔力。法国悲剧家高乃依有一句名诗：

"一种莫名的爱娇，把我摄向着你。"

这超自然的神秘的魔力，的确可以形容达·芬奇的"瑶公特"的神韵。这副脸庞，只要见过一次，便永远离不开我们的记忆。而且"瑶公特"还有一般崇拜者，好似世间的美妇一样。第一当然是莱奥纳多自己，他用了虔敬的爱情作画，在四年的光阴中，他令音乐家、名曲家、喜剧家围绕着模特儿，使她的心魂永远沉浸在温柔的愉悦之中，使她的美貌格外显露出动人心魄的诱惑。一五〇〇年左右，莱奥纳多挟了这件稀世之宝到法国，即被法王弗朗西斯一世以一万二千里佛（法国古金币）买去。可见此画在当时已博得极大的赞赏。而且，关于这幅画的诠释之多，可说世界上没有一幅画可和它相比。所谓诠释，并不是批评或画面的分析，而是诗人与哲学家的热情的申论。

然而这销魂的魔力，这神秘的爱娇，究竟是从哪里来的？莱奥纳多的目的，原要表达他个人的心境，那么，我们的探讨，自当以追寻这迷人的力量之出处为起点了。

这爱娇的来源，当然是脸容的神秘，其中含有音乐的"摄魂制魄"的力量。一个旋律的片段，两拍子，四音符，可以扰乱我们的心绪以致不得安息。它们会唤醒隐伏在我们心底的意识，一个声音在我们的灵魂上可以连续延长至无穷尽，并可引起我们无数的思想与感觉的颤动。

在音阶中，有些音的性质是很奇特的。完美的和音（accord）给我们以宁静安息之感，但有些音符却恍惚不定，需要别的较为明白确定的音符来做它的后继，以获得一种意义。据音乐家们的说法，它们要求一个结论。不少歌伶利用这点，故意把要求结论的一个音符特别延长，使听众急切等待那答语。所谓"音乐的摄魂制魄的力量"，就在这恍惚不定的音符上，它呼喊着，等待别个音符的应和。这呼喊即有销魂的魔力与神秘的烦躁。

某个晚上，许多艺术家聚集在莫扎特家里谈话。其中一位，坐在格拉佛桑（钢琴以前的洋琴）前面任意弹弄。忽然，室中的辩论渐趋热烈，他回过身来，在一个要求结论的音符上停住了。谈话继续着，不久，客人分头散去。莫扎特也上床睡了。可是他睡不熟，一种无名的烦躁与不安侵袭他。他突然起来，在格拉佛桑上弹了结尾的和音。他重新上床，睡熟了，他的精神已经获得满足。

这个故事告诉我们音乐的摄魂动魄的魔力，在一个艺术家的神经上所起的作用是如何强烈，如何持久。莱奥纳多的人物的脸上，就有这种潜在的力量，与飘忽的旋律有同样的神秘性。

这神秘正隐藏在微笑之中，尤其在"瑶公特"的微笑之中！单纯地望两旁抿去的口唇便是指出这微笑还只是将笑未笑的开端。而且是否微笑，还成疑问。口唇的皱痕，是不是她本来面目上就有的？也许她的口唇原来即有这微微地望两旁抿去的线条？这些问题是很难解答的。可是这微笑所引起的疑问还多着呢：假定她真在微笑，那么，微笑的意义是什么？是不是一个和蔼可亲的人的温婉的微笑，或是多愁善感的人的感伤的微笑？这微笑，是一种蕴藏着的快乐的标帜呢，还是处女的童真的表现？这是不容易且也不必解答的。这是一个莫测高深的神秘。

然而吸引你的，就是这神秘。因为她的美貌，你永远忘不掉她的面容，于是你就仿佛在听一曲神妙的音乐，对象的表情和含义，完全跟了你的情绪而转移。你悲哀吗？这微笑就变成感伤的，和你一起悲哀了。你快乐吗？她的口角似乎在牵动，笑容在扩大，她面前的世界好像与你的同样光明同样欢乐。

在音乐上，随便举一个例，譬如那通俗的《威尼斯狂欢节》曲，也同样能和你个人的情操融洽。你痛苦的时候，它是呻吟与呼号；你喜悦的时候，它变成愉快的欢唱。

"瑶公特"的谜样的微笑，其实即因为它能给予我们以最飘渺、最"恍惚"、最捉摸不定的境界之故。在这一点上,达·芬奇的艺术可说和东方艺术的精神相契了。例如中国的诗与画,都具有无穷(infini)与不定(indéfini)两元素,让读者的心神获得一自由体会、自由领略的天地。

当然,"瑶公特"这副面貌,于我们已经是熟识的了。波提切利的若干人像中,也有类似的微笑。然而莱奥纳多的笑容另有一番细腻的、谜样的情调,使我们忘却了波提切利的《春》、维纳斯和圣母。

一切画家在这件作品中看到谨严的构图,全部技巧都用在表明某种特点。他们觉得这副微笑永远保留在他们的脑海里,因为脸上的一切线条中,似乎都有这微笑的余音和回响。莱奥纳多·达·芬奇是发现真切的肉感与皮肤的颤动的第一人。在他之前,画家只注意脸部的轮廓,这可以由达·芬奇与波提切利或吉兰达约等的比较研究而断定。达·芬奇的轮廓是浮动的,沐浴在雾雾似的空气中,他只有体积;波提切利的轮廓则是以果敢有力的笔致标明的,体积只是略加勾勒罢了。

"瑶公特"的微笑完全含蓄在口缝之间,口唇挀着的皱痕一直波及面颊。脸上的高凸与低陷几乎全以表示微笑的皱痕为中心。下眼皮差不多是直线的,因此眼睛觉得扁长了些,这眼睛的倾向,自然也和口唇一样,是微笑的标识。

如果我们再回头研究她的口及下巴,更可发见蒙娜·丽莎的微笑还延长并牵动脸庞的下部。鹅蛋形的轮廓,因了口唇的微动,在下巴部分稍稍变成不规则的线条。脸部轮廓之稍有棱角者以此。

在这些研究上,可见作者在肖像的颜面上用的是十分轻灵的技巧,各部特征,表现极微晦;好似蒙娜·丽莎的皮肤只是受了轻幽的微风吹拂,所以只是露着极细致的感觉。

至于在表情上最占重要的眼睛,那是一对没有瞳子的全无光彩的眼睛。有些史家因此以为达·芬奇当时并没画完此作,其实不然,无论哪一个平庸的艺术家,永不会在肖像的眼中,忘记加上一点鱼白色的光;这平凡的点睛技巧,也许正是达·芬奇所故意摒弃的。因此这副眼神蒙着一层怅惘的情绪,与她的似笑非笑的脸容正相协调。

她的头发也是那么单纯,从脸旁直垂下来,除了稍微有些卷曲以外,只有一层轻薄的发网作为装饰。她手上没有一件珠宝的饰物,然而是一双何等美丽的手!在人像中,手是很重要的部分,它们能够表露性格。乔尔乔内(Giorgione)的《牧歌》中那个奏风琴者的手是如何瘦削如何紧张,指明他在社会上的地位与职业,并表现演奏时的筋肉的姿态。"瑶公特"的手,沉静地,单纯地,安放在膝上。这是作品中神秘气息的遥远的余波。

这个研究可以一直继续下去。我们可以注意在似烟似雾的青绿色风景中,用了何等的艺术手腕,以黑发与纱网来衬出这苍白的脸色。无数细致的衣褶,正是烘托双手的圆味(即立体感),她的身体更贯注着何等温柔的节奏,使她从侧面旋转头来正视。

我们永不能忘记,莱奥纳多·达·芬奇是历史上最善思索的一个艺术家。他的作品,其中每根线条,每点颜色,都曾经过长久的寻思。他不但在考虑他正在追求的目标,并也在探讨达到目标的方法。偶然与本能,在一般艺术制作中占着重要的位置,但与达·芬奇全不发生关系。他从没有奇妙的偶发或兴往神来的灵迹。

《最后之晚餐》是和《瑶公特》同样著名的杰作。这幅壁画宽八公尺半,高四公尺三寸,现存意大利米兰(Milan)城圣马利亚大寺的食堂中。制作时期约在一四九九年前后。莱奥纳多画了四年还没完成,寺中的修士不免厌烦,便去向米兰大公唠叨。大公把修士们的怨言转告达·芬奇,他辩护说,一个艺术家应有充分的时间工作,他并非是普通的工人,灵感有时是很使性的。他又谓图中的人像很费心思,尤其是那不忠实的使徒"犹大"的像,寺中的那个僧侣的面相,其实颇可作"犹大"的模特儿,……这几句话把大公说得笑开了,而寺中的僧侣恐怕当真被莱奥纳多把他画成叛徒犹大之像,也就默然了。

这幅画已经龟裂了好几处。有人说达·芬奇本来不懂得壁画的技巧才有此缺陷。其实,他是一个惯于沉静地深思的人,不欢喜敏捷的制作,然而这敏捷的手段,却是为壁画的素材所必需的。

壁画完成不久,寺院中因为要在食堂与厨房中间开一扇门,就把画中耶稣及其他的三个使徒的脚截去了。以后曾有画家把这几双脚重画过两次,可都是"佛头着粪",不高妙得很。等到拿破仑攻入意大利的时光,又把这食堂做了马厩,兵士们更向使徒们的头部掷石为戏。经过了这许多无妄之灾以后,这名画被摧残到若何程度,也就可想而知了。

幸而这幅画老早即有临本,这些临本至今还留存着,其中一幅是奥乔纳(Marc d'Oggine)在一五一〇年(按:即在莱奥纳多去世时)所摹的,临本的大小与原作无异,现存法国卢浮美术馆。米兰亦留有好几种临本,都还可以窥见真品的精神。

此外,我们还有达·芬奇为这幅壁画所作的草稿,在英国,在德国魏玛,在米兰本土，都保存着他的素描，这些材料当然比临本更可宝贵。

在未曾述及本画以前，先翻阅一下《圣经》上关于《最后之晚餐》的记载当非无益：

"那个晚上到了，耶稣和十二个使徒一同晚餐，他说：'我告诉你们真理，你们中间的一个会卖我。人类的儿子，将如预定的一般，离开世界。但把人类的儿子卖掉的人要获得罪谴，他还是不要诞生的好。'犹大，那个将来卖掉耶稣的使徒，说：'是我么？我主？'耶稣答道：'你自己说了。'"

"他们在用餐时，耶稣拿一块面包把它祝了福，裂开来分给众使徒，说：'拿着吃罢，这是我的肉体。'接着他又举杯，祝了福，授给他们，说：'你们都来喝这杯酒，这是我的血，为人类赎罪，与神求和的血。可是，我和你们说，在和你们一起在我父亲的天国里重行喝酒之前，我不再喝这葡萄的酒浆了。'说完，唱过赞美诗，他们一齐往橄榄山上去了。"

在这幕简短的悲剧中，有两个激动的时间：第一是耶稣说"你们中间的一个会卖我！"这句话的时间，众徒又是悲哀又是愤怒，都争问着："是我么？"——第二是耶稣说"这是我的肉体"、"这是我的血"几句话的时间。前后几句话即是《最后之晚餐》的整个意义。在故事的连续上，后一个时间比较重要得多；但第一个时间更富于人间性的热情及骚动。莱奥纳多所选择的即是这前一个时间。

时间到了。耶稣知道，使徒们也知道。这晚餐也许是最后的一餐了。耶稣在极端疲乏的时候，吐出"你们中间的一个会卖我！"的话，使众徒们突然骚扰惶惑，互相发誓作证。这是达·芬奇所要表现的各个颜面上的复杂的情调。

在技术方面，表现这幕情景有很大的困难。一般虔诚的教徒热望看到全部人物。乔托把他们画成有的是背影有的是正面，因为他更注意于当时的实地情景。安吉利科则画了几个侧影。而犹大，那个在耶稣以外的第一个主角，大半都画成独立的人物，站在很显著的地位。

莱奥纳多的构图则大异于是。他好像写古典剧一般把许多小枝节省略了。耶稣坐在正中，在一张直长的桌子前面，使徒们一半坐在耶稣的左侧，一半在右侧，而每侧又分成三个人的两小组。莱奥纳多对于桌面的陈设、食堂的布置，一切写实性的部分，完全看做不重要的安插。他的注意全不在此。

我们且来研究他的人物的排列：

耶稣在全部人物中占着最重要最明显的地位，第一因为他坐在正中，第二因为他两旁留有空隙，第三因为他的背后正对着一扇大开着的门或窗（?），第四因为耶稣微圆的双目，放在桌上的平静的手，与其他人物的激动惶乱，形成极显著的对照。大家（使徒们）都对他望着，他却不望任何人。耶稣完全在内省、自制、沉思的状态中。

十二个使徒，每侧六个，六个又分成三人的两小组，莱奥纳多为避免这种呆板的对称流入单调之故，又在每六个人中间，由手臂的安放与姿态动作的起落，组成相互连带的关系。

耶稣右手第一个，是使徒圣约翰，最年轻最优秀、为耶稣最爱的一个。右手第二个是不忠实的犹大，听见了基督的话而心虚地直视着他，想猜测他隐秘的思念。他同时有不安、恐怖与怀疑的心绪。手里握着钱，暗示他是一个贪财的人，为了钱财而卖掉他的主人。

如果把每个使徒的表情和姿势细细研究起来未免过于冗长。读者只要懂得故事的精神，再去体验画家的手腕，从各个人物的脸上看出各个人物的心事。他们的姿态举止更与全部人物形成对称或排比。

这种研究之于艺术家的修养，尤其是在心理表现与组织技能方面，实有无穷的裨益。莱奥纳多·达·芬奇并是历史上稀有的学者，关于他别方面的造诣，且待下一讲内专章论列。

第五讲　莱奥纳多·达·芬奇（下）
——人品与学问

　　法国十六世纪有一个大文学家，叫做拉伯雷（François Rabelais），在他的名著《伽尔刚蒂亚与邦太葛吕哀》（Gargantua et Pantagruel，又译《巨人传》）中，描写邦太葛吕哀所受的理想教育，在量和质上都是浩博得令人出惊，使近世教育家听了都要攻击，说这种教育把青年人的脑力消耗过度，有害他们精神上的健康。拉伯雷要教他画中的主人知道一切所可能知道的事情，而他的记忆能自动地应付并解答随时发生的问题。邦太葛吕哀的智识领域，可以用中国旧小说上几句老话来形容：上知天文，下知地理，无所不晓，靡所不通。而且他还有不醉之量，抱着伊壁鸠鲁派的乐天主义，杯酒消愁；高兴的时候，更能竞走击剑，有古希腊士风；那简直是个文武全材的英雄好汉了。

　　其实，怀抱这种理想的，不特在近世文明发轫的十六世纪有拉伯雷这样的人，即在十八世纪，亦有卢梭的《爱弥儿》；在二十世纪，亦有罗曼·罗兰的《约翰·克利斯朵夫》的典型的表现。自然，后者的学说及其实施方法较之十六世纪是大不相同了，在科学的观点上，也可说是进步了；但其出于造成"完人"的热诚的理想，则大家原无二致。

　　他们——这许多理想家——所祈望的人物，实际上有没有出现过呢？

　　如果是有的，那么，一定要推莱奥纳多·达·芬奇为最完全的代表了。

　　一四八六年，拉伯雷还在摇篮里的时光，达·芬奇已经三十多岁了。那时代的有名学者皮克·特·拉·米兰多拉（Pic de la Mirandola，一四六二—一四九一）曾列举一切学问范围以内的问题九百个，征求全世界学者的答案。这件故事不禁令人想起一件更古的传说。据柏拉图记载，希腊诡辩学者希庇亚斯，在奥林匹克大祭的集会中，向着世界各地的代表历举他的才能；他朗诵他的史诗、悲剧、抒情诗。他的靴子、刀、水瓶，都是他自己制的。的确，他并没有以获得什么竞走、角力等等的锦标自豪，不像拉伯雷的邦太葛吕哀，除了在文艺与科学方面是一个博学者外，还是一个善于骑马、赛跑、击剑的运动家。

　　上面说过，在拉伯雷之外，还有卢梭、罗曼·罗兰等都曾抱过这种创造

"完人"的理想，就是说每个时代的人类都曾做过这美妙的梦。无疑的，意大利民族，在文艺复兴时，尤其梦想一个各种官能全都完满地发展的人。他们并主张第一还要有"和谐"来主持，方能使一个人的身体的发展与精神的发展两不妨害而相得益彰。

在文艺复兴时期，身心和谐、各种官能达到均衡的发展的人群中，莱奥纳多尤其是一个惊人的代表。

达·芬奇于一四五二年生于翡冷翠附近的一个小城中，那个城的名字就是他的姓——芬奇（Vinci）。他的父亲是城中的画吏。莱奥纳多最初进当时的名雕刻家委罗基奥的工作室。

迄一四八三年他三十一岁时为止，达·芬奇一直住在翡冷翠。以后他到米兰大公府中服务，直到一四九九年方才他去。这十六年是达·芬奇一生创作最丰富的时代。

从此以后他到处飘流。一五〇一年他到威尼斯，一五〇七年又回米兰，一五一三年去罗马，依教皇利奥十世，一五一五年以后，他离开意大利赴巴黎。法王弗朗西斯一世款以上宾之礼。一五一九年，达·芬奇即逝世于客地。据传说所云，他临死时，法王亲自来向他告别。

这种流浪生涯是当时许多艺术家所共有的。他们忍受一种高贵的劳役生活。凡·艾克（Van Eyck）在勃艮第诸侯那里，鲁本斯在公乐葛宫中都是如此。可是最有度量的保护人也不过当他们是稀有的工人，似乎只有弗朗西斯一世之于达·芬奇，是抱着特别敬爱之情。

史家兼艺术家瓦萨里，在达·芬奇死后半世纪左右写他的传记，它的开始是这样虔诚的词句："有时候，上帝赋人以最美妙的天资，而且是毫无限制地集美丽、妩媚、才能于一身。这样的人无论做什么事情，他的行为总是值得人家的赞赏，人家很觉得这是上帝在他灵魂中活动，他的艺术已不是人间的艺术了。莱奥纳多正是这样的一个人。"

瓦萨里认识不少自身亲见莱奥纳多的人，他从他们那里采集得人家称颂莱奥纳多的许多特点："他把马蹄钉或钟锤在掌中捏成一块铝片——邦太葛吕哀不能比他更优胜了——他的光辉四射的美貌，生气勃勃的仪表，使最抑郁的人见了会恢复宁静；他的谈吐会说服最倔强的人；他的力量能够控制最强烈的愤怒。"

莱奥纳多还是一个动人的歌者。他到米兰时，在大公卢多维克·斯福查

（Ludowic Sforza）宫中，他用一种自己发明的乐器——形如马首一般的古琴参加某次音乐竞赛。他又表现他歌唱的才能，尤其是随时即兴的本领，使大公卢多维克·斯福查立刻宠视他。

他的服饰为当时的服装的模型。米兰、翡冷翠、巴黎，举行什么庆祝节会的时候，总要请他主持布置的事情。

他是画家，历史上有数的天才画家。他是《瑶公特》、《最后之晚餐》、《施洗者圣约翰》、《圣安妮》等名画的作者。他是雕刻家，他为斯福查大公所造的一座骑像，当时公认为神品。他是建筑家、工程师。他为各地制定引水灌溉的计划。总而言之，他是一个第一流的学者。

一四八三年，莱奥纳多决意离开翡冷翠去依附米兰大公，先写了一封奇特的信给大公。在这封信里（此信至今保存着），他像商人一般，天真地描写他所能做的一切；他说他可以教大公知道只有他个人所知道的一切秘密；他有方法造最轻便的桥可以追逐敌军；也有方法造最坚固的桥不怕敌人轰炸；他会在围攻城市时使河水干涸；他有毁坏炮台基础的秘法；他能造放射延烧物的大炮；他会造架载大炮的铁甲车，可以冲入敌阵，破坏最坚固的阵线，使后队的步兵得以易于前进。

如果是海战，他还可以造能抵御最猛烈的炮火的战舰，以及在当时不知名字的新武器。

在太平的时代，他将成为一个举世无双的建筑家，他会开掘运河，把这一省的水引到别一省去。

他在那封信里也讲起他的绘画与雕塑的才能，但他只用轻描淡写的口气叙述，似乎他专门注重他的工程师的能力。

这封毛遂自荐的信不是令人以为是在听希庇亚斯在奥林匹克场中的演说吗？不是令人疑惑它是上文所述的皮克·特·拉·米兰多拉所出的九百问题的回声吗？

芬奇真是一个怪才。他是一个"知道许多秘密的人"。这句话在他那封信中重复说过好几次。他保藏他的秘密，惟恐有人偷窃，所以他有许多手写的稿本是反写的。从右面到左面，必得用了镜子反映出来才能读。这些手迹在巴黎、伦敦，以及私人图书馆中都还保存着。他曾说他用这种方法写的书有一百二十部之多。

十五世纪，还是没有进入近代科学境域的时代。那时正在慢慢地排脱盲目的信仰与神迹的显灵。米兰大公夫人的医生，仍想用讲述某种神奇的故事来医治她的病。所以,如果莱奥纳多的思想中存留着若干迷信的观念,亦是毫不足怪的。但他究竟是当时的先驱者,他已经具有毫无利害观念的好奇心。对于他,一切都值得加以研究。他的心且随时可以受到感动。瓦萨里叙述他在翡冷翠时,常到市集去购买整笼的鸟放生。他放生的情景是非常有趣的:他仔仔细细地观察鸟的飞翔的组织,这是使他极感兴味的问题;他又鉴赏在日光中映耀着的羽毛的复杂的色彩;末了,他看到小鸟们振翼飞去重获自由的情景,心里感到无名的幸福。从这件小小的故事中,可以看到莱奥纳多为人的几方面:他是精细的科学家,是爱美的艺术家,又是温婉慈祥、热爱生物的诗人。

邦太葛吕哀所学习的,只是立刻可以见到功效的事物。苏格拉底所懂得的美,只是有用处的:他以为最美的眼睛是视觉最敏锐的。希腊人具有科学的好奇心,只以满足自己为其惟一的目标的时间,还是后来的事。莱奥纳多·达·芬奇是太艺术家了——在这个字的最高贵的意义上——他的目光与观念要远大得多。他在那部名著《绘画论》 *Traite dé Peinture* 中写道:"你有没有在阴晦的黄昏,观察过男人和女人们的脸?在没有太阳的微光中,它们显得何等柔和!在这种时间,当你回到家里,趁你保有这印象的时候,赶快把它们描绘下来罢。"达·芬奇相信美的目标、美的终极就在"美"本身,正如科学家对于一件学问的兴趣,即在这学问本身一般。

这个爱美的梦想者、慈祥的诗人,同时又有一个十分科学的头脑。他永远想使他的观察更为深刻,更为透彻,并在纷繁的宇宙中,寻出若干律令。在这一点上,他远离了中世纪而开近世科学的晨光熹微的局面。

他的思想的普遍性在历史上是极少见的。博学者的分析力与艺术家的易感性是如何难得融洽在一起!莱奥纳多的极少数的作品,应当视作联合几种官能的结晶品,这几种官能便是:观察的器官,善感的心灵,创造的想像力。世界所存留的达·芬奇的真迹不到十件,而几乎完全是小幅的。有几幅还是未完之作。

莱奥纳多作《最后之晚餐》一画,已费了四年的光阴,没有一个人物不是经过他长久而仔细的研究的。米开朗琪罗在五年之中把西斯廷礼拜堂的整个天顶都画好了;拉斐尔,在三十七岁上夭折的时候,已经完成了无数的杰作。从这个比较上可知拉斐尔只是一个画家,谁也不会说他除了绘画之外赋有如何卓越奇特的智慧。米开朗琪罗是一个大诗人、大思想家,但他除了西斯廷礼拜堂的天顶画与壁画以外,也只留存下多少未完成的作品。莱奥纳多,是大艺术家,同时是渊博的学者,只成功了极少数的画。由此我们可以得到一个超乎绘画领域以外的重要结论:一个伟大的艺人,当他的作品是大得无名(引用里尔克形容罗丹的话)的时候,他好像在表露他一种盲目的如莱奥纳多在《绘画论》中写着:"当作品超越判断的时候,表示判断是何等薄弱。作品超越了判断,那是更糟。判断超越了作品才是完满。如果一个青年觉得有这种情形,无疑地他是一个出色的艺术家。他的作品不会多,但饱含着优点。"这几句就在说他自己。他对于他的由想像孕育成的境界,有明白清楚的了解,"理想"与他说的话,如是热烈,如是确切,使他觉得老是无法实现。他的判断永远超过作品。

而且,他的艺术家的意识又是如何坚强,对于他的荣誉与尊严的顾虑又是如何深切,他毫不惋惜地毁坏一切他所认为不完美的作品。"由你的判断或别人的判断,使你发现你的作品中有何缺点,你应当改正,而不应当把这样一件作品陈列在公众面前。你决不要想在别件作品中再行改正而宽恕了自己。绘画并不像音乐般会隐灭。你的画将永远在那里证明你的愚昧。"

他的作品稀少的另一个原因是:他的科学精神只想发现一种定律而不大顾虑到实施。目标本身较之追求目标更引起他的兴味。他如那些穷得饿死的发明家一样,并不想去利用他自己的发明。他的《安加利之战》那张壁画,因为他要试验一种新的外层油,就此丢了。他连这张画的稿样都不愿保存。教皇利奥十世委他作另一幅画时,他就去采集野草、蒸馏草露,以备再做一种新的外层油。因此,教皇对人说:"这个人不会有何成就,既然他没有开始已经想到结尾。"(按:外层油乃一画完工后涂在表面的油。)

他的书,他的手写的稿本,上面都涂满各色各种的素描,足见他的心灵永远在清醒的境地之中。这些素描中有习作,有图样,有草案,一切占据他思念的事物。

在他的广博的学问、理想和感情平均地发展到顶点的一点上,莱奥纳多·达·芬奇确是文艺复兴的最完全的一个代表。

有时候,科学的兴味浓厚到使他不愿提笔,但绘画究竟是他最爱好的事业。他也像在研究别的学问时一样,想努力把绘画造成一种科学。那时米兰有一个绘画学院,达·芬奇在那里实现了他的理想之一部分。他除了教学生实习外,更替他们写了许多专论,《绘画论》即是其中最著名的一部。全书共分十九章,包括远近、透视、素描、模塑、解剖,以及当时艺术上的全部问题。这本书对于我们有两重意味:第一教我们明了绘画上的许多实际问题,第二使我们懂得达·芬奇对于艺术的观念。

他以为依据了眼睛的判断而工作的画家，如果不经过理性的推敲，那么他所观察到的世界，无异于一面镜子，虽能映出最极端的色相而不明白它们的要素。因此他主张对于一切艺术，个人的观照必须扩张到理性的境界内，假如一种研究，不是把教学的抽象的论理当作根据的，便算不得科学。这种思想确已经超越了他的时代。

在荷兰风景画家前一百五十年，在大家对于风景视作无关重要的装饰的时候，莱奥纳多已感到大自然的动人的魔力。《瑶公特》的背景，不是一幅可以独立的风景画吗？在这一点上，他亦是时代的先驱者。

他的时代，原来是一般画家致全力于技巧，要求明暗、透视、解剖都有完满的表现的时代；他自己又是对于这些技术有独到的研究的人；然而他把艺术的鹄的放在这一切技巧之外，他要艺术成为人类热情的惟一的表白。各种技术的智识不过是最有力的工具而已。

这样地，十五世纪的清明的理智、美的爱好、温婉的心情，由莱奥纳多·达·芬奇达到登峰造极的表现。

第六讲 米开朗琪罗（上）
——西斯廷礼拜堂

西斯廷礼拜堂（Chapelle Sistine）是教皇的梵蒂冈宫（Palais du Vatican）所特有的小礼拜堂，附建在圣彼得大寺（Bassilique St. Pierre）左侧。在这礼拜堂里举行选举新任教皇的大典，陈列每个教皇毙逝后的遗骸。每逢特别的节日，教皇亦在这里主持弥撒祭。圣彼得大寺是整个基督教的教堂，西斯廷礼拜堂则是教皇个人的祈祷之所。

教皇西克斯图斯四世（Sixtus Ⅳ）——他是德拉·洛韦拉族（Della Rovera）中的第一个圣父——于一四八〇年敕建这所教堂，名为西斯廷，亦纪念创建者之意。所谓 Chapelle（礼拜堂）原系面积狭小的教堂，是中古时代的诸侯贵族的爵邸中作为祭神之所的一间厅堂；但西斯廷礼拜堂因为是造作教皇御用的缘故，所以特别高大，计长四十公尺，宽十三公尺，穹窿形的屋顶的面积共达八百方尺。

堂内没有圆柱，没有方柱，屋顶下面也没有弓形的支柱。两旁墙壁的高处，各有六扇弓形的窗子。余下的宽广的墙壁似乎预备人家把绘画去装饰的。实际上，历代教皇也就是请画家来担任这部分的工作。西斯廷礼拜堂的后任亚历山大六世（Alexandre Ⅵ Borgia），在翡冷翠招了许多画家去把窗下的墙壁安置上十二幅壁画；这些作品也是名家之作，如平图里乔、吉兰达约、波提切利等都曾参加这项工作。但是西斯廷礼拜堂之成为西斯廷礼拜堂，只因为有了米开朗琪罗的天顶画及神龛后面的大壁画之故。只有研究过美术史的人，才知道在西斯廷礼拜堂内，除了米氏的大作之外，尚有其他名家的遗迹。

米开朗琪罗的一生，全是许多苦恼的故事织成的，而这些壁画的历史，尤其是他全部痛苦的故事中最痛苦的。

米开朗琪罗到罗马的时候，才满三十岁，正当一五〇五年。雄才大略的教皇尤里乌斯二世（Julius Ⅱ）就委托他建筑他自己的坟墓。这件大事业正合米氏的脾胃，他立刻画好了图样进呈御览，也就得到了他的同意。他们两个人，可以说一见即互相了解的，他们同样爱好"伟大"，同样固执，同样暴躁，新计划与新事业同样引起他们的热情。他们的脾气，也是一样乖僻暴戾。

这个教皇是历史上仅见的野心家与政治家，这个艺术家是雄心勃勃的旷世怪杰：两雄相遇，当然是心契神合；然而他们过分相同的性情脾气，究竟不免屡次发生龃龉与冲突。

白石从出产地卡拉拉（Carrara）运来了，堆在圣彼得广场上。数量之多，面积之大，令人吃惊。教皇是那样高兴，甚至特地造了一条甬道，从教皇宫直达米氏的工作场，使他可以随时到艺术家那里去参观工作。

突然，建造坟墓的计划放弃了，教皇只想着重建圣彼得大寺的问题。他要把它造成世界上最大的教堂，一个配得矗立在永久之城（罗马之别名）里的大寺。这件事情的发端，原来是有内幕的。米开朗琪罗的敌人，拉斐尔、布拉曼特（Bramante，名建筑家）辈看见米氏在干那样伟大的事业，自然不胜嫉妒；而且米氏又常常傲慢地指摘他们的作品，当下就在教皇面前游说，说圣父丰功伟业，永垂千古而不朽，但在生前建造坟墓未免不祥，远不如把圣彼得大寺重建一下，更可使圣父的功业锦上添花。尤里乌斯二世本来是意气用事、喜怒无常的一个专制王，又加还有些迷信的观念，益发相信了布拉曼特的话，决定命令他主持这个新事业。至于米开朗琪罗，教皇则教他放下刀笔，丢开白石，去为西斯廷礼拜堂的天顶画十二个使徒像。绘画这勾当原是米氏从未学过而且瞧不起的，这个新使命显然是敌人们播弄出来作难他的。

他求见教皇，教皇不见。他愈加恐惧了，以为是敌人们在联合着谋害他。他逃了，一直逃回故乡——翡冷翠。

然而，逃回之后，他又恐怖起来：因为在离开罗马后不久，就有教皇派着五个骑兵来追他，递到教皇的敕令，说如果他不立刻回去，就要永远失宠。虽然安安宁宁地在翡冷翠，不用再怕布拉曼特要派刺客来行刺他，但他还是忐忑危惧，惟恐真的失宠之后，他一生的事业就要完全失望。

他想回罗马。正当教皇战胜了博洛尼亚（Bologna）驻节城内的时候，米开朗琪罗怀着翡冷翠大公梅迪契的乞情信去见教皇。教皇盛怒之下，毕竟宽恕了米氏。他们讲和之后第一件工作是替尤里乌斯二世作一座巨大的雕像。据当时目击的人说这像是非凡美妙的，但不久即被毁坏，我们在今日连它的遗迹也看不见。以后就是要实地去开始西斯廷礼拜堂的装饰画了。米氏虽然再三抗议，教皇的意志不能摇动分毫。

一五〇八年五月十日，米氏第一天爬上台架，一直度过了五年的光阴。天顶画的题目，最初是十二使徒；但是以这样一个大师，其不能惬意于这类薄弱狭小的题材，自是意料中事。天顶的面积是那般广大，他的智慧与欲望尤其使他梦想巨大无边的工作；而且教皇也赞同他的意见。因之十二使徒的计划不久即被放弃，而代以创世纪、预言家、女先知者等广博的题材。

题目大，困难也大了：米开朗琪罗古怪的性情，永远不能获得满足；他不懂得绘画，尤其不懂需要特殊技巧、特殊素材的壁画。他从翡冷翠招来几个助手，但不到几天，就给打发走了。建筑家布拉曼特替他构造的台架，他亦不满意，重新依了自己的办法造起。教皇的脾气又是急躁非凡，些微的事情，会使他震怒得暴跳起来。他到台架下面去找米开朗琪罗，隔着十公尺的高度，两个人热烈地开始辩论。老是那套刺激与激烈的话，而米氏也一些不退让："你什么时候完工？""——等我能够的时候！"一天，又去问他，他还是照样地回答"当我能够的时候"，教皇怒极了，要把手杖去打他，一面再三地说："等我能够的时候——等我能够的时候！"米开朗琪罗爬下台架，赶回寓处去收拾行李。教皇知道他当真要走了，立刻派秘书送了五百个杜格（意大利古币名）去，米氏怒气平了，重新回去工作。每天是这些喜剧。

终于，一五一二年十月三十一日，教堂开放了。教皇要亲自来举行弥撒祭，向米开朗琪罗吆喝道："你竟要我把你从台架上翻下来吗？"没有办法，米开朗琪罗只得下来，其实，这件旷世的杰作也已经完成了。

五年中间，米开朗琪罗天天仰卧在十公尺高的台架上，蜷着背，头与脚跷起着。他的健康大受影响，只要读他那首著名的自咏诗就可窥见一斑：

>"我的胡子向着天，
>我的头颅弯向着肩，
>胸部像头枭。
>画笔上滴下的颜色
>在我脸上形成富丽的图案。
>腰缩向腹部的地位，
>臀部变成秤星，压平我全身的重量。
>我再也看不清楚了，
>走路也徒然摸索几步。
>我的皮肉，在前身拉长了，
>在后背缩短了，
>仿佛是一张 Syrie 的弓。"

西斯廷的工程完工之后几个月内，米开朗琪罗的眼睛不能平视，即读一封信亦必须把它拿起仰视，因为他五年中仰卧着作画，以致视觉也有了特别的习惯。

然而，西斯廷天顶画之成功，还是尤里乌斯二世的力量。只有他能够降服这倔强、桀骜、无常的艺术家，也只有他能自始至终维持他的工作上必须的金钱与环境。否则，这件杰作也许要和米氏其他的许多作品一样只是开了端而永远没有完成。

一五〇八年米开朗琪罗开始动手的时候，有八百方尺的面积要用色彩去涂满，这天顶面积之广大一定是使他决计放弃十二使徒的主要原因。他此刻要把创世纪的故事去代替，十二个使徒要代以三百五十左右的人物。第一他先把这众多的人物，寻出一种有节奏的排列。这是必不可少的准备。天顶的面积既那般广，全画人物的分配当然要令观众能够感到全体的造型上的统一。因此，米氏把整个天顶在建筑上分成两部：一是墙壁与屋顶交接的弓形部分，一是穹窿的屋顶中间低平部分。这样，第二部分就成为整个教堂中最正式最重要的一部，因为它是占据堂中最高而最中央的地位。接着再用若干弓形支柱分隔出三角形的均等的地位，并用以接连中间低平部分和墙壁与穹窿交接的部分。

屋顶正中的部分，作者分配"创世纪"重要的各幕。在旁边不规则三角形内分配女先知及预言者像。墙壁与穹窿交接部分之三角形内，绘耶稣祖先像。但这三大部分的每幅画所占据的地位是各各不同的，这并非欲以各部面积之大小以示图像之重要次要的分别，米氏不过要使许多画像中间多一些变化而不致单调。天顶正中创世纪的表现共分九景，我们可以把它分成三组如下：

一、神的寂寞
    A. 神分出光明与黑暗
    B. 神创造太阳与月亮
    C. 神分出水与陆

二、创造人类
    A. 创造亚当
    B. 创造夏娃
    C. 原始罪恶

三、洪水
　　A. 洪水
　　B. 诺亚的献祭
　　C. 诺亚醉酒

　　这些景色中间，画着许多奴隶把它们连接起来，这对于题目是毫无关系的，单是为了装饰的需要。

　　第二部不规则的三角形，正为下面窗子形成分界线，内面画着与世界隔离了的男女先知。最下一部，是基督的祖先，色彩较为灰暗，显然是次要的附属装饰。因之，我们的目光从天顶正中渐渐移向墙壁与地面的时候，清楚地感到各部分在大体上是具有宾主的关系与阶段。

　　此刻我们已经对于这个巨大的作品有了一个鸟瞰，可以下一番精密的考察了。

　　第一引起我们注意的是没有一件对象足以使观众的目光获得休息。风景、树木、动物，全然没有。在创世纪的表现中，竟没有"自然"的地位。甚至一般装饰上最普通的树叶、鲜花、鬼怪之类也找不到。这里只有耶和华、人类、创造物。到处有空隙，似乎缺少什么装饰。人体的配置形成了纵横交错的线条，对照（contraste）、对称（symetrique）。在这幅严肃的画前，我们的精神老是紧张着。

　　米开朗琪罗的时代是一般人提倡古学极盛的时代。他们每天有古代作品的新发现和新发掘。这种风尚使当时的艺术家或人文主义者相信人体是最好的艺术材料，一切的美都涵蓄在内。诗人们也以为只有人的热情才值得歌唱。几世纪中，"自然"几乎完全被逐在艺术国土之外。十八世纪时，要进画院（Académie de Peinture）还是应当先成为历史画家。

　　米开朗琪罗把这种理论推到极端，以致在《比萨之役》*Bataille de Pise*中画着在洗澡的士兵；在西斯廷天顶上，找不到一头动物和一株植物——连肖像都没有一个。这似乎很奇特，因为这时候，肖像画是那样地流行。拉斐尔在装饰教皇宫的壁画中，就引进了一大组肖像。但是米开朗琪罗一生痛恶肖像，他装饰梅迪契纪念堂时，有人以其所代表的人像与纪念堂的主人全不相像为怪，他就回答道："千百年后还有谁知道像不像？"

　　他认为一切忠顺地表现"现实的形象"的艺术是下品的艺术。在翡冷翠时，米氏常和当地的名士到梅迪契主办的"柏拉图学会"去听讲，很折服这种哲学。他念到柏拉图著作中说美是不存在于尘世的,只有在理想的世界中才可找到,而且也只有艺术家与哲学家才能认识那段话时,他个人的气禀突然觉醒了。在一首著名的诗中他写道:"我的眼睛看不见昙花般的事物!"在信札中,米氏亦屡屡引用柏拉图的名句。这大概便是他在绘画上不愿意加入风景与肖像的一个理由吧。

而且,在达到这"理想美"一点上,雕刻对于他显得比绘画有力多了。他说:"没有一种心灵的意境为杰出的艺术家不能在白石中表白的。"实在,雕刻的工具较之绘画的要简单得多,那最能动人的工具——色彩,它就没有;因之,雕刻家必得要运用综合(synthèse),超越现实而入于想象的领域。

"雕刻是绘画的火焰,"米氏又说,"它们的不同有如太阳与受太阳照射的月亮之不同。"因此,他的画永远像一组雕像。

我们此刻正到了十五世纪末期,那个著名的 quattrocento 的终局。二百年来意大利全体的学者与艺术家,发见了绘画〔乔托以前只有枯索呆滞的宝石镶嵌马赛克(mosaique),而希腊时代的庞贝的画派早已绝迹了千余年〕,发见了素描,以及一切艺术上的法则以后,已经获得一个结论——艺术的最高的目标并不是艺术本身,而是表现或心灵的意境,或伟大的思想,或人类的热情的使命。所以,米开朗琪罗不能再以巧妙、天真的装饰自满,而欲搬出整部的《圣经》来做他的中心思想了。他要使他的作品与伟大的创世纪的叙述相并,显示耶和华在混沌中飞驰,在六日中创造天与地、光与暗、太阳与月亮、水与陆、人与万物……

我们看《神分出水与陆》的那幕。耶和华占据了整个画幅。他的姿态,他的动作,他的全身的线条,已够表显这一幕的伟大……在太空中,耶和华被一阵狂飙般的暴风疾卷着向我们前来。脸转向着海。口张开着在发施号令,举起着的左手正在指挥。裹在身上的大衣胀饱着如扯足了的篷,天使们在旁边牵着衣褶。耶和华及其天使们是横的倾向,画成正面。全部没有一些省略(raccourci),也没有一些枝节不加增全画的精神。

水面上的光把天际推远以至无穷尽。近景故意夸张,头和手画得异常地大。衣服的飘扬,藏着耶和华身体的阴暗部分,似乎要伸到画幅外的右手,都是表出全体人物是平视的,并予人以一种无名的强力,从辽远的天际飞来渐渐迫近观众的印象。枝节的省略,风景的简朴,尤其使我们的想象,能够在无垠无际的空中自由翱翔。

就在梵蒂冈宫中，在称为 loges 的廊内，拉斐尔也画过同样的题材。把它来和米开朗琪罗的一比，不禁要令人微笑。这样的题材与拉斐尔轻巧幽美的风格是不能调和的。

《神创造亚当》是九幕中比较最被人知的一幕。亚当慵倦地斜卧在一个山坡下，他成熟的健美的体格，在深沉的土色中显露出来，充满着少年人的力与柔和。胸部像白石般的美。右臂依在山坡上，右腿伸长着摆在那里，左腿自然地曲着。头，悲愁地微俯。左臂依在左膝上伸向耶和华。

耶和华来了，老是那创造六日中飞腾的姿势，左臂亲狎地围着几个小天使。他的脸色不再是发施命令时的威严的神气，而是又悲哀又和善的情态。他的目光注视着亚当，我们懂得他是第一个创造物。伸长的手指示亚当以神明的智慧。在耶和华臂抱中的一个美丽的少女温柔地凝视亚当。

这幕中的悲愁的气氛又是什么？这是伟大的心灵的、大艺术家的、大诗人的、圣者的悲愁。是波提切利的圣母脸上的，是米开朗琪罗自己的其他作品中的悲愁。《圣经》的题材在一切时代中原是最丰富的热情的诗。"神的热情"（passion de Diew）曾经感应了多少历史上伟大的杰作！

每一组人物都像用白石雕成的一般。亚当是一座美妙的雕像。暴风般飞卷而来的耶和华，也和扶持他的天使们形成一组具有对称、均衡、稳定各种条件的雕塑。

至于男女先知，我们在上面讲过，是受了最初的"十二使徒"的题材的感应。使徒的出身都是些平民、农夫，他们到民间去宣布耶稣的言语，他们只是些富有信仰的好人，不比男女先知是受了神的启示，具有神灵的精神与思想，全部《圣经》写满了他们的热烈的诗句，更能满足米开朗琪罗爱好崇高与伟大的愿望。自然，男女先知的表现，在米氏时代并非是新的艺术材料，但多数艺术家不过把他们作为虔诚的象征，而没有如米氏般真切地体味到全部《圣经》的力量与先知们超人的表白。

这些男女先知像中最动人的，要算是约拿像了。狂乱的姿势，脸向着天，全身的线条亦是一片紧张与强烈的对照。右臂完全用省略隐去，两腿的伸长使他的身躯不致整个地往后仰侧：这显然又是一座雕像的结构。右侧的天使，腿上的盔帽都是维持全体的均衡与重心的穿插。

其他如女先知库迈、耶利米、以赛亚的头仿佛都是在整块白石上雕成的。而耶利米的表情，尤富深思与悲戚的神气，似乎是五百年后罗丹的《思想者》的先声。

在创世纪九景周围的二十个人物（奴隶），只是为创世纪各幕做一种穿插，使其在装饰上更形富丽罢了。

　　最后一部的基督的祖先像，其精神与前二部的完全不同。在这里，没有紧张的情调，而是家庭中柔和的空气，坚强的人体易以慈祥的父母子女。在这里，是人间的家庭，在创世纪与先知像中，是天地的开辟与神灵的世界。这部的色调很灰暗，大概是米开朗琪罗把它当作比较次要的缘故，然而他在这些画面上找到他生平稀有的亲密生活之表白，却是无可怀疑的事实。

　　裸体，在西方艺术上——尤其在古典艺术上——是代表宇宙间最理想的美。它的肌肉，它的动作，它的坚强与伟大，它的外形下面蕴藏着的心灵的力强与伟大，予人以世界上最完美的象征。希腊艺术的精神是如此，因为希腊的宇宙观是人的中心的宇宙观；文艺复兴最高峰的精神是如此，因为自但丁至米开朗琪罗，整个的时代思潮往回复古代人生观、自我发现、人的自觉的路上去。米氏以前的艺术家，只是努力表白宗教的神秘与虔敬；在思想上，那时的艺术还没有完全摆脱出世精神的束缚；到了米开朗琪罗，才使宗教题材变成人的热情的激发。在这一点上，米开朗琪罗把整个的时代思潮具体地表现了。

第七讲　米开朗琪罗（中）
——圣洛伦佐教堂与梅迪契墓

在翡冷翠的圣洛伦佐（San Lorenzo）教堂中，有两座祭司更衣所（Sacristies，一译圣器室），是由当地的诸侯梅迪契出资建造的。老的那一所，建于约翰·梅迪契及其儿子科西莫·梅迪契的时代（十四世纪），内面陈列着多那太罗的雕塑、有名的铜门，和约翰·梅迪契的坟墓。

一五二一年左右，大主教尤里乌斯·梅迪契决意在洛伦佐教堂中另建一所新的祭司更衣室，命米开朗琪罗主持。建筑的用意亦无非是想借了艺术家的作品，夸耀他们梅迪契族的功业而已。最初的计划是要把这座祭司更衣所造成一组伟大庄严的坟墓，它的数目先是定为四座，以后又增至六座。米开朗琪罗更把这计划扩大，加入代表"节季"、"时刻"、"江河"等等的雕像。如果这件工作幸能完成，那么，在今日亦将是和西斯廷礼拜堂天顶画同样伟大的作品，不过是在白石上表现的罢了。

一五二二年，尤里乌斯·梅迪契被举为教皇克雷芒七世（Climent Ⅶ），他是第一个发起造这所更衣所的人，他既然登了大位做了教皇，似乎权力所及，更易实现这件事业了，然而直至一五二七年还未动工。而且那一年，罗马给法国波旁（Bourbon）王族攻下，教皇克雷芒七世也被囚于圣安越宫。三个月中间，罗马城被外来民族大肆焚掠，文明精华，损失殆尽。

接着，翡冷翠梅迪契族的统治亦被当地的民众推翻了，代以临时民主政府。但不久罗马解围，教皇克雷芒七世大兴讨伐之师来攻打翡冷翠的革命党。一年之后，翡冷翠终被攻下，梅迪契的统治权重新回复了，并且为复仇起见，由教皇敕封为翡冷翠大公。这时候，意大利半岛上，自由是毁灭了，人民重又堕入专制的压迫之下。

在这两件重大的战乱中，米开朗琪罗并没有安分蛰居，他一开始就加入民主党方面，在围城时，他并是防守工程的总工程师。因此，在翡冷翠民主党失败时，他是处于危境中的一个人物，然而教皇保护他，终于没有获罪，这大概是教皇虽在戎马倥偬之际，仍未忘怀他建造坟墓的计划之故。

就在这时候，米开朗琪罗完成了那著名的洛伦佐·梅迪契与朱利阿诺·梅迪契墓上的四座雕像——《日》、《夜》、《晨》、《暮》，以及在这四座像上面的《思想者》与《力行者》。

　　米开朗琪罗五十五岁。一个人到了这年纪必定要回顾他以往的历程，并且由于过去的经验，自然而然地产生一种哲学。那么，米开朗琪罗在追忆或在故国——翡冷翠，或在罗马的生活时，脑海中又浮现什么往事呢？他年轻时，曾目击帕齐（Pazzi）族与梅迪契族的政争，以后，他曾做过多明我派（dominician）教士萨伏那洛拉（Savonarola，一四五二——一四九八）的信徒，眼见这教士在诸侯宫邸广场上受火刑。他又亲见他的故国被北方的野蛮民族蹂躏劫掠，以致逃到威尼斯。他到罗马，和教皇尤里乌斯二世屡次冲突，又是一段痛苦的历史。尤里乌斯二世的坟墓中途变卦，又怀疑他的敌人要谋害他，逃回翡冷翠。不久又在博洛尼亚向教皇求和，随后便是五年的台架生活，等到西斯廷天顶画完工，他的身体也衰颓了。一五一三年二月，教皇尤里乌斯二世薨逝。米氏回至翡冷翠，重新想着尤里乌斯二世的坟墓。他于同年三月签了合同，答应以七年的时间完成这工作。他的计划较尤里乌斯二世最初的计划还要伟大，共有三十二座雕像。此后三年中，米氏一心一意从事于这件工程，他的《摩西》（现存罗马文科利的圣彼得罗寺）与《奴隶》（现存巴黎卢浮美术馆）也在这时期完成。这是把他的热情与意志的均衡表现得最完满的两座雕像。但不久新任教皇利奥十世把他召去，委任他建造翡冷翠圣洛伦佐教堂的正面，事实上米氏不得不第二次放弃尤里乌斯二世的坟墓。一五三〇年翡冷翠革命失败后，米氏受教皇尤里乌斯之托，动手继续那梅迪契墓。原定的六座坟墓只完成了两座。所谓"节季"、"时刻"、"江河"等的雕像只是一些雏形。原定的一个壮丽的墓室变成了冷酷的祭司更衣所。

　　这是面积不广的一间方形的屋子，两端放着两座相仿的坟墓。一个是洛伦佐·梅迪契的，一个是朱利阿诺·梅迪契的；其他两端则一些装饰也没有，显然是一间没有完成的祭司更衣所。

　　虽然如此，我们仍旧可以看出这所屋子的建筑原来完全与雕刻相协调的。米开朗琪罗永远坚执他的人体至上、雕塑至高的主张，故他竟欲把建筑归雕刻支配。屋子的采光亦有特殊的设计，我们只须留神《思想者》与《夜》的头部都在阴影中这一点便可明白。

　　坟墓上面放着两座人像，他们巨大的裸体倾斜地倚卧着，仿佛要堕下地去。他们似乎都十二分渴睡，沉浸在那种险恶的噩梦中一般。全部予人以烦躁的印象。这是人类痛苦的象征。米氏有一段名言，便是这两座像的最好的注解：

"睡眠是甜蜜的，成了顽石更是幸福，只要世上还有羞耻与罪恶存在着的时候，不见不闻，无知无觉，便是我最大的幸福；不要来惊醒我！啊，讲得轻些罢！"

"白天"醒来了，但还带着宿梦未醒的神气。他的头，在远景，显得太大，向我们射着又惊讶又愤怒的目光，似乎说："睡眠是甜蜜的！为何把我从忘掉现实的境界中惊醒？"

使这痛苦的印象更加鲜明的，还有这《日》的拘挛的手臂的姿势与双腿的交叉；《夜》的头深深地垂向胸前，肢体与身材的巨大，胸部的沉重，思想也显得在大块的白石中迷蒙。上面的两个人像应该是死者（即洛伦佐与朱利阿诺）的肖像，然而它们全然不是。我在上一讲中所提及的"千百年之后，谁还去留神他们的肖似与否"那句话，便是米开朗琪罗为了这两座像说的。我们知道米氏最厌恶写实的肖像，以为"美"当在理想中追求。他丢开了洛伦佐与朱利阿诺·梅迪契的实际的人格，而表现米氏个人理想中的境界——行动与默想。梅迪契是当日的统治者、胜利者，然而行动与默想的两个形象，和这胜利的意义并不如何协调，却是其他四座抑郁悲哀的像构成"和谐"。

进一层说，这座纪念像大体的布局除了表现一种情操以外，并亦顾到造型上的统一，和西斯廷天顶画中的奴隶有同样的用意。墙上的两条并行直线和墓上的直线是对称的。人体的线条与四肢的姿势亦是形成一片错综的变化。朱利阿诺墓上的《日》是背向的，《夜》是正面的，这是对照；两个像的腿的姿势，却是对称的。当然，这些构图上的枝节、对照、对称、呼应、隔离，都使作品更明白，更富丽。

然而作品中的精神颤动表现得如是强烈，把欢乐的心魂一下就摄住了，必须要最初的激动稍微平息之后，才能镇静地观察到作品的造型美。

我们看背上强有力的线条，由上方来的光线更把它扩张、显明，表出它的深度。《日》与《夜》的身体弯折如紧张的弓；《晨》与《暮》的姿势则是那么柔和，那么哀伤，由了阴影愈显得惨淡。在《日》与《夜》的人体上，是神经的紧张；在《晨》与《暮》，是极度的疲乏。前者的线条是斗争的、强烈的，后者的线条是调和的、平静的。此外，在米氏的作品中，尤其要注意光暗的游戏，他把人体浴于阴影之中，形成颤动的波纹，或以阴影使肌肉的拗折，构成相反的对照。

至于两位梅迪契君主的像，虽然标着《思想者》与《力行者》的题目，但显然不十分吸引我们的注意。他们都坐着,腿的姿态与《摩西》的相同。表情是沉着、严肃,恰与全部的雕塑一致。两个像的衣饰很难确定,朱利阿诺的前胸披着古代的甲胄,然而胸部的肌肉又是裸露的;他的大腿上似乎缠着希腊武士的绑带,但脚是跣裸的。

我们不能忘记米开朗琪罗除了雕刻家与画家之外,还是一个抒情诗人。在长久的痛苦生涯之后,他把个人的烦闷、时代的黑暗具体地宣泄了。这梅迪契墓便是最好的凭证。

第八讲　米开朗琪罗（下）
——教皇尤里乌斯二世墓与《摩西》

西斯廷天顶画是一五一二年十月完成的。尤里乌斯二世在一五一一年八月起，就想在西斯廷礼拜堂中举行弥撒祭，一直因为米开朗琪罗工作的耽搁，才不耐烦地等了一年多。到了一五一三年二月，距壁画完成只有五个月的光阴，尤里乌斯二世薨逝了。

五年以来，没有人再提起坟墓的话，大块的白石老是堆积在圣彼得广场上。但教皇在弥留的时节，曾向他的承继者莱渥那主教，重提此事，嘱咐他完成他未了的夙愿。米开朗琪罗方面，虽然曾和尤里乌斯二世争执过好几次，虽然他们两个都是野心勃勃、各不相让，但米氏始终以能服侍这位雄主为荣；何况米氏在青年时代所梦想的大事业，虽经过了不少变故，仍未放弃分毫？于是新合同不久又签下了。这一次的计划是更巨大了。据米氏遗留的草图所载，坟墓底基应宽二十四尺，深三十六尺，高十尺。四周复围以方形柱，柱间空处各置一胜利之神，脚上踏着被征服的省份，这是象征尤里乌斯二世生前南征北讨的武功。每根方柱上，饰以捆缚着的裸体人像，代表各种自由艺术（音乐、绘画、雕刻、建筑、雄辩、诗、舞蹈），因为教皇的薨逝而变成了死的奴隶。坟墓的第一层，高九尺，将安置八座巨大无比的像：圣保罗、摩西、活动的生命、深思的生命……上面第二层，似乎预备放石棺；最高层是尤里乌斯二世的像，两旁是两个天使：一个是"地灵"在哭教皇之死，一个是"天灵"，欢迎教皇的升天。到处还有人首、浮雕、各种装饰。

总计之下，坟墓上的雕像共有六十八座，这将是用人体做的装饰的最大的代表，如西斯廷天顶画一样。

合同上订定米氏于七年中完成这巨制，在这七年中，米氏不能接受其他的制作。实际上，米开朗琪罗在相当平静的环境中，只作了一座《摩西》与两座《奴隶》。

他没有想到新任教皇——即继尤里乌斯二世而登大位的，是梅迪契族的利奥十世。梅迪契族和尤里乌斯二世出身的德拉·洛韦拉族本是世仇。利奥十世未登大位以前，在翡冷翠早已认识米开朗琪罗。他做了教皇，自然也想把米开朗琪罗召唤前来为他个人效力。米开朗琪罗也不得不服从利奥十世，正如他从前服从尤里乌斯二世一样。

尤里乌斯二世的后人提出抗议，提出合同问题。但此刻他们是失势的人，只有退让。而且当时的情形很显明，实在也不得不放弃一五一三年的计划。三年之中，米开朗琪罗只作了三座像，尤里乌斯二世的继承人没有相当的金钱，他们对死者的回忆渐渐地淡去；于是，一五一八年，他决定把雕像的数目减少一半而答应米氏九年的间限，这已是将来一事无成的先声了。

十六年后，坟墓的工程还是那样毫无进展。意大利正度着暗淡的日子。罗马被法国波旁族攻入，大肆蹂躏。翡冷翠革命后，正被梅迪契族的军队包围着。

随后是教皇克雷芒七世，又是一个梅迪契出身的教皇。他为要米开朗琪罗根本放弃尤里乌斯二世的坟墓起见，命令他作梅迪契墓。实在，这两件工作做不到一半，都没有完工。

又是十年，一五四二年，什么还没有做。教皇保罗三世又命米开朗琪罗作西斯廷大壁画《最后之审判》，接着又作波里纳教堂的壁画。

当一五六四年二月十八日米氏脱离痛苦的人生之时，所有尤里乌斯二世坟墓的全部工程仍只是一个《摩西》与两个《奴隶》。

教皇尤里乌斯之墓并不建于原定的圣彼得大寺，而在文科利的圣彼得罗教堂。最初计划的伟大的建筑，在这里连一些印象也没有。八个巨像中只成功了一个《摩西》，它巍然坐在那里；代表七种自由艺术的奴隶，只成功了两座，也不知怎么一种奇怪的运命把它们搬到了巴黎卢浮宫。在罗马，在尤里乌斯二世墓上的，除了《摩西》之外，另外放上两座雕像去代替米氏计划中的"活动的生命"与"深思的生命"：一个是拉结（Rachel），一个是利亚（Lia），都是《旧约》中的人物。此外，翡冷翠美术馆藏有五个苦闷的有力的雕像的雏形，显然是米氏没有成功而遗弃的作品。

米开朗琪罗巨大的计划，至此只剩下若干残迹流落在人间。

《摩西》和《奴隶》是米开朗琪罗雕塑中最普遍地知名的作品。

一世纪以前，多那太罗为翡冷翠钟楼造先知者像。他完全忘掉先知者的传统形式，而用写实方法以当时的生人作为模型，先知者像于他竟变成真人的肖像：《祖孔》即是一个显著的例。在第二讲中我曾详细说过，读者当能记忆。那时候，多那太罗所认为美的，只是个人表情的美。

然而米开朗琪罗的美的观念全然不同。多少年来，自西斯廷天顶画起，他一直在幻想那把神明的意志融合在人体中间的工作。他所憧憬的，是超人的力，无边的广大，他在白石与画布上作他的史诗。多那太罗觉得传统足以妨害他的天才，他要表白个人；米开朗琪罗却正要抓住传统，撷取传统中最深奥的意义，把自己的内生活去体验，再在雕塑上唱出他的《神曲》。在此，米开朗琪罗成为雕塑上的"但丁"了。达维特（Louis David）为拿破仑作某一幅描写他的战役的画时，曾要求拿破仑装扮成他在图中应有的姿势，拿破仑答道："亚历山大何尝在阿佩莱斯（Apelles）公元前四世纪时的希腊名画家——编者注面前装扮过？伟人的像，断没有人会问它肖似与否，只要其中存在着伟大的心灵就够！"这正是四百年前米开朗琪罗的口吻。他从来不愿在他的艺术品中搀入些什么肖像的成分，他只要雕像中有伟人的气息。

摩西（Moïse，又作 Mosché）是先知中最伟大的一个。他是犹太人中最高的领袖，他是战士、政治家、诗人、道德家、史家、希伯来人的立法者。他曾亲自和上帝接谈，受他的启示，领导希伯来民族从埃及迁徙到巴勒斯坦（Palestine），解脱他们的奴隶生活。他经过红海的时候，水也没有了，渡海如履平地；他途遇高山，高山让出一条大路。《圣经》上的记载和种种传说都把摩西当作是人类中最受神的恩宠的先知。

这样一个摩西，米开朗琪罗用壮年来表现。因为青年是代表尚未成熟的年龄，老年是衰颓的时期，只有壮年才能为整个民族的领袖，为上帝的意志作宣导使。

波提切利在西斯廷礼拜堂的壁上，也曾把摩西的生涯当作题材，那是一个清新多姿的美少年；十九世纪法国浪漫派诗人维尼（Alfred Vigny）歌咏暮年的摩西，孤寂地脱离人群；米开朗琪罗描绘的摩西，则是介乎神人间的超人。同一个题材，三种不同的表现，正代表三种不同的精神。

摩西的态度是一个领袖的神气。头威严地竖直着，奕奕有神的目光，曲着的右腿，宛如要举足站起的模样。牙齿咬紧着，像要吞噬什么东西。许多批评家争着猜测艺术家所表现的是摩西生涯中哪一阶段，然而他们的辩论对于我们无甚裨益。摩西头上的角，亦是成为博学的艺术史家争辩不休的对象。在拉丁文中，角（Cornu）在某种意义上是"力"的象征，也许就因为这缘故，米氏采取这小枝节使摩西态度更为奇特、怪异、粗野。

眼睛又大又美，固定着直望着，射出火焰似的光。头发很短，如西斯廷天顶上的人物一样；胡须如浪花般直垂下来，长得要把手去支拂。

臂与手像是老人的：血管突得很显明；但他的手，长长的，美丽的，和多那太罗的绝然异样。巨大的双膝似乎与身体其他各部不相调和,是从埃及到巴勒斯坦到处奔波的膝与腿。它们占据全身面积的四分之一。

这样一个摩西。他的人格表露得如是强烈,令人把在像上所表现的艺术都忘了。但,安放这像的位置很坏,我们只能从正面看;照米氏的意思,应该是放在离地四公尺的高度,三方面都看得见的地位,那么,若干刺目的处所(因为现在的地位,使观众离得很近),因为距离较远之故,可以隐灭。

他的衣服,如在米氏其他作品中一样,纯粹是一种假想的;它的存在不是为了写实,而是适应造型上衬托的需要。因了这些衣褶,腿部的力量更加显著;雕像下部的体积亦随之加增,使全体的基础愈形坚固。

末了,我们还得注意,《摩西》大体的动作是非常简单的:这是意大利文艺复兴盛期翡冷翠派艺术的特色,亦是罗马雕刻的作风,即明白与简洁。

《奴隶》是与《摩西》同时代的作品。

三十年后,尤里乌斯二世的坟墓终于造成了,没有办法应用这两座《奴隶》。米氏把它们送给一个意大利的革命家,他随后亡命到法国的时候,亦一起带到了巴黎。后来不知怎样,又落到蒙莫朗西公爵手里。一六三二年,蒙莫朗西送给路易十四朝的权相黎塞留(Richelieu)。整个十八世纪,它们就站在黎氏的花园里,法国大革命后,才被运到卢浮宫,一直到今日。

这些雕刻原来有两种意义。我们在上面讲过,它们是代表自由艺术因了教皇尤里乌斯二世的薨逝,亦成了死的俘虏。此外,它们还有一种造型的作用,因为它们是底层柱头的装饰。一个奴隶是正面的,因为它是正面柱头上的装饰;一个奴隶是侧面的,因为它是两旁柱头上的。既然它们的作用是建筑装饰,所以它们的动作亦是自下而上的、高度的。

在这件作品上,因为全身肌肉的拘挛,更充分显出光暗的游戏。

末了,我们还要提醒一句:米开朗琪罗是一个诗人,是一个苦闷的诗人。他一生轮流供多少教皇与诸侯们差遣,然而他毕生完成的事业除了西斯廷礼拜堂以外,其余都是些才开端了的作品。尤里乌斯二世的坟墓是米开朗琪罗全生涯想望着的美梦,然而结果,只在艺人的心上,留下千古的遗憾。他不能够完成他的计划,这对于他的自尊心和好大心是一个极大的创伤。他和尤里乌斯二世在性格上固然各不相让,但究竟是知己,他不能替他完了心愿,亦是一桩责备良心的痛苦。在这样一种悲剧的失望中,米氏给我们留下一尊《摩西》与两座《奴隶》。

第九讲　拉斐尔（上）

一、《美丽的女园丁》

莱奥纳多·达·芬奇、米开朗琪罗、拉斐尔，原是文艺复兴期鼎足而立的三杰。他们三个各有各的面目与精神，各自实现文艺复兴这个光华璀璨的时代的繁复多边的精神之一部。

莱奥纳多的深，米开朗琪罗的大，拉斐尔的明媚，在文艺上各自汇成一支巨流；综合起来造成完满宏富、源远流长的近代文化。

拉斐尔在二十四岁上离开了他的故乡乌尔比诺（Urbino），接着离开他老师佩鲁吉诺（Pérugino）的乡土佩鲁贾（Perugia）到翡冷翠去。因为当时意大利的艺术家，不论他生长何处，都要到翡冷翠来探访"荣名"。在这豪贵骄矜的城里，住满着名满当世的前辈大师。他是一个无名小卒，他到处寻觅工作，投递介绍信。可是他已经画过不少圣母像，如 *Mndone Solly*（《索莉圣母》），*Couronnement de la Vierge*（《圣母加冕》），还有那著名的 *Madone du Grand Duc*（《格兰杜克的圣母》）等，为今日的人们所低徊叹赏的作品。但那时候，他还得奋斗，以便博取声名。这个等待的时间，在艺人的生涯中往往最能产生杰作。在翡冷翠住了一年，他转赴罗马。正当一五○八年前后，教皇尤里乌斯二世当道，这是拉斐尔装饰教皇宫的时代，光荣很快地、出于意外地来了。

现藏巴黎卢浮宫的 *La Belle Jardinière*（《美丽的女园丁》——一幅圣母与耶稣的合像），便是这时期最好的代表作。

在一所花园里，圣母坐着，看护两个在嬉戏的孩子，这是耶稣与施洗者圣约翰（他身上披着的毛氅和手里拿着有十字架的杖，使人一见就辨认出）。耶稣，站在母亲身旁，脚踏在她的脚上，手放在她的手里，向她望着微笑。圣约翰，一膝跪着，温柔地望着他。这是一幕亲切幽密的情景。

题目——《美丽的女园丁》——很娇艳，也许有人会觉得以富有高贵的情操的圣母题材加上这种娇艳的名称，未免冒渎圣母的神明的品格。但自阿西西的圣方济各以来，由大主教圣波拿文都拉（Saint Bonaventure，一二二一

——二七四）的关于神学的著作,和乔托的壁画的宣传,人们已经惯于在耶稣的行述中,看到他仁慈的、人的(humain)气息。画家、诗人,往往把这些伟大的神秘剧,缩成一幅亲切的、日常的图像。

可是拉斐尔,用一种风格和形式的美,把这首充溢着妩媚与华贵的基督教诗,在简朴的古牧歌式的气氛中表现了。

第一个印象,统辖一切而最持久的印象,是一种天国仙界中的平和与安静。所有的细微之处都有这印象存在,氛围中,风景中,平静的脸容与姿态中,线条中都有。在这翁布里亚(佩鲁贾省的古名)的幽静的田野,狂风暴雨是没有的,正如这些人物的灵魂中从没有掀起过狂乱的热情一样。这是缭绕着荷马诗中的奥林匹亚,与但丁《神曲》中的天堂的恬静。

这恬静尤有特殊的作用。它把我们的想像立刻摄引到另外一个境界中去,远离现实的天地,到一个为人类的热情所骚扰不及的世界。我们隔离了尘世。这里,它的卓越与超迈非一切小品画所能比拟的了。

因为这点,一个英国批评家,一个很大的批评家,罗斯金(Ruskin),不能宽恕拉斐尔。他屡次说乔托把耶稣表现得不复是"幼年的神——基督"、圣约瑟、圣母,而简直是爸爸、妈妈、宝宝!这岂非比拉斐尔的表现要自然得多吗?

许多脸上的恬静的表情,和古代(希腊)人士所赋予他们的神道的一般无二,因为这恬静正适合神明的广大性。小耶稣向圣母微笑,圣母向小耶稣微笑,但毫无强烈的表现,没有凡俗的感觉;这微笑不过是略略标明而已。孩子的脚放在母亲的脚上,表示亲切与信心;但这慈爱仅仅在一个幽微的动作中可以辨识。

背后的风景更加增了全部的和谐。几条水平线,几座深绿色的山岗,轻描淡写的;一条平静的河,肥沃的、怡人的田畴,疏朗的树,轻灵苗条的倩影;近景,更散满着鲜花。没有一张树叶在摇动。天上几朵轻盈的白云,映着温和的微光,使一切事物都浴着爱娇的气韵。

全幅画上找不到一条太直的僵硬的线,也没有过于尖锐的角度,都是幽美的曲线,软软的,形成一组交错的线的形象。画面的变化只有树木,圣约翰的杖,天际的钟楼是垂直的,但也只是些隐晦的小节。

我们知道从浪漫派起,风景才成为人类心境的表白;在拉斐尔,风景乃是配合画面的和谐的背景罢了。

构图是很天真的。圣约翰望着耶稣,耶稣望着圣母:这样,我们的注意自然会集中在圣母的脸上，圣母原来是这幅画的真正的题材。

人物全部组成一个三角形，而且是一个等腰三角形。这些枝节初看似乎是很无意识的；但我们应该注意拉斐尔作品中三幅最美的圣母像，《美丽的女园丁》，《金莺与圣母》Vierge au Chardonnet，《田野中的圣母》Madone aux Champs，都有同样的形式，即莱奥纳多的《岩间圣母》Vierge aux Rochers，《圣安妮》Saint Anne 亦都是的，一切最大的画家全模仿这形式。

用这个方法支配的人物，不特给予全个画面以统一的感觉，亦且使它更加稳固。再没有比一幅画中的人物好像要倾倒下去的形象更难堪的了。在圣彼得大寺中的《哀悼基督》Pietà 上，米开朗琪罗把圣母的右手，故意塑成那姿势，目的就在乎压平全体的重量，维持它的均衡；因为在白石上，均衡，比绘画上尤其显得重要。在《美丽的女园丁》中，拉斐尔很细心地画出圣母右背的衣裾，耶稣身体上的线条与圣约翰的成为对称：这样一个二等边三角形便使全部人物站在一个非常稳固的基础上。

像他许多同时代的人一样，拉斐尔很有显示他的素描的虚荣——我说虚荣，但这自然是很可原恕的——。他把透视的问题加多：手，足，几乎全用缩短的形式表现，而且是应用得十分巧妙。这时候，透视，明暗，还是崭新的科学，拉斐尔只有二十四岁。这正是一个人欢喜夸示他的技能的年纪。

在一封有名的信札里，拉斐尔自述他往往丢开活人模型，而只依着"他脑中浮现的某种思念"工作。他又说："对于这思念，我再努力给它以若干艺术的价值。"这似乎是更准确，如果说他是依了对于某个模特儿的回忆而工作（因为他所说的"思念"实际上是一种回忆），再由他把自己的趣味与荒诞情去渲染。

他曾经从乌尔比诺与佩鲁贾带着一个女人脸相的素描，为他永远没有忘记的。这是他早年的圣母像的脸庞：是过于呆滞的鹅蛋脸，微嫌细小的嘴的乡女。但为取悦见过波提切利的圣母的人们，他把这副相貌变了一下，改成更加细腻。只要把《美丽的女园丁》和稍微前几年画的《索莉圣母》作一比较，便可看出《美丽的女园丁》的鹅蛋脸拉长了，口也描得更好，眼睛，虽然低垂着，但射出较为强烈的光彩。

从这些美丽的模型中化出这面目匀正细致幽美的脸相，因翁布里亚轻灵的风景与缥缈的气氛衬托出来。

这并非翡冷翠女子的脸，线条分明的肖像，聪明的，神经质的，热情的。这亦非初期的恬静而平凡的圣母，这是现实和理想混合的结晶，理想的成分且较个人的表情尤占重要。画家把我们摄到天国里去,可也并不全使我们遗失尘世的回忆:这是艺术品得以永生的秘密。

《索莉圣母》和《格兰杜克的圣母》中的肥胖的孩子,显然是《美丽的女园丁》的长兄;后者是在翡冷翠诞生的,前者则尚在乌尔比诺和佩鲁贾。这么巧妙地描绘的儿童,在当时还是一个新发现!人家还没见过如此逼真、如此清新的描写。从他们的姿势、神态、目光看来,不令人相信他们是从充溢着仁慈博爱的基督教天国中降下来的么?

全部枝节,都汇合着使我们的心魂浸在超人的神明的美感中,这是一阕极大的和谐。可是艺术感动我们的,往往是在它缺乏均衡的地方。是颜色,是生动,是妩媚,是力。但这些原素有时可以融化在一个和音(accord)中,只有精细的解剖才能辨别出,像这种作品我们的精神就不晓得从何透入了。因为它各部原素保持着极大的和谐,绝无丝毫冲突。在莫扎特的音乐与拉辛(Racine)的悲剧中颇有这等情景。人家说拉斐尔的圣母,她的恬静与高迈也令人感到几分失望。因为要成为"神的"(divin),《美丽的女园丁》便不够成为"人的"(humain)了。人家责备她既不能安慰人,也不能给人教训,为若干忧郁苦闷的灵魂做精神上的依傍。这就因为拉斐尔这种古牧歌式的超现实精神含有若干东方思想的成分,为热情的西方人所不能了解的缘故。

二、《西斯廷圣母》

拉斐尔三十三岁。距离他制作《美丽的女园丁》的时代正好九年。这九年中经过多少事业!他到罗马,一跃而为意大利画坛的领袖。他的大作《雅典学派》、《圣体争辩》*Dispute de Saint Sacrément*、《巴尔纳斯山》*La Parnasse*、"*Châtiment d' Hélidore*"、"*La Galatcé*"、《教皇尤里乌斯二世肖像》,都在这九年中产生。他已开始制作毡幕装饰的底稿。他相继为尤里乌斯二世与利奥十世两代圣主的宫廷画家。他的学生之众多几乎与一位亲王的护从相等。米开朗琪罗曾经讥讽这件事。

但在这么许多巨大的工作中,他时常回到他癖爱的题材上去,他从不能舍去"圣母"。从某时代起,他可以把实际的绘事令学生工作,他只是给他们素描的底稿。可是《西斯廷圣母》*la Vierge de Saint Sixte* 一画,——现存德国萨克森邦(*Sachsen*)首府德累斯顿(*Dresden*)——是他亲手描绘的最后的作品。

在这幅画面上,我们看到十二分精炼圆熟的手法与活泼自由的表情。对于其他的画,拉斐尔留下不少铅笔的习作,可见他事前的准备。但《西斯廷圣母》的原稿极稀少。没有一些踌躇,也没有一些懊悔。艺术家显然是统辖了他的作品。

因此,这幅画和《美丽的女园丁》一样是拉斐尔艺术进程中的一个重要证人。

《雅典学派》和《圣体争辩》的作者,居然会纯粹受造型美本能(purinstinct des beautés plastiques)的驱使,似乎是很可怪的事。这些巨大的壁画所引起的高古的思想,对于我们的心灵没有相当长久的接触,又转换了方向。由此观之,《西斯廷圣母》一作在拉斐尔的许多圣母像中占有特殊的地位。

幕帘揭开着,圣母在光明的背景中显示,她在向前,脚踏着迷漫的白云。左右各有一位圣者在向她致敬,这是两个殉教者:圣西克斯图斯与圣女巴尔勃。下面,两个天使依凭着画框,对这幕情景出神:这是画面的大概。

我们在上一讲中用的"牧歌"这字眼在此地是不适用了:没有美丽的儿童在年轻的母亲膝下游戏,没有如春晓般的清明与恬静,也没有一些风景,一角园亭或一朵花。画面上所代表的一幕是更戏剧化的。一层坚劲的风吹动着圣母的衣裾,宽大的衣褶在空中飘荡,这的确是神的母亲的显示。

脸上没有仙界中的平静的气概。圣母与小耶稣的唇边都刻着悲哀的皱痕。她抱着未来的救世主望世界走去。圣西克斯图斯,一副粗野的乡人的相貌,伸出着手仿佛指着世界的疾苦;圣女巴尔勃,低垂着眼睛,双手热烈地合十。

这是天国的后,可也是安慰人间的神。她的忧郁是哀念人类的悲苦。两个依凭着的天使更令这幕情景富有远离尘世的气息。

这里,制作的手法仍和题材的阔大相符。素描的线条形成一组富丽奔放的波浪,全个画面都充满着它的力量。圣母的衣饰上的线条,手臂的线条,正与耶稣的身体的曲线和衣裾部分的褶痕成为对照。圣女巴尔勃的长袍向右曳着,圣西克斯图斯的向左曳着:这些都是最初吸引我们的印象。天使们,在艺术家的心中,也许是用以填补这个巨大的空隙的;然竟成为极美妙的穿插,使全画的精神更达到丰满的境界。他们的年轻和爱娇仿佛在全部哀愁的调子中,加入一个柔和的音符。

从今以后拉斐尔丢弃了少年时代的习气,不再像画《美丽的女园丁》或"签字厅"(Chambre de la Signature)时卖弄他的素描的才能。他已经学得了大艺术家的简洁、壮阔、省略局部的素描。他早年的圣母像上的繁复的褶皱,远没有这一幅圣母衣饰的素描有力。像这一类的素描，还应得在西斯廷天顶上的耶和华和亚当像上寻访。

拉斐尔在画这幅圣母时，他脑海中一定有他同时代画的女像的记忆。他把他内在的形象变得更美，因为要使它的表情格外鲜明。把这两幅画作一个比较，可见它们的确是同一个鹅蛋形的脸庞，只是后者较前者的脸在下方拉长了些，更加显得严肃；也是同一副眼睛，只是睁大了些，为的要表示痛苦的惊愕。额角宽广，露着深思的神态；与翡冷翠型的额角高爽的无邪的女像，全然不同。它是画得更低，因为要避免骄傲的神气而赋予它温婉和蔼的容貌。嘴巴也相同，不过后者的口唇更往下垂，表现悲苦。这是慈祥与哀愁交流着的美。

如果我们把圣母像和圣女巴尔勃相比，那么还有更显著的结果。圣母是神的母亲，但亦是人的母亲；耶稣是神但亦是人。耶稣以神的使命来拯救人类，所以他的母亲亦成为人类的母亲了。西方多少女子，在遭遇不幸的时候，曾经祈求圣母！这就因为她们在绝望的时候，相信这位超人间的慈母能够给予她们安慰，增加她们和患难奋斗的勇气。圣女巴尔勃并没有这等伟大的动人的力，所以她的脸容亦只是普通的美。她仿佛是一个有德性的贵妇，但她缺少圣母所具有的人间性的美。这还因为拉斐尔在画圣女巴尔勃的时间只是依据理想，并没像在描绘圣母时脑海中蕴藏着某个真实的女像的憧憬。

和波提切利的圣母与耶稣一样，《西斯廷圣母》一画中的耶稣，在愁苦的表情中，表示他先天已经知道他的使命。他和他的母亲，在精神上已经互相沟通，成立默契。他的手并不举起着祝福人类，但他的口唇与睁大的眼睛已经表示出内心的默省。

因此，在这幅画中，含有前幅画中所没有的"人的"气氛。一五〇七年的拉斐尔（二十四岁）还是一个青年，梦想着超人的美与恬静的媚力，画那些天国中的人物与风景，使我们远离人世。一五一六年的拉斐尔（三十三岁）已经是在人类社会和哲学思想中成熟的画家。他已感到一切天才作家的淡漠的哀愁。也许这哀愁的时间在他的生涯中只有一次，但又何妨？《西斯廷圣母》已经是艺术史上最动人的作品之一了。

第十讲　拉斐尔（中）

三、梵蒂冈宫壁画——《圣体争辩》

我们在上二讲中研究了拉斐尔的圣母像后，此刻轮到来瞻仰他的空前的巨制——梵蒂冈教皇宫内的壁画了。

那时他还只是一个二十五岁的青年（我们不要忘记拉斐尔是在三十七岁上就夭折的，那么，我们不会因他天才放发得异常地早而惊异了），来到罗马，带着他故乡乌尔比诺公爵的介绍信，去见他的同乡布拉曼特，他，那时代已经是监造圣彼得大寺的主任了。

这时的教皇，便是以上诸讲中屡次提及的尤里乌斯二世。关于他的功业和性格，读者们亦早已知道。他不独在意大利史和宗教史上占有重要的位置，即是艺术史上，也特别有他光荣的功绩。

自十四世纪基督教内部分化事件结束以后，教皇们放弃了旧居拉特兰（Latran）宫，而在圣彼得大寺旁边，建造梵蒂冈宫。这是一所宏大的建筑，内部光秃的墙壁等待人们去装饰。教皇亚历山大六世和他博尔吉亚（Borgia）族的后裔都住在梵蒂冈宫的第一层楼上，因此，这一部分的走廊和内室都已经由这一族的教皇们委任翡冷翠派的画家（即拉斐尔前一辈的画家）装饰完成。尤里乌斯二世登位后，在这第一层楼住了四年，终于因为他对于博尔吉亚族的憎恨，决意迁居到第二层去。他并且把这第一层封闭了，从此封闭了三个世纪。画家佩鲁吉诺（拉斐尔的老师）、索多马（Sodoma）、西纽雷利（Signorelli）们重复被召去装饰二层楼；这时候，拉斐尔正到达罗马。

于是，拉斐尔遇到施展他的天才的绝好机会。究竟是谁把拉斐尔引进教皇宫的？是否由了布拉曼特的推毂？尤里乌斯二世果真认识拉斐尔的素描的优越吗？这一切都可不问。事实是教皇立刻试用这青年画家，而且不是平常的试用，教皇宫全部装饰事宜都委托他全权办理了。尤里乌斯二世突然把原有的画家打发走，甚至要拉斐尔把他们画成的部分涂掉而重行开始。

可是拉斐尔认为不应当这么过分，他还保持着对于这些前辈大师的尊敬。这样，今日我们在拉氏的作品旁边，还见有这些画家们的遗迹。但拉斐尔的好意实际上并无效果：他们的作品摆在他的作品旁边，相形之下，老师们实在不能博得后世的观众的赞赏。

年轻的艺术家要装饰的，是一片巨大无边的空间。二层楼各室的墙壁的面积，几乎与西斯廷天顶的不相上下，这是教皇居室旁的四间大厅。

人们通常称为"签字厅"的在次序上是第二室，这个名字的由来，是因为教皇每星期一次，在这室中主持一种宗教特赦法庭的缘故。拉斐尔第一间完成的装饰便是这"签字厅"，他的全部壁画中最著名的亦是这"签字厅"中的。

这一室的壁画使教皇和当代的人士叹赏不已。题材的感应和实施的技巧都是崭新的，令浅薄的观众和识者的艺术家们看了都一致钦佩。

这座厅是方形的一大间，两对面开着一扇大门。其余两方的墙上绘着两幅壁画，一是称为《雅典学派》Ecole d'Athènes，一是称为《圣体争辩》Dispute de Saint-Sacrément（一译《圣礼辩论》）。《雅典学派》表现人类对于他的来源和命运的怀疑和不安。所有的希腊的哲人都在这里，环绕在亚里士多德和柏拉图周围，各人的姿势都明显地象征各人的思想和性格。亚里士多德指着地，柏拉图指着天，苏格拉底正和一个诡辩家在辩论。对面，《圣体争辩》却教训我们说只有基督教的圣体的学说才能解答这些先哲们的问题。

在其他两方的墙上，别的壁画描写在基督降世以前的各时代指引人类的伟大的思想。在一扇门上，阿波罗与诗的女神们象征"美"。别的门上，别的人物象征"真"、"力"、"中庸"。

在天顶上，屋梁下面，还有别幅画代表同一思想的发展。这是在弓形下面的"神学"、"哲学"、"诗"、"正义"；在壁上的"原始罪恶"、"玛息阿的罪恶"等。

因此，这并非是一组毫无连带关系的图，而是根据某几种主要思想的铺张，这主要思想便是"基督教义与圣餐礼的高于一切的价值"。由此观之，这件巨大的装饰简直可称之为一首宗教哲学的诗。

拉斐尔的生涯中，毫无足以令人臆想他能够孕育这么巨大的一个题材。我在以前已经说过，拉斐尔只是一个天真的青春享乐者，并没有达·芬奇与米开朗琪罗般的精神生活。我们可以断定这题意是由别人感应他的。那时节的教廷内充满着文艺界的才人俊士，感应一个题材给拉斐尔实在是很可能的事。

可是拉斐尔的功绩却在于把感应得来的外来思想，给它一个形式，使它得以从抽象的理论成为具体的造型美。

至此为止，人们还没有见过如此重要的作品，就是在翡冷翠，乔托的譬喻画，和整个十四世纪的模仿乔托者，既没有这等统一，也没有这等宏大。米开朗琪罗刚开始他的天顶画，要五年后才能完成的他的大作。

圣体（即图中桌上烛台式的东西）在图的正中，背景是广大无边的天，清朗明静的光。它在祭桌上首先吸引观众目光的地位。

全体人物的分布，形成四条水平线，但四条线都倾向着一个中心点——圣体。天线在中部很低，使圣体益形显著。

天上，耶稣在圣母和施洗约翰中间显形。使徒们围绕着。上方，造物主似乎把他的儿子介绍给人类。耶稣脚下，圣灵由白鸽象征着。周围四个天使捧着微微展开着的四福音书。

地下是宗教史上的伟大。其中有圣安蒲鲁阿士、圣奥古斯丁、萨伏那洛拉、但丁、圣葛莱哥阿、圣多马、弗拉·安吉利科。但要明白地指出这些人物是不可能的亦是不必要的；只有但丁因了他的桂冠、圣多马因为他教派的服装我们可以确实辨认。

天线微微有些弯曲，并不是水平的。无疑地这是为透视的关系，但这条曲线同时令人感到天地的相接。实在，这是很有意味的枝节。

人物的群像组合全不是偶然的，亦不只是依据了什么对称的条件。其中更有巧妙的结构，如一种节奏一般。

两旁，在前景的人物都正面向着观众，其次在远景的人物却转向着圣体。上、中、下，三部人物的组合都有这趋向，所以这显然是作者有意促成的。思想的步伐渐渐逼近主要观念。它的结果是：在迫近主题——圣体的时候，情绪愈趋愈强烈。

左方，看那老人把一本画指示给一个披着优美的大氅的美少年。一般人士说这是建筑家布拉曼特的肖像。他正面向着观众，但已经微微旋转头去，他的姿势好似在说，真理并不在书中，而在藏着圣体的宝匣里。在他后面，一群年轻的人半跪着。我们的目光慢慢地移向祭桌的时候，我们便慢慢地发见人物的姿势，举动，愈来愈激动，愈有表情。底上，一位老人在祭桌上面伸着手，极力证实教义。

右方的人物亦有同样的节奏。

但如果我们更从小处研究，还可看到构图中的别种节奏。莱奥纳多·达·芬奇，在米兰大寺的《最后之晚餐》一作中，把使徒们分配成三个人的小组，好似高乃依诗中的韵脚一般。这表示思想的宁静与清明。拉斐尔的节奏却更多变、更精巧。左方各组的分配是很明显的。第一景上的一组人物，以布拉曼特的肖像为中心，第二景上是以两个主教为中心，并且呼应那前景的布拉曼特。前后两景中的联络（亦可说是分界线）是跪在地下的青年。

对方的构图更为富丽。第一景的教皇和第二景的穿黑色长袍的人物中间的空隙正好是分界处。坐着的主教和教皇形成了第二景的中心。

还应注意的是在前景的素描比较为坚实。这亦是透视使然。但拉斐尔把教皇和主教们放在后景，而把哲人们放在前景亦有一番深切的用意；这样，我们于不知不觉间被引向天国，远离尘土。

在这样一张重要的、紧严的构图中，它的技巧亦是完美到令人出惊。艺术家简直和素描的困难游戏。左方前景，侧着头指着书辩论的老人，他的身体：左臂、肩、腰、腿，几乎全是用省略法的。他侧着的头，微微前俯的亦需要极熟练的技巧。右方坐在阶石上的女像，伛偻着，蜷曲着，又是一组复杂的省略。

我们应当想到那时节距离弗拉·安吉利科的死还不过五十年。弗拉·安吉利科的人物的稚拙，证明在他那时代，一切技巧上的问题还未解决。马萨乔虽然在壁画的衣褶的装饰意味上获得极大的进步，但他二十七岁就夭折了，不能有更高深的造就。由此可见拉斐尔在素描上的天才实在足以惊人了。

至于大部分人物都以肖像画成，那是当时很普遍的风尚。多数艺术家都把个人的朋友或保护人画入历史画。固然，这些人物往往是不配列入这般伟大的场合，获得极荣誉的地位。然而在今日我们全不注意这些，我们所称颂所赞叹的名作，全因为它的造型美，而并非为了它所代表的人物的社会的或政治的地位。相反，在许多超人的圣者、使徒、神明、天使中间，遇到若干实在人物的肖像，反予我们以亲切的感觉，因为他是凡人，曾和我们一样地生活思想过。

此外，壁画在本质上必须要迅速敏捷地完成，逼得要省略局部，表现大体，尤其是强烈的个性与独特的面目：由此，壁画上的肖像更富特殊的意味，为画架上的肖像所无的。

为明了这种情状起见，我们不妨举一个例子。在拉斐尔所作的多数的尤里乌斯二世的肖像中，无疑的，要推在 Messe de Bolgéne 壁画中跪着的那幅最为特色。为什么呢？理由很简单。尤里乌斯二世的长须，使他在老年时候，被称为"老熊"，好似一九一九年前后的克里孟梭被称为"老虎"一般。他的目光，定定的，凶狠的，嘴巴咬得很紧地，一切都表现他的专横的性格。这固然是尤里乌斯二世的本来面目，但在拉斐尔的作品中，因为壁画需要特别的综合的缘故，使尤里乌斯二世的性格更为强烈地表现出来，而肖像本身亦因之愈益生动。

可是在同时代，或是比上述的壁画先一年，拉斐尔替这位教皇画过更著名的一幅肖像，现存翡冷翠乌菲齐（Uffizi）美术馆。这里，画家悠闲地在画架前面有了思索的时间，探求种种细微的地方，作成一片，像他普通的习惯，一片美妙的和谐，其中没有任何统辖其他部分的主要性格。自然，我们的眼底，还是同样的目光，但是温和多了；同样的嘴巴，但是细腻与慈祥代替了坚强的意志。在壁画中一切特别显著的性格在此都融化在一个和音中。尤里乌斯二世，那位历史上的魔王，意大利人称为可怕的（Le Terrible）圣主，是 Messe de Bolgéne 壁画上的，而非这乌菲齐美术馆的。

这便是拉斐尔在罗马崭然露头角的始端。米开朗琪罗也在同时代制作那西斯廷天顶画。一个画《美丽的女园丁》的青年作家，怎么会一跃而为尤里乌斯二世的宫廷画家而成功《雅典学派》、《圣体争辩》那样伟大的杰构？作《哀悼基督》和《大卫》的雕刻家怎么会突然变成了历史上最大的画家？这在当时几乎是两件灵迹。启发这两位的天才的是罗马这不死之城吗？是尤里乌斯二世的意志吗？要解决这问题，大概要从种族、环境、时代三项原则下去研究或更须从心理学上作一深刻的探讨。这已不是我讲话范围以内的事情了。

第十一讲 拉斐尔（下）

四、毡幕图稿

在西斯廷礼拜堂内，一般翡冷翠画家，如波提切利、吉兰达约、佩鲁吉诺们的壁画下面，留着一方空白的墙壁，上面描着一幅很单纯的素描，形象是衣褶。一五一五年左右，教皇利奥十世曾想用比这更美的图案去垫补。

这方墙壁，既然很低，离开地面很近，壁画自然是不相宜了：于是人们想到毡幕装饰。这还是为意大利所不熟知的艺术。可是佛兰德斯（Flanders）的匠人已经那样精明，在毡幕上居然能把一幅画上的一切细腻精微的地方表达出来。那时爱好富丽堂皇的风尚也得到了满足，因为毡幕在原质上更能容纳高贵的材料，羊毛上可以绣上丝、金线、银线。

拉斐尔那时就被委托描绘毡幕装饰的图稿。织毡的工作却请布鲁塞尔的工人担任。

一五二〇年，毡幕织好了挂上墙去，当时的人们都记载过这事实，并都表示惊异叹赏。

这些毡幕的遭遇很奇怪：利奥十世薨逝后六年，一五二七年时，它们忽然失踪了。一五五四年，重又回到梵蒂冈宫内。一七九八年被法国军队抢去。一八〇八年又回至原处，留至今日，可已不是在它们应该悬挂的地位，而是在梵蒂冈博物馆的一室；且也只是些残迹：羊毛已褪了色，纤维已分解，金线银线都给偷完了。

至于拉斐尔的图稿，却留在布鲁塞尔的制毡厂里。一世纪后由鲁本斯为英王查理一世购去，自此迄今，这些图稿便留在伦敦。

现在留存的还有九幅毡幕，第十幅给当时侵略意大利的法国兵割成片片，为的要更易出售。图稿中三幅已经失踪，但现存的图稿却有一幅失去的毡幕的图稿。把拉斐尔的原稿和佛兰德斯工人的手艺作一比较的事已经是不可能了，因为毡幕已经破敝不堪。

全部毡幕——其中两个除外——都是取材于使徒的行述，或是记述基督教义起源的故事。其它两幅则取材于《福音书》。由此可言，这些图稿是一种历史画。

关于历史画，乔托曾在阿西西的圣方济各的行述画上作过初步试验。像我在第一讲中所特别指出的一般，乔托尤其注意在一件事变中抓住一个为全部故事关键的时间，用一个姿势、一个动作来表现整个史实的经过。其后，整个十四世纪的画家努力于研究素描：拉斐尔更利用他们的成绩来构成一片造型的和谐，并赋以一种高贵的气概，以别于小品画。

我们晓得，历史画是一向被视为正宗的画，在一切画中占有最高的品格。而所有的历史画中，在欧洲的艺术传统上，又当以拉斐尔的为典型。例如法国十七、十八两世纪王家画院会员的资格，第一应当是历史画家。勒布朗、格勒兹都是这样。即德拉克鲁瓦画《十字军侵入君士坦丁堡》，虽然他在其中搀入新的成分，如色彩、情调等等，但其主要规条，仍不外把全幅画面，组成一片和谐，而特别标明历史画的伟大性。

我们此刻来研究拉斐尔十余幅毡幕装饰中的两幅，因为我们要在细微之处去明了拉斐尔究曾用了怎样的准备，怎样的方法，才能表白这高贵性与伟大性。在梵蒂冈宫室内装饰上，作者的目的，尤其在颂扬历代圣父们（那些教皇便是他的恩主）的德性与功业，在篇幅广大的壁画上表现宗教史上的几个重要时期与史迹（例如《圣体争辩》），使作品具有宗教的象征意味，但缺乏历史画所必不可少的人间的真实性。那些过于广大的题目（例如《雅典学派》）离开人类太远了。

毡幕图稿中最美的一幅是描写基督在巴勒斯坦太巴列海（Lac de Tibériade）旁第三次复活显灵，庄严地任命圣彼得为全世界基督徒的总牧师（即后来的教皇）的那个故事。耶稣和圣彼得说"牧我的群羊"（Pasce Oves!）那幕情景真是伟大得动人。使徒们正在捕鱼。突然有一个人站在河畔，他们都不认识他。可是这陌生人说道："孩子们，把你们的网投在渔船的右侧，你们便会捕得鱼了。"他们照样做，他们拉起来，满网是鱼。于是那为基督钟爱的使徒约翰向彼得说："这是主啊！"

他们上岸，在岸旁发见鱼已经煮好。耶稣分给他们面包，像从前一样。他们用完了晚餐，耶稣和彼得说："西门，约翰的儿子，你比他们更爱我吗？"彼得答道："是的，我主，你知道我是爱你的。"耶稣和他说："牧我的群羊！"他又第二次问："西门，约翰的儿子，你爱我吗？"彼得答："是，我主，你知道我爱你。"于是耶稣又说："牧我的群羊！"第三次，耶稣问："西门，约翰的儿子，你爱我吗?"彼得仍答道："主，你知道一切，你知道我爱你!"耶稣说："牧我的群羊!"

这些庄严的问句重复了三次，也许因为彼得曾三次否认耶稣之故，也许因为耶稣要对于人的意志和忠实有一个确切的保障，才能把这主宰基督教的重大使命付托与他。而且同一问句的重复三次，更可使彼得深切感觉他的使命之严重与神圣，所谓"牧我的群羊"，即是保护全世界基督徒的意思，故实际上彼得是基督教的第一任教皇。

除掉了这象征的意义，这幕情景还是庄严美丽。在使徒们日常经过的河畔，在捕鱼的时节，突然发现他们的圣主显灵，这背景，这最后的叮咛，一切枝节都显得是悲怆的。

现在我们来看拉斐尔如何构成这幕历史剧。风景是代表意大利佩鲁贾省特拉西梅诺湖（Lac de Trasimèno）的一角，这很可能是依据某个确切的回忆描绘的十一个使徒——犹大已经不在其中了——站在离开基督相当距离的地方，他们的姿势正明白表现他们的情操。基督，高大的，白色的，像一个灵魂的显形，向彼得指着群羊，象征他言语中的意义。

彼得跪在他膝前，手执着耶稣从前给予他的天堂之钥匙。圣约翰在他后面，做着扑向前去的姿态。但耶稣的姿态却那么庄严，那么伟大，令使徒们不敢逼近前去，站在相当距离之外。他不复是亲切而慈和的"主"，而是复活的神了。

在这等情景中，一个艺术家可以在故事的悲怆的情调与人物的衣饰上，寻觅一种对照的效果。如果把耶稣描得非常庄严，而把渔夫们描得非常可怜，那么，将是怎样动人的刺激!写实主义的手法，固有色彩的保持，原来最富感动的力量，因为它可以激醒我们每个人心中的感伤性。

拉斐尔却采用另一种方法。他认为这一幕的主要性格是"伟大"：耶稣的言辞中，圣彼得的答语中，托付的使命中，都藏着伟大性。他要用包涵在一切枝节中的高贵性来表现这伟大性。他并不想用对照来引起一种强烈的感情；而努力在这幅画上造成一片和谐，以诞生比较静谧的情调。因此，一切举止、动作、衣褶、风景，都蒙着静谧的伟大性。这是史诗的方法：是拉丁诗人蒂德·李佛（Tite—Live）讲述罗马人，高乃依、拉辛讲他们的悲剧中英雄的方法。

固有色彩没有了。可是这倒是极端"现代的"面目。心魂的真实性比物质的真实性更富丽，更高越。

构图和《圣体争辩》有同样的严肃性，但更自由：艺术家对于他的手法更能主宰了。耶稣独自占据画的一端，很显著的地位。一群使徒们另外站在一边。这是主要人物，他的精神上的重要性使这种布局不会破坏全面的均衡与和谐。这种格局，拉斐尔在《捕鱼奇迹》一画中，也曾用过：耶稣站在远离着其他的人物的地位。在别的只有使徒们的毡幕图稿中，构图是比较地对称。这里，却是一个和使徒们隔离得极远的神的显灵：对称的构图在此自然与精神上的意义不符合了。

使徒们脸上受感动的表情，依着先后的次序而渐渐显得淡漠。距离耶稣愈近的使徒，表情愈强烈；距离较远的，表情较淡漠。彼得跪在地下听耶稣嘱咐，约翰全身扑上前去。后面几个却更安静。这情调的程序，不独在脸部上，即在素描的线条上也有表现。只要把跪着的彼得的线条和最远的、靠在画的边缘上的使徒的线条作比较便可懂得。彼得的衣褶是一组交错的线条（所谓 arabesque）；耶稣的衣褶，却是垂直的水平的，简单而大方：这显然是有意的对照。

十一使徒的次序又是非常明显。彼得是独立的，因为他和耶稣两人是这幕剧的主角。其他十个分成四个人的二组，二组中间更由二人的一组作为联络。仔细观察这些小组，便可发现各个脸相分配得十分巧妙；表情和姿势中间同时含有变化与自然。

这些组合不只由画面上的空隙来分离。我们在上一讲《圣体争辩》中所注意到的方法在此重复发见。在每一组人物中，拉斐尔总特别标出一个主要人物，占在领袖全组的地位。

素描是很灵活，很谨严，可是很自然，毫无着力的气概。拉斐尔不再想起他青年时的夸耀本领。它是素朴、豪阔、减节到只是最关紧要的大体的线条。壁画的教训使他懂得综合的力量与可爱。这还是从古代艺术上拉斐尔学得这经济的秘诀。也是古代艺术使他懂得包裹肉体的布帛可以形成一片和谐。耶稣的身体，高大、细长、直立着，在环绕着他周围的渔夫们的坚实的体格中间十分显著。外衣的直线标明身体之高大与贵族气息。同样，约翰的衣褶和他向前的姿势相协调。耶稣的脸相并不是根据了某个模特儿的回忆而作，换言之，是理想的产物，因此耶稣更富有特殊动人的性格。

笼罩全画的情调是静谧。在此，绝对找不到伦勃朗作品中那种悲怆的空气。原来，在拉斐尔的任何画幅之前，必得要在静谧的和谐中去寻求它的美。

可是我们不能误会这"静谧"与"和谐"的意义。所谓"静谧",是情调上没有紧张、没有狂乱之谓,而所谓"和谐"亦决非"丑恶"的对待名词。拉斐尔的毡幕图稿中,有一幅描写圣彼得与圣约翰医愈一个跛者的灵迹,就应该列入拉斐尔其他的作品以外了。在此,我们更可看到,在一个美丽的作品中,一切共通的枝节,甚至是丑恶的,亦有它应得的位置而不会丧失高贵性。

灵迹的故事载在"使徒行述"中。有一个生来便残废的人,由别人天天抬到教堂门口去请求布施。当彼得与约翰来到堂前的时候,他瞥见了,向他们求施舍。

彼得说道:"看我们。"那个人便望他们,想要接受银钱。但彼得和他说:"金和银,我没有,但我所有的,便给了你罢:以耶稣基督的名号,你站起来,走。"于是他牵着他的手搀扶他起来。立刻,他的手和脚觉得有了气力。他居然站起而能举步了。他便进入教堂感谢神恩。群众都看他行走。

因此,这幅画应该表现不少群众蜂拥着走向教堂大门,其中杂着盲人、残废者,在呼喊他们的痛苦,要求布施。

地点是在耶路撒冷。画面用教堂的巨大的柱分成相等的三部分。正中,我们看到教堂内部,光线微弱,前景,圣彼得搀着跛者的手助他起身。

右方,另外一个跛者,扶着杖目击这灵迹,看得发呆了。左方是无数的群众奔向教堂;前景更有一对美丽的裸露的儿童。

这幅画,完全用对照来组成这三部分:中间,一组单纯的交错的线条填满了柱子中间的空隙,但其间有一种故意的反照,如圣彼得的高大的身材,宽大的外衣,美丽的头颅,和残废者的孱弱的体格正是一个强烈的对照。左方的两个儿童和右方的跛者又是一个同样的对照。

至于这画的精神上的意义,还在构图以外。拉斐尔在此给予我们一个教训,便是:在描写人类的疾苦残废的时候,并不会在我们的精神上引起不健全不道德的影响。例如两个世纪后西班牙画家委拉斯开兹(Velásquez)所描绘的西班牙历代君主像,客观地写出他们精神的颓废和人生地位的冲突与苦闷。拉斐尔则把那残废者画得鼻歪、口斜,目光完全是白痴式的呆钝;然而这等身体极端残缺的人往往藏有更深刻的内生命。跛者的严肃的素描,和冷酷的写实手法更使全画加增其美的严重性。因此更可证实丑恶和病态并不减损历史画的高贵性。

犹有进者,艺术家在此和诗人一般,创造一个典型,一个综合且是象征全人类疾苦的典型。委拉斯开兹的西班牙君主，各个悲剧家的人物，都是属于这一类型的。

在这两个可怜的跛者周围，拉斐尔画了不少美丽的人物，如圣彼得的雕像般的身材，圣约翰的和善慈祥的脸容，右面一个抱着小孩的美妇，左面两个活泼的裸儿：这一切都是使观众的精神稍得宁息的对象。并也是希腊艺术的细腻之处——例如悲剧家索福克勒斯（Sophocles）往往在紧张的幕后，加上温柔可爱的一幕，以弛缓观众的神经。

从这个研究，我们可以获得两个结论。一是很普遍地说来，无论是最极端的写实主义，或是像拉斐尔般的理想主义，一种艺术形式实际上不啻是美的衣饰。我们不能因为拉斐尔绘画与拉辛悲剧中的人物过于伟大高贵、不近现实而加以指责。现实的暴露往往会令人明白日常所认为不近实际的事态实在是可能存在的。

第二个结论是历史画在拉斐尔的时代已经达到成功的顶点，十六世纪以后的艺术家在这方面都受拉斐尔之赐。以至近世欧洲各国的画院，一致尊崇历史画，奉为古典的圭臬，风尚所至，流弊所及，遂为一般庸俗艺人，专以窃古仿古为能，古典其名，平庸其实，既无拉斐尔之高越伟大，更无拉斐尔之构图的动人的和谐：这便是十八世纪末期的法国艺坛的现象，也就是世称为官学派的内容。

第十二讲 贝尔尼尼
——巴洛克艺术与圣彼得大寺

"巴洛克"艺术（I'art Baroque），往常是指十七世纪流行于意大利、从意大利更传布全欧的一种艺术风格。在法国，家具、雕塑、铸铜、宫邸装饰、庭园设计，有所谓路易十四式或路易十五式者，即系巴洛克艺术式的别称。巴洛克一字源出西班牙文"barrueco"，意为不规则形的珠子，移用于此的原因无可考稽，但并非贬责之意，则可断言。

这种艺术与文艺复兴艺术的分别，在建筑与雕塑上，都是由于它的更自由、更放纵的精神，更荒诞、更富丽、更纤巧的调子。希腊建筑流传下来的正大巍峨的方柱的线条至此改变了，或竟如螺旋般的弯曲，破风的三角形在此变成圆形，作为装饰用的雕像渐次增多。艺术家所专心致意的，不复是逻辑问题，而是装饰效果，而是对于眼睛的眩惑。

贝尔尼尼（Giovanni Lorenzo Bemini，别称贝尔能，Le Bemin，一五九八——六八〇）是巴洛克艺术的最早最完满的代表，亦可说是巴洛克艺术的创造者。

他是教皇们宠幸的艺术家。从保罗五世（死于一六二五年）到英诺森十一世（登极于一六七六年），一直为他们服务。六十年中，他不绝地工作，罗马城中布满着他的作品，即是他晚年的产物亦没有天才枯竭或疲乏的痕迹。

他的声名在当时遍及全欧。英王查理一世与英后亨丽哀德要他为他们塑像。路易十四于一六六五年时邀请他到巴黎去，请他塑一座骑像。瑞典王后克里斯蒂娜游罗马时，特地到他的工作室中去访他。但他的作品几乎全在罗马。教皇们嫉妒地把他留着，给予他种种优遇，使他过着王公卿相般的豪华生活，他从没遭受过何种悲痛的经历。

当一种艺术形式产生了所能产生的杰作之后，当它有了完满的发展时，它决不会长留在一种无可更易的规范中。艺术家们必得要寻找别的方式，别的出路。在米开朗琪罗之后，再要产生米开朗琪罗的作品，是不可能的了。有人曾经尝试过，而他们的名字早已被人遗忘了。

在别一方面看，要产生同样强烈的艺术情绪，必得要依了一般的教育程度而应用强烈的方法。凡是在乔托或弗拉·安吉利科的天真的绘画之前感动得出神的民众,定会觉得米开朗琪罗的艺术是过于强烈了,而米开朗琪罗的同时代人物,亦须用了极大的努力方能回过头去,觉得十四世纪的翡冷翠绘画不无强烈的情绪。因此,在拉斐尔与米开朗琪罗之后,应当以更大的力量来呼号。

到了这个地步,当必得要以任何代价去吸引读者或观众的时候,当一个艺术家或诗人没有十分独特的或新颖的视觉的时候,他们不得不乞灵于眩惑耳目的新奇怪异与强力,或者是回到一种精微的简朴而成为纤巧。这是辞藻与色彩的夸张,感情的强烈与痛苦。在拉丁时代,西塞罗(Cicéro)以后的塞涅卡(Sénèca);在希腊,索福克勒斯(Sophocles)以后的欧里庇得斯(Euripides);在法国,拉辛以后的克雷比荣(Crébillon),都是这种情景:因为要寻找新颖不是一件容易的事。严格的历史上只有四个伟大的艺术世纪,惟在此四世纪中艺术方面是具有特殊面目的。

这便是贝尔尼尼与他的学生们所遭遇到的冒险的故事。他们被他们的时代逼着去寻找新颖。他们亦是在感情的强烈上,在姿态的夸张上,在人们从未见过的技巧的纯熟上寻找,但有时亦在欺妄视觉的幼稚技术上,与艺术无关的方法上寻找。

在此,我们可以举一个例,作为这种强烈的、富有表情的艺术的代表。即是贝尔尼尼在暮年时所作的《圣者阿尔贝托娜之死》La Bienheureuse Albertona。(此作现存罗马 San Francesco a Ripa 寺。)

他表现阿贝托娜睡在她临终的床上。但若依了传统而把她表现得非常严肃与虔敬时,定将显得平凡与庸俗;于是他表现她在弥留时处于神经迷乱的痛苦中,躯体的姿势非常狂乱,而她的衣饰亦因之十分凌乱,要创作"新",且要激动我们,故他采取了激动我们神经的手法。

这座雕像的姿态是:口张开着,头倒仰着,似乎要能够呼吸得更舒服些的样子。手拘挛着放在她的已经停止跳动的心口。全体的姿态予人以非常难堪的印象。衣饰的褶皱安置得甚为妥帖。领口半开着,表示临终的一刹那间的呼吸困难。宽大而冗长的袍子撩在胸部,仿如一切临终者所惯有的状态。贝尔尼尼更利用这情景造成一种节奏,产生一种适当的对照。这一切都是真切的。

白石似乎失掉了它原有的性格,变得如肉一般柔软。本是肥胖的手,为疾病瘦削了，放在胸部，胸部如真的皮肉般受着手的轻压，微有低陷的模样。颈项饱涨着，正如一个呼吸艰难的垂死者努力要呼吸时所做的动作。

这是雕塑本身。但要令人看了更加激动起见，他安放雕像的地位亦是经过了一番思索的。雕像放在祭坛后面的壁龛中。窗中洒射进来的微光，使雕像格外显得惨白。在这景地中，观众不禁要疑心自己真是处于死者的室中，惨白的光仿佛是病床前面的幽微的灯光。这效果是作者故意安排就的，且确是强烈动人。

壁龛的面，有一幅美丽的画：《圣母把小耶稣给圣安妮瞻仰》。周围的缘框极尽富丽：两旁镌有小天使的浮雕，好似在此参与死者的临终。高处穹窿上布满着蔷薇。

女圣徒躺在床褥与靠枕上，这些零件雕塑得如是逼真，令人看了疑为受着肉体的压力的真的被褥。末了，在床的前面，一张黄色大理石雕成的地毡，把床和祭坛联络在一起。这是美妙的戏院布景，而贝尔尼尼，在他的时代，可说是一个伶俐的戏剧作家。

这非常有力。这是我们在雕像之前自然而然会吐露的赞辞，而且对于这件令人又是惊讶又是佩服的作品前面，我们也找不到别的字眼。

以下，我们试图把贝尔尼尼的代表作加以评述。

在爱好艺术的人群中，有一句成语说"拉斐尔的罗马"，因为在教皇利奥十世治下，在拉斐尔生存的时代，罗马布满着他的作品，使城市具有一副簇新的面目。但我们亦可以同样的理由说"贝尔尼尼的罗马"，因为在贝氏指挥之下，在他所侍奉的八代教皇治下，罗马披上了一件缀着白石、古铜、黄金的外衣，建立起不少新的官邸，新的回廊，令惯于把罗马看得如一座阴郁的古城的异国人士为之吃惊。

例如，一个异国的游客去参观圣彼得大寺的时候，便会到处看到贝尔尼尼的遗作，仿佛那里全无别的艺人的作品一般。

在此，我们先来叙述一下圣彼得寺的历史：

公元一世纪时，教皇阿纳克莱图斯（Anacletus），在圣彼得墓地筑了一个小小的圣堂。三一九年，罗马君士坦丁大帝在原址改造一所规模较大的教堂，于三二六年落成。到了十五世纪中叶，教堂已呈崩圮之象，教皇尼古拉五世决意重修。一四五二年动工之后，工程进行极缓，直到尤里乌斯二世即位，才把它全权委托给当时名建筑家布拉曼特（Bramante）主持，布氏重又立了一个新的图样，这是一五〇六年四月间的事。他声言将把圣彼得教堂造成如君士坦丁帝治下所完成的万神庙（Panthéon）一般的大建筑。一五一三、一五一四两年，教皇与建筑家相继逝世，利奥十世敕令拉斐尔与当时另外几个建筑家继续负责。布拉曼特原拟的图样是希腊式十字形（即屋内面积之空隙，形成一纵横相等之十字），拉斐尔改成拉丁式十字形（即纵横不相等——横端较短——之十字）。拉斐尔死后（一五二〇年），各建筑家辩论纷纭，或主希腊式，或主拉丁式。迨米开朗琪罗承命主持时（一五四六年），重复回到希腊式十字形之原议，但他废止采用万神庙式的弧顶而改用翡冷翠式的穹窿。米氏殁后（一五六四年），维尼奥拉（Vignole）、皮罗·利戈里奥（Pirro Ligorio）、贾科莫·德拉·波尔塔（Giacomo della Porta）相继完成了穹窿之部。随后教皇保罗五世又主改用拉丁式，命建筑家马代尔诺（C. Maderno）承造。他把正中甬道向广场方面延长，并造成了现在的门面。一六二六年十一月十八日，适逢旧寺落成一千三百周年纪念，教皇乌尔班八世（Urbain Ⅷ）举行新寺揭幕礼。

教堂的面积共计一五一六〇方尺；长一八七公尺，连门面穿堂一并计算，共长二一一公尺半。穹窿连上端十字架在内，共高一三二公尺半，直径四十二公尺。

屋之正面为巴洛克式，共分两层，顶上安置耶稣、施洗者圣约翰，及十二使徒像。上层两旁置有二钟。下层支有圆柱八、方柱四、大门凡五。更前为三台式之石阶，阶前即著名世界之圣彼得广场，场中矗立高与寺埒之埃及华表，旁有大喷水池二座。教堂两旁环有四行式石柱之弧形长廊。

这长廊即贝尔尼尼所建。长廊环拱的广场是椭圆形的。许多精细的批评家说贝尔尼尼利用这椭圆形把广场的面积扩大了，因为以普通的目光看来，广场是纵横相等的圆形。长廊宽十七公尺，共分四列，形成三条甬道，中间的一道可容二辆车子通过，上面的顶是弧形的。

长廊顶上矗立雕像一百六十二座，其中二十余座是贝尔尼尼的真品，其他的是他指挥着学生们塑造的。

这座建筑实是贝氏作品中的精华，它富有巴洛克艺术的一切优点，富丽而不失高贵，朴实而兼有变化。

前述两座大喷水池，其中的一座亦系贝尔尼尼之作。

从长廊到寺前的石阶，须走过一大片矩形的空地，在空地底上，紧接着大寺与长廊的称为"贝尔尼尼廊"，这座廊看起来似乎是衔接着圆柱长廊的，其实，这不过是欺骗视觉的一种设计而已。

当贝尔尼尼到罗马（他的故乡是拿波里）的时候，大寺已经建筑完成了。一六二五年，马代尔诺完工了屋的正面；但教堂的内部却空无一物，还等待着人们去装饰。在正面的两端，建筑师曾预定建造两座钟楼。一六三八年，贝尔尼尼造成了一座。据当时的记载说，这是轻灵秀雅，同时又是巍峨宏伟的神奇之作。但几年之后，屋面起了裂痕，人们归咎于钟楼，说是它的重量把泥土压得松动了之故，这座钟楼就此毁掉，永远没有重建。

大门前的横廊中，一切都是马代尔诺的制作，但宝石镶嵌是依了贝尔尼尼的蓝本而制成的。

当我们进入正中甬道时，那么，在这庄严的建筑中，到处都是贝尔尼尼的遗物了。当他主持内部装饰时，我在上面说过，教堂已经建筑完了；但一切装饰点缀都是他设计的。

在弓形的环框上面，在壁隅上角，他安置着许多巨大的人像，似乎悬挂在我们的头顶上。

在两旁的甬道上，装饰更为复杂。在单纯的严肃的水泥工程的缘框中，他加入有色大理石的圆柱，全体的气象，由此一变。

天顶上，他又令当时最灵巧的技术家来嵌上彩石拼成的图案（即马赛克）。在与凯旋门上弓形环梁同样巨大的环梁上，又缀以极大的盾形徽饰，盾上雕着教皇英诺森十世的宝徽，盾上塑着小天使，仿佛在捧持那徽饰一般。

这是寺内一般的装饰，但在甬道的一隅，在巨柱的周围所安置着的硕大无比的人像中，签署贝尔尼尼的名字的作品同样的触目皆是。

在右边甬道中，走过了米开朗琪罗的早年名作《哀悼基督》之后，在第二与第三小堂之间，我们看到一座美丽的纪念建筑，这是贝尔尼尼亲手雕成的玛蒂特伯爵夫人墓。作者把伯爵夫人塑成手里执着指挥棍卫护着教皇的姿态。

大寺完工后，许多年内，没有一座与它相配的祭坛。相传名画家安尼巴莱·卡拉齐（Annibal Carracci，一五六○——一六○九）有一天在这里经过，与尚在童年的贝尔尼尼说："能装饰米开朗琪罗的穹窿与布拉曼特的大殿的艺术家不知何时方能诞生？"贝尔尼尼答道："也许便是我！"的确，他便是这个艺术家。乌尔班八世委托他装饰穹窿下面的全部与支撑穹窿的四根巨柱。

上面已经说过，圣彼得寺最初是建筑于埋葬圣彼得的墓上的，这个坟墓的地位，在十三个世纪中间，一向留为祭坛的地位。贝尔尼尼在此造起一座古铜的神龛，上面覆着古铜的天盖，四支柱头是弯曲的螺旋形的，上面更有许多小天使围绕着，似乎正在向上爬去。

关于这祭坛的形式，便有许多不同的评议：有的说，这些螺旋形的圆柱，在它复杂的形式上，和布拉曼特与米开朗琪罗的单纯伟大的建筑是不相称的。围绕着圆柱的天使，是琐碎纤细的装饰，和这壮丽的环境亦不调和。反之，别的人说，这座祭坛虽然显得非常巨大，可并未掩蔽全部建筑的线条；而且贝尔尼尼把年轻的裸体像放在教堂的祭坛上这种方法，亦是开了以后装饰艺术上的先例，多少人曾经仿效他！在此，我们不必下何种断语，我们只要说这祭坛装饰不论它优劣如何，与寺内全部装饰，总是同一风格的。

支持着穹窿的四支巨柱，还是布拉曼特的作品，在布氏逝世时，四支巨柱已高耸在君士坦丁大帝所建的旧寺的废墟中了。

贝尔尼尼应用圣彼得寺所保留下来的四项遗物来装饰四支巨柱，这是圣女"佛洛尼葛"的篷、圣"龙更"的枪、真十字架的木与圣安德烈的钥匙。在四柱下面放着四座雕像，代表上述的四位圣者，其中《圣龙更》是贝尔尼尼之作，别的三座是他的学生所作。祭坛后面，在寺的最后部，我们看见一大块古铜镌成的宝座。上面的窗子，从微弱的光中映出窗上所绘的白鸽，一群孩子和青年在空中飞翔着，这是富有神化怪诞色彩的装饰。

宝座正中有一块镌成的宝石，上下各有古铜的天使擎举着环绕着。这即是所谓圣彼得宝座。因为宝石上保存着相传是圣彼得坐着宣道的木座。这一部分全是贝尔尼尼之作。

即在圣彼得宝座右边，我们看到乌尔班八世之墓。这是贝尔尼尼早年之作，它的相当地单纯朴实的风格在他的作品中岂非是很少见的么？

大体上是极合建筑的体裁。因为坟墓是建筑，故一切雕像的塑造与布置，部分的安插与分配，应得合于建筑的条件是必然的事。下面，古铜的棺龛，几乎是古典的形式。两旁站着两座雕像：一是正义之神，向天流泪，哭着教皇；一是慈悲之神，他的态度较为简单而平静。这两座像的上面与后面，是白色大理石与杂色大理石混合造成的基石，沉重的，庄严的，上面放着教皇的塑像。威严的，主宰似的容仪，在此非常适合。这是一座很美很大的塑像。它所处的壁龛，是杂色大理石造成的穹窿。全部显得很调和。但有一点是新颖的：即有一个骷髅从墓中出来爬在棺龛前面写着教皇的名字。在此之前，死神的出现在意大利艺术中是不经见的，而这里，艺术家为激动观众的强烈的感情起见，发明了这新的穿插。

左侧，在教皇保罗三世墓旁，是亚历山大七世的陵墓，这是贝尔尼尼晚年之作。作品全体都表现艺术家的复杂的用意。在地位上，这座纪念建筑必得要安放在一扇门的上面。于是，贝尔尼尼利用这一点把棺龛这一部分取消了。门楣上覆着一条深色大理石雕成的毯子，这样，下面的门便显得是陵墓的门户了。这里也有两座雕像：慈悲之神抱着一个孩子，是很妩媚的姿态。真理之神，头发凌乱，眼中饱和着泪水，传达出深刻的痛苦。同样有一骷髅。但壁龛的装饰更为富丽。座石的形式也较为新颖。

但在座石与壁龛之间，有一个大空隙，于是贝尔尼尼加入两个倚肱而坐的石像。

全部显得非常富丽堂皇，这是艺术家所故意造成的；至于这些石像所表现的象征意味，亦是十分庸俗，为十七、十八两世纪的坟墓建筑家所作为仿效的。

梵蒂冈教皇宫内的一座皇家石梯亦是贝尔尼尼之作。此外，在罗马城内，除了宗教的纪念物与教皇的陵墓以外，还有不少宫邸都出之于这位艺人的匠心。

这种艺术，承继了文艺复兴的流风余韵，更进一步寻求巧妙的技术表现，直接感奋观众的神经。一般史家认为这种娱悦视觉的艺术是颓废的艺术。其实，这是在一个伟大文艺复兴的艺术时代以后所必不可免的现象。前人在艺术上的表现已经是登峰造极了，后来的艺术家除了别求新路以外，更无依循旧法以图自显的可能。故以公正的态度说来，与其指巴洛克艺术为颓废，毋宁说它是意大利十七世纪的新艺术。而且它不独是意大利的，更是自十七世纪以来的全个欧洲所风靡的艺术。

第十三讲　伦勃朗在卢浮宫
——《木匠家庭》与《以马忤斯的晚餐》

伦勃朗（Rembrandt，一六〇六——一六六九）在绘画史——不独是荷兰的而是全欧的绘画史上所占的地位，是与意大利文艺复兴诸巨匠不相上下的。拉斐尔辈所表扬阐发的是南欧的民族性，南欧的民族天才，伦勃朗所代表的却是北欧的民族性与民族天才。造成伦勃朗的伟大的面目的，是表现他的特殊心魂的一种特殊技术：光暗。这名辞，一经用来谈到这位画家时，便具有一种特别的意义。换言之，伦勃朗的光暗和文艺复兴期意大利作家的光暗是含着绝然不同的作用的。法国十九世纪画家兼批评家弗罗芒坦（Fromentin）目他为"夜光虫"，又有人说他以黑暗来绘成光明。

卢浮宫中藏有两幅被认为代表作的画，我们正可把它们用来了解伦氏的"光暗"的真际。

《木匠家庭》是一幅小型的油画，高仅四寸。伦勃朗如他许多同时代的人一样，欢喜作这一类小型的东西。他的群众，那些荷兰的小资产阶级与工业家，原来不爱购买鲁本斯（Rubens，一五七七——一六四〇）般的鲜明灿烂的巨幅之作。那时节，荷兰人的宗教生活非常强烈。都是些新教徒，爱浏览《圣经》，安分守己，循规蹈矩地过着小康生活，他们更爱把含有幽密亲切的性格，和他们灵魂上沉着深刻的情操一致的作品来装饰他们的居处。

《木匠家庭》实在就是圣家庭，即耶稣、基督诞生长大的家庭。小耶稣为圣母抱在膝上哺乳；圣女安妮在他们旁边；圣约瑟在离开这群中心人物较远之处，锯一块木材。这一幅画，在意大利画家手里，定会把这四个人物填满了整个画面。他们所首先注意的，是美丽的姿态，安插得极妥帖的衣褶。有时，他们更加上一座庄丽的建筑物，四面是美妙的圆柱，或如米开朗琪罗般，穿插入若干与本题毫无关系的故事，只是为了要填塞画幅，或以术语来说，为了装饰趣味。全部必然形成一种富丽的阿拉伯风格，线条的开展与动作直及于画幅四缘。然而伦勃朗另有别的思虑。人物只占着画中极小的地位。他把这圣家庭就安放在木匠家中，在这间工作室兼厨房的室内。他把房间全部画了出来，第一因为一切都使他感兴趣，其次因为这全部的背景足以令人更了解故事。他如小说家一般，在未曾提起他书中的英雄之前，先行描写这些英雄所处的环境,因为一个人的灵魂,当它沉浸于日常生活的亲切的景象中时,更易受人了解。

在第一景上,他安放着摇篮与襁褓;稍远处,我们看到壁炉,悬挂着的釜锅和柴薪;木料堆积在靠近炉灶的地下;一串葱蒜挂在一只钉上。还有别的东西,都是他在贴邻木匠家里观察得来的。观众的目光,从这些琐屑的零件上自然而然移注到梁木之间。在阴暗中我们窥见屋椽、壁炉顶,以及挂在壁上的用具。在这木匠的工房中,我们觉得呼吸自由,非常舒服,任何细微的事物都有永恒的气息。

在此,光占有极大的作用,或竟是最大的作用,如一切荷兰画家的作品那样。但伦勃朗更应用一种他所独有的方法。不像他同国的画家般把室内的器具浴着模糊颤动的光,阴暗亦是应用得非常细腻,令人看到一切枝节,他却使阳光从一扇很小的窗子中透入,因此光烛所照到的,亦是室内极小的部分。这束光线射在主要人物身上,射在耶稣身上,那是最强烈的光彩,圣母已被照射得较少,圣女安妮更少,而圣约瑟是最少了,其余的一切都埋在阴暗中了。

画上的颜色,因为时间关系,差不多完全褪尽了。它在光亮的部分当是琥珀色,在幽暗的部分当是土黄色。在相当的距离内看来,这幅画几乎是单色的,如一张镌刻版印成的画。且因对比表现得颇为分明,故阴暗更见阴暗,而光明亦更为光明。

但伦勃朗的最大的特点还不只在光的游戏上。有人且说伦勃朗的光的游戏实在是从荷兰的房屋建筑上感应得来的。幽暗的,窗子极少,极狭,在永远障着薄雾的天空之下,荷兰的房屋只受到微弱的光,室内的物件老是看不分明,但反光与不透明的阴影却是十分显著,在明亮的与阴暗的部分之间也有强烈的对照。这情景不独于荷兰为然,即在任何别的国家,光暗的作用永远是相同的。莱奥纳多·达·芬奇,在他的《绘画论》中已曾劝告画家们在傍晚走进一间窗子极少的屋子时,当研究这微弱的光彩的种种不同的效果。由此可见伦勃朗的作品的价值并非在此光暗问题上。如果这方法不是为了要达到一种超出光暗作用本身的更高尚的目标,那么,这方法只是一种无聊的游戏而已。

强烈的对照能够集中人的注意与兴趣,能够用阴暗来烘托出光明,这原是伟大的文人们和伟大的画家们同样采用的方法。它的功能在于把我们立刻远离现实而沉浸入艺术领域中,在艺术中的一切幻象原是较现实本身含有更丰富的真实性的一种综合。这是法国古典派文学家波舒哀（Bosuet）、浪漫派大师雨果们所惯用的手法。这亦是莎士比亚所以能使他的英雄们格外活泼动人的秘密。

伦勃朗这一幅小画可使我们看到这种方法具有何等有力的暗示性。在这幕充满着亲密情调的家庭景色中，这光明的照射使全景具有神明显灵般的奇妙境界。这自然是伦勃朗的精心结构而非偶然获得的结果。

而且，这阴暗亦非如一般画家所说的"空洞的"、"闷塞的"阴暗。仅露端倪的一种调子、一道反射、一个轮廓，令人觉察其中有所蕴藏。受着这捉摸不定的境界的刺激，我们的想像乐于唤引起种种情调。画中的景色似乎包裹在神秘的气氛之中，我们不禁联想到罗丹所说的话："运用阴暗即是使你的思想活跃。"

但在这满布着神秘气息的环境中，最微细的部分亦是以客观的写实主义描绘的，亦是用非常的敏捷手腕抓握的。在此，毫无寻求典雅的倩影或绮丽的景色的思虑。画中人物全是平民般的男子与妇人。平民，伦勃朗曾在他的作品中把他们的肖像描绘过多少次！这里，他是到他邻居的木匠家中实地描绘的。这里是毫无理想毫无典型的女性美。圣女安妮是一个因了年老而显得臃肿的荷兰妇人。圣母绝无妩媚的容仪；她确是一个木匠的妻子，而那木匠亦完全是一个现实的工人，他尽管做他的工，不理会在他背后的事情。即是小耶稣亦没有如鲁本斯在同时代所绘的那般丰满高贵的肉体。

各人的姿势非常确切，足证作者没有失去适当的机会在现实的家庭中用铅笔几下子勾成若干动作。伦勃朗遗留下来的无数的速写即是明证。因此，他的绘画，如他的版画一般，在琐细的地方，亦具有令人百看不厌的真实性。圣母握着乳房送入婴儿口中的姿态，不是最真实么？圣女安妮，坐着，膝上放着一部巨大的书。她在阅书的时候突然中辍了来和小耶稣打趣，一只手提着他的耳朵。另一只手，她抓住要往下坠的书，手指间还夹着刚才卸下的眼镜。书，眼镜，在比例上都是画得不准确的，但这些错误并未减少画幅的可爱。当然，画中的圣约瑟亦不是一个犹太人，而是一个穿着十七世纪服饰的荷兰工人，所用的器具，亦是十七世纪荷兰的出品。我们可以这样地检阅整个画幅上的一切枝节部分。伦勃朗的一件作品，可比一部常为读者翻阅的书，因为人们永远不能完全读完它。

一幕如此简单的故事，如此庸俗的枝节（因为真切故愈见庸俗），颇有使这幅画成为小品画的危险。是光暗与由光暗造成的神秘空气挽救了它。靠了光暗，我们被引领到远离现实的世界中去，而不致被这些准确的现实所拘囚，好似伦勃朗的周围的画家，例如道（Gerrid Dou）、梅曲（Metsu）、霍赫（Peter de Hooch）、奥斯塔德（Van Ostade）之流所予我们的印象。

实在，他并不能如那些画家般，以纯属外部的表面的再现，只要纯熟的手腕便够的描绘自满。从现实中，他要表出其亲切的诗意，因为这诗意不独能娱悦我们的眼目，且亦感动我们的心魂。在现实生活的准确的视觉上，他更以精神生活的表白和它交错起来。这样，他的作品成为自然主义与抒情成分的混合品，成为客观的素描与主观的传达的融和物。而一切为读者所挚爱的作品（不论是文学的或艺术的）的秘密，便在于能把事物的真切的再现和它的深沉的诗意的表白融和得恰到好处。

伦勃朗作品中的光暗的主要性格，亦即在能使我们唤引起这种精神生活或使我们发生直觉。这半黑暗常能创出一神秘的世界，使我们的幻想把它扩大至于无穷，使我们的幻梦处于和这幅画的主要印象同样的境域。因为这样，这种变形才能取悦我们的眼目，同时取悦我们精神与我们的心。

我在此再申引一次英国罗斯金说乔托的话："乔托从乡间来，故他的精神能发现微贱的事物所隐藏着的价值。他所画的圣母、圣约瑟、耶稣，简直是爸爸、妈妈与宝宝。"是啊，圣家庭是圣约瑟、圣母与耶稣，历史上最大的画家所表现的亦是圣约瑟、圣母与耶稣；而如果我们站在更为人间的观点上，确只是"爸爸、妈妈与宝宝"，乔托所怀的观念当然即是如此，因为他还是一个圣方济各教派的信徒呢。至于伦勃朗的圣家庭，却亦充满着《圣经》的精神：这是拿撒勒（Nazareth）的木匠的居处；这是圣家庭中的平和；这是在家事与工作之间长大的耶稣童年生活；这是耶稣与他的父母们所度的三十年共同生活。

这确是作者的精神感应。他所要令我们感到的确是这种诗意，而他是以光与暗的手段使我们感到的。在从窗中射入的光明中，是圣母、小耶稣、圣女安妮与圣约瑟；在周围的阴影中，是睡在椅上的狗，是在锅子下面燃着的火焰，是耶稣刚才在其中睡觉的摇篮，还有一切琐碎的事物。这不是乔托的作品般的单纯与天真的情调，这是一个神明的童年的史诗般的单纯。它的写实气氛是人间的，但它的精神表现却是宗教的，虔敬的。

卢浮宫中的另一张作品比较更能表显伦勃朗怎样的应用光暗法以变易现实，并令人完满地感到这《圣经》故事的伟大。这是以画家们惯用的题材

"以马忤斯的晚餐"所作的绘画。

这个故事载于《福音书》中的《路加福音书》，原文即是简洁动人的。

复活节的晚上。早晨，若干圣女发现耶稣的坟墓已经成为一座空墓，而晚上，耶稣又在圣女抹大拉的马利亚之前显现了。两个信徒，认为这些事故使他们感到非常懊丧，步行着回到以马忤斯，这是离开耶路撒冷不远的一个小城。路上，他们谈论着日间所见的一切，突然有另一个行人，为他们先前没有注意到的，走近他们了。

他们开始向他叙述城中所发生的、一般人所谈论的事情，审判、上十字架、与尸身的失踪等等。他们也告诉他，直到最近，他们一直相信他是犹太人的解放者，故目前的这种事实令他们大为失望。于是，那个不相识的同伴便责备他们缺少信心，他引述《圣经》上的好几段箴言，从摩西起的一切先知者的预言，末了他说："耶稣受了这么多的苦难之后，难道不应该这样地享有光荣么？"

到了以马忤斯地方，他们停下，不相识的同伴仍要继续前进。他们把他留着说："日暮途远，还是和我们一起留下罢。"他和他们进去了。但当他们同席用膳时，不相识者拿起面包，他祝福了，分给他们。于是他们的眼睛张开来了，他们认出这不相识者便是耶稣，而耶稣却在他们惊惶之际不见了。

他们互相问："当他和我们谈话与申述《圣经》之时，难道我们心中不是充满着热烈的火焰么？"

在这桩故事中，含有严肃的、动人的单纯，如一切述及耶稣复活后的显灵故事一样。在此，耶稣、基督不独是一个神人，且即是为耶路撒冷人士所谈论着的人，昨日死去而今日复活的人。这故事的要点是突然的启示和两个行人的惊骇。我们想来，这情景所引起的必是精神上的骚乱。但伦勃朗认为在剧烈的骚动中，艺术并未有何得益。他的图中既无一个太剧烈的动作，亦无受着热情激动的表现。这些人不说一句话，全部的剧情只在静默中展演。

旅人们在一所乡村宿店的房间中用餐。室内除了一张桌子、支架桌子的十字叉架和三张椅子外，别无长物。即是桌子上，也只有几只食钵、一只杯子和一把刀。墙壁是破旧的，绝无装饰物。且也没有一盏灯、一扇窗或一扇门之类供给室内的光亮。

《木匠家庭》中的一切日常用具在此一件也没有了。伦勃朗所以取消这些琐物当然有他的理由。在前幅画中，他要令人感到微贱的家庭生活的诗意，而事物和人物正是具有同样传达这种诗意的力量。在《以马忤斯的晚餐》中，他要令人唤起一幕情景和这幕情景的一刹那；作者致力于动作与面部的表情。其他的一切都是不必要的。

在此，我得把一幅提香（Titian）对于同一题材所作的大画拿来作一比较。虽然两件作品含有深刻的不同点，虽然它们在艺术上处于两个相反的领域之内，但这个比较一方面使我们明了两个气质虽异，天才富厚则一的画家，一方面令我们在对比之下更能明白伦勃朗这幅小型的画的亲切的美。这种研究的结果一定要超出这两件作品以外，因为他们虽然是两件作品，但确是两种平分天下的画派的代表作。

在两件作品中，人物的安插是相同的。耶稣在中间，信徒们坐在两旁。所要解决的问题亦是相同的：艺术家应用姿势与面部的表情，以表达由一件事实在几个人的心魂中所引起的热情。提香与伦勃朗所选择的时间亦同是耶稣拿起面包分给信徒而被他们认出的时间。

但两件作品的类似点止此而已。在解决问题时，两个画家采取了绝然异样的方法，所追求的目标亦是绝不相同。

提香努力要表达这幕景象之伟大，使他的画面成为一幅和谐的形象。一切枝节都是雄伟壮大的：建筑物之庄丽堂皇，色彩之鲜明夺目，巧妙无比的手法，严肃的韵律，人物的容貌与肉体的丰美，衣帛褶皱的巧妙的安置，处处表现热情的多变与丰富。这是两世纪文物的精华荟萃，即在意大利本土，亦不易觅得与提香此作相媲的绘画。

伦勃朗既不知有此种美，亦不知有此种和谐。两个信徒和端着菜盆的仆役的服装，臃肿的体格，都是伦勃朗从邻居的工人那里描绘得来的。他们惊讶的姿态是准确的，但毫无典雅的气概。这些写实的枝节，在《木匠家庭》中我们已经注意到；但在此另有一种新的成分，为提香所没有应用的：即是把这幕情景从湫隘的乡村宿店中移置到离开尘世极远的一个世界中去，而这世界正是意大利艺人所从未窥测到的。正当耶稣分散面包的时候，信徒们看到他的面貌周围突然放射出一道光明，照耀全室。在此之前，事实发生在世上，从此起，事实便发生在世外了。在这个信号上，信徒们认出了耶稣，可并非是他们所熟识的，和他一起在犹太境内奔波的耶稣，而是他们刚才所讲的，已经死去而又复活的耶稣。他的脸色在金光中显得苍白憔悴；他的巨大的眼睛充满了热情望着天，恰如三日之前他在最后之晚餐中分散面包时同样的情景。垂在面颊两旁的头发非常稀少，凌乱不堪，令人回忆他在橄榄山上与十字架上所受的苦难。他身上所穿的白色的长袍使他具有一种凄凉的美，和两个信徒的粗俗的面貌与十七世纪流行的衣饰成为对照。

是这样地伦勃朗应用散布在全画面上的光明来唤引这幕情景的悲怆与伟大。

在这类作品之前所感到的情操是完全属于另一种的。提香的作品首先魅惑我们的眼目；我们的情绪是由于它的外形、素描、构图的"庄严的和谐"所引起的。而且我们所感到的，更准确地说是一种惊佩，至于故事本身所能唤引的情绪倒是次要的。

伦勃朗的作品却全然不同。它所抓握的第一是心。这出乎意料的超自然的光，这苍白的容颜，无力地放在桌子上的这双手，使我们感到悲苦的凄怆的情绪。只当我们定了心神的时候，我们方能鉴赏它的技巧与形式的美。

这是两个人，两个画家，两种不同的绘画。伦勃朗的两幅《自画像》还可使我们明白，在一件性格表现为要件的作品中，光暗具有何等可惊的力量。

一六三四年肖像：这是青年时代的伦勃朗，他正二十七岁。他离开故乡莱顿（Leiden），他到荷京阿姆斯特丹（Amsterdam），心中充满着无穷的希望。他的名字开始传扬出去。他刚和一个少女结婚，她带来了丰富的妆奁，舒适的生活与完满的幸福。年轻的夫妇购置了一所屋子，若干珍贵的家具，稀有的美术品和古董。伦勃朗，精力丰满，身体健康，实现了一切大艺术家的美梦：他依了灵感而制作，不受任何物质的约束。他作了许多研究，尤其是肖像。他选择他的模特儿，因为他更爱画没有酬报的肖像，他的家人与他的朋友，他的年轻的妻子，他的父亲，他自己。他在欢乐中工作，毫无热情的激动。

这种幸福便在他的肖像上流露出来。面貌是年轻的，可爱的。全体布满着爱与温情。眼睛极美，目光是那么妩媚。头发很多，烫得很讲究。胡须很细，口唇的线条很分明。画家穿着一套讲究的衣服，丝绒的小帽，肩上挂着一条金链。

然而幸福并不能造成一个心灵。伦勃朗这一时期的自画像，为数颇不少，都和上述之作大体相同。虽然技术颇为巧妙，但缺少在以后的作品中成为最高性格的这种成分。这时期，光暗还应用得非常谨慎，还不是以后那种强有力的工具：他只用以特别表显有力的线条，勾勒轮廓和标明口与下巴的有规则的典雅的曲线。那时节，伦勃朗心目中的人生是含着微笑的。患难尚未把他的心魂磨折成悲苦惨痛。

一六六○年。他的青年夫人萨斯基亚（Saskia）已于一六四二年去世。无边的幸福只有几年的光阴。此后十六年中，他如苦役一般在悲哀中工作。他穷了，穷得人们把他的房屋和他在爱情生活中所置的古玩一齐拍卖。他有一个儿子，叫做提杜斯（Titus），而伦勃朗续娶了这孩子的保姆。虽然一切都拍卖了，虽然经过了可羞的破产，虽然制作极多，他仍不能偿清他所有的债务。刚刚画完，他的作品已被债主拿走了。他不得不借重利的债，他为了他的妻子与儿子度着工人般的生活。在卢浮宫中的他的第二幅《自画像》，便是在破产以后最痛苦的时节所作的。在此，他不复是我们以前所见的美少年了：在憔悴的面貌上，艰苦的阅历已留下深刻的痕迹。

这一次，光暗是启示画家的心魂的主要工具。阴暗占据了全个画幅的五分之四。全部的人沉浸在黑暗中；只有面貌如神明的显现一般发光。手的部位只有极隐微的指示；画幅的下部全是单纯的色彩。笼罩着额角的皱痕描绘得如此有力，宛如大风雨中的乌云。技术，虽然很是登峰造极，可已没有前一幅肖像中的平和与宁静了。这件作品是在凄怆欲绝的情况中完成的。我们感到他心中的痛苦借了画笔来尽情宣泄了。他的眼睛，虽不失其固有的美观，但在深陷的眼眶中，明明表现着惊惶与恐怖的神情。

我愿借了这些例子来说明伦勃朗作品中的光暗所产生的富丽的境界。

无疑的，在这些作品之前，我们的眼目感到愉快，因为阴影与光明，黑与白的交错，在本身便形成一种和谐。这是观众的感觉所最先吸收到的美感；然而光暗的性格还不在此。

由了光暗，伦勃朗使他的画幅浴着神秘的气氛，把它立刻远离尘世，带往艺术的境域，使它更伟大，更崇高，更超自然。

由了光暗，画家能在事物的外表之下，令人窥测到亲切的诗意，意识到一幕日常景象中的伟大和心灵状态。

因此，所谓光暗，决非是他的画面上的一种技术上的特点，决非是荷兰的气候所感应给他的特殊视觉，而是为达到一个崇高的目标的强有力的方法。

第十四讲 伦勃朗之刻版画

在一切时代最受欢迎的雕版艺术家中，伦勃朗占据了第一位。

他一生各时代都有铜版雕刻的制作。我们看到有一六二八年份的（他二十二岁）；也有一六六一年份的。至于这些作品的总数却很难说了：批评家们在这一点上从未一致。

解释、考证这些作品的人，和解释、考证荷马或柏洛德（公元前三世纪时的拉丁诗人）的同样众多。人们把各类作品分门别类，加以详细的描写。大半作品的名称对于鉴赏家们都很熟知了。当人们提起《大各贝诺》或《小各贝诺》、《百弗洛令》、《三个十字架》或《三棵树》这些名称时，大家都知道是在讲什么东西，正如提起荷马或柏洛德的作品中的名字一般。大家知道每张版画有多少印版，也知道这些作品现属何人所有。每件作品都有它特殊的历史。大家知道它所经历的主人翁和一切琐事。

对于伦勃朗的雕版作品关心最早而最著名的批评家是维也纳图书馆馆长巴尔施（Bartsch）。他生存于十八世纪，自己亦是一个雕版家。他对于这个研究写了两册巨著。

他的工作直到今日仍旧保有它的权威，因为在他之后的诠释和他的结论比较起来只有细微的变更。如荷马的著作般，成为定论的还是纪元前三世纪的亚历山大派。

但在一八七七年时，也有一个批评家，如沃尔夫（Frédéric August Wolf，一七五九——一八二四）之于荷马一样，对于伦勃朗雕版作品的真伪引起重大的疑问。这个批评家也是一个雕版家，英国人西摩尔·哈顿（Seymour Harden）。他的辨伪工作很困难，制造赝品的人那么多，而且颇有些巧妙之士。他们可分为两种：一是伪造者，即伦勃朗原作的临摹者；一是依照了伦勃朗的作风而作的，冒充为伦氏的版画。然赝品制造者虽然那么巧妙，批评家们的目光犀利也不让他们。他们终于寻出若干枝节不符的地方以证明它的伪造。

巴尔施把伦勃朗的原作统计为三七五件。在他以后，人们一直把数目减少，因为虽然都有伦勃朗的签名，但若干作品显得是可疑的。俗语说，人们只肯借钱给富人,终于把许多于他不相称的事物亦归诸他了。柏洛德便遭受到这类情景。他的喜剧的数量在他死后日有增加。这是靠了批评家华龙之力才把那些伪作扫除清净。

一八七七年,西摩尔·哈顿,靠了几个鉴赏家的协助,组织了一个伦勃朗版画展览会。结果是一场剧烈的争辩。否定伦勃朗的大部分的版画,在当时几乎成为一种时髦的风气。人们只承认其中的百余件。

这场纠纷与关于荷马事件的纠纷完全相仿。当德国哲学家沃尔夫认为《伊利亚特》与《奥德赛》的真实性颇有疑问时,在半世纪中,没有一个批评家不以摧毁这两件名著为乐,他们竭力要推翻亚历山大派的论断。有一个时期,荷马的作品竟被公认为只是一部极坏的通俗诗歌集。同样,一个法国画家勒格罗(Legros)和一个艺术批评家贡斯(Gonse)把大部分的伦勃朗的雕版作品完全否定了。

但现在的批评界已经较有节度了。他们既不完全承认巴尔施所定的数目,亦未接受西摩尔·哈顿的严格的论调。他们认为伦氏之作当在二五〇—三〇〇件之间。

这数量的不定似乎是很奇怪的:这是因为伦勃朗在这方面的制作素无确实的记录可考之故,而且这些作品亦是最多边的。有些是巨型的完成之作,在细微的局部也很周密;有些却是如名片一般大小的速写。为何伦勃朗把这些只要在纸上几笔便可成功的东西要费心去作铜版雕刻呢?关于这个疑问的答复,只能说他是为大型版画所作的稿样,或是为教授学生的样本。

以上所述的伦勃朗的版画的数目,只是用以表明伦氏此种作品使艺术家感到多么浓厚的兴趣而已。

在最初,收藏此类作品的人便不少。在他生前,他的友人们已在热心搜觅。在他经济拮据最为穷困的时代,曾有一个商人向他提出许多建议,说依了他的若干条件,伦勃朗可以完了清债务。这些条件中有一条是:伦勃朗应承允为商人的堂兄弟作一幅肖像,和他作约翰西斯那幅雕版同样的精细。这件琐事已足证明他的雕版之作在当时受到何等推崇了。

十八世纪时,收藏家更多了。其中不少历史上著名的人物。今日人们往往谈起 Rotschild 与 Dutuit 两家的珍藏,其实收藏最富的还推各国国家美术馆。荷京阿姆斯特丹当占首位,其次要算是巴黎、伦敦、法兰克福等处了。

全部的目录,编制颇为完善,因为伦氏的版画市价日见昂贵。一七八二年,二张《法官西斯肖像》的印版为维也纳美术馆收买时售价五百弗洛令即盾。——编者注:而夏尔丹(Chardin)的画,在当时却不值此数四分之一。一八六八年,《百弗洛令》一作的一张印版值价二万七千五百法郎。一八八三年,《多冷克斯医生肖像》值价三万八千法郎。在今日,这些印版又将值得多少价钱!

伦勃朗绘画上的一切特点,在他的铜版雕刻上可完全找到,只是调子全然不同。

铜版雕刻是较金属版画更为自由。金属版画须用腕力,故荒诞情与幻想的运用已受限制。在铜版雕刻中,艺术家不必在构图上传达上保持何等严重的态度。若干宗教故事,世纪传说,一切幻想可以自由活动的东西都可作为题材。这是不测的思想,偶然的相值,滑稽与严肃的成分在其中可以融合在一起。诗人可以有时很深沉,有时很温柔,有时很滑稽,但永远不涉庸俗与平凡的理智。

我们可把那幅以"百弗洛令"这名字著称的版画为例,它真正的题目是《耶稣为人治病》。我们立可辨别出伦勃朗运用白与黑的方式。耶稣处在最光亮的地位,在画幅中间,病人群散布在他的周围。戏剧一般的场面在深黑的底面上显得非常分明。

在《木匠家庭》中,构图是严肃的,围绕在主要人物旁边的阴暗确很符合实在的阴暗:这是可怜的小家庭中的可怜的厨房,只有一扇小窗,故显得黝暗。这里,光暗的支配完全合乎情理,即合乎现实。但在这幅版画中,黑暗除了要使中心场面格外明显,使对照格外强烈之外更无别的作用,或别的理由。这一大片光亮的地方是娱悦眼目的技术,这是一切版画鉴赏家都明白的。而且,黑暗的支配,其用意在于使局面具有一种奇特的性格。在耶稣周围的深黑色,只是使耶稣的形象更显得伟大,使耶稣身上的光芒更为炫目。他的白色长袍上沾有一点污点,似乎是在他前面的病人的手所沾污的。总而言之,光暗的游戏,黑白的对照,在此是较诸在绘画上更自由更大胆。

但在这表现神奇故事的场合,伦勃朗仍保有他的写实手法。在人物的姿态、容貌,以及一切表达思想情绪的枝节上,都有严格的真实性;而其变化与力强且较他的绘画更进一层。

在此是全班人物在活动:在耶稣周围,有一直在迦里莱省跟随着他的,把他当做治病的神人的病苦者,也有在耶路撒冷街道中讥讽嘲弄他的市民。但这不像那幅名闻世界的《夜巡》一画那样,各个人物的面部受着各种不同的光彩的照射,但在内心生活上是绝无表白的。在此,每个人物都扮演一个角色,都有一个性格,代表《福音书》上所说的每个阶级。版画是比绘画更能令人如读书一般读尽一本从未读完的书的全部，在版画中，思想永远是深刻的，言语是准确而有力的。

在群众中向前走着的耶稣，和我们在《以马忤斯的晚餐》中所见的一样，并非是意大利派画家目光中的美丽的人物，而是一个困倦的旅人，为默想的热情磨折到瘦弱的，不复是此世的而是一个知道自己要死——且在苦难中死的人。他全身包裹在光明之中，这是从他头上放射出来的天国之光。他的手臂张开着，似乎预备仁慈地接待病人，但他的眼睛却紧随着一种内心的思想，他的嘴巴亦含着悲苦之情。这巨大的白色的耶稣，不是极美么？

但在他的周围，是人类中何等悲惨的一群！在他左侧，瞧那些伸张着的瘦弱的手，在褴褛的衣衫中举起着的哀求的脸。似乎艺术家把这几个前景的人物代表了全部的病人。

在他脚下，一个疯瘫的人睡在一张可以扛运的小床上，他已不像一个人而像一头病着的野兽了。这是一个壮年的女人；但一只手下垂着不能动弹，而另一只亦仅能稍举罢了。他的女儿跪着祈求耶稣作一个手势或说一句话使她痊愈。在她旁边，有一个侏儒，一个无足的残疾者，胁下支撑着木杖。他的后面，还有两个可怜的老人。瘫痪的人不复能运用他的手臂，他的女人把它举着给耶稣看。前面，人们抬来一个睡着不动的女人。左角远处，是沉没在黑暗中的半启的门，群众拥挤着要上前来走近耶稣，想得到他的一瞥，一个手势或一句说话。而在这些群众中，没有一个不带着病容与悲惨的情况。

右侧是婴儿群。一个母亲在耶稣脚下抱着她的孩子；这是一个青年妇人，梳着奇特的发髻，为伦勃朗所惯常用来装饰他的人物的。在她周围还有好几个，都在哀求与期待的情态中。

病人后面，在画幅的最后景上，是那些路人与仇敌。他们的脸容亦是同样复杂。伦勃朗往往爱在耶稣旁边安插若干富人，轻蔑耶稣而希望他失败的恶徒。这和环绕着他的平民与信徒形成一种精神上的对照。这是强者的虚荣心，是世上地位较高的人对于否认他们的人的憎恨与报复，是对于为平民申诉、为弱者奋斗的人的仇视。前景上有一个转背的胖子。他和左右的人交谈着，显然是在嘲笑耶稣。他穿着一件珍贵的皮大衣，一顶巍峨的绒帽，他的手在背后反执着手杖。这是阿姆斯特丹的富有的犹太人。伦勃朗在这些宗教画取材上，永远在现实的环境中观察；我们在他所有的作品中都可找到例证。

高处站着似乎在辩论着的一群。这是些犹太的教士与法官，将来悬赏缉捕他的人物。他们的神情暴露出他们的嫉妒，政治的与社会的仇恨。在前景上，在执着手杖的胖子后面，那些以轻灵的笔锋所勾描着的脸容，却是代表何等悲惨的世界！在此，伦勃朗才表现出他的伟大。在画家之外，我们不独觉得他是一个明辨的观察者，抓握住准确的形式，抒发心灵的秘密，抑且发见他是一个思想家，是一个具有伟大情操的诗人。

在这组人物中，有一个面貌特别富有意味。这是一个青年人，坐着，一手支着他的头，仿佛在倾听着。是不是耶稣的爱徒圣约翰？这是一个仁慈慷慨的青年人，满怀着热爱，跟随着耶稣，在这群苦难者中间，体味着美丽的教义。

这样的一幅版画，可以比之一本良好的读物。它具有一切吸引读者的条件：辞藻，想像，人物之众多与变化，观察之深刻犀利，每个人有他特殊的面貌，特殊的内心生活，纯熟的素描有表达一切的把握，思想之深沉，唤引起我们伟大的心灵与人类的博爱，诗人般的温柔对着这种悲惨景象发生矜怜之情；末了，还有这光与暗，这黑与白的神奇的效用，引领我们到一个为诗人与艺术家所向往的理想世界中去。

《三个十字架》那幅版画似乎更为大胆。从上面直射下来的一道强烈的白光照耀着卡尔凡（Calvaire）山的景象。在三具十字架下（一具十字架是钉死耶稣的，其他二具是钉死两个匪徒的），群众在骚动着。

大片的阴影笼罩着。在素描上，原无这阴影的需要。这全是为了造型的作用，使全个局面蒙着神奇的色彩。我们的想像很可在这些阴影中看到深沉的黑夜，无底的深渊，仿佛为了基督的受难而映现出来的世界的悲惨。法国十九世纪的大诗人雨果，亦是一个版画家，他亦曾运用黑白的强烈的对照以表现这等场面的伟大性与神秘性。

三个十字架占着对称的地位，耶稣在中间，他的瘦削苍白的肉体在白光中映现出几点黑点：这是他为补赎人类罪恶所流的血。十字架下，我们找到一切参与受难一幕的人物：圣母晕过去了，圣约翰在宗主脚下，叛徒犹大惊骇失措，犹太教士还在争辩，而罗马士兵的枪矛分出了光暗的界线。

技巧更熟练但布局上没有如此大胆的，是《基督下十字架》（已死的耶稣被信徒们从十字架上释放下来）一画。在研究人物时，我们可以看到伦勃朗绝无把他们理想化的思虑。他所描绘的，是真的扛抬一个死尸的人，努力支持着不使尸身堕在地下。至于尸身，亦是十分写实的作品。十字架下，一个警官般的人监视着他们的动作。旁边，圣女们——都是些肥胖的荷兰妇人——在悲苦中期待着。但在这幕粗犷的景象中，几道白光从天空射下，射在基督的苍白的肉体上。

《圣母之死》表现得尤其写实。这个情景，恰和一个目击亲人或朋友易篑的情景完全一样。一个男子，一个使徒，也许是圣约翰捧着弥留者的头。一个医生在诊她的脉搏。穿着庄严的衣服的大教士在此准备着为死者作临终的礼节，交叉着手静待着。一本《圣经》放在床脚下，展开着，表明人们刚才读过了临终祷文。周围是朋友，邻人，好奇的探望着，有些浮现着痛苦的神情。

这是一幅充满着真实性的版画。格勒兹（Greuze，一七二五——一八〇五，法国画家）在《一个疯瘫者之死》中，亦曾搜寻同样的枝节。但格勒兹的作品，不能摆脱庸俗的感伤情调，而伦勃朗却以神妙的风格使《圣母之死》具有适如其分的超自然性。一道光明，从高处射下，把这幕情景全部包裹了：这不复是一个女人之死，而是神的母亲之死。勾勒出一切枝节的轮廓的，是一个熟练的素描家，孕育全幅的情景的，却是一个大诗人。

在伦勃朗全部版画中最完满的当推那幅巨型的《耶稣受审》。贵族们向统治者彼拉多（Pontius Pilate）要求把耶稣处刑。群众在咆哮，在大声呼喊。彼拉多退让了，同时声明他不负判决耶稣的责任。一切的枝节，在此还是值得我们加以精细的研究。彼拉多那副没有决断的神气，的确代表那种不愿多事的老人。他宛如受到群众的威胁而失去了指挥能力的一个法官。在他周围的一切鬼怪的脸色上，我们看出仇恨与欲情。

这幅版画的技术是最完满的，但初看并未如何摄引我们，这也许是太完满之故吧？在此没有大胆的黑白的对照，因此，刺激的力量减少了，神秘的气息没有了。我们找不到如在其他的版画上的出世之感。

经过了这番研究之后，可以懂得为何伦勃朗的铜版镌刻使人获得一种特殊性质的美感，为何这种美感与由绘画获得的美感不同。

仔细辨别起来，版画的趣味，与速写的趣味颇有相似之处。在此，线条含有最大的综合机能。艺术家在一笔中便摄住了想像力，令人在作品之外，窥到它所忽略的或含蓄的部分。在版画之前，如在速写之前一样，制作的艺术家与鉴赏的观众之间有一种合作的关系。观众可各以个人的幻想去补充艺术家所故意隐晦的区处。因为这种美感是自动的，故更为强烈。

我们可以借用版画来说明中国水墨画的特别美感之由来，但这是超出本文范围以外的事，姑置不论。

至于版画在欧洲社会中所以较绘画具有更大的普遍性者，虽然由于版画可有复印品，值价较廉，购置较易之故；但最大的原由还是因为这黑白的单纯而又强烈的刺激最易取悦普通的观众之故。

第十五讲　鲁本斯

在今日，任何人不会对于鲁本斯（Rubens）的光荣有何异议的了。所谓鲁本斯派与普桑派，这些在当时带有浓厚的争执色彩的名字，现在早被遗忘了。大家已经承认，鲁本斯是色彩画家的大宗师。这位佛兰德斯画家，早年游学意大利，醉心威尼斯画派，归国以后，运用他的研究，创出独特的面目：这是承袭威尼斯派画风的艺术家中最优秀的一个天才。

历史证明他不独从意大利文艺复兴中汲取最有精彩的成分，而且他自己亦遗下巨大的影响：在他本土，凡·代克（Van Dyck）与约丹斯（Jordaens）固是他嫡系弟子；即在法国，十八世纪的华托（Watteau）曾在梅迪契廊下长期研究他的"白色与金色的底面上的轻灵的笔触"；格勒兹（Greuze）以后又爬在扶梯上寻求他的色彩的奥秘；维伊哀·勒布朗夫人（Mme Vigée Lebrun）又到格勒兹的画幅中研究；末了，德拉克鲁瓦，这位法国的色彩画家亦在疑难的时候在鲁本斯的遗作上觅取参考资料。

这一切都是真实的，素描与色彩的争执实际上是停止了。大家承认绘画上只有素描不能称为完满，色彩当与素描占有同等重要的地位，大家也懂得鲁本斯比别人更善运用色彩，而他所获得的结果也较多少艺人为完满。然而他不是一个受人爱戴的画家，"人们在他作品前面走过时向他致敬，但并不注视。"

十八世纪英国画家雷诺兹（Reynolds），在他的游记中，已经把鲁本斯色彩的长处和其他的绘画上的品质，辨别得颇为明白。他说他的色彩显得超出一切，而其他的只是平常。即是上文所提及的华托、格勒兹、德拉克鲁瓦等诸画家都研究他的色彩，却丝毫没有谈起他的素描。法国画家弗罗芒坦（Fromentin）曾写了一部为鲁本斯辩护的书。他在书中极致其钦佩之忱。这是他心目中的大师。他写这部书的立场是画家兼文人。他叙述鲁本斯对于一个题材的感应，也叙述他运用色彩的方法。但我们在读本书的时候，明白感到他是一个辩护者，他的说话与其说是描写不如说是辩证。他在向不欢喜鲁本斯的人作战。他甚至说："不论是画家或非画家，只要他不懂得天才在一件艺术品中的价值，我劝他永远不要去接触鲁本斯的作品。"

从此我们可以下一结论，即某一类的艺术家赞赏鲁本斯，而大部分的非艺术家却"在走过时向他致敬可不去注视"。

这种观察我们很易加以证实。只须我们有便到卢浮宫时稍加留神便是。且在把鲁本斯的若干作品做一番研究时，我们还可觅得一般外行人所以有这种淡漠的态度的理由。

一幅鲁本斯的作品，首先令人注意到的是他永远在英雄的情调上去了解一个题材。情操，姿态，生命的一切表显，不论在体格上或精神上，都超越普通的节度。男人、女子都较实在的人体为大；四肢也更坚实茁壮。即是苦修士圣方济各，在乔托的壁画中显得那么瘦骨嶙峋的，在鲁本斯的若干画幅中，亦变成一个健全精壮的男子。他的一幅画，对于他永远是史诗中的断片，一幕伟大的景色，庄严的场面，富丽的色彩使全画发出眩目的光辉。弗罗芒坦把它比之于古希腊诗人品达罗斯（Pindaros）的诗歌。而品达罗斯的诗歌，不即是具有大胆的意象与强烈的热情的史诗么？

例如现藏比京布鲁塞尔美术馆的《卡尔凡山》。这是一六三六年，在作者生平最得意的一个时期内所绘的。那时，他已什么也不用学习，他的艺术已到了登峰造极的境界。

画幅中间，耶稣（基督）倒在地下。他的屈伏着的身体全赖双手支撑着，处在正要完全堕下的姿态中。他的背后是一具正往下倾的十字架，如果不是西蒙·勒·西莱南把它举起着，耶稣定会被它压倒。圣女佛洛尼葛为耶稣揩拭额上的鲜血。而圣母则在矜怜慈爱的姿态中走近来。

但这一幕十分戏剧化的情景似乎在一出伟大的歌剧场面中消失了。在远景上，一群罗马骑士，全身穿着甲胄，在刀枪剑戟的光芒中跨着骏马引导着众人。一个队长手执着短棍在发号施令。在前景上，别的士兵们又押解着两个匪徒，双手反绑着。

全部的人物与马匹都是美丽的精壮的。强盗与押解的士兵的肌肉有如拳击家般的。西蒙·勒·西莱南用尽力量举着将要压在耶稣身上的十字架。队长是一个面目俊秀的美男子，——人家说这无异是鲁本斯的肖像——，他的坐骑亦是一匹雄伟的马。圣女佛洛尼葛是一个容光焕发的盛装的美女。圣母是一个穿着孝服的贵妇。即是耶稣亦不像一个经受过无数痛苦的筋疲力尽的人，如在别的绘画上所见的一般。在此，他的面目很美，从他衣服的褶痕上可以猜想出他的体格美。

布鲁塞尔美术馆中还有一幅以同样精神绘成的画：《圣莱汶的殉难》。前景左侧，圣者穿着主教的服饰跪着。兵士刚把他的舌头割掉。嘴还张开着，鲜血淋漓。其中有一个兵士钳子中还钳着血肉去喂食咆哮的犬。画上的远景与前画相似：几匹马曳着小车在奔跃，半裸的士兵都有力士般的肌肉，其他的士兵戴着钢盔，穿着铠甲，剑戟在日光中辉耀，金银与宝石的饰物在僧袍上射出反光。在天上，云端中降下美丽的白的玫瑰红的天使，把棕叶戴在殉道者的头上。画幅高处，在更为开朗的光彩中，另有其他的天使和上帝的模糊的形象。

这一切人物，不论在前景远景上，在日光下，在叫喊着的妇人孺子中间，全体受着一种狂热的动作所掀动：躯干弯曲着，军官们在发令。

复杂的线条的游戏使全部的动作加增了强度。在《卡尔凡山》中，一条主要的曲线，横贯全面，而与周缘形成四十五度的斜角，它指示出群众的趋向。试把这一种支配法和意大利画面上的平直的地平线作一比较，便可看到在掀动热情或震慑骚动上，线条具有何等的力量。所有的次要线条都倾向于这条主要线条，使动作更加显得剧烈。所谓次要线条，有兵士行列的线条，有马队的线条，有支撑十字架的西蒙·西莱南的侧影，有倒在地下的耶稣，尤其是在前景押解着强盗的兵士行列。

在《圣莱汶的殉难》一画中，动作亦是同样的狂放。这是在前景的刽子手；是仰倒着的圣者；是发疯般的立着的兵士；是扑向着血肉的猛犬；是桀骜不驯的马匹；是半阴半晴的天空。人群与动物之中同样是一片莫可名状的骚动。而画面上所以具有这种旋风般的狂乱情调，还是由于线条的神奇的作用。

在安特卫普（Atwerp）的大教堂里，有一幅鲁本斯的《抬起十字架》，其精彩与力强的效果亦是以同样的方法获得的。倾斜的十字架的线条是全幅画面上的主要线条，而画中所有的线条都是倾向这主要线条。同一教堂中另一幅画，《基督下十字架》中的线条，亦是以形成耶稣的美丽的肉体的柔和的线条为依归。前景上的粗犷的士兵，撑持着耶稣的信徒和友人：前者的蛮横残忍与后者的温柔怜爱，都是借了线条的力量表达的。

卢浮宫中的一幅名画《乡村节庆》，更能表达线条的效力。全个题材依了一条向地平线远去的线条发展。为要把线条的极端指示得格外显明起见，鲁本斯把它终点处的天际画得最为明亮。由此，图中的舞蹈显得如无穷尽的狂舞一般。其他次要的线条亦是倾向于上述的中心线条，以至全体的动作变得那么剧烈，令人目眩。同时代的名画家泰尼埃（Téniers，一五八二——一六四九）颇有不少同类的制作：它们是简明，典雅，色彩鲜艳，而且较为真实得多，但这是滑稽小说中的景色，不似鲁本斯的《乡村节庆》般，宛似史诗的一幕。

这种把题材夸大，把一幕日常景色描写得越出通常范围的方法，使鲁本斯在所谓"梅迪契廊"一组英雄式的描写中大为成功。这是亨利四世的王后的历史，一共分作二十四段，即二十四件故事。其中，一切是雄伟的，一切是神奇的。三个 Parques 神罗织王后的命运。美惠女神与米涅瓦（Minerva）神预备她的教育材料。雄辩之神把她的肖像赍送给亨利四世。朱庇特（Jupiter）、朱诺（Junon）、米涅瓦三神参与他们的会见，忠告法王。在描写王后到达马赛的一画中，全是海中的神道护卫着。

这种神奇现象的穿插原是史诗的手法，但在鲁本斯的作品中，往往在出人意料的区处都有发现。在倍金大公的骑马肖像中，背景上满布着神明的形象。当他旅居西班牙京都马德里时，为腓力三世所绘的肖像，他亦在空中穿插着一个胜利之神，手中拿着棕树与王冠。在翡冷翠乌菲齐（Uffizi）美术馆中，亦有一幅腓力四世的肖像，多少神道在天空飞舞着，捧着一顶胜利的冠冕加诸这位屡战屡北的君主头上。在此，我们不禁想起在同时代委拉斯开兹所作的西班牙君主的许多可惊的肖像，它们在真理的暴露上不啻是历史的与心理的写真。

由是，我们可说鲁本斯永远在通常的节度以上、以外去观照事物。在他的作品中，有一种夸大的情调，这夸大却又是某种雄辩的主要性格，恰如某几个时代的某几个诗人，在写作史诗与剧诗时一样采用夸大的手法想借以说服读者。鲁本斯的辩护人弗罗芒坦亦承认他有时不免流于夸张或悲郁。这是这类作风附带的必然的弊病。

鲁本斯所最令人注意的便是这一点。但如果我们承认这种风格，那么我们应当说它和以真实与自然为重的作品，同样具有美。而且，这情形不独于绘画为然，即在诗歌上亦然如此。本文中已经屡次把史诗和鲁本斯的作品对比，在此我们更将提出几个诗人来作一比拟。拉丁诗人卢卡（Lucan）、维尔吉尔（Virgil）、雄辩家西塞罗（Cicéro），都有与鲁本斯相同的优点与缺点；法国诗人中如高乃依，如雨果，尤其是晚年的雨果都是如此。

也许时代的意志更助成了鲁本斯的作风。十六、十七两世纪间，是宗教战争为祸最烈的时期。被虐杀的荷兰的新教徒多至不可计数。在忧患之中，大家的思想磨砺得高贵起来了，而且言语也变得夸张了。在法国大革命时期与最近的大战期间，便有与此相同的情形。在非常时期内，民众的思想谈吐完全与平常时期内不同。高乃依所生存的时代，大家如他一般地感觉，一般地思想，所以大众懂得他而不觉其夸大或悲郁。换言之，高乃依的夸大与悲郁，只是当时一般人的夸大与悲郁的表白而已。那时，一切带有英雄色彩。而鲁本斯正和高乃依同时，他的《卡尔凡山》与《圣莱汶的殉难》亦是在一六三六年与高乃依的悲剧《熙德》Cid 同时产生的作品。

但在这夸张的风格中，包藏着何等的造型的富丽，何等丰满的生命！把鲁本斯与雨果作一比较是最适当的事。如这位诗翁一样，鲁本斯应用形象的铺张来发展他的作品。在画面上没有一个空隙，也没有一些踌躇的笔触会令人猜出作家的苦心：他的艺术是如飞瀑一般涌泻出来的。灵感之来，有如潮涌，源源不绝，永远具有那种长流无尽的气势。他的想象也永远会找到新的形式，满足视官，同时亦满足心灵。

据说《乡村节庆》一作是在一天之内画成的。然而不论你在枝节上如何推求，你永远不会在这百来个醉醺醺的狂欢的人群中，找出作家的天才有何枯涸之处。即在最需要准确与坚定的前景，亦无丝毫迟疑的笔触。在表达狂乱的景象时，作家老是由他的思想指导着。

安特卫普所藏的《东方民族膜拜圣婴》一画，在表现群众拥塞于厩舍门口时，种种复杂的画意衔接得十分紧凑。在背景上是骆驼的长颈丑脸与赶骆驼的非洲土人。稍近之处是黑人的酋长。但为填塞这后景与前景之间的空隙起见，柱子上又围绕着若干奇形怪状的人首。更前处，长须的长老与奇特的亚洲人群。最前景则是欧洲的法师跪献着礼物。

而这些画意不只是为了精神作用而复杂，不只是为要表现膜拜圣婴的人有来自世界各方的民众。鲁本斯是画家，不是历史家与神学家。故每个画意不只表现一个故事，而尤其是助成造型的变化的一个因子：它同时形成了新的线条交错与新的色调。黑人酋长穿着光耀夺目的绸袍。亚洲长老的衣服上绣着富丽的东方图案。欧洲法师穿扮得如教士一般，在上面这些富丽的装饰之旁，加上一些白色的轻灵的纱质作为穿插。可见鲁本斯的作品，永远由色彩居于主要地位。当他发明新的画意时，他想到它对于全画所增加的意义与情操，同时亦想到它在这色彩的交响乐上所能添加的新的调子。

然而一个艺术家所贵的不独在于具有这等狂放丰富的想象,而尤其在于创作的方法与镇静的态度。鲁本斯的作品,如他的生活一样富有系统。他存留于世界各处的作品,总数约在一千五百件左右。即是这个数量已足证明艺术家所用的工作方法是何等有条不紊,若是缺少把握力,浪费时间,那么决无此等成就。构图永远具有意大利风格的明白简洁的因素。例如《乡村节庆》,还有什么作品比它更为凌乱呢?实际上,在这幅狂乱之徒的图像中,竟无中心人物可言。可是只要你仔细研究,你便能发见出它自有它的方案,自有严密的步骤,自有一种节奏,一种和谐。这条惟一的长长的曲线,向天际远去的线,显然是分做四组,分别在四个不同的景上展开的。四组之间,更有视其重要程度的比例所定的阶段:第一景上的一组,人数最多,素描亦最精到。在画幅左方的一组中,素描较为简捷,但其中各部的分配却是非常巧妙。务求赅明的精神统制着这幅充满着骚乱姿态的画,镇静的心灵老是站在画中的人物之外,丝毫不沾染及他们的狂乱。灵感的热烈从不能强迫艺术家走入他未曾选择的路径。多少艺术家,甚至第一流的艺术家,不免倚赖兴往神来的幸运,使他们的精神获得一闪那的启示!鲁本斯却是胸有成竹的人,他早已计算就这条曲线要向着天空最明净的部分远去,使这曲线的极端显得非常遥远。

《东方民族膜拜圣婴》一画,亦是依了互相衔接的次序而安排的。它亦分做四组,每组的中心是骆驼与赶骆驼的人,黑人酋长,亚洲法师,圣婴与欧洲法师。这四组配置妥当以后,在中间更加上小的故事作为联络与穿插。《卡尔凡山》与《圣莱汶的殉难》,表面上虽然似乎凌乱非常,毫无秩序,实在,它们的构图亦是应用同样简明的方法。

他应用的最普通的方法是对照。在《卡尔凡山》中,在一切向着画幅上端的纵横交错的线条中,突然有一条线与其他完全分离着,似乎是动作中间的一个休止:这是倒在十字架下的耶稣。为把这根线条的作用表现得更为显明起见,更加上一个圣徒佛洛尼葛。圣母的衣褶与耶稣的肢体形成平行线。这一组线条在作品精神上还有另一种作用,便是耶稣倒地的情景在全个故事中不啻是乐章中静默的时间。

《东方民族膜拜圣婴》的构图是回旋的曲线式的进展。但群众的骚动,到了跪献的欧洲法师那里,似乎亦突然中止了。圣母与圣婴便显得处在与周围及后方的人物绝不相同的境域中。这是鲁本斯特别表显中心画题的手法:把它与画面上其余的部分对峙着,明白说出它本身的意义。

题材的伟大，想像的宏富，巧妙的构图，赅明简洁的线条，这是鲁本斯的长处。但他最大的特长，使他博得那么荣誉的声名的特长还不在此。他的优点，第一在他运用色彩的方式。眼前没有他的原作而要讲他的色彩的品质是不容易的。但在他所采用的枝节的性质上，也能看出他所爱的色彩是富丽的抑朴素的，是强烈的抑温和的。那么，他的画面上尽是些钢盔，军旗，绸袍，丝绒大氅，烦琐的装饰，镀金的物件。在他的笔下，一切都成为魅悦视官的东西。在未看到画题以前，我们已先受到五光十色的眩惑，恍如看到彩色玻璃时一般的感觉。不必费心思索，不必推求印象如何，我们立刻觉察这眼目的愉快是实在的，强烈的。试以卢浮宫中的梅迪契廊为例，只就其中最特殊的一幅《亨利四世起程赴战场》而言：在建筑物的黝暗的调子前面，王室的行列在第一景上处在最触目的地位。一方面，我们看到王后穿着暗赤色的丝绒袍，为宫女们簇拥着；另一方面，君王穿着色彩较为淡静的服饰，为全身武装的兵士们拥护着。而在这对立的两群人物之间，站着一个典雅的美少年，穿着殷红色的服装，他的光华使全画为之焕发起来。如果把这火红色的调子除去，一切都将黯然无色了。我们再来如研究素描的枝节一般研究色彩的枝节罢，我们亦将发现种种对照，呼应，周密的构图。自然而然，我们会把这样的一幅画比之于一阕交响乐，在其中，每种颜色有其特殊的作用，充满了画意，开展，与微妙的和音。当然，一个意识清明的艺术家知道这些和谐的秘密，一个浅见的人只会享受它的快感而不知加以分析。

在《基督下十字架》中，在耶稣脚下，在圣女抹大拉的马利亚旁边的尼各但，披着一件鲜红的大氅。在此，亦是这个红色的调子照耀了画幅中其余的部分，使其他的色彩都来归依于这个主要音调。没有这个主调，全画便不存在了。

法国公主《伊莎贝拉像》，亦是卢浮宫所藏的鲁本斯名作之一。公主身上穿戴着鲜明的绣件，深色的丝绒袍子，发髻上插着美丽的钻石；背景是富丽堂皇的建筑；全体都恰当一个公主的身份，而这一点亦是受鲜艳的色彩所赐。

卢浮宫中还有一幅《圣母像》：无数的小天使拥挤着想迫近圣母，这是象征着世间的儿童对于这公共的母亲的爱戴。天空中是真的天使挟着棕树与冠冕来放在圣母头上。全画又是多么鲜艳夺目的色彩，而圣母腰间的一条殷红的带子更使这阕交响乐的调子加强了。在这样的一幅画中，殷红的颜色很易产生刺目的不快之感，假若没有了袍子的冷色与小天使躯体的桃红色把它调剂的话。

但一种强烈的色彩所以在画面上从不使人起刺目的不快之感者，便因色彩画家具有特长的技巧之故。他的画是色彩的和谐，如果其中缺少了一种色彩，那么整个的和谐便会解体。且如一切的和谐一般，其中有一个主要色调，它可以产生无穷的变化。有宏伟壮烈之作，充满着鲜明热烈的调子，例如《卡尔凡山》、《圣莱汶的殉难》、大部分的"梅迪契廊"中之作。有颂赞欢乐之作，例如《乡村节庆》。有轻快妩媚之作，如那些天真的儿童与鲁本斯的家人们占着主要位置的作品。

当我们把鲁本斯的若干作品作了一番考察之后，当我们单纯地享受富有艺术用意的色彩的快感之时，我们可以注意到颇有意味的两点：

第一，他的颜色的种类是很少的，他的全部艺术只在于运用色彩的巧妙的方法上。主要性格可以有变化，或是轻快，或是狂放，或是悲郁的曲调，或是凯旋的拍子，但工具是不变的，音色亦不变的。

第二，因为他的气质迫使他在一切题材中发挥热狂，故他的热色几乎永远成为他的作品中的主要基调。以上所述的《亨利四世起程赴战场》、《圣母像》、《乡村节庆》诸作都是明证。当主题不包含热色时，便在背景上敷陈热色。在《四哲人》、《舒紫纳》、《凯瑟琳》诸作中，便是由布帛的红色使全画具有欢悦的情调。

末了，我们还注意到他所运用的色彩的性质。在钢琴上，一个和音的性质是随了艺术家打击键子的方式而变化的。一个和音可以成为粗犷的或温慰的，可以枯索如自动钢琴的音色，亦可回音宏远，以致振动心魄深处。鲁本斯的钢盔、丝绒、绸袍，自然具有宏远的回音。但他笔触的秘密何在？这是亲切的艺术了，有如他的心魂的主调一般；这是不可言喻的，不可传达的，不可确定的。

本文之首，我曾说过鲁本斯是一个受人佩服而不受人爱戴的作家。为什么？在此，我们应该可以解答了。

最重要的，我们当注意鲁本斯作品最多的地方是在法国，故上述的态度，大部分当指法国人士。而法国人的民族性便与鲁本斯的气质格格不相入。大家知道法国人是缺乏史诗意识的。法国史上没有《伊利亚特》，没有《失乐园》，也没有《神曲》。高乃依只是一个例外，雨果及其浪漫派也被目为错误。真正的法国作家是拉伯雷（Rabelais），是莫里哀，是伏尔泰。

鲁本斯却是一个全无法国气质的艺术家。他的史诗式的夸张，骚乱，狂乱，热情，决非一般的法国人所能了解的，亦是了解了也不能予以同情。

其次，鲁本斯缺乏精微的观察力，而这正是法国人所最热望的优点。他的表达情操是有公式的，他的肖像是缺乏个性的。法国的王后，圣母，殉难的圣女，都是同样华贵的类型：像这样的作品就难免超脱平凡与庸俗了。

即是摆脱了这些艺术家与鉴赏者之间的性格不同问题，我们也当承认鲁本斯的缺陷。我们已屡次申说并证明他是一个富有造型意识的大师，他是兼有翡冷翠与威尼斯两派的特长的作家。他的长处在于色感的敏锐，在于构图的明白单纯，在于线条的富有表现力。但他没有表达真实情操的艺术手腕。他不能以个性极强、观察准确的姿态来抓握对象的心理与情绪。

是这一个缺陷使鲁本斯不能获得如伦勃朗般的通俗性。但在艺术的表现境域上言，造型美与表情美的确是两种虽不冲突但难于兼有的美。

第十六讲　委拉斯开兹
——西班牙王室画像

委拉斯开兹（Velásquez）是西班牙王腓力四世的宫廷画家。一六二三年，在二十四岁上，他离别了故乡塞维利亚（Séville），带了给奥利瓦雷斯大公（duc d'Olivares）的介绍信到马德里（Madrid）。君王十八岁；首相（即上述的大公）三十六岁。他获得了这两人的欢心。自从他为君王画了第一幅肖像之后，腓力四世就非常宠幸他，说他永远不要别的画家了，的确，他终身实践了这诺言。在这位君主在世的时期内，委拉斯开兹在宫廷内荣膺各种的职衔，实际上他永远是一个御用画家，享有固定的俸给。

从此，他的生涯在非常正规的情态中过去。他是肖像画家。他和其他的工匠站在同等地位上为宫廷服务。他的职司是为王族画像：先是君王，继而是王后、太子、亲王、大臣、侏儒、俳优、猎犬。在他遗留下来的百余件真作中，六分之五都是属于这一类的。

他的另一种职司是当王室出外旅行的时候去收拾他们的居室。晚年，他成为一名美术总监。他亦被任为各种重要庆祝大典的筹备主任。当一六五九年法国与西班牙缔结《毕莱南和约》时，他即担任筹备巨大的庆祝典礼，但他疲劳过度，即于一六六〇年逝世了。

他的一生差不多全在奴颜婢膝的情景中消磨过去的，但这并未妨害他的天才。人们把他归入提香、鲁本斯、米开朗琪罗等一行列中。如果他有自由之身，安知他不能有更大的成就？

腓力四世是一个可怜的君主。"他不是一个面目，而是一个影子。"他统治西班牙的时期也是一个悲惨的时期。他陆续失去了好几个行省。加泰罗尼亚（Catalonia）反叛，葡萄牙独立。他没有统治这巨大的王国的威力。两个大臣，奥利瓦雷斯大公与贵族鲁·特·阿罗（don Luis de Haro）专权秉政。当奥利瓦雷斯大公为他加上"大腓力"这尊称时，宫女们都为之窃笑，把他比之于一口井，说他的大有如一口井，当它渐渐枯涸的时候，才渐渐显得伟大了。

而且那时候的西班牙宫廷真是一个惨淡的宫廷。只要翻一翻委拉斯开兹的作品的照相,我们便会打一个寒噤。在这些面目上,除了宫廷中的下人以外没有一个微笑的影子,即是下人们的笑容也是胆怯的,恐怕天真地笑了出来会冒犯这严重冷峻的空气。君王的狩猎,只是张了巨网等待野兽的陷阱,亦毫无法国宫廷的狩猎的欢乐。这可怜的君王,眼见他的嫡配的王后死去,太子夭折,两个亲王相继夭亡。为了政治的关系,他不得不娶他儿子的十六岁未婚妻为后。多少不幸,国家的与私人的灾患,使他的性格变得阴沉了,健康丧失了。

这是委拉斯开兹消磨一生的环境。他的模特儿便是这悲哀忧郁的君王和宫人。对于一个富有道德观念的人,这真是多么丰富的材料!差不多在同样的情景中,法国文学家拉·布吕耶尔(la Bruyère)写了一部《性格论》,把当时的宫廷与贵族讽刺得淋漓尽致。委拉斯开兹却以另一种方式应用这材料。既不谄媚,亦不中伤,他只把他所接触到的人物留下一幅真切的形象。这幅形象是不死的;不死的,不是由于他的活泼的绘画,而是由于他的真诚,由于他的支配画笔的定力,由于他的和谐,把素描的美、观察的真与色彩的鲜明熔治一炉。

他的作品荟萃于马德里的普拉多(Prado)美术馆。作品中最多的自然是君王的肖像,世界上各大美术馆都有收藏。当时的习惯,各国君主常互相交换肖像以示亲善,因此,一个君主的肖像,可以多至不胜计数。两个王后——伊丽莎白与玛丽·安娜,与王太子的画像则占次多数。还有《宫女群》一作则是表现王族与侏儒、猎犬、侍女们的日常生活。

腓力四世的最早的肖像作于一六二三年。无疑的,委拉斯开兹是靠了这两幅画像而博得君王的欢心与宠幸的。其中一幅表示君王穿着常服,另一幅穿着军装,如一个军事首领一般。

在这些画像前面,我们立刻感有十分讶异的感觉。君王的变形的容貌首先令人注目;这畸形的状态在别个画家手中很易被隐蔽,但在委拉斯开兹却丝毫不加改削。下颚前突得那么厉害,以至整个脸相为之变了形。下唇的厚与前突使下颚向下延长,使脸形也变成过分的长,在青年时即显着衰老的神气。

但颜面的轮廓很细致,予人以亲切之感。姿态是简单的,平庸的。一次是君王手里执着一封信;另一次是握着指挥棒。

在穿着常服的像中,他穿着一套深色的丝绒服装,外面披着一件宽大的短氅。因了这短氅的过分宽大,他的原很瘦削的身体显得很胖。这套严肃的服装使他格外显得皮色苍白。他的细长的腿那么瘦弱,似乎无力支持他的身体。

素描是非常谨严,无懈可击。委拉斯开兹制作时定如一个参与会试的学生同样的用心。颜面的轮廓细致得如一个儿童的线条,画面的阴影显得非常剧烈,这两者之间形成了一种对照:这是委拉斯开兹所故意造成的效果。

十年之后,一六三三年,委拉斯开兹又作一幅代表君王在狩猎的肖像。这里,君王的面目改换了,画家亦不复是以前的画家了。在前画中,我们还留意到若干典雅的区处,在此却完全消失了。一切都在他的态度与服饰上表明。行猎的衣服穿在他身上毫不相称,他毫无英武的气概。头发的式样显得非常不自然;猎枪垂在地下,表示他的手臂无力;他的腿似乎要软瘫下去。

从前含着几分少年的英爽之气的目光,此刻改换了。他在这时期的肖像,散见于欧洲各大京城者颇多,他老是保留着同样的姿态。全身表示到四分之三;君王转向着观众,愚蠢地注视着。这样,他显得十分侷促。这副不向前视的失神的眼睛,这难以形容的嘴巴,这垂在额旁的长长的黄发,这太厚的口唇,这前突的下颚,形成一副令人难忘的面相。这悲苦的形象给我们以整个时代的启示,令人回忆到他的可怜的统治。

但画家亦与君王同样地改变了。委拉斯开兹在露天所作的肖像当以此为嚆矢。数年以前,那个睥睨一世的鲁本斯,以大使的资格到马德里来住了一年。委拉斯开兹被命去和他作伴,为他作向导。这段史实似乎并未使委拉斯开兹受到佛兰德斯大师的艺术影响,但他对于野外肖像的感应,确是从鲁本斯那里得来的。鲁本斯的腓力二世与五世的骑像即是在这时期,而且是在委拉斯开兹目前画成的。

委拉斯开兹接受了这种方式,可并不改变他固有的态度。鲁本斯与凡·代克在作品的背景绘上一幅光华灿烂的风景,而不问这风景与人物的精神关系,因为他们认为这个枝节是无足重轻的。委拉斯开兹则以对于主题同等的热诚去对付附属的副物。他的肖像画上的风景是他的本地风光,是他亲眼所看见的,真实的风景。因此,背景在他的作品中即是组成全部和谐的一个因素。

他的制作的技巧亦不复应用意大利画家般的深浅相间的阶段,而是以阔大的手法,简捷确切的笔触来描出西班牙的严峻的景色。枝节是被忽视了。线条也消失了。但当你离开作品稍远时,线条融合了,意想不到的枝节如灵迹一般地发现了。从这些绘画方法所得的结果，便是全画各部都坚实紧凑。

一六五五年所绘的半身像，表现腓力五十岁时的情景。颜面的轮廓粗犷了，颇有臃肿之概。同样是失神的目光，同样是无表情的嘴巴，同样是长长的头发软软地垂在两旁。这是未老先衰，是智慧与意志同时衰老的神情。服装如僧服般的严肃。

这时期，委拉斯开兹的手法变得更单纯更有主宰力了。画笔大胆地在布上扫去。须发的枝节，白色的硬领，在这种阔大的画面上好似被遗忘了的东西。画家已经超过他的作品了。

表现王与后祷告的两幅画是委拉斯开兹在短时间内完成的作品。御用教堂内张满着布幕，中间的帷幕揭开着，令人望见一个跪基，上面覆着毯子与褥垫。

小教堂内没有一件木器，没有一张图像，没有耶稣，没有一本书。在这单色的背景上，显现着跪在地下的君主。他穿着黑色的衣服。外套的线条一直垂到地下，使全部的空气益增严重。左手执着帽子，细长瘦削的右手倦怠地依在座垫上。王后手里挟一本祷文。——他们在祷告么？可是画中没有一根线条，脸上没有一丝皱痕，眼中没有一毫光彩足以证明任何心灵的动作。思念不在祈祷，或竟没有思念。

我们可以把腓力四世的一生各时代的肖像当作生动的历史看，在每一个脸相上，每个皱痕都是忧患的遗迹。但为对于委拉斯开兹的艺术具有更为完全的观念起见，我们当再参看王族中其他人员的画像。

王子卡洛斯（don Baltazar Carlos）是承袭王位的太子，故他的肖像差不多与君王的同样众多。有便服的像，有猎服的像，有军服的像，有骑马的像。但这位太子未满十八岁便夭折了。

在未谈及他穿着行猎的服装的画像，我们先来看一看别的王子们的肖像。例如在凡·代克画中的查理一世的王室。艺术的氛围与气质真是多么不同！凡·代克这位天之骄子，把这些王族描绘得如是温文典雅，如是青年美貌。至于委拉斯开兹，他只老老实实照了他眼睛所见的描写下来。

他的青年王子是一个六岁的孩子，双颊丰满，茁壮强健，很粗俗的一个。虽然艺术家为他描成一个适当的姿势，但他绝不掩藏一个在这个年纪的儿童的局促之态。他并不以为必须要如通常的艺术家般，把这稚埃的王子绘成非常庄严高贵的样子。

他从头到脚穿着一身深褐色的衣服。一条花边的领带便是他全部的装饰物了。这是一个宫廷中日常所见的孩子。衣服色彩的严重冷峻大概是腓力四世宫廷中的习惯，因为好几个王子的服饰都是相类的。例如腓力的幼弟费尔南德（Fernand）的肖像，表现儿童拿着一支小枪，两旁是两条犬，一条坐着，一条躺着。一切是深褐色的，服装，帽子，狗，树木。连头发也是栗色的，在全部的色调上几乎完全隐晦了。

　　背景是西班牙的蛮荒的风景。它正与行猎的意义相合。

　　年轻的亲王在风景上显得非常触目，仿佛在布上前凸的一般，这样，肖像变得格外生动了。在所谓色彩画家中，委拉斯开兹最先懂得色彩的价值，是随了在对象与我们的眼目中间的空气的密度而变化的。他首先懂得在一幅画中有多少不同的位置，便有多少种不同的气氛。为了必须要工作得很快，他终于懂得他幼年时下了多少苦功的素描，并无一般人所说的那么重要。在宫廷画家这身份上，这个发现特别令人敬佩。

　　他的画是色彩的交响乐。山石的深灰色是全画的基本色调。草地的青，天空的蓝，泥土的灰白，更和这有力的主调协和一致。

　　我们更可把他的色彩和鲁本斯的作一比较。鲁本斯所用的，老是响亮的音色，有时轻快而温柔，有时严肃而壮烈。委拉斯开兹的色彩没有那么宏伟的回响，但感人较深。在这些任何光辉也没有的冷峻的调子中，没有丝绸的闪耀只有毛织物的不透明的色彩中，竟有同样丰富同样多变的造型性。

　　普拉多美术馆还有玛丽·安娜王后与玛丽·丹斯公主的画像。她们都穿着当时的服装，那么可笑，那么夸张：宽大到漫无限度的袍子，小小的头在领口中几乎看不见，颇似磁制的娃娃。

　　在公主像中，头发、丝带与扇子的红色统制着一切的色调。但这红色被近旁的细致的灰色减少了颤动力，显得温和了。但少女的面颊、口唇、衣服上的饰物又都是红的，这是一阕红色交响乐。

　　旁边那幅母后像则是一阕蓝色交响乐。但委拉斯开兹在此不用中色去减弱基本色调的光辉，而是用对照的色调烘托蓝色。在蓝色的衣服上镶着金色的花边。在其他各处，口唇、面颊、头发，又是无数的红色。经过了这样的分析之后，我们便能懂得造成全画的美的要素了。

　　在西班牙的宫廷习惯上，《宫女群》（一译《宫娥》）一画是一件全然特殊的作品。这是王室日常生活的瞬间的景色，这是一幅小品画，经过了画家的思虑而跻登于正宗的绘画之作。有一天，委拉斯开兹在宫中的画室中为小公主玛格丽特（Marguerite）画像。她只有六岁。和她一起，替她作伴的，有和她厮混惯的一小群人物：两个身材与她相仿的幼女与照顾她的宫女，侏女巴尔巴拉，侏儒贝都斯诺，与睡在地下的一头大犬。背景，王后的使役和女修士在谈话。王与后刚刚走过。他们觉得这幕情景非常可爱，便要求画家把这幕情景作为小公主肖像的背景。

这样便产生了称为《宫女群》的这幅油绘。委拉斯开兹为增加真实性起见，又画上他的画架与他的自画像。王与后在画面上是处于看不见的地位。这么单纯的场合不容许有那么严重的人物同在。但小公主是向着他们展露她的穿装，我们也可在一面悬在底面的镜子中看见他们的形象。委拉斯开兹胸前悬着荣誉十字勋章。传说这十字架是腓力亲手绘上去的，表示他有意宠赐画家。

这幅画曾引起许多争辩。颇有些批评家认为艺术家过于尊重真实，以致流于琐屑。委拉斯开兹在空隙中把他的木框与后影都画入了，这种方式自不免令人指摘他的画品。但构图虽然是那么自由，仍不失为一幅严密的构图。有一个最重要的人物，是小公主。一切人物都附属于这个中心人物，正如这些人都是服役于这个小公主一般。尊重姿态与人群的真实性，同时建立成一幅谨严的构图：这不是值得称颂的么？

虽然只有六岁，她已穿起贵妇的服装：宽大的长袍，腰间束着宽大的带子。一个宫女屈着膝把她呈献在王与后前面，令他们鉴赏她的服饰。另一个宫女向后退着，为的要对小公主更仔细地观看。侏儒贝都斯诺蹴着睡在地下的狗，教它在陛下之前退避。

右面是一组较为次要的人物。侏女巴尔巴拉，矮小，丑陋，黝黑，肥胖；她的丑相更衬托出小公主的美貌。

色彩更加强了构图的线索。小公主穿的是光耀全画的白的绸袍。侏女巴尔巴拉穿的是一件裁剪得极坏的深色的袍子。两种颜色互相对照着，恰如一丑一美的脸相对照着。宫女们穿着淡灰的衣服，作为中间色。委拉斯开兹，黑色的；女修士，黑色的；侏儒，宫娥，犬，在公主周围形成一个阴影，使公主这中心人物格外显著。这是以色彩来表明构图并形成和谐的途径。

所有的肖像画家，我们可以分作两类。一是自命为揭破对象的心魂而成为绘画上的史家或道德家的。这是法国十八世纪的德·拉图尔（de La Tour），他在描绘当时的贵族与富翁时说："这般人以为我不懂得他们！其实我透入他们内心，把他们整个地带走了。"这是为教皇保罗三世画像的提香。这是描写洛尔的拉丁诗人彼特拉克（Pétrarque），或是歌咏贝娴德丽斯的但丁。

另一种肖像画家是以竭尽他们的技能与艺术意识为满足的。他们的心，他们的思想，绝对不干预他们的作品。如果他们的观察是准确的，如果他们的手能够尽情表现他所目击的现象，那么作品定是成功的了。心理的观察是不重要的，这种画家可说是：如何看便如何画。

当著名的霍尔拜因（Hans Holbein，一四六〇——五二四）留下那些肖像杰作时，他并未自命"透入他们内心把他们整个地带走"，他只居心做一个诚实的画家，务求准确而已。

但委拉斯开兹的肖像画所以具有更特殊的性格者，因为它不独予精神以快感，而且使眼目亦觉得愉快。至于造成这双重快感的因素，则是可惊的素描，隐蔽在壮阔的笔触下的无形的素描，宛如藏在屋顶内部的梁木；亦是色彩的和谐，在他全部作品中令人更了解人物及其环境。

第十七讲 普 桑

整个十六世纪与十七世纪初叶,意大利,尤其是罗马,因了过去的光荣与珍藏杰作之宏富,成为欧洲各国的思想家、文人、画家、雕塑家所心向神往的中心。在法国,拉伯雷到过罗马,蒙丹逆把他的意大利旅行认为生平一件大事,文人孔拉德(Conrart,一六〇三——一六七五),诗人圣阿芒(Saint Amant,一五九四——一六六一),都在那里逗留过。

西班牙画家里韦拉(Ribera,一五八八——一六五六)在十六岁上,因为要到意大利而没有钱,便自愿当船上的水手以抵应付的旅费。到了那里,他把故国完全忘记了,卜居于拿波里,终老异乡。佛兰德斯画家菲利普·特·尚佩涅(Philippe de Champaigne,一六〇二——一六七四),法国风景画家洛兰(Claude Lorrain,一六〇〇——一六八二),差不多是一路行乞着到意大利去的。鲁本斯为求艺术上的深造起见,答应在意大利贵族贡扎加(Gonzaga)家中服役十年。被目为法国画派的宗主者的尼古拉·普桑(一五九四——一六六五)对于意大利的热情,亦是足以叙述的。

这是一个北方的青年。他的技术已经学成,且在别的画家的指导之下,他周游法国各地,靠了自己的制作而糊口。他并且是一个严肃的人,很有学问,对于艺术怀有极诚挚的爱情。

有一天,他偶然看见某个收藏家那里有一组拉斐尔名作的版画,从此他便一心一意想到罗马去,因为他确信罗马是名作荟萃之处。

为筹集这笔川资起见,他接受任何工作,任何工资。既然他在一切事情上都有精密的筹划,他决定要在动身之前,作进一步的技术修迹。他从一个外科医生研究解剖学。他用功看书。终于因用功过度而病倒了。他不得不回家去,这场疾病使他耗废了一年的光阴方才回复。

痊愈了,他重新动身。在法国境内,他老是拿他的绘画来抵偿他旅店中的宿膳费。后来,他自以为他的积蓄足够作赴意的旅费了,就起程出发。不幸到了翡冷翠,资斧告罄,不得不回来。

然而,三十岁临到了。在这个年纪,他所崇拜的拉斐尔已经产生了千古不朽的杰作。普桑固然成为一个能干的画家,在法国也有些小小的声名,但他的前程究竟尚在渺茫的不可知中：他将怎么办？他始终不放弃他到意大利去的美梦。

他结识了一个著名的意大利诗人、骑士马里诺（Giovanni Batista Marino）。由于他诗中的叙述与描写，普桑对于意大利的热望更加激动了。而这位诗人也为普桑的真情感动了，把他带到了意大利。从此，他如西班牙画家里韦拉一样，把罗马当作他的第二故乡与终老之所。

最初几年的生活是那么艰苦。但这位法国乡人的坚毅果敢，终于战胜了一切。他自己说过："为了成功，我从未有何疏忽。"在他启程赴意大利之前的作品，我们一件也没有看到。但这罗马的乡土于他仿佛是刺激他的天才使其奋发的区处：他努力工作，他渐渐进步，赢得了一个名字。在这文艺复兴精华荟萃的名城中，一个外国人获得一个名字确非一件容易的事情。他的作品中，一幅题为《圣伊拉斯谟的殉难》的画居然被列入圣彼得大寺的一个祭坛中了。

远离着故乡——故乡于他只有少年时代悲惨的回忆——他的心魂沉浸在罗马的气氛中感到非常幸福。他穿得如罗马人一般，他娶一个生长在罗马的法国女子。他在冰丘高岗上买了一所住宅。在这不死之城中，没有机诈，没有倾轧，不像法国那么骚动，对于他的气禀那么适合，对于艺术制作更是相宜。古代的胜迹于他变得那么熟习，那么亲切，以至他只在他人委托时才肯画基督教的题材。

他的荣名渐渐地流传到法国。从遥远的巴黎，有人委托他制作。那时法国还没有自己的画派，国中也还没有相当的人才。法王玛丽·德·梅迪契甚至到安特卫普去请鲁本斯来装饰她的宫殿。朝廷上开始要召普桑回国了。建筑总监以君王的名义向他提议许多美满的条件：他将有一所房子，固定的年俸。煊赫一世的首相黎塞留（Richelieu）也坚持着要他回国。法王亲自写信给他。他终于接受了，答应回国。出国时是一个无名小卒，归来时却是宫廷中的首席画家了。但他回来之前也曾长久地踌躇过一番。他把妻子留在罗马，以为后日之计。果然，人们委任他的工作是那么繁重，君王有时是那么专横，那么任性，而他所受到的宠遇又引起他人的猜忌，以至逗留了两年之后，他终于重赴罗马，永远不回来了。

他在光荣之中又生活了二十三年。他在巴黎所结识的朋友对他永远很忠实。他和他们时常通信。终他的一生，即是马萨林（Mazarin）当了首相，即是路易十四亲政之后，他仍保有首席画家的头衔，他仍享有他的年俸。他的作品按期寄到巴黎。人们不耐烦地等待作品的递到。递到之时，他的朋友们争以先睹为快。在宫廷中，任何艺术的布置都要预先征求他的意见。当法国创设了绘画学院之后，他的作品被采作一切青年画家应当研究的典型。后来，当鲁本斯在法国享有了盛大的声名时，绘画界中产生了所谓古代派与现代派的争辩。古代派奉普桑为宗主，现代派以鲁本斯为对抗。前者称为普桑派，侧重古代艺术造型与素描；后者称为鲁本斯派，崇尚色彩。

普桑的朋友都是当时的知名之士，他们的崇拜普桑，究竟根据艺术上的哪一点呢？这一次，我们应当到卢浮宫中去求解答了。

普桑作品中最知名的当推《阿尔卡迪牧人》一画。

四个人物（其中三个是牧人，手中持有牧杖，衣饰十分简单）群集在田野，远望是一带高山。一个屈膝跪着，试着要辨认旁边坟墓上的题辞。墓上，我们看见几句简单的箴言，借着死者的口吻说的，意思是："牧人们，如你们一样，我生长在阿尔卡迪，生长在这生活如是温柔的乡土！如你们一样，我体验过幸福，而如我一样，你们将死亡。"

这段题辞的涵义，立刻使全画显得伟大了。它不啻是这幅画的解释。这种题旨是古代与近代哲学家们所惯于采用的。

这幅画是为路易十四作的，他那时只有十六岁。能不能说普桑在其中含有教诲君王的道德作用？在当时，这种讽喻的习惯是很流行的。

发挥题材的方式是简单的、巧妙的。这四个人物是尘世间有福的人。他们所有的是青春，是健康，是力强，是美貌；他们所住的，是一个为诗人们所颂赞的美妙的地方。在那里，天空永远是蓝的；地上长满着茂盛的青草，是供羊群的食粮。风俗是朴实的，没有丝毫都市的习气。然而，墓铭上说："你们将如已经死去的一切享受过幸福的人一般死去。"

四个人物各以不同的程度参与这个行动。最老的牧人，跪在地下辨认墓铭，另外一个把它指给一个手倚在他肩上的美貌的少妇看。她低着头，因为这教训尤其是对她而发的。第四个人在此似乎只是一个淡漠的旁观者，而在画面上如人们所说的一般，只是"露露面"的。

在思想的开展与本质，都是纯古典的。年轻的时候，普桑曾画过女神、淫魔、一切异教的神道。但当青春渐渐消失，几年跋涉所尝到的辛苦与艰难使他倾向于严重的思念，他认为艺术的目的应当是极崇高的。他以为除了美的创造是艺术的天然的使命以外，还有使灵魂升华，使它思虑到高超的念头的责任。这是晚年的莱奥纳多·达·芬奇的意念，亦是米开朗琪罗的意念。

这是一切伟大的古典派作家的共同理想。他们不能容忍一种只以取悦为务的艺术。

普桑之所以特别获得同时代人的爱好，是因为他的作品永远含有一种高贵的思想之故。没有一个时代比十七世纪更信仰人类的智慧的了。笛卡尔的学说、高乃依的悲剧都在证明理智至上、情操从属的时代意识。

每当普桑的新作寄到巴黎时，他的朋友必定要为之大为忙碌。他们一面鉴赏，一面探究它的意义。他们在最微细的部分去寻求艺术家的用意。他们不惜为它作冗长的诠释，即是陷于穿凿附会亦所不顾。十八世纪初，著名的费奈隆（Fénelon）在他的《死者对话》中对于普桑的《福基翁城之埋没》一画有长篇的描写。他假想普桑在地狱中遇到古希腊画家帕拉修斯（Parrhasius，公元前五世纪），普桑向他解释该画的意义。一草一木在其中都有重大的作用。说远处的城市便是雅典，而且为表示他对于古代具有深切的认识起见，他的或方或圆的建筑物都有历史根据。他自命为把希腊共和国的各时代都表显出来了。以后，狄德罗（Diderot）亦曾作过类似的诠注。

在今日，这些热情的讨论早已成为过去的陈迹，而我们对于这一类的美也毫无感觉了。现代美学对于一件文学意义过于浓重，艺术家自命为教训者的作品，永远怀着轻蔑的态度。为艺术而艺术的理论固然不是绝对的真理。含有伟大的思想的美，固亦不失为崇高的艺术。但这种思想的美应当在造型的美的前面懂得隐避，它应当激发造型美而非掩蔽造型美。换言之思想美与造型美应当是相得益彰而不能喧宾夺主。因此，一切考古学上、历史上、哲学上、心理上的准确对于普桑并不加增他的伟大，因为没有这些，普桑的艺术并没受到何种损失。

他的作品老是一组美丽的线条的和谐的组合。这种艺术得之于文艺复兴期的意大利画家，他们又是得之于古代艺术。试以上述的《阿尔卡迪牧人》为例：两个立着的人的素描，不啻是两个俯伏着的人的线条的延长。四个人分作两组，互相对称着；但四个人却又处于四个不同的位置上。他们的姿态有的是侧影，有的是正面，有的是四分之三的面相。两个立着，两个屈着膝。手臂与腿形成对称的角度。既无富丽的组合，亦无飞扬的衣褶的复杂的曲线。在此只是些简单的组合、对照、呼应，或对峙或相切或依傍的直线。这是古代艺术的单纯严肃的面目。

另外的一个特点是，每个人物，除了在全画中扮演他所应有的角色外，在某种情形中还能成为独立的人像。这是伟大的意大利画家所共有的长处。

前景的女人竟是一个希腊式的美女像，她的直线与下垂衣褶的和谐，使她具有女神般的庄严。胸部的柔和的曲线延长到长袍的衣褶，头发的曲线延长到披肩的皱痕。一切是有条不紊的、典雅的、明白的。一切都经过长久的研究、组合，没有一些枝节是依赖与往神来的偶然的，而画面虽然显得如是完美，却并无若何推敲雕琢的痕迹。

跪在地下的牧人的素描，也很易归纳成一个简单的骨干。手臂与腿形成两个相对的也是重复的角度。这些线条又归结于背部的强有力的曲线。一个倚在墓旁的牧人，姿态十分优美，而俯伏着看墓铭的那个更表显青年人的力强、轻捷与动作的婉转自如。

也许人们觉得这种姿势令人想起别的名作，觉得这种把手肱支在膝上，全身倚着牧杖的态度，和长袍与披肩的褶皱，在别处曾经见过，例如希腊的陶瓶与浮雕都有这类图案。不错，我们得承认这种肖似。在普桑的作品中，我们随时发见有古代艺术与意大利十六世纪作品的遗迹，因为前者是普桑所研究的，后者是他所赞赏的。但普桑自有受人原恕的理由。在他的时代，什么都被表现完了，艺术家的独特的面目惟有在表现的方法中求之。人们已经绘过、塑过狄安娜与阿波罗，且将永远描绘或塑造狄安娜与阿波罗。造型艺术将永远把人体作为研究对象，而人体的种类是有限的。

这种无意识的回想决不减损普桑的艺术本质，既然这是素描的准确、动作的明白、表情的简单，而这种种又是由于长期的研究所养成的。

依照古艺术习惯，布帛是和肉体的动作形成和谐的。试以披在每个牧人上身的披肩为例，它不但不是随便安放，不但不减损自然的丰度，而且它的或下垂或紧贴或布置如扇形，或用以烘托身体的圆度的各种褶皱，亦如图中一切的枝节一般，具有双重的作用：第一，它们在全部画面上加强了一种画意，它们本身即形成一种和谐；第二，它们又使人体的动作格外显明。

如他的同时代的人一般，普桑对于个人性格并不怀有何种好奇心。他的三个牧人毫无不同的区处足为每个人的特征。他们的身材是相同的，面貌是相同的，体格的轻捷亦是相同的。至多他们在年龄上有所差别。那个女人的侧影不是和我们看见过的多少古雕刻相似么？我们试把波提切利的《东方民族膜拜圣婴》一画作为比较，其中三十余个人物各有特殊的面貌，在我们的记忆中留下难于遗忘的形象。

普桑的美是一种严肃的美，是由明显、简洁、单纯、准确组成的美，所以这美亦可称为古典的美。它使鉴赏者获得智的满足，同时获得一种健全的快感。这快感是由于作者解决了作品中的难题，是由于作者具有艺术家的良知，这良知必须在一件作品获得它所能达到的最大的完满时方能满足。

可贵的是普桑所处的时代是巴洛克艺术风靡罗马的时代，是圣彼得大寺受人赞赏的时代，是卡拉瓦乔（Caravaggio，一五七三——一六一〇）粗犷的画风盛行的时代，而普桑竟能始终维持着他的爱戴单纯简洁的趣味。这是他对于古代艺术的孜孜不倦的研究有以致之。他虽身处异域，而他的艺术始终是法国风的。他的作品所以每次递到巴黎而受人击节赞叹，盖非偶然。当时的人在帕斯卡、布瓦洛（Boileau）、波舒哀、莫里哀等的文学作品中所求的优点，正和普桑作品中所求的完全相同。他所刻意经营的美，在表面上却显得非常平易。他处处坚守中庸之道。他尊崇理智。

这种艺术观必然要排斥色彩。事实上，他的色彩永远不是美观的，它是没有光彩的，枯索的。既没有热度，亦没有响亮的回声。敷陈色彩的方式亦是严峻的。他的颜色的音符永远缺少和音。

此外，我们在他的作品中也找不到如鲁本斯作品中以巧妙的组合所构成的色彩交响乐。色调的分配固然不是随便的。但它的范围是狭隘的。在上述的《阿尔卡迪牧人》一画中，我们可以把其中的色调随意互易而不会使画面的情调受到影响。

但今日我们所认为的缺陷在当时的鉴赏者心目中却是一件优点。要当时的群众去赞美梅迪契廊中的五光十色的画像还须等待三十年。那时候，大家只知崇拜拉斐尔，古艺术的形象在他们的心目中还很鲜明，他们的教育也是纯粹的人文主义，社会上所流行的是主智的古典主义，他们所以把色彩当作一种艺术上的时髦也是毫不足怪的事。他们在笛卡尔的著作中读到："色，气，味，和其他一切类此的东西，只是些情操，它们除了在思想的领域中存在以外原无真实的本质。"这些理由已经使他们能够原恕普桑的贫弱的色彩了。

但在历史上，普桑尤其是历史风景画的首创者，而历史风景画，却是直迄十九世纪初叶为止，法国人所认识的惟一的风景画。

意大利派画家没有创立纯粹的风景画。翁布里亚派只在他们的作品上，描绘几幅地方上的秀丽的景色作为背景。威尼斯派只采用毫无特殊性的装饰画意，用以填补画面上的空隙。但不论他们在这方面有如何独特的成就，他们总把风景视为画面上的一种附属品。米开朗琪罗甚至说："他们（指佛兰德斯画家）描绘砖石，三合土，草地，树木的阴影，桥梁，河流，再加上些若干人像，便是他们所说的风景画了。这些东西在若干人的眼中是悦目的，但绝对没有理性与艺术。"的确，在西斯廷天顶画与壁画上，米开朗琪罗没有穿插一株树或一根草。那时代，惟有莱奥纳多·达·芬奇一人才懂得风景的美而且著有专书讨论。但他的思想并没有见诸实行。

可是普桑具有风景画家的心灵。他有一种自然的情操。他甚至如大半的风景画家一般，有一种对于特殊的自然的情操：他爱罗马郊外的风景。在他旅居意大利的时间，他终日在这南欧古国的风光中倘佯。他曾作过无数的写生稿。他不独感觉得这乡土的幽美，而且他还有怀古的幽情。

普桑是法国北方人。他早年时的两位老师都是佛兰德斯人。在他们那里，他听到关于佛兰德斯派的风景画的叙述。他看到凡·艾克的名作，其中描绘着佛兰德斯美丽的景色。在这北国中，这正是风景画跻于正宗的画品的时代。

因此，风景在普桑的画幅中所占的地位，如在凡·艾克画中的一般，全非附属品的地位。不像别的意大利画家一般，我们可以把他们作品中的景色随意更易；普桑画幅中的花草木石都有特殊的配合，无可更变的。

例如上述的《阿尔卡迪牧人》，坟墓的水平线美妙地切断了牧人群的直线，增加了全画的严重性；而这正与此画的精神相符。右方的丛树使全画获得一种支撑，并更表显中心人物——女子——的重要性。远处的梅娜山峰，又是标明阿尔卡迪地方情景的必要的枝节。

此外，这风景使这幕景象所能感应观众的情调愈益强烈。它造成一种平和宁静的牧歌式的诗的氛围。土地是贫瘠的。我们在远处看不到收获的农产物或城市，只有梅娜峰在蔚蓝的天际矗峙着。清朗的天空，只飘浮着几片白云；这是何等恬静的境界啊！在这碧绿的平原上，远离着人世的扰攘，又是何等美满的生活！

一个现代的艺术家，在这种制作中定会把照相来参考吧，或竟旅行去作实地观察吧！普桑的风景却并无这种根据，它是依据了画面的场合而组成的。在那时，不论在绘画上或在戏剧上，地方色彩都是无关重要的。人们并不求真，只求近似。

我们更以卢浮宫中的普桑其他的作品为例：如在《杰里科之盲人》一画中，所谓杰里科（Jéricho）的郊野者，全不是叙利亚的景色，而是意大利的风光，画中房屋亦是意大利式的。又如《水中逃生的摩西》一画，亦不见有埃及的风景。普桑只在丛树中安插一座金字塔。而《圣家庭》所处的环境亦即是一座意大利屋舍，周围是意大利的原野。

但我们能不能就据此而断言这些风景都是出之于艺人的想象？绝对不能。普桑一生未尝舍弃素描研究：一草一木之微，只要使他感到兴趣，他不独以当时当地勾勒一幅速写为足，而且要带回去作一个更深长的研究。因此，他的风景确是他所目击过的真实形象，只是就每幅画的需要而加以组织罢了。所谓每幅画的需要者，即或者是唤引某种情操，或者是加增某种景色的秀美。这种方法且亦是大部分风景画家所采用的方法。然而他并没受着某种古代景色或意大利景色的回忆的拘束，故他的风景仍不失清新潇洒的风度。

可是如《阿尔卡迪牧人》、《圣家庭》中的风景，并非一般所谓的历史的风景画。这还不过是预备工作。

在本书中已经屡次提及，在文艺复兴及古代艺术的承继人心目中，惟有"人"才是真正的艺术对象。再现自然的"风景"不是一种高贵的画品。故在风景画中必须穿插人物，以补足风景画所缺少的高贵性。于是，历史的风景便成为一种奇特的折衷画品，用若干历史的或传统中的人物的穿插，以抬高风景画的品格。在这类画中，"人"固然可以成为一个角色，具有某种作用，但决非是重要角色重要作用。

可以作为历史风景画的例证的，有普桑的《第欧根尼掷去他的食钵》一画。这个题材是叙述古希腊犬儒派哲学家第欧根尼（Diogéne）的故事。一天，他看见一个儿童在溪旁以手掬水而饮。而他的习惯则是以食钵盛水而饮。他觉得这是一个教训，于是就把食钵丢弃了。

第一，这幅作品有一重大缺点，即是必须要经过解释以后人们才能懂得画中的意思。第欧根尼毫无足以令人辨识的特征，于是故事变得十分暗晦。而且这些人物也只是用来烘托风景，而非寄托这件作品主要价值的对象。这对象倒是用作背景的风景。前景的大片的草地，蒂勃河之一角，远处的明朗的天空：都是那时代法国画家所未曾感兴趣的事物；而其细腻的笔触，透明的气韵，直可比之于十九世纪大家柯罗（Corot）的杰作。

然而普桑对于自然的态度，却并非是天真的、无邪的，而是主智的、古典的。他安排自然，支配自然，有如支配他的牧人群一般。支配的方法亦是非常审慎、周详、谨严的。

他所注重的，首先是深度，安插在图中两旁的事物都以获得深度为标准。他排列各幕景色宛如舞台上的布景。第一景是灌木，接着在左面是丛树，在右面是掷钵的一幕，是岩石，是别墅，而在丛林中透露出天顶。这些画意使观众的目光为之逐步停驻，分出疆域，换言之是感觉到画中的节奏及其明显的性格。

画中的每个画者形成一幅画中之画，而每幅画中之幅都是以谨严明晰的手法画成的，故毫无隐晦之弊。

这种构图法从此成为一种规律，有如文学上的三一律那样。十七、十八两世纪中，这规律始终为风景画家所遵从。

还有其他的规律呢。一株树必须具有一张单独的树叶的形式。在左侧的橡树确似一张孤零的橡树叶。前景的树枝，其形式亦与树叶无异。

在前景的事物，不论是树木或岩石，必须以极准确的手法描绘，所谓纤微毕现，因为这些事物离观众的目光最近。因此，这纤微毕现的程度当随景之远近而增减，这又是加强节奏的一法。例如在最后的一景中，只有一片丛林的概象，以表示在那里有一所林子而已。

可是普桑的风景画毕竟缺少某种东西。为何这种画不能感动我们呢？在他的罗马景色之前，为何我们感不到如在维尔吉尔、拉马丁作品中所感到的颤动的情绪？这是色彩的过失，尤其是缺少一般浪漫派作家所用以装点自然的情操。我们叹赏普桑，我们也知道所以叹赏他的理由，但我们的精神固然知道解释而证实，我们的心可永远不感动。

这现象是因为现代人士所要求于普桑的，是在普桑的时代的人所从未想象到的。自浪漫主义风行以后，人类的精神要求完全改变了，而这种新要求从此便替代了十七、十八世纪的标准。

实在，普桑的艺术具有全部古典艺术的性格。他在古代的异教与基督教文化汲取题材与模型。他还没有想到色彩。他只认素描为造成艺术高贵性的要素。构图亦是极端严谨，任何微末之处都经过了长久的考虑方才下笔。这种艺术是饱和着思想，因为惟有在思想中方才见得人类的伟大。这不是古典主义的主要精神么？

第十八讲　格勒兹与狄德罗

古典主义的风尚，到了十八世纪中叶渐渐遭受到种种反动。大家不复以体验一幕悲剧的崇高情操为满足，而更需求内心的激动。他们感到理智之枯索，中庸之平板，他们要在艺术品前尽情地享受悲哀的或欢乐的情绪。

这可不是一时的习尚，而是时代意识转换的标识。十七、十八世纪的哲学把人类的智慧分析得过于精细，把人类的理智发展到近于神经过敏的地步，以至人类思想自然而然地趋向于怀疑主义的途径。智慧发展到顶点的时候，足以调节智慧的本能，共同感觉与心的直觉都丧失了效用。所谓怀疑主义，所谓自由思想，便是这种情态所产生的后果。思想上的放浪更引起了行为上风化上的放浪。十八世纪，在欧洲，尤其在法国，是有名的一个颓废堕落的世纪。伏尔泰的尖锐的讥讽与丰特奈尔（Fontenelle）的锐敏的观察，即是映现这个世纪真面目的最好的镜子。

大众对着日趋崩溃的贵族阶级已不胜憎恶，而过于发达的主智论也令人厌倦，人们只深切地希求脱离沙龙，脱离都市，不再要吟味灵智的谈话与矫揉造作的礼仪。大家想到田野去和乡人接触，吸收些清新质朴的空气，以休养这过于紧张的神经。即是达官贵人，亦有从凡尔赛宫出来，穿着便服去巡视他们的食邑，王公卿相的女儿也学奏提琴，为的要和乡人共舞。盛极一时的特里阿农（Trianon）乡村节庆即是领袖阶级恣意纵情的例证。

整个文学宗派也适应着这种健全的、自然的、小康的感情需求而诞生了。卢梭及其信徒贝尔纳丹·特·圣皮埃尔（Bernardin de Saint-Pierre）尽情歌咏自然，唱起皈依自然的颂曲。多少在今日已被遗忘了的小作家，在那时是极通俗地受着群众的欢迎。

具体地说，这样一个社会所求于艺术品的是什么呢？这个问题将由当时最隽永的一个作家、艺术批评的倡始者狄德罗来解答。他并非艺术家。他从未拿过画笔。他关于艺术方面的智识，是从和艺人们与他的朋友哲学家格林（Grimm）的谈话中得来的。他所辩护的只是大众的趣味。

《画论》与一七六一、一七六五、一七六七、一七六九四部《沙龙论》集，是总汇他的艺术思想的集子。

狄德罗（Diderot，一七一三——一七八四）所求于一件艺术品的，首先是动人，动人的可不是一种特殊的情绪，如世之所谓艺术情绪，而是一般人的共同情绪，有如我们在可怜的景物前面，或看到戏院里演到悲怆的一幕，或是读到一个巧妙的小说家述及可歌可泣的故事时所感到的情绪。这是狄德罗永远坚持着的中心思想。这亦是他的艺术批评的水准。他曾说："感动我，使我惊讶，令我战栗、哭泣、哀恸，以后你再来娱悦我的眼目，如果你能够……"他又言："我敢向最大胆的艺术家建议，要使人震惊，如报纸上记载英国的骇人听闻的故事一般令人惊诧。而且你如果不能如报纸一般地感动我，那么，你的调色弄笔究有何用呢？"（见《画论》）由此可见狄德罗所要求的只有情绪，而且是最剧烈的最通俗的情绪。

但他还要这种情绪与道德不冲突。他不相信艺术的领域不容道德侵入的说法。所谓"为艺术而艺术"于他不啻是异端邪说。

他相信有一种为害的艺术。他说："在一张画或一座像与一个无邪的心的堕落之间，其利害之孰轻孰重，固不待言喻。……不说艺术对于民族风化的影响，即以它对于个人道德的影响而言，已是不可估计。"（见一七六七年《沙龙论》）

这种思想且更进一步而要求艺术应当辅助道德之不足。实在说来，凡是对于一件艺术品首先要求它是"美"的人们，并不对它有何别的需求。"美"已经是崇高的，足够的了。美感所引起我们的情绪，无疑地是健全的，无功利观念的，宽宏的，能够感应高贵的情操与崇高的思想。但前人们只要求艺术品以一种怜悯的或轻蔑的共通情绪时，那必然要把艺术品变成道德的忠仆。"使德性显得可爱，使罪恶显得可怕，使可笑显得难堪：这才着一切执笔为文、调色作画、捏泥塑像的善良之士的心愿。"（见《画论》）"……你应当颂赞美丽的、伟大的行为，指斥恬不知耻的罪过，贬罚暴君，训责恶徒。描写残忍的行为令人为之义愤填胸，描写壮烈的牺牲令人低徊慨叹……你的人物是无声的，但于我不啻是启示一切的神灵……"（见《画论》）

他的《画论》中的这种论调，且亦见之于他的《戏剧艺术论》，见之于卢梭的《致阿朗贝论剧书》，见之于伏尔泰的《悲剧集序文》。这种以艺术服役道德的思想，从没有比在十八世纪，当布歇（Boucher）与弗拉戈纳尔（Fragonard）画着最放浪的作品的时代表现得更鲜明更彻底的了。

在经营着这种令人下泪的道德色彩浓重的艺术时，那种在线条、色彩、光暗与构图中蕴蓄着"美"的纯粹艺术又将变得如何？狄德罗直接地把它隶属于唤引强烈情绪的思念中:"……一切构图,当它具有所应具有的一切情绪时,它必然是相当地美了。"(《画论》)十七世纪时,明晰显得是足以形成"美"的条件;十八世纪时,"心"突然起了反抗而昌言最美的作品是感人最甚的作品了。

如果说是狄德罗定下这种艺术的公式,那么当以格勒兹为实行者了。

一七五五年,格勒兹(Greuze,一七二五——一八〇五)三十岁。这是大艺术家天才怒放的年龄。格勒兹满怀踌躇着他的成功来得如是迟缓,他决心和官家艺术与传统决绝了。他制作了一张题材颇为奇特的画:《一个家长向儿童们读〈圣经〉》。图中画着整个家庭,母亲、孩子、犬,围绕着在谈《圣经》的老父。全景笼罩着一股亲切淳厚的气氛。那时代距卢梭发表中选第雄学院论文刚好六年,那年上卢梭又发表他的《民约论》。这是一个崭新的世界慢慢地开展的时代。

一个富有而知名的鉴赏家到画室去,看见了这幅画,买了去,在他私邸中开了一个展览会。群众都去参观,那张画的声名于焉大盛。大家被它感动得下泪。

同年,格勒兹获得画院学员的头衔,从此他有资格出品于官家沙龙了。他的声名大有与日俱增之势。一个慷慨的艺术爱好者助了他一笔川资,他便到罗马去勾留了若干时。他在那里并不有何感兴,工作亦不见努力。回来之后,他仍从事于当年使他成名的画品。他除了家庭琐事与家庭戏剧以外几乎什么也不画了。作品中如《疯瘫的父亲》、《受罚的儿子》、《极受爱戴的母亲》、《君王们的糖果》、《祖母》、《夫妇的和平》、《岳母》……荣名老是有增无减。格勒兹变成公认的道德画家了。在一七六五年沙龙论文中,狄德罗大书特书:"这是美,至美,至高,是一切的一切!"一七六一年,看到了《乡村新妇》一画之后,狄德罗喊道:"啊!我终于看到了我们的朋友格勒兹的作品了,可不是容易的事,群众老是拥挤在作品前面。题材是美妙的,而看到这画时又感到一种温柔的情绪!"他甚至把这张画连篇累牍地加以叙述,赞美它最微细的部分的选择。至于素描与色彩,他却一字不提。构图也讲得不多。他在提及"十二个人像联系得非常妥恰"之时,立刻换过口气来说他"瞧不起这些条件"。然而他又附加着说:"如果这些条件在一幅画中偶然会合而不是画家有心构造的,并且不须要任何别的牺牲,那么,他认为还可满意。"这种批评固然不足为训,因为他的见解欠周密;但于此可见他的主张如何坚决。

一七六五年沙龙论文中,狄德罗狂热地描写两幅巨画,一是《父亲的诅咒》,二是《受罚的儿子》。它们的确能予人以全盛时代的狄德罗的准确的观念。

两幅画所发生的场合都是在一个乡人的家庭里。在《父亲的诅咒》中,父亲与儿子中间正经过了一番剧烈的口角。椅子仰翻在地下,到处是凌乱的景象。父亲向前张开着臂抱,满面怒容,口里说着诅咒的话;另一方面,儿子在高傲与轻蔑的姿势中转身出走。这幕家庭争执的焦点却在另一个神秘的人物身上。那是一个倚在门侧的兵士,专事诱致青年去从军的头目。儿子一定为甘言所惑,签了什么契约,回来请求父亲的答应他动身。

在父与子的周围,格勒兹安插着整个家庭中的人物:母亲流着泪试着要拦阻儿子,手指着父亲,表示他已年老的意思;一个姊妹拉着正在诅咒的老父的手臂,一个小孩子曳着他长兄的衣裾,另一个姊妹,合着手苦求他不要走。那士兵,神色不动地,手穿在袋里,唇边浮着微笑,静静地观察这种他所常见的戏剧。

在《受罚的儿子》中,父亲病已垂危。他受不了儿子远离的苦痛。他的身体,在被单下面,已如尸身般的僵硬。眼睛紧闭着。他的女儿们在他床前,执着他的手。一个在老父脸上窥测病势的增进,另一个绝望地哭泣。一个小儿子跪在凳前,凳上放着一本打开着的书。他是担任诵读临终祷文的。同时,那忘恩负义的儿子归来了,可是还成什么样儿啊!"……他失掉了他的腿;折了一臂!"而母亲把父亲指示给儿子看,告诉他这是他的行为的结果:致父亲于死地的便是他!没有一个人正眼看他,甚至小孩子们都不睬他。

在这两张画上,格勒兹似乎对我们说:"孩子们,永远不要离弃你们的父母!你们应该为他们暮年时代的倚靠,好似他们曾为你们童年时的倚靠一样。如果你忘记了对于他们的责任,他们将痛苦而死,而你亦将因了后悔而心碎。"

凡是愿望强烈的情绪的人们在此大可满足了。在这种画幅上,只有嚎啕哭泣、绝望诅咒的人物。大家的口,或因忿怒,或因怜悯,或因祈求而拘挛着;手臂的伸张或屈曲,分别表示着绝望或悲哀;眼睛或仰望着天,或俯视着地,眼中充满着狂怒的火焰。没有一个镇静的或淡漠的人。即是动物也参与着主人们的情感。这是戏剧。这并非是线条与姿态永远很美的悲剧,而是人人共有的情欲,既不雄辩,亦不典雅,这是通俗剧,是狄德罗所热烈想望的。

格勒兹为他的庞大无已的声名所陶醉了。那么用功,又是那么爱虚荣,他梦想着伟大的讽喻的题材。同时的画家贺加斯（Hogarth），制作着与讽刺小说全无二致的绘画。格勒兹也画着或梦想着足为日常道德条款作插图的作品。他如写小说一般地作画。《巴齐尔与蒂鲍》（又名《好教育与坏教育》），是包含二十张画的巨制，二十张画是如小说的章回般连续的。他又和三个镌版家合作，把这一大组作品镌版复印，"以广流传"。他另外印了一封通告式的信给全法国的教士，劝他们购买作为道德宣传品。

他很早便停止出品于沙龙。他怀恨学院派的画家不理会他的作品。他只在自己家里陈列作品，而声名依然日盛一日。文人、艺术家、达官、贵人、大僧侣，只要到巴黎来，总要到他画室里去一次，好似前世纪的人们之于鲁本斯一样。奥地利王游历巴黎时也去访问他，委托他制作，过后他送来四千金币和一个男爵的勋位。

并且他还自己称颂自己的作品，夸张自己的荣名。他常常会和到画室里参观的客人说：

"喔！先生，且来看一幅连我自己也为之出惊的画！我不懂一个人如何能产生这样的作品？"

然而后人的评价还是站在学院派一面。在今日，格勒兹的作品，至少我们在本文里所讲的几件，已不复如何感动我们，令人"出惊"了。

这是因为美的情操是一种十分嫉妒的情操。只要一幅画自命为在观众心中激引起并非属于美学范围的情操时，美的情操便被掩蔽了，因此是减弱了。这差不多是律令。

在这条律令之外，还有一条更普通的律令。每种艺术，无论是绘画或雕刻，音乐或诗歌，都自有其特殊的领域与方法，它要摆脱它的领域与方法，总不会有何良好的结果。各种艺术可以互助，可以合作，但不能互相从属。如果有人想把一座雕像塑造得如绘画一般柔和、一般自由，那么，这雕像一定是失败的了。

格勒兹的画品所要希求的情调，倒是戏剧与小说的范围内事，因此他的绘画是失败了。

第十九讲 雷诺兹与庚斯博罗

雷诺兹（Reynolds）生于一七二三年，死于一七九二年；庚斯博罗（Gainsborough）生于一七二七年，死于一七八八年；这是英国十八世纪两个同时代的画家，亦是奠定英国画派基业的两位大师。

虽然庚斯博罗留下不少风景制作，虽然雷诺兹曾从事于历史画宗教画，但他们的不朽之作，同是肖像画，他们是英国最大的肖像画家。

他们生活于同一时代，生活于同一社会，交往同样的伦敦人士。他们的主顾亦是相同的：我们可以在两人的作品中发见同一人物的肖像，例如罗宾逊夫人、西登斯夫人、英王乔治三世、英后夏洛特、台梵夏公爵夫人等等。而且两人的作品竟那么相似，除了各人特殊的工作方法之外，只有细微的差别，而这差别还得要细心的观众方能辨认出来。

两人心底里互相怀着极深的敬意。他们暮年的故事是非常动人的。嫉妒与误解差不多把两人离间了一生。当庚斯博罗在垂暮之年感到末日将临的时光，他写信给雷诺兹请他去鉴赏他的最后之作。那是一封何等真挚何等热烈的信啊！他向雷诺兹诀别，约他在画家的天国中相会："因为我们会到天国去的，凡·代克必然佑助我们。"是啊，凡·代克是他们两人共同低徊钦仰的宗师，在这封信中提及这名字更令人感到这始终如一的画人的谦恭与虔诚。

雷诺兹方面，则在数月之后，在王家画院中向庚斯博罗作了一次颂扬备至的演说，尤其把庚氏的作品作了一个深切恰当的分析。

因此说他们的艺术生涯是一致的，他们的动向是相仿的，他们的差别是细微的，话是真确的。然而我们在这一讲中所要研究的，正是这极微细的差别，因为这差别是两种不同的精神，两种不同的工作方法，两种不同的视觉与感觉的后果。固然，即在这些不同的地方，我们也能觉得若干共通性格。这一种研究的兴味将越出艺术史范围，因为它亦能适用于文学史。

两人都是出身于小康之家：雷诺兹是牧师的儿子；庚斯博罗是布商的儿子。读书与研究是牧师的家风；但庚斯博罗的母亲则是一个艺术家。这家庭环境的不同便是两个心灵的不同的趋向的起点。

不必说两人自幼即爱作画。一天窃贼越入庚斯博罗的家园，小艺术家却在墙头看得真切,他把其中一个窃贼的面貌画了一幅速写,报官时以画为凭,案子很快地破了。

这张饶有意味的速写并没遗失,后来,庚氏把它画入一幅描写窃贼的画中。人们把它悬挂在园中,正好在当时窃贼所站的地方。据说路人竟辨不出真伪而当它是一个真人。这件作品现藏伊普斯威奇(Ipswich)美术馆。

当庚斯博罗的幼年有神童之称时,雷诺兹刚埋头于研究工作。八岁,他已开始攻读耶稣会教士所著的有名的《画论》和理查德森的画理。

这时代,两种不同的气禀已经表露了。庚斯博罗醉心制作,而雷诺兹深究画理。两人一生便是这样。一个在作画之余,还著书立说,他的演辞是英国闻名的,他的文章在今日还有读者;而另一个则纯粹是画家,拙于辞令,穷于文藻,几乎连他自己的绘画原则与规律都表达不出。

十八岁,雷诺兹从了一个凡·代克的徒孙赫德森为师。二十岁,他和老师龃龉而分离了。

同年,庚斯博罗十四岁,进入一个名叫格拉夫洛特的法国镂版家工作室中,不多几时也因意见不合而走了。以后他又从一个没有多大声名的历史画家为师。和雷诺兹一样,他在十八岁上回归英国。

此刻,两个画家的技艺完成了,只待到社会上去显露身手了。

在辗转学艺的时期内,雷诺兹的父亲去世了。一家迁往到普利茅斯去,他很快地成为一个知名的画家。因为世交颇广,他获得不少有力的保护人,帮助他征服环境,资助他到意大利游历。这青年艺人的面目愈加显露了:这是一个世家子弟,艺术的根基已经很厚,一般学问也有很深的修积。他爱谈论思想问题,这是艺术家所少有的趣味。优越的环境使他获得当时的艺术家想望而难逢的机会——意大利旅行。还有比他的前程更美满的么?

庚斯博罗则如何?他也回到自己的家中。他一天到晚在田野中奔驰,专心描绘落日、丛林、海滨、岩石的景色,而并不画什么肖像,并不结识什么名人。

在周游英国内地时,他遇到了一个青年女郎,只有十七岁,清新妖艳,有如出水芙蓉,名叫玛格丽特。他娶了她。碰巧——好似传奇一般——他的新妇是一个亲王的堂姊妹,而这亲王赠给她岁入二千金镑的奁资。自以为富有了,他迁居到郡府的首邑伊普斯威奇。

他的面目亦和雷诺兹的一样表显明白了。雷氏的生活中,一切都有方法,都有秩序;庚氏的生活中则充满了任性、荒诞与诗意。

雷诺兹一到意大利便开始工作。他决意要发掘意大利大家的秘密。他随时随地写着旅行日记，罗马与翡冷翠在其中没有占据多少篇幅，而对于威尼斯画派却有长篇的论述。因为威尼斯派是色彩画派，而雷诺兹亦感到色彩比素描更富兴趣。每次见到一幅画，每次逢到特异的征象，他立刻归纳成一个公式、一条规律。在他的日记中，我们可以找到不少例子。

在威尼斯，看到了《圣马可的遗体》一画之后，他除了详详细细记载画的构图之外，又写道：

"规律：画建筑物时，画好了蓝色的底子之后，如果要使它发光，必得要在白色中渗入多量的油。"

看过了提香的《寺院献礼》，他又写着：

"规律：在淡色的底子上画一个明快的脸容，加上深色的头发，和强烈的调子，必然能获得美妙的结果。"

犹有甚者，他看到了一幅画，随即想起他如何能利用它的特点以制作自己的东西：

"在圣马可寺中的披着白布的基督像，大可移用于基督对布鲁图斯（Brutus）显灵的一幕中。上半身可以湮没在阴影中，好似圣葛莱哥阿寺中的修士一般。"

一个画家如一个家中的主妇收集烹饪法一般地搜罗绘画法，是很危险的举动。读了他的日记，我们便能懂得若干画家认为到意大利去旅行对于一个青年艺人是致命伤的话并非过言了。如此机械的思想岂非要令人更爱天真淳朴的初期画家么？

雷诺兹且不以做这种札记工夫为足，他还临摹不少名作。但在此，依旧流露出他的实用思想。他所临摹的只是于他可以成为有用的作品，凡是富有共同性的他一概不理会。

三年之后，他回到英国，那时他真是把意大利诸大家所能给予他的精华全部吸收了，他没有浪费光阴，真所谓"不虚此行"。

然而，在另一方面，意大利画家对于他的影响亦是既深且厚。他回到英国时，心目中只有意大利名作的憧憬，为了不能跟从他们所走的路，为了他同时代的人物所要求的艺术全然异趣而感到痛苦。一七九〇年，当他告退王家画院院长的职位时，他向同僚们作一次临别的演说。他在提及米开朗琪罗时，有言："我自己所走的路完全是异样的；我的才具，我的国人的趣味，逼我走着与米开朗琪罗不同的路。然而，如果我可以重新生活一次，重新创造我的前程，那么我定要追踪这位巨人的遗迹了。只要能触及他的外表，只要能达到他的造就的万一，我即将认为莫大的光荣，足以补偿我一切的野心了。"

他回国是在一七五三年，三十岁——是鲁本斯从意大利回到安特卫普的年纪——有了保护人，有了声名，完成了对于一个艺术家最完美的教育。

庚斯博罗则自一七四八年起隐居于故乡，伊普斯威奇郡中的一个小城。数十年如一日，他不息地工作，他为人画像，为自己画风景。但他的名声只流传于狭小的朋友群中。

至于雷诺兹，功名几乎在他回国之后接踵而来，而且他亦如长袖善舞的商人们去追求，去发掘。他的老师赫德森那时还是一个时髦的肖像画家。雷诺兹看透这点，故他为招揽主顾起见，最初所订的润例非常低廉。他是一个伶俐的画家，他的艺术的高妙与定价的低廉吸引了不少人士。等到大局已定，他便增高他的润例。他的画像，每幅值价总在一百或二百金币左右。他住在伦敦最华贵的区域内。如他的宗师凡·代克一般，他过着豪华的生活。他雇用助手，一切次要的工作，他不复亲自动手了。

如凡·代克，亦如鲁本斯，他的画室同时是一个时髦的沙龙。文人、政治家、名优，一切稍有声誉之士都和他往来。他在报纸上发表文章。他的交游，他的学识，使他被任英国皇家学会会长。一七六〇年，他组织了英国艺术家协会，每两年举行展览会一次，如巴黎一样。一七六八年，他创办国家画院，为官家教授艺术的机关。他的被任为院长几乎是群众一致的要求。而且他任事热心，自一七六九年始，每年给奖的时候，他照例有一次演说，这演说真可说是最好的教学，思想高卓宽大。他的思想随了年龄的增长，愈为成熟，见解也愈为透彻。

因此，他是当时的大师，是艺术界的领袖。他主持艺术教育，主办展览会。一七六九年，英王褒赐爵士。一七八四年，他成为英国宫廷中的首席画家。各外国学士会相与致赠名位。凯瑟琳二世委他作画。

一七九二年他逝世之后,遗骸陈列于皇家画院,葬于圣保罗大寺。伦敦市长以下各长官皆往执绋。王公卿相,达官贵人,争往吊奠:真所谓生荣死哀,最美的生涯了。

庚斯博罗自一七四八年始老是倘徉于山巅水涯,他向大自然去追求雷诺兹向意大利派画家所求的艺术泉源。一七六〇年,他又迁徙到巴斯居住。那是一个有名的水城,为贵族阶级避暑之地。在此,他很快地成为知名的画家,每幅肖像的代价从五十金币升到一百金币。主顾来得那么众多,以致他不得不如雷诺兹一般住起华贵的宅第。但他虽然因为生意旺盛而过着奢华的生活,声名与光荣却永远不能诱惑他,自始至终他是一个最纯粹最彻底的艺术家。雷诺兹便不然了,他有不少草率从事的作品,虽然喧传一时,不久即被遗忘了。

庚斯博罗逃避社会,不管社会如何追逐他。他甚至说他将在门口放上一尊大炮以挡驾他的主顾。他只在他自己高兴的时间内工作,而且他只画他所欢喜的人。当他在路上遇到一个面目可喜的行人时,他便要求他让他作肖像。如果这被画的人要求,他可以把肖像送给他以示感谢。当他突然兴发的时光,他可以好几天躲在田野里赏览美丽的风景,或者到邻近的古堡里去浏览内部所藏的名作,尤其是他钦仰的凡·代克。

疲乏了,他向音乐寻求陶醉;这是他除了绘画以外最大的嗜好。他并非演奏家,一种乐器也不懂,但音乐使他失去自主力,使他忘形,他感到无穷的快慰。他先是醉心小提琴,继而是七弦琴。他的热情且不是柏拉图式的,因为他购买高价的乐器。七弦琴之后,他又爱牧笛,又爱竖琴,又爱一种他在凡·代克某幅画中见到的古琴。他住居伦敦时,结识了一个著名的牧笛演奏家,引为知己,而且为表示他对于牧笛的爱好起见,他甚至把女儿许配给他。据这位爱婿的述说,他们在画室中曾消磨了多少幽美的良夜;庚斯博罗夫人并讲起有一次因为大家都为了音乐出神,以至窃贼把内室的东西偷空了还不觉察。

这是真正的艺术家生涯,整个地为着艺术的享乐,可毫无一般艺人的放浪形骸的事迹。这样一种饱和着诗情梦意、幻想荒诞的色彩的生活,和雷诺兹的有规则的生活(有如一条美丽的渐次向上的直线一般)比较起来真有多少差别啊!

但庚斯博罗的声名不曾超越他的省界。一七六一年时,他送了一张肖像到国家展览会去,使大家都为之出惊。一七六三年,他又送了两幅风景去出品，但风景画的时代还未来临。他死后，人们在他画室中发现藏有百余幅的风景；这是他自己最爱的作品，可没有买主。

虽然如此，两次出品已使他在展览会中获占第一流的位置，贵人们潮涌而至，请求他画像，其盛况正不下于雷诺兹。

一七八〇年，眼见他的基业已经稳固，他迁居伦敦，继续度着他的豪华生活。一七八四年，他为了出品的画所陈列的位置问题，和画院方面闹翻了。他退出了展览会。在那时候，要雷诺兹与庚斯博罗之间没有嫉妒之见存在是很难的了。我们不知错在哪方面，也许两人都没有过失。即使错在庚斯博罗，那也因了他暮年时宽宏的举动而补赎了。那么高贵的句子将永远挂在艺术家们的唇边："我们都要到天国去，凡·代克必将佑护我们。"他死于一七八八年，遗言要求葬在故乡，在他童年好友、画家柯尔比（Kirby）墓旁。直到最后，他的细致的艺术家心灵永远完满无缺。

是这样的两个人物。

一个，雷诺兹，受过完全的教育，领受过名师的指导。他的研究是有系统的，科学化的。艺术传统，不论是拉斐尔或提香，经过了他的头脑，便归纳成定律了。

第二个，庚斯博罗，一生没有离开过英国。除了凡·代克之后，他只认识了当时英国的几个第二流作家。他第一次出品于国家沙龙时使大家出惊，为的是这个名字从未见过，而作品确是不经见的杰构。

雷诺兹在他非常特殊的艺术天禀上，更加上渊博精深的一般智识。这是一个意识清明的画家。他所制作的，都曾经过良久的思虑。因为他愿如此故如此。我们可以说没有一笔没有一种色调，他不能说出所以然。

庚斯博罗则全无这种明辨的头脑。他是一个直觉的诗人。一个不相识的可是熟习的妖魔抓住他的手，支配他的笔，可从没说出理由。而因为庚斯博罗不是一个哲学家，只以眼睛与心去鉴赏美丽的色彩、美丽的形象、富有表情的脸相，故他亦从不根究这妖魔。

雷诺兹爵士，有一天在画院院长座上发言，说："要在一幅画中获得美满的效果，光的部分当永远敷用热色，黄、红或带黄色的白；反之，蓝、灰、绿，永不能当作光明。它们只能用以烘托热色，惟有在这烘托的作用上方能用到冷色。"这是雷诺兹自以为在威尼斯派中所发见的秘密。他的旅行日记中好几处都提到这点。但庚斯博罗的小妖魔，并不尊重官方人物的名言，提出强有力的反证。这妖魔感应他的画家作了一幅《蓝色孩子》（今译《蓝衣少年》），一切都是蓝色的，没有一种色调足以调剂这冰冷的色彩。而这幅画竟是杰作。这是不相信定律、规条与传统的最大成功。

两人都曾为西登斯夫人画过肖像。那是一个名女优，她的父亲亦是一个名演员，姓悭勃尔。他曾有过一句名言，至今为人传诵的："上帝有一天想创造一个喜剧天才，他创造了莫里哀，把他向空间一丢。他降落在法国，但他很可能降落在英国，因为他是属于全世界的。"

他的女儿和他具有同等出众的思想。她的故事曾被当代法国文学家安德烈·莫洛亚（André Maurois）在一篇题作《女优之像》的小说中描写过。

西登斯夫人讲述她到雷诺兹画室时，画家搀扶着她，领她到特别为模特儿保留的座位前面。一切都准备她扮演如在图中所见的神情。他向她说："请登宝座，随后请感应我以一个悲剧女神的概念。"这样，她便扮起姿势。

这幕情景发生于一七八三年，正当贵族社会的黄金时代。

于是，雷诺兹所绘的肖像，不复是西登斯夫人的，而是悲剧女神墨尔波墨涅（Melpoméne）了。这是雷诺兹所谓"把对象和一种普通观念接近"。这方法自然是很方便的。他曾屡次采用，但也并非没有严重的流弊。

因为这女神的宝座高出地面一尺半，故善于辞令的雷诺兹向他的模特儿说，他匍匐在她脚下。这确是事实。当肖像画完了，他又说："夫人，我的名字将签在你的衣角上，贱名将借尊名而垂不朽，这是我的莫大荣幸。"

当他又说还要大加修改使这幅画成为完美时，那悲剧家，也许厌倦了，便说她不信他还能把它改善；于是雷诺兹答道："惟夫人之意志是从！"这样，他便一笔不再改了。在那个时代，像雷诺兹那样的人物，这故事是特别饶有意味的。同时代，法国画家拉图尔（Maurice Quentin La Tour，一七〇四——七八八）被召到凡尔赛宫去为篷巴杜夫人作像，他刚开始穿起画衣预备动手，突然关起他的画盒，收拾他的粉画颜色，一句话也不说，愤愤地走了。为什么呢？因为法王路易十五偶然走过来参观了他的工作之故。

西登斯夫人，不，是悲剧女神，坐着，坐在那"宝座"上。头仰起四分之三，眼睛不知向什么无形的对象凝视着。一条手臂倚放在椅柄上，另一条放在胸口。她头上戴着冠冕，一袭宽大的长袍一直垂到脚跟，全部的空气，仿佛她站在云端里。姿态是自然的，只是枝节妨害了大体。女神背后还有两个人物。一是"罪恶"，张开着嘴，头发凌乱，手中执着一杯毒药。另一个是

"良心的苛责"。背景是布满着红光,如在舞台上一般。这是画家要借此予人以悲剧的印象。然而肖像画家所应表达的个人性格在此却是绝无。

除此之外,那幅画当然是很美的。女优的姿势既那么自然,她的双手的素描亦是非常典雅。身上的布帛,既不太简,亦不太繁,披带得十分庄严。它们又是柔和,又是圆转。两个人物的穿插愈显出主角的美丽与高贵。全部确能充分给人以悲剧女神的印象。

但庚斯博罗的肖像又是如何?

固然,这是同一个人物。雷诺兹的手法,是要把他的对象画成一个女神,给她一切必须的庄严华贵,个性的真实在此必然是牺牲了。这方法且亦是十八世纪英法两国所最流行的。人们多爱把自己画成某个某个神话中的人物,狄安娜,米涅瓦……一个大公画成力士哀居尔,手里拿着棍棒。在此,虚荣心是满足了。艺术却大受损害了。因为这些作品,既非历史画,亦非肖像画,只是些丑角改装的正角罢了。

在庚斯博罗画中,宝座没有了,象征人物也没有了,远处的红光也没有了。这一切都是戏巧,都是魔术。真正的西登斯夫人比悲剧女神漂亮得多。她穿着出门的服饰,简单地坐着。她身上是一件蓝条的绸袍。她的头并不仰起,脸部的安置令人看到她全部的秀美之姿,她戴着时行的插有羽毛的大帽。

这两件作品的比较,我们并非要用以品评两个画家的优劣,而只是指出两个不同的气禀,两种不同的教育,在艺术制作上可有如何不同的结果。雷诺兹因为学识渊博,因为他对于意大利画派——尤其是威尼斯派——的深切的认识,自然而然要追求新奇的效果。庚斯博罗则因为淳朴浑厚,以天真的艺术家心灵去服从他的模特儿。前者是用尽艺术材料以表现艺术能力的最大限度;后者是抉发诗情梦意以表达艺术素材的灵魂。如果用我们中国的论画法来说,雷诺兹心中有画,故极尽铺张以作画;庚斯博罗心中无画,故以无邪的态度表白心魂。

第二十讲　浪漫派风景画家

普桑所定的历史风景画的公式，在两世纪中，一直是为法国风景画家尊崇的规律。它对于自然与人物的结构，规定得如是严密，对于古典精神又是如何吻合，没有一个大胆的画家敢加以变易。人们继续着想，说，人类是惟一的艺术素材，惟有靠了人物的安插，自然才显得美。

卢浮宫中充塞着这一个时代的这一类作品。

洛兰是一个长于伟大的景色的画家。但他的《晨曦》，他的《黄昏》，照射着海边的商埠，一切枝节的穿插都表明人类为自然之主宰。——这是历史风景画的原则。

十八世纪初叶，华托（Watteau，一六八四——一七二一）画着卢森堡花园中的水池、走道、树荫。但他的风景画，并非为了风景本身而作的。画幅中的主角，老是成群结队酣歌狂舞的群众。

弗拉戈纳尔（Fragonard，一七三二——一八〇六）曾把他的故乡格拉斯的风景穿插在作品中，但他的树木与草地不过为他的人物的背景而已。

当时一部分批评家，在历史风景画之外，曾分别出一种田园风景画。岩石与树木，代以农家的工具。乡人代替了骑士与贵族。而作品的精神却是不变。爱好田园的简单淳朴的境界原是当时的一种风尚，画家们亦只是迎合社会心理而制作，并无对于风景画的真实的感兴。

卢梭（Jearn Jacques Rousseau）在颂赞自然，狄德罗亦在歌咏自然："噢！自然，你多么美丽，多么伟大，多么庄严！"这是当时的哲学，当时的风气。但这哲学还未到开花结果的时期，而风景艺术也只留在那投机取巧的阶段。

一七九六年，当达维特（David）制作巨大的历史画时，一个沙龙批评家在他的论文中写道："我绝对不提风景画，这是一种不当存在的画品。"

十九世纪初叶，开始有几个画家，看见了荷兰的风景画家与康斯特布尔（Constable，一七七六——一八三七）的作品，敢大胆描绘落日、拂晓或薄暮的景色；但官方的批评家还是执着历史风景画的成见。当时一个入时的艺术批评家，佩尔特斯（Perthes），于一八一七年时为历史风景画下了一个定义，说：" 历史风格是一种组合景色的艺术，组合的标准是要选择自然界中最美、最伟大的景致以安插人物，而这种人物的行动或是具有历史性质，或是代表一种思想。在这个场合中，风景必须能帮助人物，使其行为更为动人，更能刺激观众的想象。"这差不多是悲剧的定义了，风景无异是舞台上的布景。

然而大革命之后，在帝政时代，新时代的人物在艺术上如在文学上一样，创出了新的局面。思想转变了，感觉也改换了。这一群画家中出世最早的是柯罗（Corot），生于一七九六年；其次是狄亚兹（Diaz），生于一八〇九年；杜佩雷（Dupré），生于一八一一年；卢梭（Théodore Rousseau），生于一八一二年。

一八三〇年，正是这些画家达到成熟年龄的时期，亦是浪漫主义文学基础奠定之年；从此以后的三十年中，绘画史上充满着他们的作品与光荣。而造成这光荣的是一种综合地受着历史、文学、艺术各种影响的画品——风景画。

杜佩雷被称为"第一个浪漫派画家"。他的精细的智慧，明晰的头脑，与丰富的思想，在他的画友中常居于顾问的地位，给予他们良好的影响。他的作品一部分存于卢浮宫，最知名的一幅是题为《早晨》的风景画。它不独在他个人作品中是件特殊之作，即在全体浪漫派绘画中亦是富于特征的。

其中并无历史风景画所规定的伟大的景色或事故，甚至一个人物也没有。我们只看见一角小溪，溪旁一株橡树，远处更有两株平凡的树在水中反映出阴影。

这绝非是自然界中的一角幽胜的风景。河流也毫无迂回曲折的景致。橡树也不是百年古树，它的线条毫无尊严巍峨之概。和橡树作伴着只是些形式相同的丛树。溪旁堆着几块乱石，两头麋鹿在饮水。

结构没有典雅的对称，各景的枝节没有装饰的作用。整个主题都安放在图的一面，而全图并无欹斜颠覆之概。其中也没有刻意经营的前景，没有素描准确的足为全画重心的前景。坚实的骨干在此只有包裹着事物的模糊的轮廓。一草一木好似笼罩在云雾中一般，它们都是借反映的影子来自显的，它们不是真实地存在着，而是令人猜到它们存在着。普桑惯在散步时采集花草木石，携回家中作深长的研究。这一种仔细推敲的时代已经过去了。

天际描绘得很低，占据了图中最大的地位。

那么，这幅画的魅力究在何处呢？是在它所涵蓄的诗意上。作者所欲唤引我们的情绪，是在东方既白，晨光熹微，万物方在朦胧的夜色中觉醒转来的境地中，所感到的一种不可捉摸的情绪。

洛兰曾画过日出的景象。那是光华夺目的庄严伟大的场面。杜佩雷却并无这种宏愿。他的乐谱是更复杂更细腻，因为它是诉之于心的，而情操的调子却比清明的思想更难捉摸。

作者所要唤引观众的，是在拂晓时万物初醒的境界，由这境界所触发的情绪是极幽密的，而且是稍纵即逝的。但他不愿描绘人类在晨光中在码头上或大路上工作的情景。他的对象只是两头麋鹿到它们熟识的溪旁饮水，只是饱受甘露的草木在晓色中抬头，只是含苞未放的花朵在微风中摇曳。他要描绘的是这一组错综的感觉，在我们心中引起种种田园的景象与自然界中亲切幽密的情调。

为表现这种新题材起见，艺术家自不得不和旧传统决绝，而搜觅新技巧。历史风景画，是和古典派文学一般给有思想的人观赏的。至于浪漫派的风景画却是为敏感的心灵制作的。新的真理推翻了旧的真理。构图中对称的配置，形象描写的统一，穿插人物以增加全画的高贵性，……这一切规条都随之崩溃了。从今以后，艺术家在图中安置他的中心人物时，不复以传统法则为圭臬，而以他自己的趣味为依据。他不复为了保存庄严伟大的面目而有所牺牲。他在图中穿插入最微贱的事物，为以前的画家所认为不足入画的。至于历史风景画中所常见的瀑布、山洞、古堡、废墟之类，为昔人所尊为高贵的，却全被遗弃了。

但我们不可就说浪漫派把所有的素描法则全部废弃了，其中颇有为任何画派所不能轻忽的基本原则。即如杜佩雷之《早晨》，它的主要对象是橡树，其他一切都从属于它：隐在后面的另一株橡树、灌木丛，在溪上反映着倒影的杂树，都是和主要对象保持着从属关系的。画中也有各个远近不同的景，也有强弱各异、冷热参错的色度。并如古典派一派，有使印象一致的顾虑，一切枝叶的分配都以获得这统一性为目的：占据图中最大部分的天空是表现晨光的普照；丛密的树叶中间透露出来的光，是微弱的；全部包围着缥缈不定的雾氛。

在此我们应当注意二点：第一，这种画面所唤引的情操绝非造型的(plastique)。我们的感动绝非因为它的线条美、色彩美，或丛树麋鹿的美。这些琐物会合起来引起观众一种纯粹精神的印象。在它前面，我们只是给一种不可思议的情绪抓住了，而忘记一切它所包涵的新奇的构图与技术。

近世的风景画格在此只是一个开端，而浪漫主义也正在初步表现的阶段中。它的发展的趋向不止杜佩雷的一种,即杜佩雷的那种情操也还有更精进的表白。

卢梭的作品比较更伟大更奇特。他因为处境困厄,故精神上充塞着烦恼与苦闷。他的父亲原是一个巴黎的工匠,因为经营不善而破产了,使卢梭老早就尝遍了贫穷的滋味。他的年轻的妻子发了疯,不得不与他离婚。他的艺术被人误解,二十余年中,批评家对他只有冷嘲热讽的舆论。直到一八四八年革命为止,他的作品每年被沙龙的审查委员会拒绝。

他秉有诗人的气质。他可不是表现晨光暮色时的幽密的梦境,而是抉发大自然要蕴藏的生气。文艺复兴期的多那太罗早曾发过这种宏愿,他为要追求体质的与精神的生命印象,曾陷于极度的苦恼。然而卢梭所欲阐发的,并非是人类的生命,而是自然界的生命。他的感觉,他的想像,使他能够容易地抓握最微贱的生物的性灵。他自言听到树木的声音。它们的动作,它们的不同的形式,教他懂得森林中的唱语。他猜测到花的姿态所涵的意义与热情。

当一个人到达了这个地步,无论是诗人或画家,他的眼睛是透视的了,它们能在外形之内透视到内心。大自然是一个超自然的世界,但于他一切都是熟习的。怀着猜忌与警戒,心头只是孤独与寂寞,他的日子,完全消磨于野外,面对着画架,面对着大自然。有一次,他在田间工作时遇到一个朋友,他便说:"在此多么愉快!我愿这样地永远生活于静寂之中。"是啊,他和人世的接触愈少,便是和自然的接触愈多;他不愿与人群交往时,便去与自然对语。这里所谓自然不只是山水,不只是天空的云彩,而是自然界中一切的生物与无生物。

要捉摸无可捉摸,要表白无可表白,这是画家卢梭的野心。这野心往往使他陷于绝望。多少作品在将要完工的时候被毁掉了!如莱奥纳多·达·芬奇一样,他不断地发明特殊的方法,制造特殊的颜色与油,以致他有许多作品,经过了不纯粹的化学作用而变得黝暗,面目不辨。

他的代表作中,有《枫丹白露之夕》。这幅风景表现得如同一座美妙的建筑物。两旁矗立着几株大树,宛如大寺前面的两座钟楼;交叉的树枝仿佛穹窿;中间展开着一片广大的平原;其中有牛羊,有池塘,有孤立的树。两旁的树下,散布着乱石与短小的植物,到处开满着鲜花,池上飘着浮萍。

作者所要表白的,是在这丛林之下与平原之上流转着的无声无形的生气。树干的巍峨表示它独立不阿的性格,一望无际的原野表示天地之壮阔,牛羊广布，指示出富庶的畜牧；即是一花一草之微，亦在启示它们欣欣向荣的生命。然而作者懂得综合的力量最为坚强，故他并不如何刻求琐屑的表现；而且在一切小枝节汇集之后，最重要的还得一道灿烂的光明，把一幅图画变成一阕交响乐。于是他反复地修改、敷色；若是在各种探究之后，依然不能获得预期的效果，他便转侧于痛苦的绝望中了。在痛苦中或者竟把这未完之作毁掉了；或者在狂乱之后，清明的意识使他突然感应到伟大的和谐。

如杜佩雷一样，卢梭并不刻求表现自然的真相，而是经过，他的心所观照过的自然的面貌。他以自己的个性、人物、视觉来代替准确的现实。他颂赞宇宙间潜在的生命力。他的画无异是抒情诗，无异是一种心灵境界的表现。他自己说过他创出幻象以自欺，他以自己的发明作为精神的食粮。

经过了杜佩雷、卢梭及同时代诸艺人的努力，风景画已到达独立的程度，它失去了往昔的附属作用、装饰作用，它已是为"风景"画的风景画。我们已经说过，这是整个时代的产物，是与浪漫主义文学同样具有不得不发生的原因，这原因是当时代的人的一致的精神要求。也和浪漫派文学一样，风景画所能表达的境界还不止上述数人所表达过的，因为它抒情的方面既是很多，而用以抒情的基调又时常变换。我们以下要提及柯罗便是要说明这新兴画派成功的顶点。

在身世上言，柯罗比起卢梭来已是一个幸福儿。他比卢梭长十六岁，寿命也长八年。浪漫派的兴起与衰落，都是他亲历的。他的一生完全是风平浪静的日子。他的作品毫无革命色彩，一直为官立沙龙所容受。当审查委员会议决不予颁给他银质奖章时，他的朋友们铸造了一个金质奖章送给他。他丝毫没有受到卢梭所经历的悲苦。在七十七岁上，他第一次觉得患病时，他和朋友们说："我对于我的运命毫无可以怨尤之处。我享有健康，我具有对于大自然的热爱，我能一生从事于绘画。我的家庭里都是善良之辈。我有真诚的朋友，因为我从未开罪于人。我不但不能怨我的命运，我尤当感谢它呢。"

以艺术本身言，柯罗的作品比卢梭的不知多出几许。他的环境使他能安心工作，他的艺术天才如流水一般地泻滑出来。在他暮年，他的作品已经有了定型，被称为"柯罗派"。更以卢梭的面貌与柯罗的对比，那么，卢梭所见的自然，是风景中各部分的关联，是树木与土地的轮廓。他仿佛一个天真的儿童，倘佯于大自然中，对于一草一木都满怀着好奇心：树枝的虬结，岩石的峥嵘，几乎全像童话中有人格性的生物。但他不知在树木与岩石之外，更有包裹着它们的大气（atmosphère），光的变幻于他也只是不重要的枝节。他描绘的阳光,总是沉着的晚霞,与树木处在迎面反光的地位,因为这样更能显示树木的雄姿。

至于柯罗,却把这些纯粹属于视觉性的自然景物,演成一首牧歌式的抒情诗。银白的云彩,青翠的树荫,数点轻描淡写的枝叶在空中摇曳,黝暗的林间隙地上,映着几个模糊的夜神的倩影与舞姿。树影不复如卢梭的那般固定,它的立体性在轻灵浮动的气氛中消失了,融化了。地面上一切植物的轮廓打破了,充塞乎天地之间,而给予自然以一种统一的情调的,是前人所从未经意的大气。这样,自然界变得无穷,变得不定,充满着神秘与谜。在他的画中,一切在颤动,如小提琴弦所发的袅袅不尽之音。那么自由,那么活泼,半是朦胧,半是清楚,这是魏尔兰(Verlaine)的诗的境界。

近世风景画不独由柯罗而达到顶点,且由他而开展出一个新的阶段。他关于气氛的发见,引起印象派分析外光的研究。他把气氛作为一幅画的主要基调,而把各种色彩归纳在这一个和音中。在此,风景画简直带着音乐的意味,因为这气氛不独是统制一切的基调,同时还是调和其他色彩的一种中间色。

在绘画史的系统上着眼,浪漫派风景画只是使这种画格,摆脱往昔的从属于人物画历史画的地位,而成为一种自由的抒情画。然而除了这精确的意义外,更产生了技术上的革命。

正统的官学派,素来奉"本身色彩"(couleur locale)为施色的定律。他们认为万物皆有固定的色彩,例如树是绿的,草是青的之类。因为他们穷年累月在室内工作,惯在不明不暗的灰白色光线下观看事物,从不知在阳光下面,万物的色彩是变化无穷的。

现在,浪漫派画家在外光中作画,群集于巴黎近郊的枫丹白露森林中,他们看遍了晨、夕、午、夜诸景之不同,又看到了花草木石在这时间内各有不同的色彩。不到半世纪,便产生了极大的影响,启示了后来画家创立印象派的极端自然主义的风格。